Pasquales Florenz

Für V

Salai, ich möchte Frieden mit dir, keinen Krieg.
Keinen Krieg mehr, ich ergebe mich.

LEONARDO DA VINCI
aus seinen Notizbüchern

Paul J. McAuley

Pasquales Florenz

Aus dem Englischen
von Susanne Aeckerle

Eichborn.

Titel der Originalausgabe: PASQUALE'S ANGEL

Die Deutsche Bibliothek – CIP-Einheitsaufnahme

McAuley, Paul J.:
Pasquales Florenz : ein Renaissance-Roman / Paul J. McAuley.
Aus dem Engl. von Susanne Aeckerle. – Frankfurt am Main :
Eichborn, 1995
ISBN 3-8218-0364-9

Umschlaggestaltung: Rüdiger Morgenweck unter Verwendung eines
Gemäldes von Giotto sowie einer Zeichnung von Leonardo (da) Vinci.
Lektorat: Doris Engelke.
Satz: Fuldaer Verlagsanstalt GmbH, Fulda.
Druck und Bindung: Wiener Verlag Himberg.
ISBN 3-8218-0364-9.
Verlagsverzeichnis schickt gern:
Eichborn Verlag, Kaiserstraße 66, D-60329 Frankfurt

Liste der handelnden Personen. Historisch belegte Personen sind kursiv gedruckt.

Pasquale de Cione Fiesole	Malschüler
Giovanni Batista Rosso	Maler und Pasquales Meister (8. 3. 1494–14. 11. 1540)
Ferdinand	Rossos Berberaffe
Niccolò Machiavelli	Journalist (3. 5. 1469–21. 6. 1527)
Leonardo da Vinci	der Große Ingenieur (15. 4. 1452–2. 5. 1519)
Giacomo Caprotti genannt *Salai*	Gehilfe Leonardos von 1490 bis ca. 1519
Jacopo	Diener des Großen Ingenieurs
Michelangelo Buonarroti	Bildhauer und Maler (6. 3. 1475–18. 2. 1564)
Raffael	Maler (6. 4. 1483–6. 4. 1520)
Giulio Romano	Gehilfe Raffaels (1492–1. 11. 1546)
Giovanni Francesco	Gehilfe Raffaels
Baverio	Page Raffaels
Lisa Gioconda	Geliebte Raffaels (eigentlich: Mona Lisa, Gattin des florentinischen Edelmannes Francesco del Giocondo)
Piero di Cosimo	Maler und Visionär (1462–1521)

Pelashil	Geliebte di Cosimos
Paolo Giustiniani	Magier
Ein rothaariger Stelzenmann	Diener des Magiers
Taddeo Taddei	Kaufmann
Girolamo Cardono	Astrologe und Ratgeber Taddeis
Leo X. (Giovanni de' Medici)	Papst (11. 12. 1475–1. 12. 1521)
Giulio de' Medici	Kardinal und Vetter des Papstes (26. 5. 1478–25. 9. 1534)
Dr. Pretorius	ein Arzt von üblem Ruf
Fra Perlata	Dominikanermönch, Anhänger Savonarolas
Nicolas Koppernigk	Gelehrter und Astronom (19. 2. 1473–24. 5. 1543)

TEIL EINS

Das Fest
des
heiligen Lukas

1 Früher Morgen, kurz nach Sonnenaufgang. Der Himmel, noch nicht verdüstert vom Qualm der Gießereien und Manufakturen, im satten Blau des allerfeinsten Ultramarins für vier Florin die Unze. Männer in Lederschürzen, die auf dem Weg zur Arbeit gemächlich die Straße der Färber durchqueren, die langen Handschuhe um den Hals gehängt, das Haar zurückgebürstet und unter Lederkappen verborgen. Holzschuhe auf dem Straßenpflaster, fröhliche Rufe, das Klappen sich öffnender Fensterläden vor den kleinen Werkstätten rechts und links der Straße. Lehrjungen hängen Stränge gefärbter Wolle auf die Haken vor den Türen; rote, blaue, gelbe, die im klaren, schräg einfallenden Licht vor den abblätternden, sienabraunen Wänden leuchten. Dann ein dumpfes, schnelles Prusten, als jemand die Heronmaschine anwirft, die durch ein ausgeklügeltes System von Rädern und Riemen die Rührstange in der Küpe der Färber bewegt und die Archimedesschnecke antreibt, die das Wasser vom Fluß heraufbefördert. Ein Schnaufen und Zischen, eine kleine Dampfwolke über den buckeligen Terrakottadächern, dann geht das Stottern in langsames gleichmäßiges Klopfen über.

Pasquale, der am Abend zuvor zuviel getrunken hatte, wurde stöhnend wach, als das gleichmäßige Stampfen der Maschine den Boden, das Rollbett und seinen Körper erzittern ließ. Im vergangenen Jahr, als alles schwierig wurde – der Skandal um den Auftrag für das Hospiz von Santa Maria Nuova, der die Geschäfte, die nie glänzend gelaufen waren, plötzlich ganz versiegen ließ –, hatte Pasquales Meister, der Maler Giovanni Batista Rosso, Zimmer im zweiten Stock eines hohen, schmalen Hauses in der Straße der Färber gemietet. Obwohl der eine Raum nicht mehr als ein Schrank war und der zweite, in dem Pasquale schlief, nur ein enger Durchgang mit einem Bett, war der größte, als Atelier genutzte, luftig und hell und hatte einen schönen Ausblick über die Gärten der Franziskanermönche von Santa Croce. Im Winter hatte Pasquale immer lange im warmen Bett gelegen und die wandernden Schatten an der Decke des schmalen Zimmers beobachtet, hervorgerufen durch die Laternen der Lohnarbeiter aus den Färbereien, die unten auf der kalten dunklen Straße vorbeigingen. Im Frühjahr hatte er sein Bett zum gegenüberliegenden Fenster gedreht, damit er dem zitternden Tanz von Licht und Schatten in den Blättern der Bäume zuschauen konnte. Den ganzen Sommer über jedoch war er beim ersten Tageslicht von der Heronmaschine geweckt worden, und nun vermischte sich ihr Gestampfe mit den ekelhaft hämmernden Kopfschmerzen seines Katers, während er vergeblich nach Tabak und Papier tastete.

Zu viel Wein gestern abend, Wein und Bier, ein regelrechtes Besäufnis, und dann war er an der Reihe gewesen, Bernardos Leiche zu bewachen, er und drei andere, alle mit Pistolen bewaffnet, falls die Leichenbeschaffer ihr Versteck entdecken sollten; sie hatten schweren, dunklen, honigsüßen Wein getrunken und mit ihren Waffen herumgefuchtelt, wobei sie eher Gefahr liefen, sich in ihrer Trunkenheit gegenseitig zu erschießen als irgendeinen Leichenbeschaffer. Der arme Bernardo, so weiß und still, das Gesicht im Schein der flackernden Kerzen an der Stirnseite des Sarges wie verzückt, zwei funkelnde Silberflorin auf den geschlossenen Augen; mehr Geld, als er in seinem kurzen Leben je besessen hatte. Er war Jacopo Pontormos jüngster Schüler gewesen, ganze zwölf Jahre alt, und am Morgen von einem *vaporetto* angefahren worden, dessen eisenbeschlagenes

Vorderrad ihm den Brustkorb eingedrückt hatte. Ein schlechtes Omen, denn er war am 17. Oktober gestorben, am Tag vor dem Fest des heiligen Lukas, Schutzpatron der Florentiner Künstler.

Neuer Lärm drang durch die offenen Fenster: Automatische Kanonenschläge kündigten das Öffnen der Stadttore an, und deren Donnerhall – gemäß den Gesetzen der Ausbreitung von Schallwellen – tönte zuerst nah und laut, dann entfernter und leiser. Auf dem Kopfsteinpflaster das Rattern der Holzräder eines Velozipeds, dessen Fahrer fröhlich vor sich hinpfiff. Frauen, die einander über die schmale Gasse begrüßten, ein erster Plausch zu Beginn des Tages. Dann die Kirchenglocken von fern und nah, die zur Frühmesse riefen. Das langsame, schwere Läuten von Santa Croce, das sich mit dem Klopfen der Heronmaschine vermischte und, auf- und abschwellend, die beiden Rhythmen mit- und gegeneinander laufen ließ.

Pasquale tastete ein letztes Mal vergeblich nach seinem Tabak, stöhnte, setzte sich auf und merkte, daß er vollständig angekleidet war. Er fühlte sich, als sei er in der vergangenen Nacht bis zum völligen Ausbluten zur Ader gelassen worden. Rossos Berberaffe saß auf dem breiten Fenstersims am Fußende des Bettes, schaute Pasquale aus seinen glänzenden braunen Augen an und kratzte mit seinen langen gelenkigen Zehen am Kalkputz. Als er sah, daß Pasquale wach war, entriß er ihm die Decke und floh damit durchs Fenster, fröhlich schnatternd über diesen gelungenen Schabernack.

Da ertönte von unten ein menschlicher Schrei. Pasquale streckte den Kopf aus dem Fenster, um zu sehen, was geschehen war. Das Fenster führte auf die Gärten von Santa Croce, und der junge Mönch, der die Gärten betreute, lief aufgeregt den breiten weißen Kiespfad auf und ab und schwang einen leeren Sack wie eine Fahne. »Sorgt gefälligst dafür, daß diese Kreatur in Euren Räumen bleibt!« rief er erbost.

Pasquale schaute nach rechts und links. Der Affe war verschwunden. »Er *ist* drinnen. Und auch Ihr solltet drinnen sein, Bruder. Statt unschuldige Menschen aufzuwecken, solltet Ihr Euch Eurer Andacht widmen.«

Der Mönch rief: »Ich sage Euch, das Vieh war hinter meinen Trauben her!« Er war ein rotgesichtiger, dicker junger Mann mit fettigen schwarzen Haaren, die von seiner Tonsur nach allen Seiten abstanden. Und er fügte hinzu: »Was Unschuld betrifft, so ist kein Mensch unschuldig, außer im Angesicht Gottes. Besonders Ihr! Euer liederlicher, betrunkener Gesang hat mich letzte Nacht geweckt.«

»Dann betet für mich«, meinte Pasquale und zog den Kopf zurück. Er konnte sich überhaupt nicht an seine Heimkehr erinnern, geschweige denn an Gesang.

Der Mönch zeterte immer noch in den höchsten Tönen, mit sich vor Wut überschlagender Stimme, wie das bei dicken Männern oft der Fall ist. Deiner Trauben werde ich mich schon annehmen, dachte Pasquale und drehte mit zitternden Fingern eine Zigarette. Der erste Zug war der kritischste – man mußte versuchen, nicht zu tief einzuatmen. Vorsichtig sog Pasquale kräftiger. Er saß auf seinem zerwühlten Bett, rauchte seine Zigarette zu Ende und dachte an Engel und an Bernardos im Tode so friedliches Gesicht. Bernardos Familie würde versuchen, heute die Leiche ihres Sohnes aus der Stadt zu schmuggeln und zurück nach Pratolino zu bringen, dorthin, wo die Leichenbeschaffer keinen Zugriff hatten.

Pasquale goß Wasser in die Waschschüssel und machte sich das Gesicht naß. Nachdem er sich das feuchte, widerspenstige Haar mit den Fingern aus der Stirn gekämmt hatte, ging er hinüber in das große Studio, wo sein Meister schon an der Arbeit war.

Erst vor zwei Wochen hatten Rosso und Pasquale Wände und Boden des luftigen Raumes weiß gestrichen, und selbst zu dieser frühen Stunde war er schon von Licht erfüllt. Der Affe lag zusammengerollt auf dem brokatbezogenen Stuhl, hatte die Decke über sich gezogen und schnarchte zufrieden. Auch Pasquales Eintreten und Rossos lautes Lachen über den jämmerlichen Zustand seines Schülers konnten den Affen nicht stören.

Rosso arbeitete neben dem großen Fenster, das auf die Straße hinausging. Die Fensterläden waren geöffnet. Er benutzte eine Feder, um die mit Kohle ausgeführte Unterzeichnung von einer Leinwand zu entfernen, die, aufgezogen, mit Öl, Bleiweiß und Leim vorbehandelt, seit mehr als drei Wochen an der Wand gelehnt hatte und nun auf dem Arbeitstisch stand. Rosso war barfuß und trug nur seinen grünen Arbeitskittel, der locker um die Hüften gegürtet war und ihm bis knapp ans Knie reichte. Er war ein großer bleicher Mann mit einem Schock roter Haare, steif wie Stachelschweinborsten, scharfgeschnittener Nase und blassem beweglichem Mund. Ein schwarzer Kohlefleck zierte seine Stirn.

Pasquale nahm eine große Gänsefeder vom Arbeitstisch und ging Rosso zur Hand. Der meinte: »Wie geht es uns denn heute morgen? Hat Ferdinand dich geweckt, wie ich ihn gebeten hatte? Und worüber hat sich der gute Mönch so aufgeregt?«

Ferdinand war der Berberaffe, so genannt nach dem verstorbenen, unbeweinten König von Spanien.

»Er hat gewartet, bis ich wach war, und mir erst dann

die Decke weggezogen. Das hat er getan, weil er meinen Geruch mag, nicht weil Ihr es ihm befohlen habt. Ihr würdet ihn mit Euren Bitten noch nicht einmal dazu bringen, ein Glas Wasser zu trinken, und wenn Ihr ihn hundert Tage in der arabischen Wüste festkettet. Und dieser Mönch, der hat eine eifersüchtige Seele. Mögt Ihr übrigens Trauben? Ich habe eine Idee, wie ich unseren Freund dazu bringen kann, so laut zu schreien, daß er platzt.«

»Du willst Ferdinand beibringen, sie zu stehlen? Wenn dir das gelingt, glaube ich dir, daß du durch deine Hände mit ihm reden kannst.«

Pasquale entfernte den Kohlestaub, der sich am unteren Teil der Leinwand angesammelt hatte. Die Linien der Unterzeichnung mußten so gut wie unsichtbar werden, weil sie sonst durchscheinen würden oder, schlimmer noch, die Ölfarben verfärben konnten.

»Warum macht Ihr das jetzt, Meister? Solltet Ihr Euch nicht anziehen?«

»Warum? Ich habe mich doch gerade erst ausgezogen.«

»Mit Eurem Lustknaben unterwegs, oder?«

»Das«, meinte Rosso, »geht dich nichts an. Nur weil es dir nicht gelungen ist, Pelashil zu überreden, dir mehr von diesem Gift zu geben, mußt du es nicht an mir auslassen.«

»Pelashil? Hab ich das versucht?« Pasquale entsann sich, daß er mit ihr geredet, zwar nicht gestritten, aber ihr mehr und mehr zugesetzt hatte, weil er das Híkuri erneut probieren wollte und sie erwidert hatte, einen Betrunkenen würden die Visionen nur verwirren. Aber später war sie gekommen, hatte ihm vor aller Augen einen Kuß gegeben und gesagt, er solle zu ihr kommen, wenn er wieder bei Sinnen sei. Er stöhnte auf, halb vor

Wonne, halb vor Schuldgefühl. Pelashil war die Dienerin Piero di Cosimos, eine Wilde, die dieser von den freundlichen Ufern der Neuen Welt mitgebracht hatte und die allgemein als seine Kebse galt. Sie war doppelt so alt wie Pasquale, dunkelhäutig und breithüftig, aber ihn reizte die Herausforderung, ihre Aufmerksamkeit so lange zu fesseln, bis sie lächelte. Von müßigem Geplauder hielt sie nicht viel, und wenn eine Unterhaltung sie langweilte, wandte sie sich ab. Sie konnte lange Zeit schweigen, nicht weil sie schmollte, sondern in Gedanken versunken war; ihr plötzliches, aufstrahlendes Lächeln war allzu selten. Seltsam, alles, was Pasquale so bewegte – der euphorische Híkuri-Traum, das Gefühl, tief in das Gewebe der Welt eingedrungen zu sein –, wischte Pelashil beiseite, behauptete hartnäckig, es sei unwichtig. Sie wollte noch nicht einmal zuhören, als er versuchte, seine Vision zu schildern, nachdem er das bittere, graugrüne, ekelerregende Zeug gekaut hatte, das sie ihm in ihrem heißen, leuchtendbunten Zimmer verabreicht hatte.

Rosso, der verstand, was in seinem Schüler vorging, lachte und machte das Zeichen des Hahnreis über seiner Stirn. »Schäm dich, Pasqualino! Einen armen, verrückten Alten zu übervorteilen.«

»Vielleicht möchte ich in seine Fußstapfen treten und selbst die Neue Welt sehen. Wir könnten zusammen gehen, Meister, Ihr und ich. Wir könnten einen neuen Anfang machen.«

Rosso meinte: »Ich binde dich nicht an deinen Kontrakt, wenn du gehen möchtest. Du hast weiß Gott alles von mir gelernt, was ich zu geben habe. Geh, wenn du willst, aber brich nicht das Herz eines alten Mannes, beraube ihn nicht seiner Dienerin. Alte Männer brauchen die Wärme einer Frau.«

»Denkt nur an das Licht, Meister, und daran, daß ein

Mann dort allein von dem, was Ihr hier an Miete zahlt, wie ein König leben kann.«

»Ein König der Wilden? Und das soll eine Ehre sein?«

»Ich weiß, Ihr wollt sagen, daß Ihr Euer Ansehen hier genießt.« Pasquale seufzte. »Verzeiht, daß ich es erwähnt habe. Ihr solltet Euch für die Prozession umziehen.«

»Bis dahin haben wir noch viel Zeit.« Rosso trat zurück und betrachtete die Unterzeichnung kritisch. Es war die Darstellung einer Kreuzabnahme, der Blick auf den dramatisch verkürzten Leib Christi, der zärtlich von seinen Jüngern gehalten wurde.

»Das kann doch gewiß noch warten.«

»Ich muß in zwei Wochen fertig sein oder Strafe zahlen. So steht es im Vertrag.«

»Ihr habt schon früher Strafe gezahlt. Und wir müssen die Wand für dieses Lichtspektakel noch fertig machen.«

Rosso hatte sich bereit erklärt, farbige Muster auf eine frisch verputzte Wand zu malen. Sie waren Teil des Projektes eines Mechanikers, das den Papst erstaunen und erfreuen sollte. In früheren Jahren wären für die festlichen Schaustücke beim Besuch eines fremden Fürsten ausschließlich Künstler verantwortlich gewesen; jetzt hatten sie nurmehr die Aufgabe, den Mechanikern bei ihren Projekten und Entwürfen zur Hand zu gehen.

»Die Wand werden wir morgen bemalen. Ich kann es mir nicht leisten, den Vertrag zu brechen, genausowenig wie diesen hier. Bald werden wir den heiligen Martin um die Hälfte seines Mantels bitten müssen. Hör zu, wenn Signor di Piombino dieses Bild gefällt, läßt er uns vielleicht seine Privatkapelle ausmalen. Wie würde dir das gefallen, Pasqualino? Vielleicht könnte ich sogar neue Schüler einstellen.«

»Dann müßt Ihr ein neues Bett besorgen. Meines ist zu schmal für zwei und hat eine so tiefe Kuhle, daß ich schon geträumt habe, ich wäre lebendig begraben.«

»Es muß so schmal sein, damit es in das Zimmer paßt. Ach«, plötzlich war Rosso erbittert, »was soll überhaupt der Gedanke an neue Schüler!« Seine Stimmung war umgeschlagen, wie so oft in diesen Tagen. Pasquale wußte, daß sein Meister sich noch nicht von der Sache mit dem Hospizdirektor erholt hatte. Dieser hatte in den Skizzen für einen Auftrag Teufel entdeckt, wo Heilige hätten sein sollen, und sich lauthals beschwert, wie übel er getäuscht worden sei. Rosso sagte: »Vielleicht lasse ich dich die gesamte Kapelle ausmalen, Pasqualino. Aber wenigstens dies hier will ich selbst malen. Wird Zeit, den Auftrag zu beenden. Und da ist noch die Tafel, an der du schon so lange arbeitest. Wann wirst du mit dem eigentlichen Werk beginnen? Um das Bild brauchst du dir keine Sorgen zu machen, das schaffen wir im Nu. Wir fangen mit den Schattierungen an, die rechte Seite heller als die linke. Übrigens habe ich einen deiner Drucke verkauft.«

Pasquale hatte ein Stück Brot vom Vortag gefunden. Mit vollem Mund fragte er: »Welchen denn?«

»Du weißt schon, einen von denen, die gern von Frauen gekauft werden, obwohl sie sich nie trauen, direkt danach zu fragen. Sie war sehr hübsch, Pasquale, und wurde über und über rot, ich schwör's dir, als sie versuchte, mir klarzumachen, was sie wollte. Gieß ein wenig Öl auf das Brot, mir ist schleierhaft, wie du nach all der Trinkerei essen kannst ... du wirst doch hoffentlich nicht kotzen.«

Pasquale hatte eine ganze Reihe von Studien für diese Art Drucke gemacht – Steifmacher, wie sie im Malergewerbe genannt wurden. In einem von Mutter Lucias

Mädchen hatte er ein Modell gefunden, eine willige Hure, die für ein paar Soldi bereit war, ihm Modell zu sitzen und eine Stunde oder mehr in der gleichen Haltung zu verharren, ohne sich zu beschweren. Er fragte: »Welchen genau? Wieviel habt Ihr dafür bekommen?«

»Einen der älteren«, meinte Rosso obenhin. »Sehr eindrucksvoll, mit all den herumrennenden Hähnen.«

»Der? Von dem gab's im Frühjahr ein Plagiat.«

»Ja, und es war besser als dein Original – der Übergang zu den Armen des Mannes, der die Stange mit der Blase und dem Hahn hält, war viel fließender. Aber unsere errötende Kundin wollte trotzdem einen Druck des Originals, was man wohl als Kompliment auffassen könnte.«

»Na gut, ich kann ja einen neuen machen.« Pasquale wischte sich das Öl von den Händen und griff nach der geschwärzten Gänsefeder. »Wollt Ihr wirklich diese Unterzeichnung verwenden oder habt Ihr vor, ganz von vorne zu beginnen?«

»Oh, ich finde sie ganz vielversprechend. Allerdings gefällt mir die Stellung der beiden Figuren nicht, die die Beine des Gekreuzigten anheben. Vielleicht setze ich sie weiter nach hinten.«

»Das verdirbt bestimmt die Linienführung der Arme. Außerdem liegen die Arme eng am Körper, wenn man etwas Schweres hebt, also müssen die beiden dicht neben dem Korpus stehen.«

»Hör sich das einer an! Der Schüler erklärt dem Meister, was er tun soll.«

»Was ist mit meiner Bezahlung für den Druck?«

»Nichts mehr da. Alles ausgegeben. Sieh mich nicht so an, Pasquale. Schließlich muß man Miete bezahlen.«

»Gestern sagtet Ihr, die Miete habe Zeit.«

»Ich meine nicht das Studio«, sagte Rosso und blinzelte ihm zu.

»Welcher war's denn gestern? Der Deutsche mit der Narbe?«

Rosso zuckte die Schultern.

»Der Kerl ist ein Dieb.«

»Du hast ja keine Ahnung, Pasqualino. Ein alter Mann muß sehen, wo er Liebe findet. Gönn ihm das doch. Macht dich dein Kater so kratzbürstig?«

Rosso war vierundzwanzig, nur sechs Jahre älter als sein Schüler.

Pasquale kraulte den Affen hinter den Ohren. Das Tier räkelte sich und seufzte zufrieden. »Wir müssen uns für die Prozession fertigmachen.«

»Bis dahin ist noch viel Zeit.«

»Wir haben versprochen, bei Meister Andrea die Banner abzuholen. Was glaubt Ihr, Meister ... wird er da sein?«

»Wenn er nicht käme, wäre das sehr taktlos von ihm.«

Raffael. Sie mußten ihn nicht beim Namen nennen. Alle Welt sprach von ihm, seit er vor drei Tagen aus Rom eingetroffen war, als Vorhut seines Herrn, Papst Leo X.

Rosso fügte hinzu: »Außerdem muß ich mich dem Anlaß entsprechend kleiden, und ich habe mich noch nicht ganz entschieden ...«

»Wenn das so ist, habe ich ja genügend Zeit, dem Affen etwas beizubringen.«

Natürlich kamen sie zu spät. Rosso war bekannt dafür, stets zu spät zu kommen. Statt sich anzukleiden, hatte er in seinem Arbeitskittel herumgesessen, brütend den Karton angestarrt und dann begonnen, Pasquale in roter Kreide zu skizzieren, während der versuchte, den

Affen ein Seil hinabklettern zu lassen – nicht so einfach, wie es schien, denn Berberaffen sind keine großen Kletterer, und schon gar nicht an einem Seil. Zudem war Rosso nach wie vor in seltsam wechselhafter Stimmung, wollte einerseits nicht gehen, war aber andererseits ruhelos und nervös. Als er sich schließlich etwas übergeworfen hatte, mußten sie durch die Straßen zu Andrea del Sartos Studio rennen und kamen trotzdem zu spät.

Meister Andrea war offenbar schrecklich wütend auf seine neue Frau. Seine Schüler lungerten im vorderen Teil des Studios herum, wo die aufgerollten Banner für die Prozession an der Wand lehnten. Die wütende Stimme ihres Meisters erscholl mal laut, mal leiser aus einem Fenster im ersten Stock. In fröhlicher Festtagsstimmung und angetan mit ihren besten Kleidern, ließen die Schüler eine fette Marihuana-Zigarette herumgehen, verzehrten die dicken, saftigen Colombano-Trauben, die Pasquale und Rosso mitgebracht hatten, und lachten über Pasquales Geschichte. Er hatte sogar eine Schürfwunde vom Seil als Beweis; der Affe war bei seinem Abstieg in Panik geraten und hatte ihm beinahe das Seil aus den Händen gerissen. Allmählich kamen immer mehr Meister und Schüler dazu – in dieser Straße gab es Dutzende Studios neben den Werkstätten der Goldschmiede und Steinmetze. Jemand hatte eine Flasche Wein mitgebracht, die ebenfalls rundging.

Schließlich kam Meister Andrea heraus, ein stattlicher Mann, in schwarzem Samt, mit einem Gürtel aus geflochtenem Golddraht um die Mitte. Sein Gesicht war fleckig, und seine Hände zitterten, als er sich die langen schwarzen Haare zurückstrich. Er sah aus wie eine wütende Biene, die aus dem Bienenstock herausgeschossen kam, um Eindringlinge abzuwehren. Dabei war er eigentlich ein freundlicher Mann und ein guter Lehrer – Rosso war sein Schüler gewesen und so auch Pasquale in gewisser Weise –, neigte aber zu Wutausbrüchen, und seine neue Frau, jung und hübsch, provozierte ihn zu immer neuen, übertriebenen Eifersuchtsanfällen.

Rosso legte seinem ehemaligen Meister den Arm um die Schultern und redete auf ihn ein, während die Gruppe sich zur Piazza della Signoria aufmachte. Pasquale schulterte ein zusammengerolltes Banner und folgte mit den anderen Schülern. Er fühlte sich ungepflegt, immer noch in den Kleidern des gestrigen Tages – er besaß auch kaum etwas Besseres, aber wenn er nicht so betrunken gewesen wäre, hätte er zumindest Wams, Beinkleider und Überrock ausgezogen und unter die Matratze gelegt, bevor er zu Bett ging. Wenigstens hatte er daran gedacht, Gesicht und Hände zu schrubben und sich eines von Rossos Rosenwässern in die Handflächen zu reiben. Seine lockigen Haare hatte er gebürstet, bis sie glänzten, und Rosso hatte ihm einen schmalen Reif aufs Haar gedrückt und ihn den kleinen Prinzen der Wilden genannt, nur um ihn zu ärgern.

Auf ihrem Weg stieß die Gruppe auf andere Maler, deren Gehilfen und Schüler, und als sie die Piazza della Signoria erreichten, waren sie auf ein halbes Hundert angewachsen. Vor der Loggia hatte sich bereits eine ebenso große Anzahl versammelt, aus der vor allem Michelangelo Buonarroti hervorstach, sie durch seine Persönlichkeit zu überragen schien. Er trug einen weißen Überrock von solcher Länge, daß er fast schon als Robe zu bezeichnen war – um seine X-Beine zu verbergen, lästerte Rosso, fügte aber rasch hinzu, daß der so Geschmähte mit einem Blitz in der Hand einen ganz passablen Zeus abgeben würde.

Raffael und sein Gefolge waren nicht da.

Die gemieteten Musikanten setzten mit Schalmei, Posaune und *viole da braccio* ein. Banner wurden entrollt und leuchteten in strahlendem Gold und Ultramarin, als wären plötzlich in einer Ecke des steinernen Gevierts der Piazza Blumen erblüht. Dem Beispiel anderer Schüler folgend, steckte Pasquale die Stange seines Banners in das Horn des ledernen Geschirrs, das er sich umgelegt hatte; trotzdem taten ihm nach kurzer Zeit die Schultern weh, als der Wind das schwere Banner hin und her zu zerren begann.

Nicht viele der Vorübergehenden nahmen von ihnen Notiz. Die Wichtigkeit der Künstlerbruderschaft war geschrumpft, und sie schien nur eine kleine, unbedeutende Gruppe zu sein, ein verlorenes Häuflein neben der riesigen Tribüne, die Arbeiter vor dem Palazzo zusammenhämmerten, für das unmittelbar bevorstehende Eintreffen des Papstes.

Das Hämmern hörte selbst dann nicht auf, als ihnen von den Stufen der Loggia aus der Segen erteilt wurde. Im Lärm, der noch verstärkt wurde durch die gebellten Befehle, nach denen die Stadtmiliz auf dem weiten Schachbrett des Platzes exerzierte, und die klappernden Signalarme des Turmes, die ein kinetisches Ballett zu tanzen schienen, ging die schwache Stimme des Sekretärs der Zehn fast unter, mit der er den jährlichen Segen spendete. Der Priester war noch dabei, das geheiligte Wasser gegen die Versammelten zu schwenken, als der Sekretär von seinen Amtsgehilfen bereits in beinahe ungebührlicher Hast weggeführt wurde. Dann murmelte der Priester ein Gebet, schlug das Kreuz, und sie waren entlassen.

Die Prozession formierte sich unter einigem Gedrängel um die richtigen Positionen zu einer unordentlichen Reihe und setzte sich in Bewegung. Langsam verließ sie die vom Großen Turm überschattete Piazza. Versehen mit schmalen Fenstern und Balkonen, Pechnasen und Vorsprüngen, die an den glatten Steinen wie Schwalbennester klebten, ragte der Turm so hoch und klobig in den Himmel hinauf, daß er durch die hinter ihm vorbeiziehenden Wolken ständig umzukippen schien. Er bildete die nordwestliche Ecke der Kollegien und Laboratorien, der Apotheken und Operationssäle, der Sezierräume und Werkstätten der neuen Universität, die ein ganzes Viertel verwinkelter Gassen, in denen einst Goldschmiede arbeiteten, ersetzt hatte. Ein Komplex roter Dächer, weißer Kolonnaden und Terrassen, gebaut nach Plänen des Großen Ingenieurs, der in seinem hohen Turm Hunderte von *braccia* über dem gemeinen Volk brütete und vielleicht sogar in diesem Augenblick zusah, wie sich die Prozession der Künstlerbruderschaft wie ein Ameisenzug tief unter seinem Horst zur Ponte Vecchio schlängelte. Wegen der vielen Karren, Kutschen und *vaporetti* mußten sie hintereinander gehen, bis sie die breite Promenade am Fluß erreicht hatten.

Pasquale, der das Banner mit dem Abbild des heiligen Lukas trug – eines gütigen, weißbärtigen Mannes, der beim Porträtieren der Heiligen Jungfrau gezeigt war (es gab drei dieser Gemälde, eines in Rom, die anderen in Loreto und Bologna) –, betrachtete den Fluß. Er sah sich gern die Schiffe an: kleine Schleppkähne, die Arbeitspferde des Flußtransportsystems; Schaufelradfähren; große, hochseetüchtige *maonas* und gelegentlich ein Kriegsschiff auf einer Mission, die es weit vom Marinehafen in Livorno weggeführt hatte und das mit seinem Schraubenantrieb wie ein geschmeidiger Leopard unter Hauskatzen wirkte.

Sonnenlicht fiel durch einen Spalt zwischen den Wolkenbergen. Die Banner leuchteten auf, die Musikanten spielten lauter, und alle beschleunigten den Schritt. Auch Pasquales Herz schlug endlich höher, und er vergaß die Kopfschmerzen und die unbehagliche Schwere von Brot und Öl in seinem Magen, vergaß den Schmerz in den Armen, die das gewichtige Banner trugen. Möwen, die dem großen Kanal landeinwärts folgten, hingen wie weiße, kreischende Flocken über den Flußkanälen. Schreie, ferne Schreie. Er konnte davon träumen, mit der dunkeläugigen, braunhäutigen Pelashil in ihre Heimat zu fahren – in die Neue Welt, wo weiße Stufenpyramiden wie Salz vor den Palmen glitzerten, wo einem alle nur erdenkbaren Früchte in die ausgestreckten Hände fielen und wo Schwärme von Papageien herumschwirrten wie Pfeile von den Bögen einer Armee.

Der Fluß war in Kanäle unterteilt, und das Wasser am Ufer hatte seltsame Farben, die sich zu zarten Kreisen mischten. Färbereien und chemische Manufakturen ließen ihre Abwässer in den Kanal, wo sie sich im Gegensatz zu Farbpigmenten nicht zu schmutzigem Braun vermischten, sondern eigentümliche neue Kombinationen eingingen, chemische Reaktionen, die auf der Oberfläche zittrige, irisierende Schlierenmuster bildeten, als sei das Wasser zum Leben erwacht. An den Brückenpfeilern über dem voll gefluteten Schnellkanal hingen Gruppen angeketteter Wassermühlen, deren Schaufeln stampfend das Wasser aufwühlten und die Luft mit ratterndem Maschinenlärm erfüllten. Die meisten trieben Webstühle an, deren Besitzer auf diese Weise hofften, mit den modernen, automatischen Maschinen der Manufakturen am gegenüberliegenden Ufer mithalten zu können. Nachts brachen manche heimlich aus dem Verband aus, durchtrennten die Vertäuung ihrer Rivalen und versuchten, ihre eigenen Mühlen stromauf zu manövrieren, um den Vorteil der stärkeren Strömung zu nutzen. Manchmal hallten Pistolenschüsse über das Wasser. Der Journalist und Stückeschreiber Niccolò Machiavelli hatte einst die berühmte Bemerkung gemacht, Krieg sei nur kommerzielle Konkurrenz im Extrem, und genau darum ging es hier.

Am Ponte alla Grazie verließ die Prozession die Flußpromenade und erreichte das Gewirr enger Straßen zwischen Wohnhäusern aus weichem grauem *pietra serena*, voll schwarzer Streifen vom sauren Regen und bröckelig geworden durch die verunreinigte Luft und dem aus den Manufakturen aufsteigenden Rauch. Auf den Straßen hatten die Werkstätten und *bottegas* ihre Fensterläden für das Tagesgeschäft geöffnet, und die Arbeiter kamen heraus, um der Prozession zuzujubeln. Vor allem jubelten sie Michelangelo zu, der mit unerschütterlicher Würde die Prozession anführte und in seiner weißen Kleidung das Schwarz und Braun der anderen Meister überstrahlte. Die Florentiner liebten ihre erfolgreichen Söhne, vor allem, wenn es sich um heimgekehrte handelte. Besser noch, Michelangelo war nach einem heftigen Streit mit dem Papst über das Grabmal des vorherigen heiligen Vaters in seine Heimatstadt zurückgekehrt. Er galt als einer, der die Ehre von Florenz über die Wünsche des alten Feindes der Stadt gestellt hatte; nicht von ungefähr war der David – die Statue des Mannes, der den Giganten besiegt hatte – sein berühmtestes Werk.

Schließlich erreichte die Prozession die schlichte Kirche Sant'Ambrogio, in deren Nachbarschaft die meisten Maler arbeiteten. Früher, vor dem Bruch der Bruderschaft mit der Gemeinschaft des heiligen Lukas und der in ihr zusammengeschlossenen Ärzte und Apotheker, die ihre verarmten Künstlerbrüder lange finanziert hatten, war der Gottesdienst in der mit viel Marmor und Bronze geschmückten Kirche Sant'Egidio abgehalten worden, im Hospiz von Santa Maria Nuova. Doch nun nicht mehr.

Leichter Regen hatte eingesetzt. Die Trommeln schlugen, während die Prozession durch die schmalen Türen in die schlichte kleine Kirche mit ihren verputzten Wänden und den Schatten im Gebälk einzog, untermalt von dem Stampfen der Kolbenmaschinen in den Manufakturen auf der anderen Straßenseite.

Raffael war auch hier nicht.

2 Die Messe war fast zu Ende, als Raffael schließlich eintraf. Er rauschte mit seiner schnatternden Herde von Gehilfen und Schülern herein, und die Unruhe an der Tür der kleinen Kirche ließ alle Köpfe herumfahren. Die Müßiggänger, die im hinteren Kirchenschiff saßen und während des gesamten Gottesdienstes in der lässigen Art der Florentiner geplaudert hatten – Florentiner betrachteten Kirchen schlichtweg als einen öffentlichen Ort, der, trotz der Altäre und Kapellen, so weltlich war wie jeder andere auch –, verstummten, sperrten die Mäuler auf und stießen sich gegenseitig an. Alle Meister und Schüler warfen Blicke nach hinten, bis auf einen – Michelangelo. Er saß steif am äußeren Ende der ersten Kirchenbank, in exakt der gleichen Haltung wie während der ganzen Messe (Pasquale hatte ihn heimlich so skizziert), und ließ sich nicht dazu hinreißen, seinen Rivalen anzublicken. Selbst der Priester hielt für einen Moment inne, bevor er unter dem Geläut vieler kleiner Glocken mit der Segnung der Hostie fortfuhr. Als Raffael und seine Anhänger ihre Regenumhänge ablegten, unter denen modische schwarze, maschinell hergestellte Überröcke, Wämser und Kniehosen zum Vorschein kamen, stimmte das aus sechs Mann bestehende Orchester ein dünnes Agnus Dei an, in das der alternde Kastrat einen halben Takt zu spät einsetzte. Jedermann im Kirchenschiff fing an, mit seinem Nachbarn zu flüstern.

Rosso knuffte Pasquale und raunte ihm zu: »Gottes zweitliebster Sohn beehrt uns mit seiner Anwesenheit.«

Pasquale konnte sich nicht mehr beherrschen, drehte sich um und starrte den großen Maler an. Raffael saß entspannt zwischen seinen Gehilfen, von denen manche selbst hätten Meister sein können, hätten sie sich nicht entschieden, Raffael zu dienen. Und wer würde das nicht tun? Raffael verdiente mehr als jeder andere Künstler in Rom und in der Republik Florenz, ja sogar mehr als jeder in Europa und in der Neuen Welt. Genau wie Michelangelo hatte sich auch Raffael dem neuen Zeitalter verschrieben. In dieser Ära des Individualismus war er sein eigener Herr geworden. Er nahm nur Aufträge an, die ihm gefielen, und seine Berühmtheit brachte die Reichen – egal, ob honoriger Geldadel oder Neureiche – dazu, sich in erbittertem Wettstreit um seine Werke zu überbieten, während die Armen ihre Häuser mit billigen Reproduktionen seiner Bilder schmückten. Kein anderer Künstler genoß ein solches Ansehen. Auch Michelangelo tat, was er wollte, überwarf sich dabei aber ständig mit seinen Auftraggebern. Nur Raffael brachte es fertig, seine Kunden zufriedenzustellen und gleichzeitig so zu malen, wie es ihm gefiel.

»Er ist zu seinen Ursprüngen zurückgekehrt, um sich zu vergewissern, daß sie genau so schlimm sind, wie er sie in Erinnerung hat«, murmelte Rosso.

»Aber seinen Florin hat er bezahlt«, hielt Pasquale dagegen. Raffael hatte das Recht, an der Messe der Florentiner Künstlerbruderschaft zu Ehren ihres Schutzpatrons teilzunehmen, weil er sich in das rote Buch eingetragen und seinen Beitrag bezahlt hatte. Da Pasquale so versessen darauf gewesen war, einen Blick auf Raffael zu erhaschen, fühlte er sich nun verpflichtet, ihn zu verteidigen.

»Da dürfte er hier so ziemlich der einzige sein«, meinte Rosso, womit er recht hatte. Das rote Buch der Bruderschaft verzeichnete mehr Schuldner als Gläubiger des heiligen Lukas, denn nur wenige fühlten sich bemüßigt, einen ganzen Florin zu bezahlen, um anerkannte Meister einer Zunft zu werden, deren beste Tage vorüber waren, während solche wie Raffael Sanzio aus Urbino oder Michelangelo Buonarroti keine Bruderschaft brauchten, die ihre Interessen vertrat. Als sich die Prozession durch die Kirchentür schlängelte, hatte Pasquale Meister Andrea murren hören, daß sie inzwischen weniger Mitglieder hätten als die Zunft der Rattenfänger, daß einst die Straße, an der die kleine Kirche von Sant'Ambrogio stand, dem fröhlichen Prozessionszug kaum genug Platz geboten hätte, daß alle zusammengeströmt wären, wenn ein neues Bild das Studio von Cimabue verließ – und wo war diese Begeisterung heute?

Aber immer noch leuchteten die Prozessionsbanner, auch wenn sie geflickt waren, verblichen und alt, älter als das Jahrhundert. Selbst in dieser kleinen Kirche gab es Beweise im Überfluß für das goldene Zeitalter, in dem die Kunstwerke der Maler dem Lob Gottes gewidmet waren. Den Hauptaltar schmückte ein abblätterndes Fresko der Verkündigung, und über dem Nebenaltar prangte ein wesentlich besser erhaltenes, wunderschönes Fresko der Madonna auf ihrem himmlischen Thron, zusammen mit Johannes dem Täufer und dem heiligen Bartholomäus. Dieses Thema wiederholte sich über dem dritten Altar, wo die Jungfrau in ihrer Herrlichkeit von mehreren Heiligen umgeben war. Das Blattgold der Fresken schimmerte im Kerzenlicht und ließ die Kirche viel größer wirken – wie ein Tümpel, den man zwischen den Bäumen hindurch für einen See hält.

Pasquale hatte es geschafft, einen Platz nahe des besten Werks der Kirche zu ergattern. Es befand sich in einer Nische zwischen dem zweiten und dritten Altar, ein kleines Medaillon der Verkündigung, das Lippi im goldenen Zeitalter gemalt hatte, vor dem Aufstieg der

Mechaniker. Während der Messe, die in voller Länge zelebriert wurde und für die alle Meister zahlen mußten, ob sie nun ihre Zunftbeiträge entrichten konnten oder nicht (Rosso hatte heftig gemurrt über diese Bürde), hatte Pasquale auf dieses Fenster in eine andere Welt gestarrt, eine Welt klarer Farben und reiner Linien. Die duldsame Haltung der Madonna an ihrem Fenster, deren Gesicht und Gestus die vierte der fünf löblichen Eigenschaften der Heiligen Jungfrau ausdrückten, nämlich *Humiliatio*; der goldene Strahl von der Taube des Heiligen Geistes hin zu ihrem Leib; und der Engel Gabriel, der in einem Garten voller Frühlingsblumen kniete. Vor allem der Engel. Pasquale sammelte Engel. Bis auf die Flügel (die trotz der goldenen Spitzen ganz klar den Flügeln einer Taube nachempfunden waren; Pasquale hatte eine andere Verkündigung von Fra Lippi gesehen, bei der die Flügel des Engels aus Pfauenfedern bestanden) hätte dieser Engel ein junger Bursche aus einem der großen Häuser der Zeit Lorenzos des Unglücklichen sein können. Er war vielleicht vierzehn oder fünfzehn Jahre alt und blaß, hatte ein schmales Gesicht, staunende blaue Augen mit langen Wimpern und trug eines der prächtigen Gewänder jener höfischen Tage. Von dieser künstlichen Exotik befreit, hätte er ein Diakon oder Page sein können. Was Pasquale so fesselte, was er zweimal auf einem Stück Papier festzuhalten versucht hatte, war der Ausdruck des Engels. Er war voll gespannter Aufmerksamkeit, erfüllt von dem traurigen Wissen um die Bürde, die das heilige Kind würde tragen müssen, aber auch von der Freude darüber, daß dieser Pakt zwischen Himmel und Erde endlich zu Fleisch werden sollte.

Zumindest war es so angelegt, dachte Pasquale. Aber wie konnte man die wirklichen Gefühle eines Wesens festhalten, das sowohl über den Menschen stand (denn er stand Gott näher als der Heiligste der Heiligen) als auch unter ihnen (denn obwohl Gabriel über Heerscharen weniger bedeutender Engel herrschte, war er am Ende doch nicht mehr als ein Bote, ein Zwischenträger, der den Menschen das Wort Gottes brachte, selbst aber nicht das Wort, sondern nur dessen Gefäß war; Engeln blieb keine andere Wahl als zu dienen, denn alles andere hätte ihren Fall bedeutet). Solche Gedanken beschäftigten Pasquale ständig, seit sich ihm das Konzept zu seinem Meisterwerk enthüllt hatte. Pietro di Cosimo, den er gerne als seinen heimlichen Meister betrachtete, hatte ihm in einem seltenen Moment der Klarheit gesagt, wenn überhaupt, so dürfte er nur das Wahre malen. Aber wie die Wahrheit von etwas darstellen, das sich dem menschlichen Begriffsvermögen entzog? Wie konnte man das Gesicht eines Engels malen?

Fra Lippis Lösung war es, seinen Engel als schönen Höfling darzustellen; die Mehrzahl der Maler des goldenen Zeitalters hatte sich so entschieden. Die meisten Florentiner Maler hatten während ihrer Schaffensperiode mindestens eine Verkündigung gemalt, ein beliebtes Thema, da das Fest der Verkündigung und das Neujahrsfest auf denselben Tag fielen, den fünfundzwanzigsten März. Aber das Goldene Zeitalter war dahin, durch die Apparate, Vorrichtungen und Maschinen der Mechaniker ebenso zerschlagen wie die Wirklichkeit selbst. Die Neue Zeit war angebrochen und verlangte nach Genialem oder gar nichts. In seiner Jugend hatte Raffael Engel als überhöhte Idealisierungen gemalt, nicht als den besten oder schönsten Höfling, sondern den idealen Höfling aus Castigliones imaginären Gesprächen. Es hieß, Raffael hielte beim Malen nicht nur die äußere Erscheinung seines Modells fest, sondern auch dessen Gedanken und Persönlichkeit. Aber seit seiner Lehrzeit hatte er keinen Engel mehr gemalt, außer in seiner Darstellung der Flucht des heiligen Petrus aus dem Kerker, und dort nur im Schatten. Wenn schon der größte Maler der Welt vor dieser Aufgabe zurückschreckte, wie sollte dann Pasquale seiner selbstauferlegten Herausforderung gerecht werden?

Obwohl Pasquale seine Vision und die sündhaft teure, mit unendlicher Sorgfalt vorbereitete Tafel besaß, hatte er bisher noch keinen Pinselstrich an der Ausführung getan. Er hatte einen flüchtigen Blick erhascht – oder meinte, das getan zu haben – auf etwas, das mehr war als bloße Schönheit oder selbst das Ideal von Schönheit, aber er wußte nicht, wie er es umsetzen sollte. Nur eines wußte er: Sollte er hieran scheitern, würde er sich lebenslang als Versager empfinden. Wenn er nur mit Raffael darüber sprechen könnte! Der große Maler würde ihn schon verstehen.

Der arme, drogenabhängige Piero di Cosimo mit seinem Gerede über die Kreaturen aus anderen Welten, die mit dieser Welt verwoben waren, verstand mehr als die meisten, aber trotz all seiner Abenteuer an den fernen Küsten der Neuen Welt war seine Sichtweise doch die der Alten Welt; er hatte sich nie ganz von dem einst Erlernten lösen können. Und Meister Rosso gegenüber hatte Pasquale das Thema seines Bildes nie erwähnt, ganz zu schweigen von seiner Vision. Rosso war ein Meister technischer Probleme, der Perspektive und des plastischen Raumes, der schnellen Entscheidungen, die für das Malen von Temperatafeln nötig waren, und der kühnen Verbesserungen, die durch die neuen holländischen und deutschen Rezepte für Ölfarben möglich geworden waren. Obwohl er ein guter Mann und ein großzügiger Meister war, haderte er zunehmend mit seinem Schicksal und war konservativer, als er zugeben mochte. Künstler waren und blieben in erster Linie Handwerker, das war sein Motto.

Glöckchen ertönten zur Erhebung der Hostie; Pasquale und die übrigen Schüler folgten den Meistern der Bruderschaft (Rosso, der vergessen hatte, zur Beichte zu gehen, mußte zurückbleiben), um an der Kommunionbank den Schluck blutroten Weins und die dünne Oblate des gewandelten Fleisches zu empfangen. Als Pasquale aufstand, während die Oblate auf seiner Zunge zerging und den rostigen Geschmack des Weins versüßte, sah er, daß Raffael bescheiden am Ende der Reihe kniete, mitten zwischen seinen Schülern, als sei er ein ganz gewöhnlicher Mann.

Die Kommunion war vorbei, die Gebete für die Zelebranten gesprochen und der Segen erteilt, und die Gemeinde strebte dem Ausgang zu, wo sie sich mit den Müßiggängern und normalen Bürgern vermischte, die auf die reguläre Mittagsmesse warteten, die demnächst beginnen sollte. Die Schüler sammelten die Banner ein. Pasquale rollte das seine zusammen und bat einen von Meister Andreas Schülern, es zurückzutragen. Er hatte Raffael im Gespräch mit einigen Meistern den Gang hinunterkommen sehen.

Der Schüler, ein fröhlicher Bursche mit Namen Andrea Squazella, sagte: »Gott sieht selbst den Spatzen fallen, und so möchte es sein, daß auch Raffael dich wahrnimmt. Aber er wird nur einen Spatzen sehen.«

»Ein bißchen mehr doch schon, hoffe ich.«

»Ich kenne deinen Ehrgeiz, aber was dein Talent angeht ...« Als Raffael an ihnen vorbei ging, griff Andrea nach Pasquales Arm und rief mit gespieltem Erschrecken: »Immer mit der Ruhe, fall mir bloß nicht in Ohnmacht. Er ist auch nur ein Mensch.«

Raffael war von mittlerer Größe, hatte ein sanftes weißes Gesicht und schulterlange schwarze Locken. Sein schwarzer Überrock, das Wams und die Hose waren aus feinstem, schräg geschnittenem holländischem Tuch. Er unterstrich seine Worte mit einer Geste. Seine Finger waren so schmal wie die einer Frau und so lang, als hätten sie ein zusätzliches Glied.

Pasquale atmete aus, nachdem die kleine Gruppe an ihnen vorüber war. »Nur ein Mensch«, wiederholte er.

»Dort geht jemand mit einer anderen Meinung«, flüsterte Andrea. »Meister Michelangelo hält Raffael für eine wesentlich niedrigere Kreatur. Eine Laus vielleicht.«

Michelangelo bahnte sich seinen Weg durch den gegenüberliegenden Gang der Kirche, den kantigen Kopf hoch erhoben, gefolgt von zwei seiner Gehilfen. Er wirkte wie ein Kriegsschiff, das, eskortiert von zwei Schaluppen, kurz vor dem Sturm den Hafen verläßt.

»Mein Meister sagt, Raffael hätte Michelangelos Einfälle gestohlen«, raunte Andrea. »Raffael wurde heimlich in die Sixtinische Kapell geführt, nachdem Michelangelo aufgehört hatte, dort zu arbeiten. Er übermalte sofort den Propheten Jesaia, so daß es wie eine Zusammenarbeit aussah, allerdings eine, von der Michelangelo nichts wußte. Dein Raffael ist eher ein Nachahmer als ein Neuerer.«

»Wenn du damit sagen willst, daß seine Inspiration dort beginnt, wo die anderer endet, dann beginnt meine ebenfalls dort«, verkündete Pasquale großspurig; Andrea lachte und nannte ihn schamlos.

»Ich bin ratlos. Wie kann ich ihn ansprechen?«

»Sag ihm, daß dir seine Werke gefallen«, schlug Andrea vor. »Oder, besser noch, mein Meister soll dich ihm vorstellen. Los, Pasquale! Wenn du zu weit entfernt bist, mußt du brüllen, und das tut man einfach nicht. Noch nicht einmal in einer Florentiner Kirche.«

Andrea kam aus Urbino und betrachtete alle Florentiner als ungehobelt, vor allem, weil sie während der Messe ständig miteinander schwatzten, sogar an hohen Feiertagen.

Inzwischen hatte die Gruppe mit Raffael in der Mitte fast den Ausgang erreicht. Als Pasquale ihnen folgte, kam jemand zur Kirchentür herein, und so, wie ein Luftzug einen Blättervorhang auseinandertreibt, wichen die Umstehenden zurück und überließen Raffael allein der Konfrontation mit dem Neuankömmling.

Dieser war ein korpulenter Mann mittleren Alters und nach einer Mode gekleidet, die eher für einen zwanzig Jahre Jüngeren passend war: ein kurzer grauer Umhang, übersät mit rußigen Regentropfen, dazu ein weißer, locker geschnürter Überrock; ein voluminöses Wams mit ausladenden, geschlitzten Puffärmeln, wie die deutschen Studenten sie liebten; dazu eine mehrfarbige Strumpfhose. Sein hektisches rotes Gesicht trug immer noch Spuren einstiger jugendlicher Schönheit, vor allem im Profil und den schmollend verzogenen vollen Lippen. Das lockige Haar war nach wie vor dicht und fiel ihm in einer extravaganten Frisur bis auf die Schultern.

Pasquale erkannte ihn sofort als Giacomo Caprotti, genannt Salai, den aus Mailand mitgebrachten Lustknaben des Großen Ingenieurs, und er sah, daß der Mann betrunken war. Schnell trat er zurück, aber Salai rempelte ihn trotzdem an.

»Kannst du nicht aufpassen«, schimpfte er, »wenn Höhergestellte an dir vorbeigehen?«

»Entschuldigt, Signor, aber ich konnte nicht wissen, daß Ihr eine so hohe Meinung von Euch habt«, gab Pasquale zurück.

Er hätte noch mehr gesagt, doch da packte Giulio Romano, ein stämmiger Gehilfe Raffaels in mittlerem Alter, Salai am Arm und zischte ihm zu: »Nicht hier. Das ist nicht der richtige Ort.«

Salai schüttelte ihn ab und strich seinen Ärmel glatt. »Wie recht du hast, aber ich habe euch im Turm verpaßt und möchte nun meine Reverenz erweisen, so mir das gestattet ist.«

Romano hob die Hände.

Salai drehte sich wieder den anderen zu und nuschelte mit trunkener Wortgewandtheit: »Ich muß mich tausendmal entschuldigen, daß ich euer Grüppchen verpaßt habe. Leider begab ich mich an den falschen Ort, nämlich dorthin, wo ihr eure Feiertagsmesse zu halten pflegtet, als ihr in Florenz noch etwas galtet. Danach hatte ich größte Schwierigkeiten, dieses Kirchlein zu finden, das ja sicher seinen Charme haben mag, aber doch reichlich versteckt liegt. Eigentlich tut es mir überhaupt nicht leid, denn ich bin nur in Vertretung meines Meisters hier. Er hat vor langer Zeit seine Gebühr bezahlt, bevor er seinem wahren Ruf folgte und das Farbgekleckse sein ließ.« Salai sah zu Raffael auf. Sein Blick war unstet. »Nun, Maler? Diesmal läuft der Hund also seinem Herrn voraus, ja? Ich beglückwünsche Euch zu Eurer Kleiderwahl, Signor Raffael, und zu der Eurer Speichellecker. Unter den gegebenen Umständen scheint mir Trauerkleidung durchaus angemessen. Ihr verrückten kleinen Künstler habt eure besten Tage hinter euch, auch Ihr, Signor Raffael. Bald werden wir euch in den Schatten stellen, weil wir das wirkliche Licht festhalten.«

Einer der Gehilfen fuhr ihn an: »Wenn Ihr eine Botschaft Eures Meisters zu überbringen habt, so tut es. Meister Raffael ist ein viel zu beschäftigter Mann, um mit Euresgleichen seine Zeit zu vergeuden.«

»Zweifellos mit einer Liebesaffäre beschäftigt. Eine dieser Herzensaffären, von denen wir in den Flugschriften lesen. O nein, dem will ich gewiß nicht im Wege stehen!«

Raffael lachte. »Ihr seid überhaupt nicht geschickt worden, stimmt's?«

Salai grinste breit, als sei er über die Maßen erfreut, daß man ihm auf die Schliche gekommen war. »Wenn Ihr mich so fragt, nein.«

Der zweite Gehilfe murmelte drohend: »Wenn ich mich recht erinnere, wurde Lorenzo de' Medici in einer Kirche ermordet.«

»Sei still«, wies ihn Giulio Romano zurecht.

Salai berührte den Knauf des französischen Rapiers, das an seinem Silberbrokatgürtel hing. »Wir können es draußen austragen, Signor, wenn Euch das lieber ist. Ich bin sogar bereit zu warten, bis Ihr Euch bewaffnet habt.«

Für einen Moment herrschte angespannte Stille, denn Salai war als exzellenter Fechter bekannt. Der Gehilfe wurde rot und wandte sich ab.

»Geh jetzt«, drängte Romano. »Geh, Salai. Nicht hier. Nicht jetzt.«

Mit gütigem Lächeln meinte Raffael: »Ihr habt Euer Publikum, Signor Salai. Sagt, was Ihr zu sagen habt.«

Salai verbeugte sich. »Ich hoffe, das wird nicht nötig sein, Signor – nein, *Meister* Raffael. Eben darum geht es ja. Bald haben wir die Ehre, den ersten Medici seit Gründung der Republik in unseren Mauern zu empfangen. Welch ein Jammer, wenn diese zarten Annäherungen im Skandalgeschrei untergingen.«

»Ich fürchte mich nicht, Salai. Ganz gewiß nicht vor den Nichtigkeiten, die Ihr zusammenbrauen könntet.«

Salai zwinkerte und legte den Finger an die Nase, eine plumpe Parodie engster Vertraulichkeit. »Und die Ehre einer gewissen Dame ...?«

»Uralter Klatsch«, unterbrach ihn Raffael, während gleichzeitig sich der zweite Gehilfe, die Hand am Dolch, an ihm vorbeidrängte.

Salai tänzelte zurück, plötzlich gar nicht mehr betrunken, sein Gesicht in berechnender Schläue und Gier verzogen. »Euer Olivenpieker wird Euch nicht viel nützen, mein Freund. Den solltet Ihr lieber zum Putzen Eurer Fingernägel benutzen, die ja nun wirklich nicht zum Rest Eurer Kostümierung passen müssen.«

Romano legte seinem Kameraden die Hand auf die Schulter. Durch die Drohgebärde ermutigt, drängten die anderen aus Raffaels Gefolge unter höhnischem Gejohle und Gestampfe vorwärts. Einige aus der Bruderschaft, unter ihnen Meister Andrea, erhoben ihre Stimmen, beklagten lauthals die Schande für die Ehre von Florenz, weil einer ihrer Bürger einen angesehenen Gast beleidigt habe. Salai sah sie spöttisch an, verbeugte sich dann mit übertriebener Geste, drehte sich um und verließ die Kirche.

Einige der älteren begannen, sich bei Raffael zu entschuldigen; etwas abseits redete Rosso erregt auf Giulio Romano ein. Pasquale versuchte, sich vorzudrängen, aber Raffaels Anhänger hatten sich eng um ihren Meister geschart, und die Gruppe schob sich gemeinsam zur Kirchentür hinaus in den trüben, regnerischen Nachmittag. Als Pasquale folgen wollte, drehte sich Meister Andrea um und sagte, nicht unfreundlich: »Er ist in Florenz, bis der Papst wieder abreist, Pasquale.

Du wirst schon noch Gelegenheit haben, mit ihm zu sprechen, aber nicht jetzt, hörst du?«

Pasquale hielt ihn am Ärmel fest. »Was meinte Salai, als er die Ehre einer Dame ins Spiel brachte?«

»Du weißt, zu welchen Bosheiten der Lustknabe des Großen Ingenieurs fähig ist«, erwiderte Meister Andrea vage. »Frauen sind die Wurzel allen Übels, sagen manche. Oder würden es sagen, wenn man sie ließe ...« Energisch drückte er sich die viereckige Kappe auf das graumelierte Haar, schüttelte die weiten Ärmel seines Wamses aus und folgte eilig den anderen. Ein paar Tauben flatterten vor ihm auf: Engelsflügel.

Eine Weile schaute Pasquale den Tauben zu, während ihn der mit Ruß vermengte Regen durchweichte; schließlich kam Rosso aus der Kirche. Pasquale sah das bleiche, verängstigte Gesicht seines Meisters und fragte: »Solltet Ihr nicht mit ihnen gehen, Meister? Das Mahl zu Ehren Raffaels ...«

»Laß die alten Männer gehen und mit ihrem Essen spielen«, gab Rosso zurück. »Ich glaube, wir beide brauchen erst einmal etwas zu trinken.«

3 Die von Pasquale und Rosso bevorzugte Schenke war eine üble Kaschemme, in der eine oft recht explosive Mischung aus Malschülern, Journalisten und Schweizer Landsknechten verkehrte. Der Wirt, ein fetter, kahlköpfiger Schweizer, hatte die Angewohnheit, einen kräftigen Schluck von allem zu nehmen, was er servierte, und hielt sich einen Hund von der Größe eines mittleren Kalbes, der zwischen den Gästen herumwanderte und nach Bissen schnappte, wenn er nicht ausgestreckt vor der Feuerstelle lag. Der Schweizer musterte jeden Neuankömmling von Kopf bis Fuß, und wenn es ein Fremder war, dessen Aussehen ihm nicht gefiel, oder ein Stammgast, mit dem er Streit gehabt hatte, überschüttete er ihn mit einer Flut von Beleidigungen und Flüchen, bis der arme Mann die Flucht ergriff. Ansonsten hielt er seine Stammgäste mit groben und meist mißglückten Scherzen bei Laune und hatte sich eine eigene kleine Welt geschaffen. Erstaunlicherweise kam es selten zu Prügeleien. Konnte der Schweizer nicht selbst mit Unruhestiftern fertig werden, ließ er einfach seinen Hund los, und die Sache war erledigt.

Salais Zusammenstoß mit Raffael war bereits *das* Gespräch in der Schenke. Pasquale ergötzte zwei Gruppen mit seinem Bericht über das Geschehene und ließ sich dafür gerne von seinen begierigen Zuhörern freihalten. Er hatte gehofft, Piero di Cosimo in der Schenke zu treffen, doch der alte Mann war nicht da. In zunehmendem Maße mied er jeden Krach, lebte mehr und mehr in seinen eigenen Welten. Stundenlang starrte er die Muster an, die der Regen auf die Fensterscheiben malte oder die Farbkleckse auf dem dreckigen Fußboden seines Ateliers.

Am Tag zuvor hatte Pasquale ihm etwas zu essen gebracht, aber Piero hatte ihn nicht hereinlassen wollen und nur durch den Türspalt mit ihm geredet. Er sei, behauptete er, mit einer wichtigen Arbeit beschäftigt. Seine Stimme hatte schläfrig geklungen, als sei seine Aufmerksamkeit von etwas in Anspruch genommen, das nur er sehen konnte.

»Eines Tages wird dieses Zeug, das Ihr nehmt, dieses Híkuri, Euch noch umbringen. Ihr könnt doch nicht nur in Euren Träumen leben«, schimpfte Pasquale.

»Es gibt mehr als eine Welt, Pasquale. Du hast ein- oder zweimal einen kurzen Blick erhascht, verstehst es aber noch nicht. Und das mußt du, wenn du Maler sein willst.«

»Ich muß erst mal diese Welt begreifen. Laßt mich ein, nur für einen kurzen Moment. Schaut, ich habe Brot und Fisch gebracht.«

Piero schien ihn nicht gehört zu haben. Wehmütig meinte er: »Ach, hätte ich dich doch als Schüler gehabt. Welche Reisen hätten wir unternommen, was, Pasquale? Komm in ein paar Tagen wieder. In einer Woche.«

Pasquale versuchte, seine Ungeduld zu zügeln. »Wenn Ihr nichts eßt, werdet Ihr sterben.«

»Du redest wie Pelashil«, murrte Piero. »Nein. Sie ist klug genug, mich in Ruhe zu lassen. Sie versteht.«

»Ich würde es auch verstehen, wenn Ihr mich nur lassen würdet. Ich muß sehen lernen, muß meinen ...«

»Deinen Engel sehen. Ja. Aber du bist kein richtiger Mensch, noch nicht. Stör mich nicht länger, Pasquale. Ich will jetzt träumen.«

Nun, in der überfüllten, lauten Schenke wurde Pasquale klar, daß er wegen dieses Gesprächs Pelashil in seiner Trunkenheit um mehr Híkuri angebettelt hatte, das Kraut, das Piero aus der Neuen Welt mitgebracht hatte. Er blickte sich um, suchte nach Pelashil, die gewöhnlich abends hier als Schankmagd arbeitete, konnte sie aber nirgends entdecken. Er hatte sie den ganzen Abend noch nicht gesehen und fragte sich mit dem Egoismus der Jugend, ob sie aus Abscheu über sein Benehmen gegangen sei und nie mehr wiederkehrte.

Eine Gruppe lärmender, ungehobelter Schweizer Kavalleristen hatte sich in der Ecke breitgemacht, in der Piero normalerweise saß. Der Condottiere, in dessen Dienst sie standen, lümmelte sich in Pieros hochlehnigem Lieblingsstuhl und verkündete mit obszöner Deutlichkeit, warum er sich nie in den Arsch ficken lassen noch dieses selbst tun würde, auch wenn das hier Florenz sei. Der Mietjunge auf seinem Schoß tat so, als höre er fasziniert zu. »Also, ich laß mir den Schwanz genauso gern lutschen wie jeder andere, und es ist mir Wurscht, ob von einer Frau, einem Mann oder einem Baby, das denkt, die Suppe wär' Muttermilch. Einer der besten Ficks meines Lebens war der mit einem alten Mütterchen, das keine Zähne mehr hatte. Aber nur Türken und Florentiner ficken sich gegenseitig ins Arschloch, stimmt's oder hab' ich recht?«

Der Condottiere hatte ein mageres, pockennarbiges Gesicht und einen sorgfältig gewichsten, aufgezwirbelten Schnurrbart. Er packte den Mietjungen unsanft bei den Haaren; der Junge zuckte zusammen und warf ihm, halb spöttisch, halb beschwichtigend, einen Luftkuß zu. Mit kleinen, böse glitzernden Augen funkelte der Condottiere die Umstehenden an, wohl in der Hoffnung, jemand würde ihm widersprechen. Doch nichts geschah, denn die Bürger von Florenz fürchteten sich vor den fremden Soldaten in ihren Diensten, wie in den Flugschriften immer wieder zu lesen war. Im Raum hing eine kurze beschämte Stille, bevor der Mann auflachte und nach mehr Wein brüllte.

Der wurde ihm von Pelashil gebracht. Bei ihrem Anblick schlug Pasquales Herz höher. Nachdem sie den Becher des Condottiere aufgefüllt hatte, rief er ihren Namen, und sie schlenderte zu ihm herüber. Pelashil mit dem ungebührlichen Blick aus Augen, schwarz wie Schlehen, in einem Gesicht von der Farbe herbstlicher Blätter, breithüftig in einem zerlumpten Brokatgewand, dessen Ärmel ausgerissen waren, um ihren muskulösen Armen Bewegungsfreiheit zu geben. Pasquale hatte einmal mit ihr geschlafen, im vergangenen Winter, und war sich nicht sicher, ob das seine oder ihre Entscheidung gewesen war.

»Ich hatte gestern zuviel gebechert«, erklärte er entschuldigend. »Hoffentlich bist du mir nicht böse.«

Pelashil wich aus, als er sie zu umarmen versuchte. »Warum denken Männer immer nur an sich?«

»Du bist mir also doch böse! Was habe ich denn getan? Willst du es mir nicht sagen?«

Rosso, der stetig vor sich hingetrunken hatte, nuschelte: »Du hast ihr angeboten, sie von hier fortzubringen, Pasqualino. Zurück über das Meer, dorthin, wo der Sand weiß ist und das Wasser blau, und wo die Frauen nackt herumlaufen.«

»So hättet Ihr's gerne«, gab Pelashil zurück, »aber dort, woher ich komme, ist es ganz anders. Außerdem denkt Ihr wohl eher an nackte Jungen.« Sie griff nach Pasquales Hand. »Der alte Mann ist wieder krank. Du mußt nach ihm sehen.« Damit wandte sie sich ab, um mehr Wein zu holen, und wich geschickt den grabschenden Händen eines betrunkenen Soldaten aus.

Pasquale lehnte sich zurück, trank seinen Wein und dachte wieder an Pieros rätselhafte Worte und dann daran, wie sich durch das Híkuri unterschiedliche Zeitmomente zu einem einzigen, fortwährenden gebündelt hatten und wie im grauen Regenlicht die Taubenflügel verschwommen waren. Engel und Zeit ... erlebten sie die Zeit ebenso wie die Menschen, als einzelne, aufeinanderfolgende Momente? Eine Ahnung, unermeßlich und gleichzeitig so unendlich zart wie eine Eisblume, schien seinen Kopf zu durchwehen, bereit, sich in Nichts aufzulösen, sollte er sich zu intensiv darauf konzentrieren. Möglich, daß Piero wußte, was diese Offenbarung zu bedeuten hatte, dachte er. Vielleicht würde er ihm noch ein Blatt von dem getrockneten Híkuri zu essen geben. Er sollte nach dem alten Mann sehen, ja, aber noch nicht. Nicht gerade jetzt. Er brauchte Mut, um sich in die klaustrophobische Enge von Pieros Höhle voller Gerümpel zu wagen.

Giambatista Gellia, ein hitzköpfiger Linker, der sich vom Schuster zum Traktateschreiber gemausert hatte und für diese Verwandlung ebenso wie für seine Schreibe berühmt war, drängte sich durch die Menge. Gerade war der Journalist Niccolò Machiavelli hereingekommen; Gellia zerrte ihn zu Pasquales Tisch und rief ihm laut und aufgeregt zu: »Das mußt du dir unbedingt anhören, Niccolò. Jemand, der dabei war, der den Skandal von Anfang an miterlebt hat.«

»Manchmal braucht man Abstand, um die Wahrheit zu erkennen«, protestierte Niccolò Machiavelli lachend. »Außerdem habe ich meinen Artikel schon geschrieben und zum Satz gegeben. Ich muß gleich zurück, um ihn durchzusehen. Laß mich in Ruhe etwas trinken, Gellia. Für dich mag Revolution zwar das Leben sein, aber für mich ist Journalismus nur ein Beruf.«

»Dieser junge Mann hat alles gesehen – zumindest behauptet er das.«

»Es stimmt«, beharrte Pasquale.

»Und wie ich sehe, habt Ihr von Eurem Glück durchaus profitiert«, meinte der Journalist trocken und lächelte, als die anderen am Tisch auf Pasquales Kosten lachten.

»Ich habe die Wahrheit gesagt!« brauste Pasquale auf.

Niccolò Machiavelli warf ihm ein freundliches Lächeln zu. »Ich brauche keine Worte, mein Freund.«

Rosso mischte sich ein. »Er hat recht. Sag nichts mehr, Pasqualino.«

»Wie ist es mit Bildern?« fragte Pasquale.

»Es ist schon eine rechte Ironie, daß keiner von der Künstlerbruderschaft daran gedacht hat, die Auseinandersetzung im Bild festzuhalten«, sagte Machiavelli und erntete erneut Gelächter.

Rosso stand auf und hielt sich am Tischrand fest. Er hatte mehr getrunken als Pasquale. »Das war eine Privatangelegenheit«, erklärte er würdevoll.

»Die an einem öffentlichen Ort stattfand«, hielt Gellia dagegen.

Pasquale stieß Rosso den Ellbogen in die Seite und raunte ihm zu: »Wir brauchen das Geld, Meister.«

»Tu, was du willst, Pasqualino.« Rosso gab sich geschlagen. Eine seiner düsteren Stimmungen hatte ihn plötzlich überkommen. »Meinen Segen hast du. Bald wird doch alles herauskommen.«

Gellia trat zur Seite; Rosso bahnte sich seinen Weg zur Tür. Da sie das Geld wirklich brauchten, bot Pasquale an: »Ich werde Euch beweisen, daß ich dort war. Ihr müßt meinem Meister verzeihen. Was dort geschah, war ... beschämend.« Er zog den Papierfetzen heraus, auf den er während des ersten Teils der Messe gekritzelt hatte, tunkte einen Zipfel seines Überrocks in den Wein und hätte die Zeichnung weggewischt, wenn Machiavelli ihm nicht die Hand festgehalten hätte.

»Laß mich sehen«, bat er und nahm das Papier, ließ den Blick von links nach rechts wandern, als wäre es ein geschriebener Text. Er war schmächtig, hielt sich aber sehr gerade und hatte das kluge, jungenhafte Gesicht eines Bibliothekars und Mönchs. Seine Wangenknochen waren von dunklen Bartstoppeln überschattet, und sein schütteres Haar mit dem über der hohen Stirn spitz zulaufenden Haaransatz war kurz geschnitten. »Ich sehe Michelangelo Buonarroti darüber brüten, welchen Sterblichen er mit einem gutgezielten Blitz loswerden könnte. Ist das dein Werk?«

»Er ist der Beste von uns allen«, gab Pasquale zurück.

»Komm mit, wenn du willst – nein, trink nicht aus, du brauchst eine ruhige Hand und einen klaren Blick und bestimmt kein überhitztes Gedächtnis.«

Der Regen hatte aufgehört, dicke gelbe Nebelschwaden erfüllten die Luft. Der Nebel roch nach Holzrauch und Schwefel, brannte Pasquale in der Nase und ließ seine Augen tränen. Obwohl die Sechsuhr-Kanonade, die das Schließen der Stadttore ankündigte, noch nicht erfolgt war, verbreitete der Nebel bereits nächtliches Dunkel. Menschen hasteten und stolperten vermummt vorbei; zwei Mechaniker kamen ihnen Arm in Arm entgegen, die Gesichter unter schweineschnäuzigen Ledermasken verborgen.

»Erst vergiften diese Kerle die Luft und müssen dann selbst etwas erfinden, durch das sie atmen können«, knurrte Machiavelli. »Eine Schande, daß sich nur so wenige diese Erfindung leisten können.«

Es war einer dieser schweren Nebel, die Florenz plagten, wenn kein Wind wehte und der Rauch aus den Werkstätten der Mechaniker wie ein dickes Tuch über der Stadt lag. Der Journalist hustete heftig, preßte die Faust vor den Mund und entschuldigte sich dann. Man habe ihn einst in die Verliese des Bargellos gesperrt, erklärte er, und seitdem leide er unter einem Lungenödem.

»Aber das war, bevor ich im Dienste der Wahrheit zur Feder griff, statt im Dienste des Staates. Was die Wahrheit betrifft, so sag mir nun, wo wir allein sind, ob du wirklich alles gesehen hast.«

»Ich war Raffael so nahe wie jetzt Euch«, behauptete Pasquale, was zwar der Präzision eines Mechanikers nicht Genüge getan hätte, aber als allgemeine Wahrheit ausreichte.

»Und du kannst dich gut genug erinnern, um es zu zeichnen?«

»Ich schule mein Gedächtnis, Signor Machiavelli, vor allem für Gesichter und Gesten. Wenn ich etwas nicht gleich malen kann, so doch wenigstens aus der Erinnerung.«

»Das sollte genügen. Und nenn mich bitte Niccolò. Signor Machiavelli war ein anderer, zu einer anderen Zeit.«

Zwölf Jahre zuvor war Machiavelli einer der mächtigsten Männer von Florenz gewesen – als Sekretär der Zehn hatte er Zugang zu den meisten geheimen Staatsangelegenheiten der Republik gehabt und ihre Außenpolitik entscheidend beeinflußt. Aber dann war die alte Regierung gestürzt worden nach einem Überraschungsangriff der Spanier auf den Marinehafen von Livorno. Die Hälfte der florentinischen Flotte war an ihren Liegeplätzen verbrannt, und ein Regiment der spanischen Armee war brandschatzend und mordend bis an die Mauern von Florenz vorgedrungen, bevor die Florentiner sich gesammelt und die Spanier schließlich überwältigt hatten. Der auf Lebzeiten gewählte Gonfaloniere Piero Soderini hatte Selbstmord begangen, und Machiavelli war in Ungnade gefallen. Trotz seines öffentlichen Eintretens für die Republik und trotz der Tatsache, daß während des Überfalls der Spanier seine Familie getötet und sein Besitz zerstört worden war, hatten seine Feinde verbreitet, er sei stets ein Anhänger der Medici gewesen. In dem Chaos kam das Gerücht auf, er könnte zum Kern einer Bewegung werden, die die Medici wieder an die Macht bringen wollte, nachdem Giuliano de' Medici dreißig Jahre zuvor in seiner kurzen und verheerenden Regierungszeit Schrecken und Terror verbreitet hatte. Nach einem vom Papst angezettelten Attentat, dem sein älterer Bruder Lorenzo zum Opfer gefallen war, während Giuliano mit knapper Not davonkam, hatte er nicht nur die Meuchelmörder und deren nächste Familienangehörige gnadenlos hinrichten lassen. Nein, auch als Rom Florenz in einen Krieg verwickelt hatte und schließlich dank der vom Großen Ingenieur entwickelten Kriegsmaschinerien geschlagen worden war, hatte Giuliano unter den großen Familien aufgeräumt wie Gott unter den Ägyptern, um die Flucht der Israeliten zu sichern. Es war eine schlimme Zeit gewesen, die weder vergessen noch vergeben war.

Seiner Ämter enthoben, hatte sich Machiavelli geweigert, den Treueeid auf die neue Regierung zu leisten und dafür – oder wegen seines Stolzes – zwei Jahre Kerkerhaft in den Verliesen des Palazzo del Bargello erleiden müssen. Als man ihn schließlich, ohne Anklage zu erheben, freiließ, war er einer jener neuen Art von Journalisten geworden, die für eines der *stationarii* arbeiteten und darin wetteiferten, täglich erscheinende Flugschriften mit einer Mischung aus Sensationen und Skandalen unter das Volk zu bringen. Nach dem Fall der alten Regierung hatte die Fraktion der Mechaniker den Rat der Acht und der Zehn und der Dreizehn abgeschafft. Ihrem Motto, keine Wahrheit dürfe je verborgen werden, folgend – wobei er sorgfältig darauf achtete, nie etwas zu schreiben, was der von der Regierung vorgegebenen Version der Wahrheit widersprach –, hatte Niccolò Machiavelli eine blendende Karriere als politischer Kommentator gemacht.

Er arbeitete für ein *stationarius*, das die ehemalige Werkstatt von Vespacio di Bisticci übernommen hatte, eine Tatsache, die nicht ohne Ironie war, da dieser bemerkenswerteste aller Verleger sich lieber auf sein Landgut zurückgezogen hatte als die neumodischen Druckmaschinen einzuführen, die die Kopisten brotlos gemacht hatten. Manche behaupteten, dieser Zufall beweise, daß Machiavelli von den Medici finanziert werde: schließlich sei Cosimo de' Medici einst Bisticcis bester Kunde gewesen, hätte bei ihm eine Bibliothek mit zweihundert Bänden bestellt, die von fünfundvierzig Kopisten in der Rekordzeit von zwei Jahren fertiggestellt worden sei. Nichts liebten die Florentiner mehr als Klatsch, und dieser Klatsch nährte sich oft aus Zusammenhängen oder Zufällen, die an längst vergangene Ereignissen anknüpften, denn in Florenz war die Vergangenheit sehr gegenwärtig, und man war im Grunde stolz auf die bunte und turbulente Geschichte der Stadt. Die Menschen mochten zwar gegen ihr Schicksal ankämpfen, aber die Vergangenheit konnten sie nicht besiegen.

Selbst zu dieser späten Stunde brannte in den Räumen der Flugschrift noch Licht. Ein halbes Dutzend Männer saß um einen der großen Schreibtische und teilte sich ein Mahl aus Pasta, schwarzem Brot und Wein. Über ihren Köpfen waberte blauer Tabakqualm. Zwei Druckereigehilfen schliefen in einer Art Lumpennest unter dem schimmernden Schließrahmen der durch einen Federmechanismus angetriebenen Druckpresse. Weiter hinten lagerten große Papierballen, und an quer durch den Raum gespannten Leinen hingen bedruckte Bögen wie zum Trocknen aufgehängte Wäschestücke. Kerzen mit Reflektorspiegeln brannten hier und dort, und eine der neuen Gaslampen hing an einer Kette von der Decke herab. Sie verbreitete hellgelbes Licht und einen in der abgestandenen Luft unangenehm starken Knoblauchgeruch.

Machiavelli wurde von seinen Kollegen mit fröhlichem Sarkasmus begrüßt. Der Verleger der Flugschrift, Pietro Aretino, war ein ehrgeiziger Mann, halb so alt wie Machiavelli, stämmig und ein wenig fett, mit Vollbart und öligem, glatt zurückgekämmtem schwarzem Haar. »So, so, ein Augenzeuge?« meinte er, nachdem Machiavelli Pasquale vorgestellt hatte. Er paffte eine grüne Zigarre, deren dichter weißer Rauch ebenso giftig wirkte wie der Nebel draußen, und betrachtete Pasquale mit freundlichem, wenn auch leicht spöttischem Blick. »Tja, mein Freund, wir drucken hier nur die Wahrheit, stimmt's, Jungs?«

Die anderen Männer lachten. Der älteste, dessen Halbglatze ein feiner silbriger Haarkranz umgab, fragte: »Interessiert sich die Öffentlichkeit denn überhaupt für eine Kabbelei unter Künstlern?«

»Dahinter steckt noch mehr«, erwiderte Machiavelli. Er hatte ein kleines Glas gelbgrünen Likör in einen Becher Wasser gegossen; nun trank er die trübe Mischung mit einem Schaudern, das halb Gier, halb Ekel war.

»Langsam, Niccolò«, sagte Aretino.

»Das beruhigt die Nerven«, erklärte Machiavelli und mischte sich ein zweites Glas. »Was nun diese Kabbelei angeht, so ist sie ein sichtbares Anzeichen dessen, was den gesamten Staat befallen hat. Die spanische Krankheit fängt mit einer unschuldig aussehenden Rötung an, die noch nicht einmal weh tut, soviel ich weiß. Ich hoffe, euch ist klar, daß ich nicht aus eigener Erfahrung spreche«, fügte er hinzu, worauf alles lachte. »Aber der Unglückliche, der das goldene Mal des Syphilos an der Spitze seines Schwanzes entdeckt, ignoriert die Gefahr. Ich denke oft, wir sind wie Ärzte, geben Ratschläge, wie man am gesündesten lebt und überschüssige Säfte entzieht. Dieser kleine Vorfall scheint nur eine Lappalie zu sein, ich weiß, aber er ist bezeichnend.«

Aretino stieß eine dicke Rauchwolke aus. »Die Öffentlichkeit nimmt nur das ernst, was wir ihr als wichtig verkaufen. Sobald wir es drucken, ist es eine Nachricht. Je größer wir sie drucken, desto gewichtiger wird sie. Erinnert ihr euch an den Krieg in Ägypten? Bevor wir darüber berichteten, gab es diesen Krieg überhaupt nicht, und nach der Veröffentlichung mußte die Signoria eine Schwadron hinschicken.«

»Dort wäre es sowieso zum Krieg gekommen«, entgegnete Machiavelli milde. Irgendwie hatte er auch sein zweites Glas geleert und war inzwischen beim dritten.

»Aber nicht zu diesem Krieg!« brauste Aretino auf. »Du bist zu bescheiden, Niccolò. Du solltest deine Macht genießen.«

»Ich weiß sehr gut, wohin der Einsatz von Macht führen kann«, murmelte der Angesprochene.

»Ohne Risiko kein Gewinn.«

Aretino rollte die Zigarre genüßlich von einem Mundwinkel in den anderen. In seinen Augen spiegelte sich das Kerzenlicht. Er sieht aus wie der Teufel, dachte Pasquale. In einer Nacht wie dieser fiel es nicht schwer, sich vorzustellen, daß dieses Häuflein zynischer Männer tatsächlich die Welt mit ihren Worten manipulieren konnte, wie sie es so offenkundig glaubten.

Der ältere Journalist fragte: »Aber was ist nun das Bedeutsame an dieser nichtigen Kabbelei, Niccolò? Was ist die Krankheit?«

»Lies bitte meinen Artikel, Girolamo. Es ist schon so spät, daß ich befürchte, mir zu widersprechen, wenn ich ihn erzähle.«

»Es ist das Alte gegen das Neue, die Mechaniker gegen die Künstler, der Medici-Papst gegen unsere geliebte Republik«, erklärte Aretino. »Wir sollten uns fragen, auf welcher Seite wir stehen. Wer sind hier die Engel?«

»Diejenigen, die Gott bevorzugt«, warf ein anderer ein.

»Das mag wohl sein«, gab Aretino zurück, »aber wir können nicht auf das himmlische Urteil warten, das oft erst nach langer Zeit gesprochen wird und dann recht seltsam ausfallen kann.«

»All das ist doch nicht neu«, meinte der Ältere. »Jeder, der Augen hat, weiß, daß der Papst in zwei Tagen kommt. Jeder, der Ohren hat, weiß, daß diese Mission die Überreste eines langen Krieges zwischen Florenz und Rom begraben könnte. Rom hat zweimal versucht, die Medici durch Meuchelmord und Krieg zu zerstören; jetzt ist ein Medici Papst und kommt, um mit den gleichen Mechanikern zu verhandeln, deren Kriegsgeräte einst die Regierung Giuliano de' Medicis gerettet haben. Ein nichtiger kleiner Streit scheint mir ein recht magerer Aufhänger, um daran eine Verschwörung festzumachen, die den Bürgern die Wahrheit vorenthalten soll.«

»Alle Welt weiß, daß Raffael ein Sendbote des Papstes ist«, hielt Machiavelli dagegen. »Künstler haben offene Augen, nicht wahr, junger Mann? Und Raffael hat die besten, um die Stimmung der Stadt auszuspionieren. Dazu kommt noch die Sache mit der Ehefrau eines gewissen einflußreichen Bürgers dieser Stadt, eine Frau mit persönlichem Interesse an den Künsten« – an dieser Stelle grinsten alle, und sogar Machiavelli schien amüsiert –, »aber wir wollen ihren Namen lieber nicht nennen, so bekannt er auch ist.«

Pasquale, der keine Ahnung hatte, um wen es sich handelte, mischte sich dreist ein. »Der Lustknabe Salai hat gedroht, ihren Namen zu enthüllen, wenn sich Meister Raffael nicht zurückhält.«

»Eine leere Drohung«, wiegelte Aretino ab, »die amourösen Heldentaten eures Meisters Raffael sind die am besten bekannten der ganzen Christenheit. Viele Ehemänner scheinen ganz wild darauf zu sein, von dem jungen Genie zum Hahnrei gemacht zu werden. Ich befürchte, sie verwechseln Raffaels Schwanz mit seinem Malpinsel und glauben, der Wert ihrer Frauen erhöhe sich durch seine amourösen Stöße, so wie sich Pigment in Gold verwandelt, wenn er seinen Pinsel schwingt.«

»Vielleicht sollte er seine Frauen ebenso signieren wie seine Bilder«, schlug einer der jüngeren Journalisten vor.

»Man munkelt«, erklärte Machiavelli Pasquale, »daß der Große Ingenieur bereits Vereinbarungen mit dem Papst getroffen hat und daß Raffael diesen Handel perfekt machen soll. Das würde natürlich den Interessen von Florenz zuwiderlaufen, weil unser Imperium auf den Früchten der genialen Erfindungen des Großen Ingenieurs begründet ist. Und dann ist da auch noch die Sache mit der spanischen Kriegsflotte, die zur Zeit unter dem Kommando von Cortés höchstpersönlich vor Korsika Manöver durchführt.«

»Cortés, der Mörder«, warf einer ein.

»Cortés mit dem verbrannten Hintern«, gab Aretino zurück. »Seine Flotte wurde durch griechisches Feuer zerstört, als er die Neue Welt erobern wollte. Und so wird es beim nächsten Mal auch sein.«

»Die Spanier haben jetzt gepanzerte Schiffe«, gab der älteste zu bedenken, »und ihre Gier nach Gold und bekehrten Heiden ist nicht geringer geworden. Nachdem sie ihr Land vom maurischen Kalifat befreit haben, wollen sie ihren Heiligen Krieg bis in die fernsten Winkel der Neuen Welt tragen. Man stelle sich vor, was geschehen wäre, wenn Cortés und nicht Amerigo Vespucci den Pakt mit Montecuhzome geschlossen hätte.«

»Was hat Salai mit all dem zu tun?« wollte Pasquale wissen.

»Zweifellos fühlt sich Salai durch Raffael bedroht«, meinte Machiavelli, »daher die großmäulige Attacke, deren Zeuge du warst. Der Große Ingenieur hat eine Schwäche für hübsche Jungen, und Salai hat den Schmelz der Jugend längst verloren.«

»Das Feuer der Trauben hat die Feurigkeit der Jugend ersetzt«, spottete ein anderer.

»Raffael ist ein Mann, der nur an Frauen Geschmack findet«, wehrte Aretino ab. »Und der Große Ingenieur ist ein alter Mann, der Grünzeug frißt wie ein Bauer und wahrscheinlich seit Errichtung seines Turms keinen mehr hochgekriegt hat. Aber Salai lebt nur durch seinen Schwanz und wird früher oder später durch ihn sterben. Wenn *er* die spanische Krankheit nicht hat, dann verdient sie auch kein anderer.«

»Man sagt, der Große Ingenieur habe sie«, mischte sich der ältere Journalist wieder ein. »Es heißt, er sei verrückt. Ich habe gehört, daß er sich Vögel in seinen Wohnräumen hält, die er frei herumfliegen läßt.«

Aretino lachte. »Das ist weniger phantastisch als die Behauptung, er hätte eine Leiche zum Leben erweckt. Oder besser gesagt, einen Flickenmann, den er aus Stücken anderer Leichen zusammengesetzt hat. Diese Geschichte glaube selbst ich nicht, Jungs! Aber Vögel? Warum nicht, jeder braucht ein Steckenpferd, eh? Vögel sind doch nichts Schlimmes.«

»Außer du hältst dich selbst für einen Vogel und keinen Menschen«, gab der ältere Journalist zurück. »Man sagt, er hocke auf dem Geländer seines Bettes, krächze wie eine Krähe und flattere von Zeit zu Zeit mit den Ellbogen.«

Anzüglich kichernd warf einer der Jüngeren ein: »Ich hab von einer Hure gehört, daß ein Ratsmitglied der Zehn der Freiheit sich ein halbes Dutzend Dirnen auf einmal kommen läßt, nackt mit einer Feder im Arsch zwischen ihnen herumstolziert und wie ein Hahn kräht.«

»Wenn wir alles glauben wollten, was uns zu Ohren kommt«, meinte Machiavelli lächelnd, »dann müßten zum Beispiel jede Frau und jeder Mann in Florenz schon ein Dutzend mal an der spanischen Krankheit gestorben sein. Hier geht es nicht ums Vögeln, so beliebt es auch sein mag. Hier geht es um Bündnisse. Salai ist der Joker in diesem Spiel, der die anderen zwingen könnte, ihre Karten zu früh aufzudecken. Ich glaube nicht, daß Raffael hier ist, um den Großen Ingenieur zu verführen – diese Verführung wäre zu öffentlich. Aber falls Raffael gekommen ist, um der Signoria die Bedingungen des Papstes zu unterbreiten, damit sie ihre Antwort parat hat, wenn der Papst kommt, dann wäre eine Enthüllung dieser geheimen Mission für die Regierung äußerst peinlich. Schließlich regiert sie nach dem Motto, daß nur offener Meinungsaustausch und aufrichtiges Debattieren die Demokratie lebensfähig halten. Deshalb ist dieser Vorfall so wichtig, und wir müssen ihn groß rausstellen, vor allem, weil keiner unserer Konkurrenten daran gedacht hat, ihn überhaupt zu bringen.«

»Mich interessiert vor allem die Exklusivität«, sagte Aretino. »Hier haben wir etwas, das Unzucht, Ehre und hohe Staatsgeschäfte miteinander verbindet, und niemand außer uns druckt es. Das bedeutet Geld, Jungs!«

»Und das bedeutet, das wir es bringen«, fügte der ältere Journalist hinzu und erhob sich steif von seinem hohen Dreibeinhocker. »Mal sehen, was wir rausnehmen können.«

Aretino drückte seine Zigarre aus, plötzlich ganz geschäftsmäßig. »Alles andere, wenn es sein muß. Gerino, weck die beiden Gehilfen; sie sollen den entsprechenden Platz freischlagen. Wir brauchen zwei Spalten von je fünfzig Zeilen Länge, und zwar so weit oben wie möglich. Leon, schreib ein Kurzportrait von etwa zwanzig Zeilen über Signor Salai, nichts Unbegründetes, aber mit genug Übertreibungen, um ihm zu schmeicheln und unserem Zweck zu dienen. Er ist der Bösewicht in dieser Posse, aber gleichzeitig auch der Gefoppte. Und was dich angeht, großer Meister, was verstehst du von der Kupferstecherei?«

Pasquale atmete tief durch. Ihm war immer noch schwindlig von dem vielen Wein und dem Marihuana; alles erschien ihm ein wenig unscharf und flach. »Ich habe Übung darin«, sagte er so fest wie möglich.

»Gut. Da drüben steht ein Tisch. Schieb ihn unter die Lampe, Jacopino, und dreh das Gas hoch. Unser junger Mann hier braucht gutes Licht bei seiner Arbeit. Hol ihm ... was brauchst du?«

Wieder holte Pasquale Luft. »Papier natürlich, mit möglichst glatter Oberfläche, dann Pauspapier und Stichel zum Durchpausen der Umrisse. Einen Grabstichel. Eine gute Feder. Ich habe Übung mit Holzschnitten, Signor Aretino, wäre das nicht billiger? Eibisch-Holz ist fast so gut wie Kupfer.«

»Aber ich habe kein Eibisch-Holz, und ich mag Kupferplatten, weil sich davon endlose Vervielfältigungen machen lassen. Von dieser Ausgabe werden Hunderte gedruckte werden, eine so scharf wie die andere. Wie lange wirst du brauchen?«

»Tja, vielleicht drei oder vier Stunden, um es richtig hinzukriegen.«

»Du hast eine Stunde«, entschied Aretino, klopfte Pasquale auf den Rücken und ließ ihn stehen.

Der jüngste Journalist half Pasquale, den Tisch unter den zischenden Gasring zu schieben, und zeigte ihm, wie er den Schlüssel drehen mußte, der das auf die weißen Steine tropfende Wasser in der Brennstoffpfanne regulierte; als mehr Wasser zu tropfen begann, verstärkte sich das Zischen, und die gelben Flammen wurden größer, erhellten das weiße Papier auf dem Tisch und warfen Schatten über den Raum.

Pasquale drehte sich eine Zigarette und formte die Szene im Kopf vor, deutete mit den Händen die räumliche Aufteilung auf dem Papier an. Die Aufteilung des Raums, hatte Rosso ihn gelehrt, war das Wichtigste am Bildaufbau. Das Auge mußte von der Beziehung der Figuren zueinander in dem ihnen zur Verfügung stehenden Raum in der richtigen Reihenfolge angezogen werden, sonst entstand nur Chaos. Salai also zur Linken, rechts daneben und vor ihm Raffael, der, im Dreiviertelprofil und etwas abgewendet, im Mittelpunkt des Bildes stand. Raffaels Gefolge im Halbkreis um ihn versammelt, dahinter die Meister, nur halb zu sehen, weil sie nicht so wichtig waren. Nur Raffael und Salai detailliert herausgearbeitet, allgemeine Gesten und ein Ausdruck von Scham und Entsetzen für die anderen. Scham ließ sich durch vor die Augen gelegte Hände ausdrücken, Entsetzen durch geballte Fäuste und abwehrend erhobene Arme.

Nachdem Pasquale die Umrisse der beiden Hauptfiguren gezeichnet hatte, arbeitete er am Hintergrundfries der Zuschauenden. Er hob vor allem Giulio Romano hervor, der Salai zurückzuhalten versuchte, dazu den Gehilfen, der Salai so halbherzig bedroht hatte, den er nun aber in einen treuen und entschlossenen Diener verwandelte, bereit, seinen Herrn bis in den Tod zu verteidigen, Hand am Dolch, herausfordernder Blick. Dann Salai selbst mit zusammengekniffenen Augen, verzerrtem Lächeln, die ganze Haltung verzerrt, der Körper von links nach rechts verdreht. Raffael stolz und aufrecht in der Mitte, die Säule, die das Gewicht des kleinen Bildes trug, standhaft und unerschütterlich, während die anderen vor Salais boshaftem Angriff zurückschreckten.

Pasquale streckte seine verkrampften Finger, legte die Zeichnung dann auf den weichen Kupferblock und beugte sich darüber, um zunächst die Umrisse der Figuren durchzusticheln, dann die notwendigen Einzelheiten. Sobald das getan war, machte er sich an das Einschneiden der Hauptlinien, arbeitete mit der schnellen Entschiedenheit und Akkuratesse, die Rosso ihn so gut gelehrt hatte. Dann die Detailarbeit, punktieren und stricheln und schraffieren, schattieren und hervorheben.

Er arbeitete fieberhaft, achtete nur beim Ausschütteln seiner verkrampften Finger, beim Strecken seines steifen Rückens und beim Drehen der nächsten Zigarette auf das, was um ihm herum vorging. Die Druckergehilfen hatten Feuer in dem kleinen Ofen gemacht, der die Schwungfedern der Druckerpresse antrieb. Bimetallbänder knarrten und ächzten, dehnten sich in der Hitze aus, um den Schraubenmechanismus zum Aufziehen der großen Zugfeder in Gang zu setzen, zogen sich wieder zusammen und wurden erneut erhitzt. Der ältere Journalist stand über ein Druckbrett gebeugt und maß mit einer Meßlatte die Zeilenlängen aus. Aretino redete leise mit Niccolò Machiavelli, rauchte dabei seine unvermeidliche Zigarre, die er von Zeit zu Zeit aus dem Mund nahm, um das Gesagte energisch zu unterstreichen.

Ihre Unterhaltung drang bis zu Pasquale durch. Niccolò entwickelte eine Theorie der Macht: Jede Gesellschaft müsse, um stabil zu sein, in ihrem Aufbau einer ägyptischen Pyramide gleichen, breit an der Basis und sich nach oben spitz verjüngend. Italiens Schwierigkeiten, erklärte er, seien durch die Zersplitterung der Macht verursacht, wodurch die Skrupellosen die Massen ausbeuten konnten. Staaten, die von absoluten Herrschern regiert wurden, konnten jederzeit solche mit demokratischer Regierungsform unterwerfen, weil ein einzelner starker Mann sehr viel schneller und flexibler entscheiden konnte als Komitees und Ratsversammlungen, denen es nicht um die bestmögliche Aktion, sondern um Kompromisse ging. Aretino lachte, das sei ja alles gut und schön, aber die Italiener würden am Ende jeden Herrscher stürzen, da die Anliegen der Familie stets vor denen des Staates rangierten. Pasquale lauschte dem Gespräch gebannt; erst nach einiger Zeit fiel ihm auf, daß er sich nicht zum Ausruhen zurückgelehnt hatte, sondern weil er mit seiner Arbeit fertig war.

Sofort wollte Aretino einen Probedruck sehen und bestand darauf, daß der Block in die Druckerpresse eingespannt wurde. Einer der Jungen stellte die Knarrenhebel mit geübter Hand ein und öffnete das Gesperre an der Zugfeder. Mit einem Scheppern der Blattfedern und der ummantelten Kugellager schoß der Bogenanleger zurück, um ein Blatt Papier zu ergreifen, während die Auftragswalze über die Oberfläche der Platte glitt und beim Zurückfahren die überschüssige Druckerschwärze entfernte, bevor das Papier aufgelegt wurde. Der Schließrahmen fiel unter dem Geratter der Gegengewichte herunter und federte wieder hoch.

Behende raffte der Junge den Papierbogen, und da, unter dem Emblem der Flugschrift, zwischen eng gesetzten Spalten verschlungener Druckbuchstaben, war Pasquales Bild, glänzend vor Druckerschwärze.

Als Aretino mit der Flugschrift unter die Lampe trat, wurde die Tür der Druckerei aufgestoßen. Alle drehten sich um; der Mann, der hereingestürzt kam, hielt sich keuchend am Türrahmen fest, als sei er am Ziel eines erbitterten Wettrennens angelangt. Nebelschwaden umwallten ihn.

»Was ist los, Mann? Redet!« rief Aretino.

Der Mann atmete schwer. »Mord! Mord im Palazzo Taddei!«

Irgend jemand sagte: »Allmächtiger! Da ist doch Raffael untergebracht.«

Aretino legte die Flugschrift weg und nahm die Zigarre aus dem Mund. »Jungs«, sagte er trocken, »das sieht nach einer Geschichte für uns aus.«

4

Der Palazzo Taddei war ein quadratisches Gebäude mit eindrucksvoller Vorderfront aus unbehauenen, goldgelben Sandsteinquadern. Fensterlos ragte er drohend wie eine Festung aus der nebligen Düsternis der Via de Ginori auf. Es war bereits acht Uhr abends, doch selbst zu dieser späten Stunde, zu der die meisten rechtschaffenen Bürger längst hätten im Bett sein sollen, hatte sich eine kleine Menschenmenge vor dem runden Tor des Palazzo versammelt. Niccolò und Pasquale mußten Ellbogen und Knie einsetzen, um sich nach vorn durchzudrängen.

Niccolò redete kurz mit dem kommandierenden Sergeanten der Stadtmiliz, dessen Einheit den Platz vor dem Tor bewachte, und reichte ihm lächelnd eine Zigarre. Der Sergeant schüttelte Niccolò die Hand und sprach in die Messingtrompete eines Sprechrohrs neben dem Tor. Mit arthritischem Knirschen zogen sich die zwölf überlappenden, blattförmigen Holzsegmente des Tores in ihre Muffen zurück. Die gezackte Öffnung erweiterte sich zu einem Kreis. Eines der oberen Blätter blieb stecken, wie der letzte Zahn im Mund eines alten Mannes, und obwohl ein Diener erschien und es mit kräftigem Stoß nach oben zu drücken versuchte, mußten Niccolò und Pasquale sich tief bücken, als der Sergeant sie durchwinkte.

Pasquale drehte sich um und sah, wie sich das Tor unter dem Rattern der Kettengewichte schloß, die im Herabfallen den Federmechanismus wieder zusammendrückten und so die gesamte zum Öffnen des Tores verbrauchte Energie zurückgewannen. Erfolgreiche Handelsherren wie Taddei liebten solche mechanischen Spielereien, die ihnen Status verliehen, wie es einst der Auftrag für ein Altarbild oder ein Fresko getan hätte. Zu beiden Seiten der Tür standen hohe Spiegel aus getriebenem Silber, und Pasquale betrachtete sich rasch von oben bis unten, bevor er Niccolò Machiavelli folgte, über den Marmorboden der prächtigen Eingangshalle und durch eine offene Tür in die Loggia, die den im Zentrum des Hauses liegenden Garten einfaßte.

Der Palazzo entsprach dem vor kurzem in Mode gekommenen, durch die Ausgrabungen in Herculaneum inspirierten Baustil. Gaslampen an schmalen Eisenständern verbreiteten ein gelblichbleiches Licht, in dem das Gras und die gestutzten Büsche des Gartens wie ihre eigenen schwarzen Schatten wirkten. Ein steinerner Fisch spie Wasser in das Becken im Mittelpunkt des Gartens, ein mechanischer Vogel zwitscherte in seinem vergoldeten Käfig und drehte unentwegt den Kopf hin und her. Seine Augen waren winzige Rubine, seine Federn mit Blattgold belegt. Den Garten überragte ein runder Signalturm; er war in eine Ecke der Loggia eingebaut, und seine glatte Außenmauer schimmerte weiß vor dem dunklen Nachthimmel. Niccolò blieb stehen und schaute sinnend zum Turm hinauf. Pasquale tat es ihm nach, konnte aber nichts entdecken außer einem erleuchteten Fenster, rund wie ein Bullauge, und den roten und grünen Lampen, die am Ende des langen T-förmigen Signalarms brannten.

Niccolò sprach einen weiteren Milizionär an, diesmal einen im kurzen roten Offiziersumhang. »Der Hauptmann der Bezirkswache«, erklärte er Pasquale, nachdem er kurz mit dem Mann gesprochen hatte. »In einem Fall wie diesem war das nicht anders zu erwarten. Es ist im Signalturm passiert, sagte er. Er wird uns durchlassen, wenn Signor Taddei es erlaubt.«

Mit sinkendem Herzen fragte Pasquale: »Ist Raffael der Ermordete?«

Niccolò nahm einen Schluck aus einer lederbezogenen Taschenflasche und schraubte umständlich den Verschluß wieder zu. Er war ziemlich betrunken, stellte Pasquale fest; seit ihrem Eintreffen in den Räumen der Flugschrift hatte er stetig getrunken. Wie ein Mann, der im Schneesturm jeden Schritt mit Bedacht setzt, sagte er: »O nein, natürlich nicht. Es ist einer seiner Gehilfen. Ein Mann namens Giulio Romano.«

Das war doch der Mann, der Salai zurückhalten wollte! Aufgeregt rief Pasquale: »Er hat Raffael gegen den Lustknaben des Großen Ingenieurs verteidigt, wie ich es auf meinem Bild dargestellt habe. Wenn jemand Raffaels Herz mit Entsetzen und Verzweiflung erfüllen wollte, was wäre da besser geeignet als der Mord an seinem treuesten Gehilfen? Und falls Salai der Mörder ist, hätte er doch bestimmt den Mann gewählt, der sich gegen ihn gestellt hat.«

»Es ist nicht gesagt, daß Salai der Täter war«, bemerkte Niccolò lächelnd.

»Ruft den Hauptmann herbei«, bat Pasquale. »Ich will ihm wenigstens sagen, was ich denke.«

Niccolò nahm Pasquale am Ellbogen und sagte leise: »Du bist hier, um den Schauplatz festzuhalten, falls wir ihn zu sehen bekommen. In einem Fall wie diesem ... ist es besser, seine Meinung für sich zu behalten.«

»Ich will niemanden verdächtigen«, widersetzte sich Pasquale mit plötzlicher Ungehaltenheit, die ihn selbst erstaunte, »aber wenn die Wahrheit ans Licht kommen soll, kann ich doch meine Beobachtungen nicht verschweigen.«

»Signor Aretino hat mir gestattet, meinen Bericht umzuschreiben; die ganze erste Seite gehört mir. Uns, sollte ich sagen. Ist dir klar, was das bedeutet, junger Freund? Nein, wohl kaum. Aber glaube mir, es *ist* wichtig, und daß vieles davon neu ist, kein Wiederkäuen bereits bekannter Tatsachen, ist von großer Wichtigkeit. Das hatte ich zur Genüge. Wenn du deine Geschichte zuerst mir erzählst und der Wache erst am nächsten Tag, wem soll das schaden? Der Mann ist tot, und falls Salai ihn umgebracht hat, ist es recht unwahrscheinlich, daß er flieht, denn das wäre ein Beweis seiner Schuld. Sollte er dennoch fliehen, wird ihn die Stadtmiliz in kürzester Zeit fangen. Hör zu, Pasquale, du würdest dich in große Schwierigkeiten bringen, du weißt das nur nicht. Ich bewundere dein Verlangen nach Gerechtigkeit, aber überleg dir folgendes: Würdest du dein Leben geben, um tausend Menschen zu retten?«

»Das kommt darauf an.«

»Und wenn es deine Mitbürger wären?«

»Na ja, vielleicht.«

»So. Und wenn dein Tod nur fünfhundert rettet? Oder siebzig? Oder zehn? Und solltest du bereit sein, dein Leben für zehn Menschen zu geben, was würde es dir nützen, wenn du kalt und tot bist und sie in der Taverne auf dich anstoßen und sich an *arista* gütlich tun? Was nützt es, dein Leben für das Allgemeinwohl zu opfern, wenn du nie wieder den Geschmack von Schweinefleisch und Rosmarin genießen kannst – oder alles übrige?«

»Vielleicht käme es meinen Kindern zugute.«

»Eine gute Antwort, aber ich glaube nicht, daß du Kinder hast.«

»Zumindest keine, von denen ich weiß.«

Niccolò lachte. »Und wenn du jetzt stirbst, wirst du nie welche haben. Du tötest sie also gleich mit. Hör zu: Wenn du dein Leben für andere geben willst, stell dich deinem Feind im Zweikampf und laß dich von ihm töten, denn dann hast du wenigstens ein Leben gerettet – seines.«

»Ich habe keine Feinde.«

»Meinst du? Vielleicht hast du wirklich keine. Warum willst du dann dein Leben lassen?«

Obwohl er wußte, wie schwach es klang, wiederholte Pasquale: »Ich will nur, daß die Wahrheit ans Licht kommt.«

Wieder lachte Niccolò. »Wenn es dich so nach Aufrichtigkeit gelüstet, hoffe ich nur, daß du auch ihren Preis zu zahlen bereit bist.«

»Was ist denn so falsch an der Wahrheit?« Bei seiner Liebe zum Disput, dachte Pasquale, würde Niccolò ohne zu zögern die Seele eines anderen stehlen, nur weil es ihm Spaß machte.

»Deine Wahrheit ist eine ganz andere als die des Mörders von Giulio Romano. Du betrachtest es als Mord; er als ein Mittel zum Überleben, oder vielleicht einen Auftrag, damit er die hungrigen Mäuler seiner Kinder stopfen kann.« Niccolò schraubte seine Flasche auf und nahm erneut einen Schluck, schüttelte sich dann mit übertriebener Befriedigung. »Ah. Ich bin ein alter Mann, und die Nachtluft kriecht mir in die Knochen.«

»Das kommt mir so prosaisch vor. So buchhalterisch. Blutleer.«

Niccolò machte eine vage Handbewegung und ließ den Verschluß seiner Flasche fallen. Während er sich mühsam bückte, sagte er: »Moral ist kein Ratespiel. Es gibt Gesetze, ein Gleichgewicht der Kräfte. Wo ist der Verschluß?«

Pasquale hob ihn auf, und Niccolò brauchte eine ganze Weile, um ihn festzuschrauben. »Ich bin müde«, sagte er dann, als sei das Thema damit abgeschlossen. »Jetzt muß ich mit Signor Taddei sprechen.«

Pasquale folgte dem Journalisten durch den Garten. Ein korpulenter Mann in reich bestickter Robe, eine türkische Kappe auf dem schütteren Haar, war in der Loggia erschienen. Es war der Besitzer des Palazzo, der Kaufmann Taddei, der ruhig erklärte, daß man sich gerade habe zu Bett begeben wollen, als ein schrecklicher Schrei ertönte. Seine Dienstboten waren in hellem Entsetzen durcheinander gelaufen, bis jemand das Licht im Signalturm entdeckte, wo man dann auch die Leiche fand. Allerdings hatte man dafür die Tür aufbrechen müssen; der Mörder hatte hinter sich abgeschlossen.

Niccolò hörte dem Kaufmann zu, ohne ihn zu unterbrechen, und schwieg dann, als denke er nach, bevor er fragte, ob das Haus zu der Zeit verschlossen war.

»Selbstverständlich«, erwiderte Taddei, »obwohl es mich schmerzt, das sagen zu müssen. Wir leben im Zeitalter der Erleuchtung, und doch müssen wir uns sogar innerhalb der Stadtmauern vor Vagabunden und Dieben schützen. Die Schweizer Landsknechte, die uns beschützen sollen, sind für mehr Todesfälle unter der unschuldigen Bevölkerung verantwortlich als die spanische Krankheit, will es mir manchmal scheinen.«

»Und natürlich mußtet Ihr an den Schutz Eurer Gäste denken.«

»Meister Raffael ist gerade dabei, sein Gefolge zu beruhigen. Wäre er nicht gewesen, hätte niemand sie davon abhalten können, kopflos in die Nacht hinauszustürzen, um den Mörder zu verfolgen.«

»Meister Raffael ist ein vernünftiger Mann«, meinte Niccolò. »Hat die Miliz die Außenwände des Hauses überprüft? Wenn die Türen verschlossen waren, konnte niemand hinaus. Vielleicht ist der Mörder durch ein Fenster geflohen. Dann müßte es Spuren geben, denn er hätte aus einem Fenster in den oberen Stockwerken springen müssen, weil es im Erdgeschoß keine gibt.«

»Ich werde den Hauptmann bitten, den entsprechenden Befehl zu geben, falls es nicht schon geschehen ist«, sagte Taddei. »Aber der Mörder muß einen Schlüssel zum Signalturm gehabt haben, denn der ist nachts immer abgeschlossen, falls ich keine Botschaften senden will und auch keine erwarte. Wenn er einen Schlüssel zum Turm hatte, könnte er ebensogut einen für die Außentüren besessen haben.«

»Da mögt Ihr recht haben«, stimmte Niccolò zu. »Ich danke Euch für Eure Zeit, Signor. Ist es möglich, daß wir uns nun den Ort des schrecklichen Geschehens ansehen?«

»Natürlich, wenn es der Hauptmann gestattet.«

»Mit Eurer Zustimmung. Noch eine andere Sache. Habt Ihr heute nacht Signale gesendet oder empfangen?«

»Nein, keine. Wie ich schon sagte, war der Turm verschlossen. Nachdem der Mord entdeckt wurde, habe ich sofort einen meiner Diener nach der Miliz geschickt. Ihr Quartier ist am Ende der Straße.«

Niccolò ließ sich Taddeis Worte durch den Kopf gehen. »Es muß eine einfache Lösung für dieses Rätsel geben«, sagte er schließlich, »aber ich will erst den Turm sehen, bevor ich endgültige Schlüsse ziehe. Komm, Pasquale.«

Sie gingen durch den Garten zur anderen Seite der Loggia, wo einige Milizionäre in weißem Wams und rotweiß gestreifter Kniehose vor einer Tür herumstanden. »Was meinst du, Pasquale?« wollte Niccolò wissen.

»Es könnte ein Bediensteter gewesen sein – vielleicht besitzt er einen Schlüssel zum Turm, oder er weiß, wo einer aufbewahrt wird. Fehlt kein Schlüssel, hat er ihn möglicherweise in dem Durcheinander zurückgelegt, bevor irgend jemand daran dachte, nach den Schlüsseln zu schauen. Und ein Diener bräuchte nicht zu fliehen.

Oder es könnte einer von Raffaels anderen Gehilfen oder einer seiner Schüler gewesen sein. Aber das würde nicht erklären, warum der Mord hier geschah, im Turm eines fremden Hauses.«

»Bravo, Pasquale! Deine Gedanken spiegeln die meinen wider.«

»Warum habt Ihr dann nichts davon zu Signor Taddei gesagt?«

»Schon die Andeutung, daß einer seiner Dienstboten einen Gast umgebracht haben könnte, würde ihn beleidigen. Wenn du einen Mann befragst, darfst du nie seine Ehre antasten, auch wenn das bedeutet, daß du dich der Wahrheit auf gewundenen Pfaden nähern mußt. Tastest du seine Ehre an, wirst du nichts mehr von ihm erfahren. Schmeichelst du ihm, wird er dir mehr verraten, als er je vorgehabt hatte.«

Einer der Milizionäre, ein schmächtiger Junge und kaum älter als Pasquale, ließ sie ein. Die Holztreppe im Signalturm wand sich gegen den Uhrzeigersinn nach oben und war so schmal, daß Pasquale hinter Niccolò gehen mußte. Niccolò blieb auf halbem Wege stehen, betastete prüfend das schwache Geländer und ging dann mit schnelleren Schritten weiter. Kurz bevor sie oben anlangten, drehte er sich zu Pasquale um und fragte: »Hast du jemals einen Toten gesehen?«

»Selbstverständlich.«

»Der eines gewaltsamen Todes gestorben ist?«

»Im vergangenen Winter habe ich am Sezierunterricht in der neuen Universität teilgenommen, um für meine Malerei zu lernen, wie der Mensch zusammengefügt ist. Ich fürchte mich nicht vor Kaldaunen.«

»Mutig gesprochen. Aber vergiß nicht, daß Tote nicht mehr bluten. Ich fürchte, wir werden hier eine Menge Blut zu sehen bekommen. Und dann die Sache mit den Eingeweiden, die sich im Moment des Todes lösen. Du hast im Sommer den Unterricht nicht fortgesetzt wegen des Gestanks, was? Denk dir nichts dabei, wenn dir die Sinne schwinden oder dir übel wird, Pasquale. Das ist keine Schande.«

Mit den beiden Milizionären und dem Hauptmann im roten Umhang wäre es in der kleinen, holzverschalten Kammer des Turmes schon eng genug gewesen, auch wenn sich nicht alle an die Seiten hätten drücken müssen, weil Giulio Romanos Leiche ausgestreckt auf dem erhöhten, runden Podest in der Mitte lag. Jemand war bereits durch die klebrige Blutlache unter des armen Romanos Kopf getrampelt und hatte den vielen Spritzern und Flecken auf den polierten Eschenbohlen blutige Fußspuren hinzugefügt. Es stank wie im Schlachthaus. Überall waren Papierfetzen verstreut, keines größer als die Hand eines Mannes, und unter dem kleinen runden Fenster lag zerbrochenes schwarzes Glas.

Trotz Niccolòs Warnung schwanden Pasquale nicht die Sinne; statt dessen erfüllte ihn rege Neugier. Er war gespannt, was der Journalist tun und fragen würde, und war zudem noch nie in einem Signalturm gewesen. Die Leiche hatte wenig Ähnlichkeit mit dem lebhaften Mann, der erst an diesem Morgen in der Kirche Salais Hand Einhalt geboten hatte. Eher erinnerte sie an eine schlecht modellierte, in kostbares Schwarz gekleidete Gliederpuppe, die fern alles Menschlichen war. Nichts, was man mir antut, schien sie auszudrücken, kann schlimmer sein als das, was man mir vor meinem Tod angetan hat. Fleischfetzen waren vom Gesicht abgerissen, und in der tiefen, gezackten Wunde an der Kehle saß ein dicker, klumpiger Pfropfen wie schwarzes Gelee.

Die holzverschalte Kammer war nicht größer als eine Schiffskabine und wurde hell erleuchtet von einer zischenden Gaslampe, die von der Kuppeldecke herunterhing. Die Leiche lag auf dem runden Podest etwa in Hüfthöhe über dem es umgebenden Laufgang. Auf diesem kleinen Podest stand normalerweise der Melder mit seinem Fernrohr und beobachtete durch die in alle vier Himmelsrichtungen gehenden Fenster in der Kuppel den einen oder anderen örtlichen Übermittlungsposten oder die Mehrstrecken-Relaisstation auf der Spitze des Großen Turmes. Gegenüber der Tür befand sich der Gegengewichtshebel, mit dem der kleine Signalarm des Turmes bewegt wurde. Daneben war ein Messingsprechrohr angebracht, dazu eine grau verschmierte Schieferplatte und ein Stück Kreide an einer Schnur. Eines der Rundfenster stand offen, und Pasquale konnte draußen die roten und grünen Lichter oben und unten am Signalarm erkennen.

Niccolò grüßte den Hauptmann ein zweites Mal, zog einen kleinen Notizblock und ein gespitztes Stück Blei heraus und fragte, ob die Leiche genau so gelegen habe, als man sie fand. Pasquale fiel ein, warum er hier war. Er nahm Papier und Zeichenkohle aus seinem Beutel, war aber noch nicht bereit, mit dem Skizzieren zu beginnen.

In Antwort auf Niccolòs Frage sagte der Hauptmann: »O nein. Sie blockierte die Tür von innen; Ihr könnt es an der Blutlache sehen. Wir hatten die allergrößte Mühe, überhaupt hineinzukommen, selbst nachdem die Tür aufgeschlossen war, und haben die Leiche dann hierhin gelegt, damit der Arzt sie sich ansehen konnte.«

Niccolò beugte sich vor, um die Tür in Augenschein zu nehmen. Er betrachtete das Schlüsselloch, beugte sich dann noch tiefer und fuhr mit dem Finger am unteren Rand der Tür entlang, bevor er sich wieder aufrichtete.

»Er war tot, als man ihn fand. Das sagte zumindest der Bedienstete.«

Der Hauptmann war ein hochgewachsener Mann mit dicht anliegendem schwarzem Haar und sauber gestutztem Backenbart; er sah aus wie ein römischer Zenturio. Mit einem Dutzend rascher Striche hatte Pasquale ihn aufs Papier gebannt. »Allerdings«, sagte der Hauptmann. »Seine Kehle ist aufgerissen; es muß ein Wettkampf zwischen Tod durch Ersticken und Tod durch Blutverlust gewesen sein. Der arme Teufel.«

Niccolò umrundete die Kammer einmal, zweimal. Während der Hauptmann und die Wachen den Journalisten beobachteten, begann Pasquale, den Leichnam zu skizzieren, die angezogenen Arme und Beine, den zurückgebogenen, aufgerissenen Hals, das Gesicht, das einen so entrückten Ausdruck aufwies, wie er ihn noch nie bei einem Lebenden gesehen hatte. Beim Zeichnen empfand er eine große Klarheit. Allmählich begriff er, daß der Tod nicht nur ein simpler Verlust der Vitalität, sondern eine tiefgreifende Veränderung war. Das würde er nie vergessen, und es ließ ihn den Tod weniger fürchten. Man litt nicht, wenn man gestorben war. Es gab kein Leiden mehr.

Niccolò langte durch das offene Fenster hinaus, zog die Hand zurück und zeigte dem Hauptmann seine blutbeschmierten Fingerspitzen. Der meinte: »Überall ist Blut. Als wäre der arme Teufel in wahnsinniger Raserei herumgestolpert, bevor er starb, vielleicht sogar während der Mörder alles durcheinanderwarf – natürlich seht Ihr all das Papier hier. Der Melder führte offenbar Buch über alle gesendeten und empfangenen Botschaften; das meiste Papier wird dort herstammen. Wer auch immer Romano ermordet hat, muß von oben bis unten mit Blut befleckt sein. Deshalb glaube ich, daß es niemand aus dem Palazzo war. Wir haben sie alle so schnell wie möglich antreten lassen, und das war kaum zwanzig Minuten, nachdem der Alarm gegeben wurde. Nicht die geringste Spur von Blut, bei keinem von ihnen, und keiner hätte sich so schnell und gründlich säubern können. Dazu keine Anzeichen eines Kampfes, keine Kratzer oder blaue Flecken. Wer das getan hat, muß ein Wahnsinniger sein, und der arme Romano hat sich wacker geschlagen – hat vielleicht sogar versucht, seinem Mörder aus dem Turm zu folgen.«

»Ihr seid sehr gründlich«, lobte Niccolò. »Und ich stimme Euch zu, der Mörder kam von außerhalb. Aber er kam durch dieses Fenster und ist auf dem gleichen Weg wieder verschwunden. Auf dem Fenstersims ist Blut, auf dem Treppengeländer nicht. Durchsucht Romanos Kleider, dann werdet Ihr einen Schlüssel finden. Aus irgendeinem Grund hat er sich hier eingeschlossen und ist dann von dem Mörder überrascht worden. Es gab einen fürchterlichen Kampf, und Romano versuchte, die Tür aufzuschließen, um zu fliehen – das Holz um das Schlüsselloch weist frische Kratzer auf, die bei seinen vergeblichen Bemühungen entstanden sein müssen, den Schlüssel hineinzustecken, bevor der Mörder ihn überwältigte. Nachdem er die schreckliche Tat begangen hatte, verschwand der Mörder auf dem gleichen Weg, auf dem er gekommen war – durch dieses Fenster, das Giulio Romano geöffnet hatte, um die Signallichter anzuzünden. Sie brennen immer noch und taten das, als ich den Garten betrat und zum Turm hinauf schaute. Signor Taddei sagte jedoch, es wäre heute abend nichts gesendet worden. Er irrt sich, konnte aber nicht wissen, daß sich einer seiner Gäste ohne seine Genehmigung des Signalturmes bedient hat. Auch ich nehme an, daß Romano noch lebte, als der Mörder verschwand, denn er versuchte erneut, die Tür zu öffnen, konnte aber nur noch an der unteren Ecke kratzen, bevor er starb. Und so wurde er gefunden. Der Mörder kann kaum die Leiche an der Tür verkeilt und diese dann von außen abgeschlossen haben.«

»Aber es fehlt kein Schlüssel«, entgegnete der Hauptmann. »Der Mörder muß die Tür von außen abgeschlossen haben.«

»Nein, Romano hat sie verschlossen. Sucht bei der Leiche, und Ihr werdet den Schlüssel finden.«

Lächelnd erteilte der Hauptmann den Befehl, ganz so, als sorge Niccolò für eine außergewöhnliche Belustigung, bei der er bereitwillig mitspielte, nur um zu sehen, wohin das alles führte. Pasquale fühlte sich im Mittelpunkt eines sich allmählich entwickelnden Schauspiels, dessen verzwickte Handlungsstränge nur Machiavelli kannte.

Der mit der Durchsuchung beauftragte Milizionär hielt einen Schlüssel hoch, den ihm der Hauptmann abnahm und in das Schlüsselloch steckte. Der Schlüssel schloß einwandfrei, und der Hauptmann lächelte erneut. »Ihr hattet recht, Niccolò, daß muß ich Euch lassen. Aber wenn kein Schlüssel fehlt, wo kommt dann dieser her?«

»Einen Schlüssel wird Signor Taddei haben, denn er ist der Hausherr. Und der Majordomus wird einen zweiten haben, denn er muß dafür sorgen können, daß die Befehle seines Herrn reibungslos ausgeführt werden. Aber es wird noch einen dritten geben. Zweifellos hat Euch dessen Besitzer versichert, daß er seinen Schlüssel nicht vermißt; er wird Euch vielleicht sogar einen Schlüssel gezeigt haben. Aber es war nicht der richtige.«

Der Hauptmann fluchte leise. »Natürlich! Du da, Acciaioli! Hol den Melder her!«

Der Milizionär, der den Schlüssel gefunden hatte, rief: »Hier ist noch etwas.«

Er hielt ein kleines Gebilde aus steifem weißem Papier und Holzleistchen hoch, eine Art Boot mit einer spiralförmigen Luftschraube anstelle eines Segels. Das Ganze war so klein, daß es in seine Handfläche paßte.

Der Hauptmann griff danach. »Was haltet Ihr davon, Niccolò? Ah, schaut, hier ist ein Band aus diesem neuen Gummi und eine Spindel zum Aufziehen. Ein Spielzeug, oder?«

Ganz vorsichtig löste der Hauptmann mit dem Daumennagel einen nadelgroßen Haken. Das kleine Boot fing an zu flattern und zu rütteln. Der Hauptmann ließ es los. Die Luftschraube rotierte, und das Ding schoß mit solcher Kraft in die Luft, daß es gegen eines der Bullaugenfenster stieß. Dann war die Energie des Gummibandes verbraucht, und das Boot sank herab, wobei sich die Luftschraube langsam in die Gegenrichtung drehte.

Pasquale reagierte am schnellsten und fing es auf, bevor es den Boden erreichte. Es war leicht wie eine Feder; tatsächlich bestanden die Sparren, die ihm Stabilität verliehen, aus den Schäften von Vogelfedern. Taubenfedern. Die Flügel einer Taube waren zu klein, um einen Engel zu tragen. Mechaniker. »Mechaniker«, murmelte Pasquale, »Mechaniker und Engel.«

Der Hauptmann sagte zu Niccolò: »Unter den Mechanikern geht das Gerücht von Maschinen, die so leicht die Luft durchrudern wie ein Boot die Fluten des Arno. Glaubt Ihr ...«

»Wenn du erlaubst, Pasquale«, unterbrach Niccolò, griff nach dem kleinen Flugspielzeug und betrachtete es aufmerksam aus seinen dunklen Augen – Taubenaugen, dachte Pasquale, rosa umrandet und durch jahrelanges Trinken rot geädert, aber immer noch scharf.

Niccolò gab Pasquale das kleine Flugboot zurück. »Wir wollen uns nicht zu phantastischen Erklärungen versteigen, bevor nicht alle vernünftigen Möglichkeiten ausgeschöpft sind. Erst dann beginnen wir, nach den Fußspuren von Engeln zu suchen. Das hier ist ein Spielzeug, sehr beliebt in Rom. Ich habe bereits andere dieser Art gesehen.« Er legte den Kopf zur Seite, als Schritte auf der hölzernen Wendeltreppe erklangen. »Hier kommt der fehlende Schlüssel, in mehr als einem Sinne des Wortes.«

Der Melder war noch ein Knabe, mindestens fünf Jahre jünger als Pasquale, mit zur Tonsur geschnittenem blondem Haarkranz und blondem Flaum in seinem pickeligen Gesicht. Er trug die mit vier Taschen versehene, knöchellange braune Kutte seines Ordens, dazu den breiten Ledergürtel, an dem eine Ledertasche und ein kleines Kreuz aus Rosenholz hingen. Der Orden der Melder war eine Kongregation der Dominikaner, und, obwohl eher weltlich als geistlich ausgerichtet, strengen religiösen Regeln unterworfen.

Der Hauptmann bat den Jungen freundlich, mit seinem Schlüssel das Schloß in der Kammertür aufzuschließen, und an der Art, wie der Blick des Jungen zwischen den Männern hin und her irrte, erkannte Pasquale, daß der Arme bereits die Nerven verloren hatte. Der junge Melder reckte sich und sagte mit dünner, aber fester Stimme: »Herr, Signor Romano hat mich bestochen, um den Turm benutzen zu können. Ich bitte Euch, mich dem Vorsteher meines Ordens zu übergeben.«

»Nicht so eilig«, erwiderte der Hauptmann. »Hier liegt ein toter Mann. Ist er derjenige, der dir Geld für den Schlüssel gegeben hat?«

Der Junge bestätigte mit kurzem, krampfhaftem Nicken. Schweißperlen standen ihm auf der Stirn.

Der Hauptmann fuhr ihn scharf an. »Hat er dir den Grund genannt? Sprich, Junge! Er ist tot und wird sich nicht mehr beschweren.«

»Nur, daß er ihn für ein privates Treffen benutzen wollte.«

»Nicht, um eine Botschaft zu senden?«

»Ich hätte ihm niemals erlaubt, den Apparat zu bedienen, Herr.«

»Alle von hier gesendeten Botschaften müssen über den Großen Turm gehen«, warf Niccolò ein.

Der Melder, eifrig bemüht, gefällig zu sein, fügte hinzu: »Wir nennen ihn die Hauptschaltstelle. Über ihn läuft der gesamte Signalverkehr innerhalb der Stadt, und er ist das Relais für die Überlandleitungen nach Norden und Süden.«

»Der Orden der Melder ist für seine sehr genauen Aufzeichnungen bekannt«, erklärte Niccolò dem Hauptmann. »Falls es Romano gelang, eine Botschaft zu senden, werdet Ihr eine Aufzeichnung darüber finden. Es wird zweifellos eine einfache, redliche und nichtssagende Botschaft sein, die aber verschlüsselt eine andere enthält. Signor Romano wird sie selbst gesendet haben, da der Junge sich geweigert hat. Sicher hat er einfache Signale genommen, die nicht schwer zu meistern sind – selbst ich besitze einige Kenntnis darin. Jeder, die die nötigen Signale vorher einübt, kann sie mit genügend Geschick so übermitteln, daß beim Empfänger der Eindruck entsteht, sie seien von der dafür berechtigten Person gesendet worden, in diesem Fall unserem jungen Melder hier. Habe ich recht, Junge?«

»Er hat nichts davon gesagt, daß er den Apparat benutzen wollte, Herr. Und ich hätte es ihm nicht gestattet.«

»Aber ihm deinen Schlüssel zu leihen, hat dein Gewissen nicht belastet, wie?« schnappte der Hauptmann. »Und jetzt ist er tot. Denk darüber nach, Melder. Du wirst die Nacht in unserem Gewahrsam verbringen, bevor wir dich der rauheren Behandlung deines Ordens übergeben.«

Nachdem der Melder abgeführt war, fragte Pasquale, was mit ihm geschehen würde.

»Der Orden der Melder geht gegen die Seinen viel unerbittlicher vor, als wir es tun würden«, erwiderte der Hauptmann. »Das müssen sie, um ihren strengen Kodex zu schützen. Wenn der Eindruck entstünde, die Melder seien korrupt, wer würde dann noch einer Botschaft trauen?«

Niccolò meinte: »Ich habe meiner Geschichte nicht mehr viel hinzuzufügen, Hauptmann. Ich hoffe, Ihr findet sie befriedigend.«

»Sie wird Eurem Ruf gerecht, Niccolò«, gab der Hauptmann zurück. »Wenn Ihr mir noch den Inhalt der Botschaft nennen könntet und wüßtet, an wen sie gerichtet war, dann hätten wir wohl alles beisammen, denke ich.«

»Nach wie vor bleiben viele Fragen offen; der Inhalt der Botschaft ist die geringste. Mich interessiert vielmehr die Motivation des Mannes, der sie gesendet hat. War er ein Spion? Und wenn ja, wußte Raffael davon, oder hat er sogar selbst den Befehl dazu gegeben?«

»Raffael und sein Gefolge haben leider diplomatischen Status, können daher von uns nicht befragt und schon gar nicht festgenommen werden«, sagte der Hauptmann. »Man wird sie von jetzt an gewiß unter strikter Beobachtung halten, aber das ist nicht meine Aufgabe. Ich bin nur ein armer Bezirkshauptmann, der versuchen muß, einen Mörder zu fangen. Was nun den Mörder betrifft und die Frage, warum er Romano umgebracht hat, so fürchte ich allerdings, daß Eurer Geschichte, so befriedigend sie vom Erzählerischen auch sein mag, ein zufriedenstellendes Ende fehlt.«

»Viel kann ich Euch nicht über Euren Mann sagen«, meinte Niccolò. »Außer, daß er keine Erfahrung im Töten hat und vielleicht nicht einmal bewaffnet war. Es gibt keinerlei Anzeichen dafür, daß eine Klinge benutzt wurde, denn weder Signor Romanos Kleidung noch sein Gesicht oder Hals weisen Schnitte auf, auch seine Handflächen nicht, wie man es bei einem unbewaffneten Mann, der sich zu verteidigen sucht, erwarten würde, ja, selbst bei einem bewaffneten, der sich erbittert gegen einen überlegenen Gegner zur Wehr setzt. Um sein Leben zu retten, greift ein Mann in einem letzten, verzweifelten Aufbäumen auch in die Klinge des Gegners, selbst wenn sie ihm die Hand bis auf die Knochen aufschlitzt. Solche Schnitte sind nicht vorhanden; statt dessen durch Fingernägel und vermutlich Zähne verursachte Wunden, dazu Blutergüsse, die auf einen starken Griff deuten. Romano wurde in einem Anfall unbändiger Wut zu Tode geprügelt, nehme ich an, von jemandem, der sehr viel stärker war als er, sogar noch in seinem letzten, verzweifelten Todeskampf. Selbst eine Frau kann ungeahnte Kraftreserven mobilisieren, wenn sie vom Tod bedroht ist; wir müssen uns vorstellen, daß auch Romano diese Kräfte besaß und trotzdem überwältigt wurde. Unser Mörder muß also ein starker Mann sein, vielleicht von hitzigem Temperament. Und er war kein Komplize bei dem, was Romano vorhatte. Wäre er nämlich mit Romano gemeinsam hereingekommen, der die Tür hinter sich abschloß, hätte er von dem Schlüssel gewußt und ihn benutzt. Also müssen wir annehmen, daß er zum Fenster hereinkletterte und auf demselben Weg floh – ich habe Euch die Spuren seiner Flucht gezeigt, das Blut, das er auf dem Fenstersims hinterließ. Demzufolge ist Romanos Mörder nicht nur ein starker Mann, sondern muß gleichzeitig schmächtig oder schlank genug sein, sich durch das kleine Fenster zu zwängen.«

»Nach meiner Erfahrung«, bemerkte der Hauptmann, »kann ein Dieb durch jede Öffnung eindringen, die groß genug ist, seinen Kopf durchzulassen. Manche Diebe stellen Kinder an, die sich noch durch den engsten Spalt winden, der selbst einer Schlange Einhalt zu bieten scheint. Allerdings muß ich sagen, daß mir bei all meiner Erfahrung mit Einbrechern nie einer begegnet ist, der einen solchen Turm ohne entsprechende Ausrüstung erklimmen konnte. Signor Taddei ist ein wohlhabender Mann und hat Steinmetze eingestellt, die die Steinquader fast so nahtlos zusammengefügt haben wie in den uralten Villen in Herculaneum.«

»Ihr habt diese vom Schicksal so hart getroffene Stadt besichtigt? Dann seid Ihr ein glücklicher Mann!«

»Die Familie meiner Frau hat ein Landgut in der Nähe; sie bauen Wein an auf den Hängen des Vesuvs.«

»Wenn ich mich auch Eurem Wissen über Einbrecher und römische Ruinen, ja, über Architektur insgesamt beugen muß, so weiß ich doch einiges über das Bergsteigen und vermute, daß es für einen erfahrenen Bergsteiger nicht allzu schwer ist, etwas zu erklimmen, das wir Toskaner, die wir schon mit leichten Hügeln

Schwierigkeiten haben, für unmöglich halten. Mir fiel zudem auf, daß sich unter Romanos Fingernägeln ein paar grobe Haare verfangen haben; keine Menschenhaare, sondern vielleicht vom Mantel oder dem Kragen des Mantels, den der Mörder trug. Im Winter und in ungewöhnlich kalten Nächten wie dieser pflegen die Deutschen und die Schweizer Überwürfe mit Pelzkragen zu tragen. Vielleicht solltet Ihr mit Euren Nachforschungen bei der Florentiner Landsknechtsarmee beginnen. Ein schlanker, starker Bursche aus einem eher ländlichen Kanton statt aus Zürich oder Genf, der frische, tiefe Kratzer im Gesicht oder auf den Händen hat; außer den Haaren befinden sich auch Hautfetzen unter den Fingernägeln des Opfers.«

»Auch der Papst hat Schweizer Soldaten, genau wie Florenz«, meinte der Hauptmann nachdenklich. »Das sind gefährliche Gedanken, Niccolò. Ich weiß nicht, was alles passieren könnte, wenn Ihr darüber schreibt. Vermutlich braucht Ihr sogar die Genehmigung der Signoria dazu, daher muß ich Euch Eure Notizen und die Skizzen Eures jungen Gehilfen abnehmen.«

Niccolò seufzte. »Natürlich bin ich zur Zusammenarbeit bereit. Das sind wir doch immer, Hauptmann. Fakten, keine Sensationsberichte.«

»Das ist der Grund, warum Euch der Zugang gestattet wurde. Ich vertraue darauf, daß Ihr Euch an die Fakten haltet, Niccolò.«

»Und ich hoffte, mir damit schmeicheln zu können, daß mir wegen meiner forensischen Fähigkeiten erlaubt wurde, diesen entsetzlichen Schauplatz zu sehen.«

»Ich bin stets dankbar für Eure Meinung, Niccolò. Das wißt Ihr. Und ich werde Eure Ansichten weiterleiten, aber die Sache wird mir sehr bald aus den Händen genommen, fürchte ich. Nun, wenn Ihr gestattet, Eure

Notizen und Skizzen, und dann werde ich dafür sorgen, daß man Euch sicher hinausgeleitet.«

Die Straße vor dem Tor des Palazzo lag verlassen. Der dicke Nebel und die ungewöhnliche Kälte hatten den Sensationshunger der Menge besiegt. Niccolò ging rasch bis zur Ecke, wo er mit fliegenden Fingern die Flasche herauszog. Gierig trank er den letzten Rest aus und wischte sich mit dem Handrücken den Mund.

Pasquale hatte sich inzwischen eine Zigarette gedreht. »Ihr hättet mir wenigstens etwas übriglassen können.«

»Mein Durst gestattet keine Großzügigkeit«, sagte Niccolò. Er beugte sich zitternd vornüber und klemmte die Hände zwischen die Schenkel.

Pasquale nahm den Journalisten am Arm und führte ihn die Straße hinunter. »Was werdet Ihr jetzt tun, nachdem die Miliz Eure Geschichte hat?« fragte er.

Niccolò lachte heiser. »Um mich davon abzuhalten, das zu schreiben, was ich gesehen habe, braucht es mehr als die Konfiszierung meiner Notizen.«

»Aber der Hauptmann ...«

»Er befolgt nur seine Vorschriften, um sich zu schützen. Er hat meine Notizen und deine Skizzen und wird seinen Vorgesetzten sagen, er habe sein Bestes getan. Aber er weiß, daß ich die Geschichte trotzdem schreiben werde, und ich weiß, daß du das Gesehene aus dem Gedächtnis zeichnen kannst. Du hast bereits bewiesen, wie sehr dein Gedächtnis deiner Kunst zustatten kommt. Und du hast das kleine Fluggerät.«

»Es ist in meinem Beutel. Meint Ihr, das Spielzeug sei wichtig?«

»Es ist kein Spielzeug. Das habe ich nur gesagt, damit der Hauptmann es nicht behält. Du mußt gut darauf aufpassen, Pasquale. Willst du das für mich tun?«

»Natürlich. Aber warum ...«

»Ach, ich bin müde, mein junger Freund. Laß uns hier abbiegen. Ich kenne da eine Schenke, die Tag und Nacht geöffnet ist, wenn dir Vagabunden und Huren nichts ausmachen.«

Es war eine üble Kaschemme in einem Keller, nur von einer einzigen Kohlenpfanne in der Mitte des mit Stroh bestreuten Bodens erleuchtet. Ein Dutzend Gäste saßen auf rohen, rauchgeschwärzten Bänken um die primitive Feuerstelle und tranken kratzigen roten Wein aus einer gemeinsamen Kumme, in die alle ihre Becher tauchten. Ratten raschelten in den dunklen Ecken. Die Schlampe, der die Kaschemme gehörte, warf Steine nach jedem Nager, der sich zu nahe an die Kohlenpfanne wagte.

Nach einigen Schlucken Wein taute Niccolò auf. »Seit meinem Verhör habe ich kein so komplexes Gedankengebäude mehr errichtet«, sagte er. »Ich hatte vergessen, wie sehr Denkarbeit ermüdet.«

»Entspricht alles, was Ihr gesagt habt, der Wahrheit?«

»Einiges mit Sicherheit. Obwohl ich mir nicht ganz so sicher bin, was die Motive angeht, die der Hauptmann dem Mörder zuschreibt.«

»Vielleicht war der Mörder gar nicht hinter Romano her«, überlegte Pasquale. »Vielleicht hat er nur einen Dieb oder Spion beim Durchwühlen der Botschaften überrascht.«

»Dann müßten wir annehmen, daß Romano ausgerechnet den gleichen Moment für sein unerlaubtes Benutzen des Turmes wählte wie der Dieb für seinen Einbruch. Ich will nicht behaupten, das sei unmöglich, aber es ist doch höchst unwahrscheinlich. Mit dem Unwahrscheinlichen können wir uns erst abgeben, wenn wir das Wahrscheinliche ausgeschlossen haben, und mit dem Unmöglichen nur dann, wenn gar nichts anderes mehr bleibt.«

»Aber es muß eine Verschwörung geben. Es muß! Es kann doch kein Zufall sein, daß ein Gehilfe Raffaels am Vorabend der Ankunft des Papstes ermordet wird!«

Niccolò lächelte nachsichtig über diesen Ausbruch. Pasquale trank seinen Becher leer und tauchte ihn erneut in die Gemeinschaftskumme – wenn er schon zahlen mußte, dann wollte er auch dafür sorgen, daß er seinen gerechten Anteil bekam. Nachdem er sich wieder gesetzt hatte, meinte Niccolò: »Wir sind erst am Anfang, Pasquale. Ich kann dir versichern, daß ich die Aufregung der Jagd aus vollem Herzen genieße – nichts hilft besser gegen die Langeweile als ein Rätsel wie dieses –, aber ich muß sicher sein, daß ich auf der richtigen Fährte bin.«

»Was ist mit dem kleinen Fluggerät? So etwas habe ich noch nie gesehen.«

»Das könnte alles bedeuten oder auch nichts. Ich weiß es noch nicht. Ein Mann trägt so viel mit sich herum, besonders ein Künstler. Was hast du in deinem Beutel, Pasquale? Außer der Münze, die du brauchen wirst, um diesen belebenden Wein zu bezahlen? Laß mich raten: Zeichenkohle und Gänsefedern und ein kleines Messer zum Schneiden der Federn, Papier zum Skizzieren, ein bißchen englisches Blei, ein Stück Brot zum Entfernen der Striche. Einen Block Lampenruß und einen Stein mit einer Vertiefung zum Anrühren der Tinte. Diese Dinge kennzeichnen dich als Künstler. Aber ich wette, du hast auch noch das eine oder andere darin, das dich als Individuum kennzeichnet und nichts mit deinem Beruf zu tun hat. Das gleiche trifft vielleicht auf Giulio Romano zu. Wir finden ein kleines Spielzeug, und wenn wir nicht aufpassen, erhält es eine Bedeutung, die weit über seinen Wert hinausgeht und uns in die Irre führt, vom direkten Pfad ablenkt und nach Gespenstern jagen läßt. Ja, es könnte wichtig sein und ebensogut gar nichts bedeuten.«

»In der Malerei kann alles bedeutsam sein«, sagte Pasquale. »In allem kann etwas anklingen, weil es bereits verwendet wurde, weil hinter jeder Geste, jeder Blume eine Geschichte oder eine Tradition steht. Ich sah das kleine Ding aufflattern und dachte an Engel ...«

Gern hätte Pasquale von seiner Vision gesprochen, dem Bild, das durch seine Vorstellung geisterte, immer noch verschwommen und doch allmählich deutlicher werdend, wie ein Gegenstand im Nebel deutlicher wird, je näher man ihm kommt. Aber er traute sich nicht. Nein, dieses Annähern hatte nichts mit der Art zu tun, in der Niccolò vorgegangen war, als er aus den verstreuten Überresten einen kurzen Abriß der gewalttätigen Vorgänge zusammengefügt hatte. Ihn überkam plötzlich das drängende Verlangen, sofort mit dem Bild zu beginnen, aber er wußte, daß das ein holpriger Beginn wäre, der ihn Tage, Wochen, Monate zurückwerfen würde. Entweder mit dem Gesamtentwurf vor Augen oder gar nicht.

Der Keller war feucht, doch das Feuer aus der Kohlenpfanne wärmte Pasquale, und der Rauch roch angenehmer als der scharfe, chemische Gestank des widerwärtigen Nebels draußen, der immer noch an seinen Kleidern hing. Auf der anderen Seite der Feuerstelle schob ein klapperdürrer, zerlumpter Mann mit Wieselgesicht so langsam den Arm in den Ausschnitt einer fetten, vollbusigen Hure, als würde er in unerforschte Tiefen vordringen. Die meisten anderen Gäste schienen eingenickt zu sein, beduselt vom kratzigen Wein, hypnotisiert von der Glut der Kohlenpfanne und ihren eigenen geheimen Gedanken.

Nach einer Weile begann der alte weißhaarige Mann neben Pasquale zu sprechen. Eine schimmernde Narbe auf seiner linken Gesichtshälfte zog Auge und Mundwinkel nach unten. Er legte den Finger auf die Narbe und sagte in breitem Milaneser Dialekt: »Ihr fragt Euch sicher, woher ich das habe, junger Mann. Ich will es Euch sagen. Das war während des Kanalbaus zwischen Florenz und dem Meer. Die Mechaniker benutzten chinesisches Pulver, um sich durch die Felsen bei Seraville zu sprengen, und bei einer der Explosionen fielen brennende Stücke auf die Zelte, wo wir Arbeiter hausten. Viele kamen in den Flammen um, die auf das Pulverlager übergriffen, aber ich hatte Glück, könnte man sagen. In jener Nacht starben mehr Männer als im ägyptischen Krieg, aber ich kam mit einer Narbe davon. All diese Fabriken, die jetzt die Kraft des Wassers nutzen, das wir kanalisiert haben ..., aber was hat es mir gebracht, außer einer kleinen Rente und einem Gesicht, das die Milch sauer werden läßt? Man sagt, die Mechaniker hätten dem Menschen die Freiheit gegeben, er selbst zu sein, aber ihre Maschinen machen Menschen wie mich zu Tieren. Wir müssen in ihrem Tempo arbeiten, bis wir nicht mehr können, und wenn wir unseren Nutzen verloren haben, werden wir beiseite geschoben.«

Der alte Mann schob einen Tabakpriem von der einen Backe in die andere und spie einen langen Strahl in Richtung Kohlenpfanne. Dann beugte er sich vor, blickte an Pasquale vorbei und sagte: »Ich kenne Euch, Signor Machiavelli. Ich habe Euch hier schon gesehen und auch reden gehört. Ich weiß, Ihr werdet mir zustimmen.«

Niccolò war wieder bester Dinge und hellwach, erkannte Pasquale. Der Wein hatte sein Werk getan, hatte mit seinem Feuer den Trübsinn vertrieben, wie eine Fackel den Nebel vertreibt.

»In unseren Köpfen hatten wir immer die Freiheit, wir selbst zu sein, Signor«, erklärte Niccolò. »Aber nur wenige können sich von dem körperlichen Los der Mehrheit befreien. Es läßt sich mathematisch nachweisen, daß die für das Erzeugen materiellen Reichtums notwendige Arbeit immer nur einen Bruchteil der arbeitenden Bevölkerung reich machen kann. Für die Republik ist es gut, reich zu sein, während die Bevölkerung arm bleibt, denn individueller Reichtum erzeugt Faulheit. Denkt an Rom, das vierhundert Jahre nach seiner Erbauung in größter Armut lebte, und doch waren jene Jahre die letzten glücklichen für die Stadt. Denkt an Aemilius Paulus, der durch seinen Triumph über Perseus viel Reichtum nach Rom brachte, selbst jedoch arm blieb. Arbeit und Eroberungen sollten einen Mann nicht reich machen, sondern ihn in aktiver, nicht in müßiger Armut halten.«

»Vergebt mir, Signor Machiavelli, aber Ihr klingt wie einer von diesen Savonarolisten«, protestierte der alte Mann. »Ich kann nicht behaupten, daß ich's mit denen halte.«

»Ich hätte gute Gründe gehabt, diesen düsteren Propheten zu unterstützen«, gab Machiavelli zurück, »habe aber Gott sei Dank genug Verstand besessen, das nie zu tun.«

»All das Gerede. Wozu soll das gut sein?« nuschelte Pasquale. Bestürzt stellte er fest, daß er betrunkener war als erwartet.

Eine Gestalt, die im Schatten außerhalb des flackernden Feuerscheins saß, bewegte sich. Es war ein überaus dicker, vollkommen kahler Mann, in einen vielfach geflickten Wollumhang gehüllt. »Die letzten Tage sind gekommen, Journalist. Eine Bestie sitzt auf dem Thron von Sankt Peter und wird bald sterben. Die in Stolz und Eitelkeit errichteten falschen Türme der Mechaniker werden fallen. Schreib das in deinem Blatt.«

»Meine Waffen sind Worte, nicht Bomben«. Niccolò trank seinen Wein aus, drehte den Becher um und schüttete die letzten Tropfen auf das Stroh zwischen seinen Stiefeln. »Zahl für uns, Pasquale, dann werden wir gehen. Wir müssen unsere Geschichte zu Bett bringen, bevor wir selbst ans Schlafen denken können.«

5 Erst im Morgengrauen kehrte Pasquale nach Hause zurück. Er war müde und gleichzeitig seltsam aufgekratzt. Während der nächtlichen Arbeit am Kupferstich der Mordszene im Signalturm des Palazzo Taddei hatte ihn Signor Aretino mehrere Tassen dickflüssigen, bitteren Kaffees trinken lassen, jenes neue und kostspielige Getränk, das aus dem ägyptischen Protektorat importiert wurde. Kaffee sei ein Heilmittel gegen alle Arten von Krankheiten, hatte Aretino gesagt, und vertriebe vor allem den Schlaf. Letzteres traf gewiß zu; obwohl Pasquale todmüde war, empfand er eine eigentümliche Klarheit, als sei er gerade aus einem wunderbaren Traum erwacht.

Der dichte, giftiggelbe Nebel hatte sich gehoben. In der dunstigen Ferne, hinter den schiefen, rotgedeckten Dächern der bescheidenen alten Häuser entlang der schmalen Gasse, verblaßten die Lampen, die das massige Gemäuer des Großen Turms einrahmten. Grüne und rote Signallichter blinkten und flackerten. Auf einer Zinne eines Turmes schwangen kleine Signalarme hin und her: Botschaften wurden auf die Reise geschickt, unsichtbar wie Engel.

Mit dem ersten Licht erwachte die Stadt. Hausfrauen öffneten klappernde Fensterläden im ersten und zweiten Stock, leerten Nachttöpfe in die Abflußrinne in der Mitte der Gasse – die neue Kanalisation der Mechaniker hatte diesen Teil der Stadt noch nicht erreicht – und schwatzten fröhlich wie die zwitschernden Schwalben hoch in den Dachtraufen der Ställe. Von überall her riefen die Glocken zur Frühmesse, hielten tönende Zwiesprache über die Dächer hinweg. Aus den hohen Schornsteinen der rastlosen Manufakturen auf der anderen Seite des Arnos stiegen Rauchwolken hoch in den Frühhimmel, alle auf gleicher Höhe vom Westwind abgeknickt, der auch den Nebel vertrieben hatte. Das entfernte, gleichmäßige Stampfen der Maschinen und Webstühle war der Herzschlag der Stadt.

Pasquale unterbrach einen Bäckerjungen im Ausrufen und kaufte ihm einen noch warmen, knusprigen Brotlaib ab. Die zwei Silberflorin Bezahlung für seine nächtliche Arbeit waren sicher in seinem Beutel verwahrt, zusammen mit dem Flugspielzeug, das Niccolò Machiavelli ihm zur Aufbewahrung anvertraut hatte, und einer knisternden, druckfrischen Ausgabe der heutigen Flugschrift, seine beiden Stiche eingerahmt von Machiavellis rhythmischer, eindringlicher Prosa. Er fühlte sich eins mit der Stadt, als sei er Teil eines großen und komplizierten Mechanismus, war geradezu glücklich. Selbst die Gesellschaft eines dürren gelben Köters war ihm willkommen. Das Tier hatte sich ihm angeschlossen und hing an seinen Fersen, bis es plötzlich etwas Interessanteres zu wittern schien und davontrottete.

Die Tür zum Studio stand offen; drinnen brannte Licht. Rosso war bereits bei der Arbeit. Rittlings auf dem Schmirgelblock sitzend, zerrieb er blaues Pigment. Sein loser, farbverschmierter Kittel war um die Taille gegürtet; die Ärmel über den sommersprossigen Armen hochgerollt, führte er körniges, mit Essig behandeltes Kupfer über die rauhe Oberfläche des Blockes und zerrieb das Granulat mit raschen Stößen zu feinem Pulver, das dann in einen bereits zur Hälfte mit der himmelblauen Farbe gefüllten Korb rieselte.

Pasquale empfand Schuld und Zuneigung, als er seinen Meister bei dieser niederen Tätigkeit sah. Rasch trat er ein und entschuldigte sich, doch Rosso wischte seine Entschuldigungen beiseite.

»Du mußt tun, was du für richtig hältst.« Farbflecken

prangten ihm auf Wangen und Stirn. Seine Finger waren bis zu den Knöcheln blau verfärbt. Offenbar hatte er die ganze Nacht gearbeitet. Teile seines Bildes auf dem Tisch am Fenster waren mit dünn aufgetragenen Farbschattierungen bis hin zu einer fast schwarzen Umbra roh ausgeführt, begrenzten den Raum, den die Figuren einnahmen.

Pasquale zeigte seinem Meister die zwei Florin und dann die Flugschrift, die Rosso zum Fenster trug und lange betrachtete. »Armer Giulio«, sagte er schließlich. »Und niemand weiß, wer ihn umgebracht hat?«

Pasquale erzählte seinem Meister von Machiavellis Nachforschungen, während Rosso abwesend aus dem Fenster starrte. Ein Lichtstrahl fiel durch das Fenster und erleuchtete die eine Hälfte seines Gesichts. Als Pasquale geendet hatte, sagte Rosso: »Ich habe die Gabe, Pasquale, ein großer Maler zu sein. Dieser Narr von einem Hospizdirektor – er weiß nichts, nichts. Einst wußte man alles über Malerei in Florenz, aber heute nicht mehr. Heute geht es nur noch um die Mechaniker und ihre Erfindungen und Maschinen, und um den Handel und das Gerede von einem Imperium, das dem alten römischen Reich den Rang streitig machen soll. Aber ohne Kunst ist alles hohl, Pasquale. Es ist nichts.«

Einmal mehr ging es also um das Mißverständnis wegen des Kartons – die teuflisch aussehenden Heiligen von Rossos danebengegangenem Scherz, die Empörung des Direktors über ein vermutetes Sakrileg. Rosso wandte sich ab und fügte hinzu: »Dieser idiotische Mönch hat vor ein paar Minuten zu mir heraufgebrüllt. Er wollte wissen, ob wir Ratten hätten.«

»Der zählt seine Trauben offenbar täglich.«

»Halte du gefälligst Ferdinand im Zaum«, befahl Rosso scharf. »Er hat uns schon genug Ärger gemacht, und ich kann während der Arbeit keine Ablenkungen mehr gebrauchen. Ich habe ihn an dein Bett gebunden, Pasquale. Mach ihn also nicht los.«

Er trug Pasquale auf, die zwei Florin in das ledergebundene Kontobuch der Werkstatt einzutragen, wog die beiden Münzen in der Hand und gab ihm dann eine zurück. Sie wären Gleichgestellte, sagte er, und das schon seit geraumer Zeit. Er könne ihm nichts mehr beibringen, und bald würde Pasquale seinen eigenen Weg gehen.

»Nie werde ich aufhören, von Euch zu lernen, Meister.«

»Das ist nett von dir«, sagte Rosso traurig lächelnd. »In besseren Zeiten, wenn die Dinge anders wären ... Das, was wir tun, wird immer unwichtiger, es zählt nur noch, was wir getan haben. Wir verblassen, werden zu Geschichte.«

»Ihr wißt, daß das nicht stimmt, Meister«, protestierte Pasquale und mußte plötzlich gähnen.

»Sieh zu, daß du ein wenig Schlaf bekommst. Ein paar Stunden. Wir haben heute zu arbeiten, müssen den Auftrag dieses verrückten Mechanikers ausführen.«

Kaum hatte Pasquale sich hingelegt, da war er auch schon eingeschlafen; den Berberaffen, der mit einem Strick am Bettrahmen angebunden war, nahm er kaum wahr. Er erwachte vom Geschrei des Affen, fuhr hoch und sah, daß das Tier verschwunden war. Es hatte sich die Schlinge, mit der es festgebunden war, vom Bein gestreift. Auch menschliche Schreie waren zu hören: Rosso im Nebenzimmer und der Mönch im Garten. Pasquale sprang zum Fenster und sah den Affen schreiend und schnatternd in einer Ecke hocken, während der Mönch versuchte, ihn mit einem Stock zu vertreiben, und Rosso beide mit Flüchen überschüttete.

Pasquale schnitt den Strick vom Bettrahmen ab und

warf dem Affen das eine Ende zu. Der erkannte seine Chance und hangelte sich mit allen vieren das Traubenspalier hinauf. Als die Holzkonstruktion unter seinem Gewicht zusammenzubrechen begann, gelang es dem Affen gerade noch, das Strickende zu packen, wobei er Pasquale fast aus dem Fenster riß. Der Mönch warf seinen Stock weg und machte einen Satz zur Seite, um den herabpurzelnden Weinreben und Spalierstangen auszuweichen.

Der Affe kletterte in Sicherheit, sprang über den Fenstersims und landete auf dem Boden. Plötzlich stand Rosso im Zimmer und prügelte mit einem Besen auf den Affen ein. Laut flehend warf sich Pasquale dazwischen. Dann war alles vorüber. Rossos Blick klärte sich, er warf den Besen beiseite und verbarg das Gesicht in den Händen. Der Affe sprang aufs Bett und verkroch sich unter der Decke.

Pasquale wußte nicht, ob er seinen Meister oder den Affen trösten sollte. Der Mönch brüllte vom Garten herauf, gebrauchte Worte, die ein Mann Gottes weder kennen noch benutzen sollte, und drohte, sich an die *Uffiziali di Notte e dei Monasterii* zu wenden.

»Betet für uns, Bruder«, brüllte Pasquale zurück. »Zeigt ein wenig christliche Nächstenliebe.« Er knallte die Fensterläden zu und schaute Rosso an, der sich inzwischen beruhigt hatte.

Als Pasquale zu Entschuldigungen ansetzte – schließlich hatte er dem Affen beigebracht, das Seil rauf und runter zu klettern und Trauben zu stehlen –, knurrte Rosso nur, Pasquale träfe überhaupt keine Schuld. »Es liegt in der Natur des Tieres. Ich bekam den Affen zum Scherz geschenkt, weißt du, und nun ist er zur Last geworden, wie der alte Mann vom Meer oder wie ein Dämon.«

»Glaubt Ihr, der Mönch wird sich bei der Obrigkeit beschweren?«

Rosso drückte sich die Fingerknöchel auf die Augen. »Oh ja, das wird er bestimmt tun. Er hat eine kleinliche, selbstsüchtige Seele. Erinnere dich, daß Dante einen Kreis der Hölle für jene Säulenheiligen bestimmte, die sich von der Welt zurückziehen, um ihre Vergeistigung zu mehren, so wie ein Geizhals seine Schätze hortet. Auf Mönche trifft genau das gleiche zu, finde ich.«

Der Affe zog beim Klang ihrer Stimmen die Decke vom Gesicht, und sie mußten lachen, als sie ihn da wie ein altes Weib unter seinem Schal hervorlugen sahen.

Rosso seufzte. »Wir müssen noch viel vorbereiten für unseren Auftrag.«

Pasquale half Rosso, den Rest der Pigmente zu zerreiben, die sie für ihre Arbeit brauchen würden. Das blaue Salz, das entstand, wenn man Kupfer in Essig legte, das neue Bleiweiß, das Karminrot aus zerdrückten Schildläusen, das leuchtend gelbe Quecksilbersulfid. Die Pigmente wurden entweder in mit Wasser und Essig verdünntem Eigelb aufgeschwemmt (was das Blau in Grün verwandelte) oder in Leim (um das Blau rein zu halten), und in großen hölzernen Bottichen gemischt, die den Freskoarbeiten vorbehalten waren.

Der Auftrag war denkbar einfach. Sie sollten ein wellenförmiges Fresko in Primärfarben auf die Wand eines Bankgebäudes an der Piazza della Signoria malen. Beim Betreten der Piazza im Schatten des Großen Turmes würde dem Papst dieses Fresko ins Auge fallen, das durch irgendeinen Trick des Mechanikers in ein Wunderding verwandelt werden sollte. So zumindest hatte dieser es verkündet; bisher hatte er den Malern nicht erzählt, wie der Trick funktionieren sollte, denn er war ein Mann der Geheimnisse. Trotzdem, ein Auftrag war ein Auftrag, und der Mechaniker bezahlte gut, noch dazu im voraus.

Die Hausfassade hatte bereits vor zwei Tagen unter Rossos Aufsicht die erste Putzschicht erhalten, und die Umrisse des Musters waren mit Holzkohle aufgemalt worden. Neumodische Gerüste waren errichtet worden, die aus Fertigteilen zusammengeschraubt waren und in ihrer Regelmäßigkeit aussahen wie die Beine eines Insekts, das krasse Gegenteil der kreuz und quer vertäuten Stangen und Holzplanken üblicher Gerüste. Als Pasquale und Rosso kurz nach Mittag ankamen, erwartete sie der Mechaniker schon mit einer kleinen Gruppe Arbeiter, die ihnen Pigmente und Pinsel, Eimer und Schwämme und alles andere abnahmen.

Der Mechaniker war ein plumper junger Mann mit glänzendem, olivfarbenem Vollmondgesicht, wässrigen blauen Augen und einem sauber getrimmten Bart. Er trug die übliche Uniform der Mechaniker, einen ledernen Überrock mit vielen Taschen, lockere schwarze Türkenhosen und blitzblanke schwarze Lederstiefel mit eisernen Kappen und Schnallen am Schaft. Sein Name war Benozzo Berni; er war ein entfernter Verwandter des großen Satirikers.

Berni war von der Bank beauftragt worden, dieses Spektakel zu inszenieren, und er verging vor Angst, durch irgendeinen Fehler zu versagen und vernichtet zu werden. Er hatte sich bereits schrecklich aufgeregt über die Verzögerung, die durch die Feierlichkeiten zu Ehren des heiligen Lukas entstanden war, und machte jetzt ziemlichen Wirbel, weil seine Apparaturen schon aufgebaut waren. Das Gerät erinnerte ein wenig an eine Wurfmaschine, nur waren anstelle des Löffelarms für die Wurfgeschosse eine Reihe von Gaslampen und verschiedene Linsen und Spiegel angebracht worden, die das Licht projizieren sollten. Das Ganze wirkte wie ein hockender, skelettartiger, glupschäugiger Frosch. Doch was das Gerät in Verbindung mit den großen amorphen Formen des Freskos bewirken würde, das, sagte Berni, sei noch ein Geheimnis.

»Ihr werdet es an dem dafür vorgesehenen Tag schon erleben. Das heißt, wenn wir bis dahin fertig werden.«

Berni behandelte Rosso nicht wie einen erfahrenen Handwerker, den er angestellt hatte, um eine Arbeit bestens auszuführen, sondern eher wie einen einfachen Arbeiter und bestand darauf, daß er und seine Gehilfen (zwei glattgesichtige Burschen, die mindestens fünf Jahre jünger waren als Pasquale) jede Linie der von Rosso auf die Wand übertragenen Umrißzeichnung mit kleinen, auf einer halbrunden Skala drehbaren Meßgeräten aus Messing kontrollierten. Das Muster war völlig unkompliziert, und die beiden Maler brauchten nur eine Stunde, um die in Kohle ausgeführten Hilfslinien mit rotem Ocker zu übermalen, dann die Kohle zu entfernen, so daß nur noch die rote Unterzeichnung, die *sinopia*, zurückblieb.

Dann begannen sich Rosso und Berni zu streiten, wie man am besten weiterarbeiten sollte. Rosso bestand darauf, so vorzugehen wie immer, von einer Partie zur nächsten, von oben nach unten, aber der Mechaniker wollte, daß sie jede Farbfläche für sich beendeten, weil es keine Unterschiede im Farbton geben durfte, was er für unmöglich hielt, wenn verschiedene Flächen der gleichen Farbe zu unterschiedlichen Zeiten bemalt wurden. Rosso war beleidigt und versicherte mit immer schriller werdender Stimme, Berni könne sich auf seine, Rossos, Erfahrung verlassen: Die unterschiedlichen Partien würden in genau dem gleichen Farbton ausgeführt werden. Schließlich warf Berni die Hände hoch und stapfte davon, um sich eine Zigarre anzuzünden.

»Wir fangen oben an, wie immer«, meinte Rosso zu Pasquale. Falls er noch über das Benehmen des Affen verärgert war, hatte dieser kleine Sieg geholfen, sein Selbstbewußtsein wieder zu stärken. »Der Trottel mußte erst davon überzeugt werden, daß sonst Farbe auf die schon fertigen Flächen tropft. Wir fangen mit Blau auf dem trockenen Putz an. Für das Blau habe ich schon gestern den Oberputz auf das *arriccio* auftragen lassen, um Zeit zu sparen. Hoffentlich haben die Leute das ordentlich gemacht. Es wird bald dunkel, und Berni hat uns Licht von seiner Maschine versprochen, aber ich weiß nicht, Pasquale, ich habe noch nie bei künstlichem Licht gearbeitet.«

Pasquale und Rosso arbeiteten schweigend und einträchtig, vollendeten rasch die blauen Flächen, überwachten dann die Arbeiter, die den Putz für die anderen Teile der *sinopia* mischten und auftrugen. Es war wichtig, daß der Putz dünn genug war, um beim Trocknen rasch die richtige Konsistenz zu bekommen, den Pigmenten aber noch genügend Haftung bot. Partie für Partie arbeiteten sie sich vor, trugen die in Leimwasser gelösten Pigmente mit raschen Schwüngen der größten Schweinsborstenpinsel auf, sobald der Putz das richtige Stadium erreicht hatte. Als sie halbwegs fertig waren und das Tageslicht zusehends verblaßte, ließ der Mechaniker die großen Gaslampen seines Apparates anzünden und die Spiegel und Linsen so ausrichten, daß ein diffuses, gelbliches Licht die Fassade des Gebäudes erhellte. Nun mußten Pasquale und Rosso trotz der eckigen Schatten, die das Gerüst und sie selbst auf das Fresko warfen, weiterarbeiten.

»Das ist kein Malen, sondern ein Rennen«, murrte Rosso.

»Dann sind wir jetzt wohl Anstreicher, Meister«, gab Pasquale zurück. Er genoß das Ganze wegen des körperlichen Vergnügens, die Farben regelrecht aufklatschen zu können.

»Wir werden so gut arbeiten, wie wir nur können«, mahnte Rosso. »Wir sind immer noch Handwerker, nicht mehr und nicht weniger, egal, wie unser Auftrag lautet.«

Pasquale hatte an genügend Fresken mitgearbeitet, um die Probleme zu kennen. Rauhe Wände mußten geglättet werden durch eine dicke Schicht Unterputz, das *arriccio*, das entweder direkt auf die Ziegel oder Steine oder auf dünne Reetmatten aufgetragen wurde, die zum Schutz vor Feuchtigkeit, dem größten Feind des Freskos, aufgelegt wurden. Das allein war schon eine Kunst: Das *arriccio* mußte glatt sein, aber noch rauh genug, daß die oberste Putzschicht hielt, und seine Zusammensetzung mußte sorgfältig überwacht werden. Der Trockenheitsgrad, bei dem man die Pigmente auftrug, beeinflußte nicht nur die endgültigen Farben, sondern auch das Leben des Freskos – zu feucht, und die Farbe würde zu tief und zu dünn in den Putz eindringen; zu trocken, und sie würde nicht richtig haften und abblättern. Blaue Pigmente, mit Leim vermischt, konnten nur auf trockenem Putz aufgetragen werden und mußten etwa alle dreißig Jahre ausgebessert und erneuert werden. Deshalb war das Fresko durch die *sinopia*, eine rasche Skizze oder eine detaillierte Unterzeichnung, in kleine Flächen aufgeteilt, die wiederum mit einer weiteren Putzschicht, dem *intonaco*, bedeckt wurden, das partieweise aufgetragen wurde: kleine Partien, wo detaillierte Arbeit nötig war, bei einem Gesicht oder einer Hand etwa; größere, wo nur wenig Details erforderlich waren, wie die Hintergrund-Draperien oder eine Landschaft.

Wäre dies ein ordentliches Fresko gewesen, hätten sie nur jeweils eine Partie, eine *giornata*, pro Tag bemalt. Hier, mit zwei Dutzend Flächen von gleicher Größe, aber unregelmäßiger Form, jede nur in einer Primärfarbe gestrichen, konnten sie schneller vorgehen, relativ trockenen Putz auf drei Partien nacheinander auflegen, so daß nach dem Verputzen der dritten die erste schon fertig für den Farbauftrag war.

Trotz der Hilfe der Arbeiter, die Putz und Farbe nach genauer Anweisung mischten und verdünnten, Kellen und Eimer hin und her trugen, waren Rosso und Pasquale unter großem Zeitdruck. Zum Denken blieb keine Zeit. Pasquale war völlig in seine Aufgabe vertieft – das Streichen der glättenden Kelle über den frisch aufgetragenen Putz; das Klatschen des großen Rauhhaarpinsels auf der körnigen, aufsaugenden Mauer. Der Himmel verfärbte sich hinter dem Schein der Lampen des Mechanikers. Motten, die vom Licht angezogen wurden wie von Kerzenflammen, flatterten Pasquale ins Gesicht. Seine nackten Arme, übersät mit getrockneten Farbflecken, juckten von Mückenstichen. Pasquale bemerkte es kaum und war so auf seine Arbeit konzentriert, daß Rosso ihm schließlich Einhalt gebieten mußte, als sie fertig waren.

6 Als Niccolò Machiavelli ihn fand, schaute Pasquale zu, wie die Arbeiter das seltsam konstruierte Gerüst abbauten. Er saß auf einer umgedrehten Kiste, schob sich mit der einen Hand schwarzes Brot und gesalzenen Dorsch in den Mund, während er gleichzeitig mit der anderen die Arbeiter in verschiedenen Haltungen skizzierte; zu seinen Füßen stand eine Flasche billigen roten Landweins. Der Geschmack trockenen Mörtelstaubs und kupfriger Pigmente vermischte sich mit dem salzigen Beigeschmack seines Essens. Seine Arme zitterten vor Erschöpfung. Einer der Arbeiter, ein blonder Deutscher, hatte einen perfekten Körperbau, und Pasquale beschloß, sich nach dem Namen des Mannes zu erkundigen. Vielleicht war er bereit, für ein paar Münzen Modell zu stehen.

Rosso sprach mit dem Mechaniker neben dem Beleuchtungsapparat. Der Affe Ferdinand lehnte am Bein seines Herrn und genoß es, von der Kette befreit zu sein, mit der er während der Arbeit am Gerüst angekettet gewesen war. Die Gehilfen des Mechanikers mühten sich mit den Linsen des Apparates ab, dicke, grünliche, in Kupferringe gefaßte Gläser an beweglichen Armaturen, die sie, den hektischen Anweisungen ihres Meisters folgend, hierhin und dorthin richteten. Lichtkreise wanderten über die bemalte Wand, die Schatten des Gerüstes fügten sich zu immer neuen Formen zusammen. Die Lampen brummten ununterbrochen.

Niccolò Machiavelli ging durch den grellen Lichtschein auf ihn zu, und Pasquale sprang auf, als er ihn erkannte, froh, den Journalisten wiederzusehen. Vielleicht hatte er das Rätsel bereits gelöst.

»Ich nehme etwas von dem Wein«, verkündete Niccolò milde, und während er trank, fragte Pasquale nach seinen Nachforschungen.

»Erinnerst du dich, daß ich der Meinung war, der arme Giulio Romano habe eine Nachricht geschickt, bevor er ermordet wurde?«

Pasquale drehte sich eine Zigarette und sog genüßlich den Rauch ein. »Habt Ihr herausgefunden, was es war? Der Hauptmann der Miliz wollte sich doch erkundigen.«

»Es gab keine Botschaft. Der Hauptmann hat die entsprechenden Aufzeichnungen prüfen lassen. Nichts.«

»Dann muß Romano den Turm für einen anderen Zweck benutzt haben.«

»Und doch hat er die Signallampen angezündet, Pasquale. Warum, wenn er keine Botschaft senden wollte?«

»Vielleicht war das Anzünden das Signal.« Pasquale dachte an das kleine Spielzeug in seinem Beutel.

Niccolò lächelte. »Genau das denke ich auch. Romano hat kein Signal an den Relaisturm geschickt, sondern an jemanden in der Nähe des Palazzo. Vielleicht als Zeichen, daß jetzt der zuvor ausgemachte Weg frei war. Vielleicht war Romano kein Spion, sondern ein Abtrünniger aus Raffaels Kreis. Oder er ging eigenen Geschäften nach. Womöglich ist er auch von dem Mörder hereingelegt worden, was bedeuten würde, daß jemand ihn tot sehen wollte – oder beabsichtigte, Raffael durch den Mord an seinem besten Gehilfen zu treffen.«

»Aber wir wissen nicht, ob Romano ein Verräter war. Der Mann ist tot. Gott muß ihn richten.«

»Der Hauptmann hat mir eine Aufgabe übertragen, Pasquale. Wenn du einverstanden bist, hätte ich dabei gern deine Hilfe. Ich soll Raffael befragen, weil der Hauptmann das nicht kann. Schließlich ist Raffael der Gesandte des Papstes. Willst du mitkommen? Du brauchst dabei nichts zu sagen, aber nütze deine scharfen Augen, deine künstlerische Empfindsamkeit.«

»Nur zu gerne.« Pasquale hätte alles getan, um in Raffaels Nähe zu kommen. Wie neidisch die anderen Schüler sein würden!

»Wir müssen noch einen anderen Besuch machen, bevor wir zu Raffael gehen«, sagte Niccolò. »Ich habe eine Liste der Feinde Raffaels zusammengestellt, und Michelangelo Buonarroti steht an zweiter Stelle.«

»Das ist doch nicht Euer Ernst!« rief Pasquale mit einer Mischung aus aufrichtiger Empörung und glühender Neugier.

»Es ist allgemein bekannt, daß sie erbitterte Rivalen sind. Michelangelo behauptet, Raffael habe ihm seine Ideen gestohlen.«

»Deshalb soll Michelangelo mit dem Papst gestritten haben, heißt es. Aber ich kann mir nicht vorstellen, daß er deswegen einen von Raffaels Gehilfen umbringen würde.«

»Natürlich wäre es äußerst töricht, das in Florenz zu tun, aber Wut kann jeden zum Toren machen«, meinte Niccolò.

»Ist er wirklich bereit, mit Euch zu sprechen?«

»Noch in dieser Stunde.«

»Wenn Michelangelo auf der Liste der erbittertsten Feinde Raffaels erst an zweiter Stelle steht, wer ist dann der erste?«

»Natürlich der Mann, dem Raffael Hörner aufgesetzt hat. Leider ist er einer der Notabeln, die zur Zeit diese Stadt regieren, und gehörte noch dazu zu der Gruppe, die mich wegen erlogener Anschuldigungen einsperren ließ. Deshalb kann ich ihn schwerlich befragen, so gern ich es auch wollte.«

»Darf ich seinen Namen erfahren?« fragte Pasquale.

»Wenn es sein muß ... aber noch muß es nicht sein. Da ist noch etwas«, sagte Niccolò und beugte sein sanftes Gesicht vor, um Pasquale direkt in die Augen zu sehen. »Ich habe etwas bekommen, was man für eine Todesdrohung halten könnte. Ein zerbrochenes Messer in einem Päckchen. Das mag natürlich nichts zu bedeuten haben. Wir Journalisten werden oft bedroht, und das Päckchen kam erst, als die Flugschrift längst ausgeliefert war. Wenn es vor dem Erscheinen des Blattes gekommen wäre, würde ich mir die Sache mehr zu Herzen nehmen.« Er hob die Flasche an die Lippen und legte den Kopf in den Nacken. »Bah. Das ist ja ein grausiges Zeug, Pasquale. Hat Signor Aretino dir genug bezahlt?«

»Mehr als genug, Signor Machiavelli ...«

»Niccolò. Ich bin kein Landbesitzer. Jetzt nicht mehr. Die Spanier haben mir alles genommen.«

»Niccolò ... glaubt Ihr wirklich, daß Raffael an einer Verschwörung gegen unsere Stadt beteiligt ist?«

»Dafür gibt es keine Beweise. Ich werde ihn nicht verhören, Pasquale. Ich werde ihn nur wegen seines armen Gehilfen befragen, der so brutal ermordet wurde. Das ist keine offizielle Untersuchung, verstehst du? Die kann es nicht geben, denn Raffael steht unter dem Schutz des Papstes. Er kann weder strafrechtlich verfolgt noch vor Gericht gestellt, ja, noch nicht einmal beschuldigt werden. Das zu tun würde bedeuten, unserem Feind Grund zu moralischer Empörung zu geben. Nur weil wir inoffiziell vorgehen, erlaubt man uns, weiterzumachen. Es darf keinen Skandal geben, keine Gerüchte, verstehst du?«

»Vollkommen.«

»Dann verabschiede dich von deinem Meister, wenn du hier fertig bist. Wir haben keine Zeit zu verlieren.«

Trotz Niccolòs Drängen überredete Pasquale ihn, einen Umweg zur Werkstatt zu machen, wo er seine Arbeitskleidung gegen sein bestes schwarzes Sergewams vertauschte, dessen tiefe Schlitze mit kostbarer roter Seide unterlegt waren, dazu eine rote Kniehose. Während Niccolò ungeduldig auf und ab tigerte, wusch er sich Gesicht und Hände, bürstete sorgsam seine Locken, setzte ein weiches Samtbarett auf, verrieb dann getrocknete Lavendelblüten zwischen den mit frischem Rosenwasser besprengten Handflächen und verteilte den Duft mit leichtem Klopfen auf Kinnpartie und Hals.

»Wie sehe ich aus?«

»Du würdest für einen glücklichen Mann eine feine Braut abgeben«, erklärte Niccolò trocken.

»Ich werde den beiden größten Künstlern unserer Zeit begegnen – natürlich muß ich da gut aussehen. Nur eines noch.« Pasquale fand die Lilie, die er aus Resten von Goldfolie gemacht hatte, und steckte sie sich an die Brust. »So«, sagte er, »jetzt wird Raffael erkennen, wo meine Loyalität liegt«, und wunderte sich, warum Niccolò lachte. »Soll ich mein Schwert mitnehmen, was meint Ihr?« fragte er. Es war eine kurze, kunstvoll gehärtete flämische Klinge mit einem Knauf, den er mit Blattgold und rotem Leder verziert hatte.

Niccolò lächelte halb amüsiert, halb sardonisch. »Wir sind Bittsteller. Als solche überzeugen wir durch die scharfe Klinge unseres Verstandes, nicht unserer Schwerter. Leg dein Schwert weg, Pasquale, und komm mit.«

Michelangelo besaß ein großes Anwesen an der Via Ghibellina, das aus drei Häusern bestand. Seine Werkstatt befand sich im mittleren, aus dessen großen Stall er ein Studio gemacht hatte, das drei Stockwerke hoch und innen offen war. Die eine Hälfte dieses großen

Raumes war mit einem Vorhang abgeteilt. Pasquale wußte, daß hinter dem Vorhang das halbfertige Monument zum Gedenken an den Sieg der florentinischen Marine in der Schlacht von Potonchan verborgen war. Damals hatten die Unterwasserfahrzeuge des Großen Ingenieurs die halbe spanische Flotte versenkt, bevor sie in das Reich der Mexika einfallen konnte, und sein griechisches Feuer hatte die restlichen Schiffe fast vollständig zerstört. Seit zehn Jahren arbeitete Michelangelo immer wieder an diesem Monument. Er gestattete niemandem, es zu sehen, nicht einmal den Mitgliedern der Signoria, die es bei ihm in Auftrag gegeben hatten, und seine Feinde behaupteten, er würde es niemals beenden.

Zwei seiner Schüler mit langen Kitteln und Papierhüten auf dem Kopf arbeiteten unter dem flackernden Lichtkranz von Gaslampen an einem kleinen Marmorblock von reinstem Weiß. Das klirrende Hämmern von Metall auf Stein hallte in dem hohen Raum wider, während sie erste Anstalten machten, die im Stein verborgene Form zu befreien. Der Geruch frischen Marmorstaubs hing in der Luft. Auf einem Arbeitstisch lagen ihre Werkzeuge verstreut: Punktierzirkel, flache Meißel, Schlag- und Zahneisen, Schlegel und Fäustel in verschiedener Größe, Raspeln und Feilen, ein Steinbohrer. Bottiche mit Schleifmitteln – Schmirgel, Bimsstein und Stroh – standen unter dem Tisch. Über allem ragte, wie das Skelett eines legendären vorsintflutlichen Drachen, die große Dampfwinde, mit der Steinblöcke in das Studio hinein- und hinausbefördert wurden.

Michelangelo führte Niccolò und Pasquale in sein Büro, einen schmalen Schuppen an der Seite des Studios, dessen Wände mit perspektivischen Zeichnungen übersät waren. Er bat sie, auf niedrigen Hockern Platz zu nehmen, reichte ihnen Gläser mit einem bitteren Artischockenlikör und lächelte, als Niccolò, der augenblicklich sein Glas leerte, sich bei ihm für seine Bereitschaft zu diesem Gespräch bedankte.

»Ich habe nichts zu verbergen. Gestern habe ich den ganzen Abend hier gearbeitet. Zuerst mit meinen Gehilfen, später dann allein. Aber da war es schon sehr spät. Mehrere Freunde waren hier – ich kann Euch ihre Namen nennen, wenn Ihr wollt.«

»Das ist sehr freundlich von Euch, aber ich denke, es wird nicht nötig sein.«

»Um Giulio Romano tut es mir leid«, sagte Michelangelo. »Er hätte ein erstklassiger Künstler sein können, wenn er sich nicht entschieden hätte, im Schatten seines Meisters zu bleiben. Aber ich hatte nie Streit mit ihm. Nehmt doch noch von dem Likör, Signor Machiavelli. Er ist das einzige, was ich hier vermisse. Kennt Ihr übrigens die Bruderschaft Johannes des Enthaupteten?«

»Sie stammt aus Rom, wie Euer ausgezeichneter Likör. Soviel ich weiß, kümmern sich die Brüder um verurteilte Gefangene.«

»So ist es. Ich war ein Mitglied dieser Bruderschaft, müßt Ihr wissen. Wir glauben daran, daß selbst im schlimmsten menschlichen Abschaum etwas Gutes zu finden ist, genau wie ich meinen David in einem Stein fand, der von Simone de Fiesole zerhackt und verpfuscht worden war (vielleicht hast du schon von ihm gehört, Pasquale), ein Verbrechen, das meiner Meinung nach ebenso schlimm ist wie Mord. Durch meine Zugehörigkeit zur Bruderschaft weiß ich alles über Gerechtigkeit, Signor, und die Strafe, die auf Mord steht. Ich habe gut zu tun, wie Ihr seht. Das würde ich für nichts in der Welt aufgeben, und schon gar nicht für Raffael.«

»Wißt Ihr denn von jemandem, der Streit mit Signor Romano hatte?« fragte Niccolò.

»Ich interessiere mich nicht für den Klatsch von Rom«, sagte Michelangelo abweisend. Er war ein schlanker, sehniger Mann mit ungewöhnlich breiten Schultern, einem scharfen Blick unter buschigen Brauen und ständig gerunzelter Stirn, in die sich sieben tiefe Falten gegraben hatten. Nun beugte er sich vor, den Kopf wachsam geneigt, und packte den Hockerrand mit seinen kräftigen Händen. Seine Finger waren zerkratzt und vernarbt, der eine Fingernagel schwarz von einem frischen Bluterguß. Die Hände lösten sich, und seine Finger trommelten im Rhythmus der Schläge seiner Gehilfen.

»Alter Groll kann oft der tödlichste sein«, bemerkte Niccolò.

Michelangelo lachte. »Das stimmt allerdings. Jeder meint, ich hätte mich mit Raffael gestritten. Doch es ist sinnlos, gegen einen Nichtsnutz zu kämpfen. Meine Meinung von Raffael ist allgemein bekannt, das will ich nicht leugnen. Aber ich habe Besseres mit meiner Zeit zu tun, als seinen Ruf zu ramponieren. Der wird nach und nach ganz von allein enthüllt werden.«

»Ich glaube, Ihr habt einmal gesagt, daß keiner, der anderen folgt, sie je überholen kann«, warf Niccolò ein.

»In der Tat. Wer nichts aus eigenem Antrieb schafft, ist auch nicht in der Lage, von der Arbeit anderer zu profitieren. Ich liege weniger mit Raffael im Streit als mit jenen, die ihn nicht als das sehen, was er ist. Und was Giulio Romano angeht, so hatte niemand Grund, ihn nicht zu mögen, außer es ging um irgendeinen Streit unter Gehilfen. Und so, wie Raffael seine Schule führt, würde mich das nicht wundern. Er ist so nachlässig, daß er einen Mann mit der Regelung seiner Angelegenheiten beauftragen mußte. Solange er reich werden will, wird er arm bleiben.«

»Ich bin sicher, daß Romano seinen Mörder kannte, glaube aber nicht, daß der Täter aus Raffaels innerstem Kreis stammt.«

»An Eurer Stelle würde ich seine Gehilfen genau unter die Lupe nehmen, Signor Machiavelli – gedenkt Ihr, sie zu befragen?«

»Noch heute abend.«

»Und du, Pasquale? Wirst du Signor Machiavelli gute Ratschläge geben?«

»Ich werde ihm helfen, so gut ich kann«, gab Pasquale zurück, erfreut und verlegen über Michelangelos Aufmerksamkeit.

»Dann kann ich nur hoffen, daß du ein guter Schwimmer bist«, sagte Michelangelo. »Dein Meister Rosso hat mir geholfen, meinen David zu vergolden, als er noch Gehilfe bei Andrea del Sarto war. Ich darf wohl annehmen, daß du ein ebenso emsiger Schüler bist, wie er es war.«

Michelangelo entschuldigte sich und führte ein kurzes, aber eindringliches Gespräch mit seinen Gehilfen, kehrte zurück, schenkte eine weitere Runde Artischockenlikör ein und tauschte ein paar Minuten lang leutselig politischen Klatsch mit Niccolò aus, bevor er höflich durchblicken ließ, daß er noch viel zu tun habe, weil er am nächsten Tag zu den Steinbrüchen von Serevezza wolle.

Niccolò schien keineswegs enttäuscht über das Gespräch, das Pasquale für verschwendete Zeit hielt – sie hatten nichts erfahren, was sie nicht bereits wußten.

»Im Gegenteil. Wir wissen nun, daß Michelangelo Raffael immer noch heftig ablehnt, und wir wissen ebenfalls, daß er die Stadt für ein paar Tage verlassen wird.«

»Ein höflicher Rückzug, damit er dem Papst nicht zu begegnen braucht«, sagte Pasquale. »Das ist schon seit Wochen bekannt.«

»Zweifellos. Aber falls in Michelangelos Abwesenheit irgend etwas geschieht, wissen wir, daß er unschuldig ist.«

»Er könnte ein paar Schurken anwerben, die das für ihn erledigen.«

»Möglich«, meinte Niccolò aufgeräumt. »Aber ist dir nicht aufgefallen, wie er mit seinen Gehilfen umgeht? Er konnte es kaum ertragen, sie unbeaufsichtigt arbeiten zu lassen, und eilte hin, sowie er konnte. Ein solcher Mann, ein Meister seines Fachs, würde es niemals anderen überlassen, etwas an seiner Stelle zu erledigen. Ich habe mich lange mit menschlichem Verhalten beschäftigt, Pasquale, und Michelangelo ist jemand, der niemals eine wichtige Aufgabe delegieren würde. Wollen wir hoffen, daß unser Gespräch mit Raffael ebenso gut verläuft.«

Heute standen keine Neugierigen vor dem Palazzo Taddei, und nur ein einziger Milizionär war als Wache zurückgeblieben. Der Mann winkte Niccolò und Pasquale mit einem Lächeln durch. Die Torsegmente öffneten sich, und wieder blieb eines stecken; Niccolò klopfte dagegen, als sei es ein Glücksbringer, während Pasquale und er sich bückten und darunter hindurch gingen. Der Majordomus des Palazzo, prächtig anzusehen in seiner karmesinroten, mit Gold abgesetzten Uniform, sein Gebaren ernst und ein wenig mißbilligend, führte sie zu dem halben Dutzend Räumen im obersten Stockwerk, die man Raffael und seinem Gefolge zur Verfügung gestellt hatte.

Vereinzelt brennende Kerzen warfen mehr Schatten als Licht in die Gemächer, die üppig und unordentlich wirkten, wie das Lager von Zigeunern, die nicht nur über außergewöhnlichen Reichtum, sondern auch über einen erlesenen Kunstgeschmack verfügten. An den Steinwänden hingen Draperien und flämische Wandteppiche. Die mit schweren Baldachinen ausgestatteten Betten waren ungemacht; überall lagen Kleider verstreut, und auf den zerknitterten Laken standen Tabletts mit halbaufgegessenen Speisen. In einem der Zimmer schlief ein nackter junger Mann mit dem Gesicht nach unten auf einer Couch, seine Pobacken wie bleiche Mondsicheln im schummrigen Licht; im nächsten lagen schwarze Jagdhunde ausgestreckt auf dem Stroh vor einer riesigen, leeren Feuerstelle; in einem dritten schauten zwei über ein Schachbrett gebeugte Männer kaum auf, als der Majordomus Niccolò und Pasquale an ihnen vorbeiführte.

Raffael lag gegen einen Kissenberg auf einem breiten Bett im hintersten der Räume. Er trug ein weißes, über der glatten Haut seiner Brust lose geschnürtes Hemd, schwarze Kniehosen mit einer obszön großen Schamkapsel und rote Filzstiefel. Neben ihm schlief eine junge Frau mit offenem Haar und nackten Schultern, nur nachlässig vom Bettüberwurf bedeckt.

Ein grauhaariger Mann saß auf einem Hocker neben dem Bett; drei andere aus Raffaels Gefolge hockten vor dem Kamin, dem lodernden Feuer so nahe wie möglich. Einer von ihnen, ein dicker Mann, das wabbelige Gesicht schweißgebadet, erklärte dem Majordomus laut und vergnügt, daß sie demnächst die Möbel zerhacken müßten, wenn man ihnen nicht mehr Holz brächte. Der Majordomus verbeugte sich und erwiderte ohne Zögern, er würde sehen, was sich machen ließe, kündigte dann Pasquale und Niccolò an, verbeugte sich erneut und zog sich zurück, eher ein höflicher Gastgeber denn ein Diener, der seine Pflicht tat.

Raffael setzte sich auf und strich der Frau neben sich über das Haar, als sie sich im Schlaf bewegte. Er begrüßte Niccolò als alten Freund und warf Pasquale einen schiefen Blick zu. Pasquale schaute unverhohlen zurück, obwohl er in der beklemmenden Hitze des Raumes zu schwitzen begann.

»Mein Gehilfe«, stellte Niccolò ihn vor.

Der Grauhaarige flüsterte Raffael etwas ins Ohr; dieser nickte. »Er ist der Schüler von Giovanni Rosso«, sagte er und starrte nun seinerseits Pasquale an. Seine Augen unter den schweren Lidern waren halb geschlossen; die Brauen vereinten sich über seiner stolzen Nase zu einer durchgehenden schwarzen Linie. Seine langen, üppigen, schwarzen Locken waren mit Goldfäden durchflochten. In ein paar Jahren, dachte Pasquale, wird er fett sein – man sah es bereits an den Wülsten unter seinem Kinn, wenn er so, einem Pascha gleich, in seinen Kissen lag, und an der Verdickung seiner Handgelenke. Der Gedanke minderte Pasquales Ehrfurcht nicht: Hier stand er vor dem reichsten Maler der Welt, dem Maler von Fürsten und Päpsten. Pasquale schaute sich um, hoffte, Skizzen zu entdecken, Entwürfe, vielleicht ein halbfertiges Gemälde, das auf einem Stuhl lehnte. Nichts dergleichen.

»Pasquale ist so freundlich, mir zu helfen«, sagte Niccolò. »Er war auch letzte Nacht hier. Vielleicht habt Ihr die Stiche gesehen, mit denen mein Artikel illustriert war.«

»Die sind nicht der Rede wert.« Pasquale war verlegen.

Raffael schnippte mit den Fingern wie nach einer

Fliege. Er trug Ringe an jedem Finger, schwere Goldringe mit Rubinen und Smaragden. »Ich lese keine Flugschriften. Wie ich sehe, kleiden sich die Florentiner Maler immer noch mit ihrem üblichen Flair. Ist das Farbe in deinem Haar oder eine neue Tönung?«

Pasquale errötete. »Euch zu Ehren, Herr, hätte ich gern die Muße gehabt, alle Spuren meiner Tagesarbeit restlos zu tilgen, aber die Angelegenheit ist dringend, obwohl Meister Niccolò zu höflich ist, Euch das zu sagen.«

Wieder flüsterte der Grauhaarige Raffael etwas ins Ohr. »Den Hintergrund für die Lichtschau eines Mechanikers zu malen ist eigentlich keine Arbeit, doch Ihr müßt sicher nehmen, was Ihr kriegt.«

Der dicke Mann am Feuer krähte boshaft. »Dieses Motto hat Florenz zum Mittelpunkt der Kunstwelt gemacht. Ich habe es so oft gehört, daß ich wünschte, es nie wieder hören zu müssen.«

»Wir haben Feinde hier, Signor Machiavelli«, erklärte ein zweiter. »Ganz besonders Michelangelo Buonarroti. Er ist von Eifersucht zerfressen, seit er die Gunst des Papstes verloren hat. Wir sind zum Gegenstand seiner falschen Anschuldigungen geworden, seiner verrückten Behauptung, jedwede Technik in der Geschichte der Malerei gehe auf ihn zurück. Er ist ein gefährlicher Mann.«

»Wir fürchten Michelangelo nicht«, meinte Raffael. »Aber er kann sehr lästig werden, und er hat viele Freunde.«

»Viele Freunde unter den sogenannten Künstlern«, fügte der andere hinzu.

»Ich habe selbst unter genügend falschen Beschuldigungen zu leiden gehabt«, gab Niccolò besänftigend zurück, »und kann Eure Vorsicht daher gut verstehen, doch laßt mich Euch versichern, daß wir niemandem dienen, nur der Wahrheit. Ihr alle kennt mich. Ihr alle wißt, daß ich zu keiner Gruppe halte, für niemanden Partei ergreife.«

Das schien Raffael zu befriedigen. Er klatschte in die Hände und rief laut nach Wein, zwinkerte dann Niccolò zu. »Ich nehme an, ein guter Tropfen aus Signor Taddeis Keller ist Euch recht?«

»Ihr seid sehr freundlich.«

»Taddei ist mir ein guter Freund, Niccolò. Das Geschehene ist betrüblich genug. Daß es im Hause meines Freundes geschehen ist, macht die Sache noch schlimmer. Ich werde Euch helfen, so gut ich kann, wenn Ihr dafür mir gegenüber offen seid. Besteht die Chance, daß der Mörder von der Stadtmiliz gefunden wird?«

»Ich denke nicht.«

Zu dem Grauhaarigen gewandt, rief Raffael: »Was habe ich dir gesagt! Sie mögen uns nicht. Wir sind hier unter Feinden, und von allen Seiten droht Gefahr.«

»Sprecht nicht davon«, gab der Grauhaarige zurück.

»Nein«, sagte Raffael, »nein, du hast recht. Alles zu seiner Zeit, was?«

Ein schläfrig dreinschauender Junge, halb so alt wie Pasquale, brachte ein goldenes Tablett mit einer Flasche Wein und sechs goldenen Bechern. Er schenkte ein, reichte die Becher herum und grinste, als er Pasquales Verblüffung über das Gewicht des Bechers, seine weiche Glätte bemerkte. Er war aus purem Gold, mindestens einen ganzen Jahresverdienst wert. Der Wein roch schwer und berauschend.

Raffael trank seinen Becher in einem Zug leer und hielt ihn dem Jungen zum Nachfüllen hin. Träge fragte er: »Was denkt Ihr, Niccolò? Seid ehrlich. Ihr wißt, daß ich Eure Meinung achte. Wer hat meinen Freund ermordet?«

»Darüber muß ich mir offen gesagt erst noch eine Meinung bilden. Eins allerdings weiß ich genau: Der Mörder lebt nicht in diesem Haus.«

»Womit bloß noch zweihunderttausend meiner Florentiner Landsleute als Verdächtige übrigbleiben, jeder mit einem Messer in der Tasche und Mordgedanken im Herzen«, bemerkte der Dicke neben dem Feuer.

»Sei ruhig!« Raffael schlug auf das Kissen. Wein schwappte aus seinem Becher und befleckte den Bettüberwurf. Die Frau neben ihm regte sich, wachte aber nicht auf. »Sei ruhig«, wiederholte Raffael leiser. »Du bist ein guter Maler, Giovanni, vor allem von Tieren, aber im Moment siehst du noch nicht mal die Nase in deinem Gesicht. Giulio war mir der liebste von euch allen, und jetzt ist er tot. Ich will wissen, wer ihn ermordet hat, aber noch wichtiger ist, daß ich uns alle sicher wieder nach Hause bringe. Wir stehen im Mittelpunkt einer schrecklichen Verschwörung, unsere Feinde lauern überall... aber wir lassen uns nicht unterkriegen, was? In einem, höchstens zwei Tagen wird Papa Leone hier sein. Bis dahin müssen wir wachsam sein. Ihr alle wißt, wieviel mich mein Ruhm gekostet hat. Auf jeden Bewunderer kommen zwei, die behaupten, ich sei nur ein Abklatsch Peruginos oder hätte von Michelangelo gestohlen. Ich, dessen Ideen häufiger gestohlen wurden als die jedes anderen, dessen Werke ohne meine Erlaubnis in jedem Land kopiert und nachgedruckt werden ...!« Er atmete tief durch, sichtlich bemüht, seiner Gefühle Herr zu werden. »Wie wollt Ihr vorgehen, Niccolò?«

Machiavelli wartete, bis er die Aufmerksamkeit aller hatte. »Nach meiner Erfahrung«, sagte er ruhig, »ist es am aussichtsreichsten, sich vom Augenblick des Todes an rückwärts vorzuarbeiten, wenn man den Mörder finden will. Das heißt, in Erfahrung zu bringen, was der Ermordete gesagt und getan hat, was zu ihm gesagt wurde und von wem. Zu erfahren, wer ihn gehaßt und wer ihn geliebt hat, wer seine Feinde und seine Freunde waren. Ich möchte mit Euch und Euren Gehilfen sprechen, wenn ich darf, möchte alles hören, was Giulio Romano seit seiner Ankunft in Florenz widerfahren ist. Das wäre der Anfang.«

»Ihr verlangt viel«, murrte Raffael.

»Vergebt mir, aber ich bitte nur darum, weil ich weiß, was Euch der Freund bedeutet hat.«

»Das meint Ihr zu wissen? Nein, Ihr könnt noch nicht einmal ein Zehntel dessen erahnen, was mir Giulio bedeutet hat.« Raffael neigte den Kopf zur Seite, um das Flüstern des Grauhaarigen zu verstehen. »Gut«, sagte er dann. »Aber ich muß Euch bitten, Euren Gehilfen während dieser Befragung nach draußen zu schicken, Niccolò.«

Pasquales Wut flammte auf. »Römer lieben Geheimnisse über alles, will mir scheinen. Solltet Ihr Anstoß an meiner Sprache nehmen, bitte ich um Entschuldigung, aber als bloßer Florentiner kann ich nicht anders.«

Der Grauhaarige sagte milde: »Ich stamme aus Venedig. Und was Geheimnisse angeht, so habe ich gehört, daß die Florentiner sie über alles lieben, vor allem die anderer Leute.«

»Verzeiht mir, Signor«, gab Pasquale zurück, »aber wir sind einander nicht vorgestellt worden. Wenn Ihr aus Venedig stammt, müßt Ihr Geheimnisse mehr als jeder Römer lieben und ganz bestimmt mehr als jeder Florentiner. Eure Stadt ist eine Stadt der Geheimnisse.«

»Lorenzo ist mein Agent«, erklärte Raffael. »Ich vertraue seiner Meinung. Bitte, junger Mann, tut mir den Gefallen und wartet draußen. Baverio«, wandte er sich an den Jungen, der den Wein gebracht hatte, »kümmere dich um den Freund meines Freundes.«

»Es ist in Ordnung«, sagte Niccolò zu Pasquale und fügte flüsternd hinzu: »Ich erzähle dir später alles.«

»Und laß noch mehr Holz heraufkommen«, rief der Dicke, als der junge Diener Pasquale hinausführte. »Die Luft in Florenz ist schlimm genug, aber ich hatte vergessen, daß die Florentiner Kälte noch schlimmer ist.«

»Sie meinen es nicht böse«, wisperte Baverio Pasquale beim Verlassen des Raumes zu. »Mein Meister ist überzeugt davon, daß seine Mission ihn in tödliche Gefahr gebracht hat, und seine Gehilfen fürchten, einer nach dem anderen abgeschlachtet zu werden. Wir sind Maler, keine Soldaten oder Botschafter.«

»Dann habt ihr also tatsächlich eine Mission«, erwiderte Pasquale. »Das hatten wir uns doch gedacht.«

Baverio schaute unglücklich drein – hängende Lippen, ein Zucken der Schultern. »Bitte, ich kenne mich nicht aus in diesen Spielchen. Hier, setz dich, ich hole uns Wein, dann können wir reden. Ich möchte helfen.« Sie waren in dem Raum, wo die schwarzen Jagdhunde vor der kalten Feuerstelle dösten. Pasquale setzte sich auf einen geschnitzten Hocker, ließ die Hund an seinen Händen schnuppern und kraulte sie hinter den umgeknickten Ohren. Sein Vater hatte zwei solche Hunde besessen; ihre weichen Mäuler konnten geschossene Singvögel apportieren, ohne eine einzige Feder zu beschädigen. Sein Zorn war verflogen. Er war einfach müde.

Baverio brachte eine Karaffe Wein und runden harten Käse; Pasquale schnitt ein Stück Käse ab, kaute und trank abwechselnd. Baverio sah ihm zu. Er trug ein dunkelgrün und schwarz gestreiftes Samtwams, mit kunstvollen Schnallen versehene Kniehosen aus dem gleichen Material und schwarze Strümpfe. Ein goldener Reif ruhte auf seinem dichten lockigen Schopf brauner Haare.

Pasquale dachte an den Reif, den Rosso ihm aufs Haar gedrückt hatte – Baverios dagegen war aus echtem Gold. Er sagte dem Jungen, daß er mehr wie ein Prinz aussehe denn wie ein Diener, und wollte wissen, ob er auch Maler sei.

»Ich zeichne ein wenig, aber nicht gut genug.«

»Jeder, der ordentlich unterwiesen wird, kann gut genug zeichnen. Bei einem Meister wie deinem ...«

»Dann fehlt es mir vielleicht an Ehrgeiz. Mir genügt es, meinem Meister zu dienen, so gut ich kann.«

»Du hast gesagt, du willst helfen. Vielleicht kannst du mir sagen ... weißt du, warum Giulio Romano in dem Turm war?«

Baverio schüttelte den Kopf. »Ich half meinem Meister beim Zubettgehen, als wir die Schreie hörten. Wir rannten alle hinaus und bemerkten erst da, daß Giulio nicht bei uns war. Aber warum er im Turm war, und welche Botschaft er gesendet hat ...«

Pasquale hoffte, daß eine Enthüllung vielleicht eine zweite nach sich ziehen werde. »Giulio Romano hat keine Nachricht geschickt, vielleicht einfach ein Signal, und dafür die Lampen an den Signalarmen entzündet. Ein Signal für jemanden außerhalb des Palazzo, jemanden, der darauf wartete hereinzukommen oder wissen wollte, ob die Luft rein war.«

Erregt gab Baverio zurück: »Du mußt nicht denken, daß Giulio meinen Meister betrügen würde! Er war sein bester Freund, war selbst ein Meister, der nur aus reinster und aufrichtigster Liebe meinem Meister bei seinen Aufträgen half. Hör zu, Pasquale, wenn Giulio von jemandem außerhalb des Palazzo getötet wurde, wie Signor Machiavelli annimmt, warum sollte er dann signalisiert haben, daß die Luft rein war? Und wenn dieser Mensch nach Giulios Signal hereingekommen ist, wieso ging er dann in den Turm, tötete Giulio und floh?«

»Deswegen möchte Niccolò seine Fragen stellen, denke ich. Es ist wie der Entwurf für ein Bild. Wir haben die Umrisse, sozusagen, aber keine Einzelheiten. Ich glaube nicht, daß Giulio deinem Meister oder irgendeinem seiner Freunde schaden wollte, Baverio, aber vielleicht hat er sich geirrt in der Wahl seiner Verbündeten bei seinem Vorhaben, was auch immer das war.«

»Das ist die Bürde, die mein Meister zu tragen hat«, seufzte Baverio. »Nimm noch etwas Wein. Der hilft gegen die Kälte und beruhigt den Magen.«

»Er ist sehr gut.«

»Dafür mußt du Signor Taddei danken.« Baverio wurde ernst, beugte sich vor, fixierte Pasquale und hüllte ihn dabei in eine nach Moschus riechende Duftwolke, die dem seidenen Parfümbeutel auf seiner Brust entstieg. »Ich sagte, ich will helfen, und das war nicht nur so dahingeplappert. Während die anderen versuchten, die Tür zum Turm aufzubrechen und einen Schlüssel zu finden, habe ich nach Giulio gesucht. Ich weiß nicht, warum, aber ich dachte, er sei zurück ins Bett gegangen. Ich hoffte, wenn ich ihn dort fände, wäre alles in Ordnung, würde alles wie vorher sein.«

»Ich verstehe.«

»Natürlich war er nicht da. Er schlief sonst in dem Zimmer neben meinem Meister, im gleichen Bett wie ich. Ich wußte, daß sein Ranzen noch dort war, unter den Polstern versteckt, und ich schaute hinein. Warum, weiß ich nicht. Ich schäme mich dafür und habe es niemandem erzählt, nicht einmal meinem Meister. Ihm schon gar nicht.«

»Ich werde es niemandem sagen, Baverio, auch Niccolò nicht.«

»Es war falsch, das zu tun«, meinte Baverio, »aber andererseits könnte es auch wieder richtig gewesen sein. Ich fand etwas darin und habe es immer noch. Als ich die Wachen kommen hörte, steckte ich es schnell in meinen Beutel. Hier.«

Baverio zog eine viereckige, matt schimmernde Glasplatte heraus. Pasquale hielt sie zunächst für einen geschwärzten Taschenspiegel, aber die schwarze Schicht war zu bröckelig und löste sich in einer kleinen Spirale ab, als er mit dem Daumennagel daran kratzte. Er roch daran: ein durchdringender, chemischer Geruch.

»Es war in schwarze Seide eingewickelt«, sagte Baverio, »und als ich es rausnahm, veränderte sich die Farbe, von grau zu schwarz. Ich schwör's dir. Außerdem war da noch ein Kasten aus steifem, schwarz bemaltem Leder. Auf einer Seite des Kastens war eine Art verschiebbare Klappe, die ein kleines Loch verdeckte. Aber den haben die Wachen mitgenommen, zusammen mit dem Rest von Giulios Gepäck.«

»Bestimmt wieder so ein Spielzeug der Mechaniker«, überlegte Pasquale. »Im Signalturm lag genau so ein Häufchen zerbrochenes Glas. Und dazu das hier.« Er zog das Flugspielzeug aus seinem eigenen Beutel. »Da, schau's dir an. Dein Freund hielt dieses Ding in der Hand. Gibt es davon viele in Rom?«

Baverio ergriff es vorsichtig mit den Fingerspitze und betrachtete es von allen Seiten. »So was habe ich noch nie gesehen.«

»Ich dachte, irgendein Mechaniker in Rom baut sie vielleicht.«

»Euer Großer Ingenieur ist der berühmteste Mechaniker von allen. Vielleicht weiß er, was das ist.«

»Es freut mich zu hören, daß wenigstens einer aus der römischen Delegation etwas Gutes über Florenz zu sagen hat.«

»Erst gestern habe ich euren Großen Ingenieur gesehen«, sagte Baverio. »Wir hatten eine Audienz bei ihm, und er sprach eine Stunde lang allein mit meinem Meister. Er wird am Fest zu Ehren des Papstes teilnehmen, sagt mein Meister.«

»Es wäre das erste Mal seit zwanzig Jahren, daß er den Großen Turm verläßt. Er wartet auf die neue Sintflut, die alles Böse der Welt hinwegschwemmen und nur die übriglassen wird, die reinen Herzens sind. Darüber hat er Pamphlete verfaßt – manche sagen, das sei der Grund, weswegen er die Druckerpresse mit beweglichen Lettern erfunden hat. Aber ich bin nicht der Papst, Baverio. Ich kann ihn nicht nach diesen Dingen fragen.«

»Dann frag einen anderen Mechaniker.« Baverio sprang auf. »Mein Meister ruft.« Er reichte Pasquale das Flugspielzeug und das geschwärzte Glas. »Diese Dinge waren Giulio wichtig, Pasquale. Behalte du sie. Finde heraus, was sie bedeuten.«

7 Während der unbewegte Majordomus sie hinausführte, fragte Pasquale, was Niccolò in Erfahrung gebracht hatte, doch der schüttelte den Kopf und flüsterte: »Nicht hier.«

Nachdem sich die Segmente des runden Tores hinter ihnen geschlossen hatten, erklärte Niccolò, sie würden von der anderen Straßenseite aus den Palazzo im Auge behalten. Sie suchten in einem Hauseingang Schutz und beobachteten das Tor durch den vorbeiratternden Verkehr. Der Palazzo stand an einer der großen Durchgangsstraßen, auf der eine Stunde vor Schließung der Stadttore noch zahlreiche Karren und Kutschen, Velozipeds und *vaporetti* unterwegs waren. Die Stadt füllte sich mit Menschen aus den umliegenden Städten und Dörfern, die gekommen waren, um den Papst zu sehen. Gaslampen verbreiteten eine Art Tageslicht.

»Worauf warten wir?« wollte Pasquale wissen.

»Wir warten darauf, daß jemand den Palazzo verläßt. Ich glaube nämlich, daß nicht nur Giulio Romano in die Sache verwickelt war. Wir werden warten und sehen, wer geht, dann wissen wir Bescheid. Und wir werden ihm folgen, denn er wird uns zu seinen Mitverschwörern führen.«

»Alle sehen überall Verschwörungen.«

Niccolò nahm einen kleinen Schluck aus seiner Lederflasche. »Als ich noch Sekretär war ...«

»Ist jetzt die richtige Zeit zum Trinken?«

»Damals gab es überall Verschwörungen. Es gibt immer welche.«

Pasquale empfand plötzlich Mitgefühl. »Diese Erinnerungen müssen sehr schmerzhaft für Euch sein, Niccolò.«

»Jede Erinnerung ist schmerzhaft. Wir erinnern uns an das Gewesene und denken dabei unwillkürlich, was hätte sein können. Es liegt in der Natur des Menschen, nie mit seinem Los zufrieden zu sein, egal, ob er reich oder arm ist. Der Bettler mag den Aristokraten in seiner Kutsche verfluchen, weil er meint, das sei ein Mann ohne Sorgen, doch der gleiche Aristokrat mag in dem Bettler einen freien Mann in Lumpen sehen, ohne die Verantwortung der Macht. Herr im Himmel, ist das kalt hier!« Niccolò blies sich in die Hände. Das schwache Licht einer entfernten Lampe verlieh seinen stoppeligen Wangen einen bläulichen Schimmer und ließ seine dunklen Augen schwarz aussehen.

Pasquale drehte sich eine Zigarette und bot auch Niccolò eine an. Es war sein letzter Tabak.

Niccolò schenkte ihm sein trauriges, schwermütiges Lächeln. »Das ist ein Laster, dem ich nicht fröne.«

»Im Gegensatz zum Trinken ist es ein einfaches Vergnügen, an dem man nicht stirbt.« Sofort bedauerte Pasquale seinen moralisierenden Ton. »Ihr habt mit Raffael gesprochen, und nun scheint Ihr traurig zu sein.«

»Im Wein entfliehe ich meiner Vergangenheit, dem, was mir angetan wurde und was ich kommen sehe. Dann denke ich nur an den Augenblick. Ein Problem wie dieses, Pasquale, ist fast so gut wie Wein. Man braucht Probleme, um die Vergangenheit und die Langeweile in Schach zu halten. Da! Schau, da oben, Pasquale!«

Pasquale sah ein zweifaches Funkeln, rot und grün, hoch über dem Ziegeldach des Palazzo. Die Funken bewegten sich voneinander weg, kamen dann wieder zusammen.

»Der Melder ist entlassen worden, und doch benutzt jemand den Turm«, sagte Niccolò mit einer gewissen Befriedigung. »Es sei denn, Signor Taddei ist an der Verschwörung beteiligt.«

»Könnt Ihr die Signale entziffern? Was war der Inhalt der Botschaft?«

»Ich kann Unkodiertes entziffern, wenn es langsam genug übermittelt wird. Aber das war keine Botschaft, nur ein einfaches Schwingen der Signalarme. Wir werden abwarten und sehen, wer da herbeizitiert wurde.«

»Was hat Raffael Euch erzählt?«

»Raffael hat viel zu verlieren«, meinte Niccolò. »Er ist ein vorsichtiger Mann, der Freund von Fürsten ... und natürlich von Päpsten. In solcher Gesellschaft lernt man umsichtiges Taktieren, wenn man überleben will, und kann sich nicht verhalten wie unser Michelangelo.«

»Er redete von Verschwörungen. Er hat mich rausgeschickt, weil er fürchtete, ich wäre Teil einer Verschwörung.« Pasquale fiel die geschwärzte Glasplatte ein, die zusammen mit dem Flugspielzeug in seinem Beutel lag. Ihm war klar, daß er Niccolò erzählen mußte, was Baverio berichtet hatte, doch er wußte nicht, wie er anfangen sollte.

»In den Kreisen, in die Raffael dank seines Ehrgeizes aufgestiegen ist, gibt es ständig Verschwörungen«, erklärte Niccolò. »Diese Männer können nichts und niemandem trauen. Es war nicht persönlich gemeint, Pasquale. Nur die übliche Vorsichtsmaßnahme.«

»Das weiß ich, aber trotzdem vielen Dank.«

Sie lächelten einander zu.

»Nach meinem Verständnis der menschlichen Natur«, fuhr Niccolò fort, »ist der Mensch stets zum Bösen bereit. Seit dem Sündenfall muß er gegen seine Natur ankämpfen, um Rechtschaffenheit und Güte zu erringen, weil seine Natur zum Bösen neigt. Denk daran, wie einsam die Tugend des Guten einer ganzen Armee von Ehrgeiz und Undankbarkeit gegenübersteht, Grausamkeit und Neid. Luxus und Faulheit. Vor allem Faulheit. Im Grunde unseres Herzens sind wir alle Trunkenbolde und verurteilen den Säufer nicht aus Abscheu, sondern aus Eifersucht. Wenn wir mutig genug wären, würden wir uns zusammen mit ihm in der Gosse wälzen.«

»Sprecht Ihr vom Menschen im allgemeinen, Niccolò, oder von ganz bestimmten?«

»Oh, ich fühle es in mir«, gab Niccolò zurück und nahm einen kräftigen Schluck aus seiner Flasche.

Schweigen machte sich breit. Der Verkehr hatte nachgelassen. Die Vorübergehenden schenkten Pasquale und Niccolò kaum einen Blick; schließlich standen sie einfach da und ließen die Welt an sich vorbeiziehen, eine beliebte Beschäftigung der Florentiner. Sie beobachteten den Wächter, der auf und ab ging im Schein der Laterne über dem geschlossenen Tormaul der trutzigen Mauer des Palazzo. Einmal blieb er stehen und beugte sich über ein aufflammendes Licht, sog dann an seiner frisch angezündeten Pfeife, blies eine lange Rauchwolke aus und schnippte die noch glühende Brandlunte weg.

Niccolò sah ihr nach, als sie im Bogen zur Erde fiel, und sagte: »Luzifer fällt.«

»Ich muß in letzter Zeit immer öfter an Engel denken ...«

»Luzifer Morgenstern war der Fürst der Engel, der schönste unter ihnen, bis zum Moment seiner Auflehnung. Ich habe mich immer gefragt, was Gott wohl mehr getroffen hat, der Sündenfall oder der Fall seines höchsten Engels.«

»Aber dann hat Er Seinen Sohn geschickt, um uns zu erlösen.«

»Vielleicht ist unsere Erlösung nur der erste Schritt

zur Erlösung Luzifers. Doch das ist kein Gedanke, den du vor anderen wiederholen solltest, Pasquale. Selbst im exkommunizierten Florenz könnte es ausreichen, um dich als Ketzer auf den Scheiterhaufen zu bringen, wie sie es mit Savonarola versucht haben. Du kannst nicht damit rechnen, daß ein Gewitter dich rettet. Aber an welchen Engel denkst du, Pasquale?«

»An den Erzengel Michael, der Adam und Eva aus dem Paradies vertrieben hat.«

»Nie ein sehr populäres Thema, das muß ich zugeben. Weißt du, ich habe es immer seltsam gefunden, daß die Vertreibung keinen Feiertag hat. Vielleicht gäbe es dann eine Tradition, der du folgen könntest. Aber ich nehme an, daß du das Bild von Masaccio gesehen hast.«

»In der Brancacci-Kapelle, ja. Ich gebe zu, daß die Figuren von Adam und Eva eine gewisse Verzweiflung ausstrahlen, aber sie sind etwas grob ausgefallen – der arme Adam wird sein nach innen gebogenes Bein niemals strecken können. Ich habe auch Mantegnas Allegorie gesehen, in der Pallas die Laster aus dem Garten der Tugend vertreibt. Aber mich interessiert hauptsächlich der Engel. Ich möchte nur ihn malen, jedoch so, daß der Betrachter sofort weiß, was vorgeht.«

»Man würde es an seinem glühenden Schwert erkennen.«

»Dann muß ich vielleicht auch das Schwert weglassen. Ich möchte etwas Neues schaffen ...« Verlegen hielt Pasquale inne. Gewöhnlich genoß er es, über ein Problem zu reden, das er sich selbst gestellt hatte, aber dies war keine Wirtshausprahlerei über einen Auftrag, sondern etwas sehr Persönliches. »Ich weiß noch nicht, wie ich es angehen soll«, gestand er.

»Wahrscheinlich ist wie beim Schreiben auch beim

Malen der Anfang am schwersten«, meinte Niccolò. »Ah, sieh da. Was ist das?«

Eine Kutsche war vor dem Tor des Palazzo vorgefahren. Es war eines der neuen Modelle. Von einem einzelnen Pferd gezogen, war der schwarze Wagenkasten höher als lang, ein vergrößerter, aufrecht stehender Sarg zwischen zwei großen Rädern. Der Kutscher beugte sich von seinem hohen Sitz herab, um ein Wort mit dem Wächter zu wechseln, dann öffneten sich knirschend die Torsegmente, und ein Mann trat heraus.

Es war der dicke Gehilfe, der Tiermaler Giovanni Francesco.

Er kletterte in die Kutsche, die sich augenblicklich in Bewegung setzte. Sowie sie an ihrem Hauseingang vorbeigefahren war, rannte Niccolò auf die Straße und hielt ein *vaporetto* mit leerer Ladefläche an. Er rief dem Fahrer zu, wenn er es fertig brächte, der Kutsche zu folgen, könne er sich ein hübsches Sümmchen verdienen, und winkte Pasquale heran.

»Zeig diesem guten Mann deine Börse.«

»Niccolò ...«

»Mach schon! Sonst verlieren wir ihn.«

Den Fahrer, einen knorrigen Gesellen mit einer Kapuze aus Sackleinen auf dem Kopf, schien der Florin, der aus dem Häuflein eingekerbter Soldi hervorglänzte, zu überzeugen. Allerdings könnten sie nur auf der Ladefläche mitfahren, sagte er, und ließ seinen Motor an, während sie hinaufkletterten.

Das kleine *vaporetto* holperte die Via de Ginori hinab und umrundete die symmetrische Kirche auf der Piazza San Giovanni, die, angeleuchtet von durch Linsen verstärkte Lampen an ihrem Fundament, in reinstem Weiß erstrahlte. Der Kessel des *vaporetto*, der mit weicher westfälischer Kohle befeuert wurde, gab ein gleichmäßiges, enervierendes Pfeifen von sich; aus dem Kesselschornstein kam eine dicke Rußwolke, die in der Nachtluft wie ein Banner über ihnen flatterte. Pasquale und Niccolò klammerten sich an die Seitenwände der Ladefläche und wurden kräftig durchgeschüttelt, als die ungefederten Räder über das Kopfsteinpflaster holperten. Sie ratterten die Via Romana hinunter und gerieten in den Stau auf dem Mercato Vecchio, wo Kutschen, Karren und *vaporetti* unter lautem Glockengebimmel, dem Schrillen dampfbetriebener Pfeifen und dem Geschrei und Fluchen ihrer Fahrer aneinander vorbeidrängten.

Niccolò lehnte sich hinaus und rief dem Fahrer zu, er solle so schnell fahren wie irgend möglich, und der Mann bellte zurück: »Genau das tu ich ja, Signor. Denkt Ihr etwa, ich kenne mich mit meinem eigenen Gefährt nicht aus?«

»Aber niemals, guter Mann.«

»Wenn ich noch mehr Dampf mache, überdreht das Getriebe. Die neuen Modelle haben eisenbeschlagene Zahnräder, aber dies ist eines der ersten, die gebaut wurden, mit nichts als Holz im Getriebe. Außerdem brechen mir auf diesem Pflaster sonst noch die Radachsen.«

»Ein Pferd, guter Mann, würde schneller vorankommen. Ich habe gute Lust, mir eins zu suchen.«

»Tut das, wenn Ihr meint, aber ich bin Euer Mann und werde Euch ohne Verzögerung überall hin bringen. Ich habe Eure Kutsche nach wie vor gut im Blick, keine Bange. Sieht so aus, als wollte sie zum Fluß.«

»Wir können nicht die ganze Strecke rennen«, gab Pasquale zu bedenken.

»Euer verdammter Schornstein versperrt mir die Sicht«, beschwerte sich Niccolò. »Ich hoffe, Ihr folgt der richtigen Kutsche.«

»Ich bin Euer Mann«, wiederholte der Fahrer. »Da ist sie, seht, fährt geradeaus die Via Calimara hinunter. Sie wollen den Fluß bestimmt auf dem Ponte Vecchio überqueren.«

»Wenn ich sie sehen könnte, wäre mir sehr viel wohler«, brummelte Niccolò.

Pasquale lehnte sich hinaus, linste um die Dampfwolken herum und sah den hohen Wagenkasten der schwarzen Kutsche ein Stück vor ihnen. Der Fahrer hatte richtig vermutet. Sie reihten sich in die Fahrzeugschlange ein, die sich langsam an den kleinen Geschäften links und rechts auf der Brücke vorbeischob. Hoch über dem Fahrweg hängende Lampen warfen ein kaltes Licht; aus den Eingängen der Läden, meist Fleischereien und Gerbereien, fiel wärmeres gelbes Licht. Die Fresken an den Hauswänden waren von Ruß und Schmutz überdeckt. Fliegende Händler schoben sich zwischen den langsam vorankommenden, auf eine Bahn zusammengedrängten Kutschen hindurch und boten den Fahrern und Passagieren Eßwaren, Getränke oder maschinell hergestellten Plunder zum Kauf an. Einmal kam der Verkehr total zum Erliegen, und der Fahrer des *vaporetto* nutzte die Gelegenheit, den Kessel seines Gefährts nachzufeuern. Wieder lehnte sich Pasquale hinaus, entdeckte das Dach der Kutsche ein halbes Dutzend Fahrzeuge vor ihnen und gab Niccolò Bescheid.

»Sie wird am Ende der Brücke nach links abbiegen«, rief Niccolò dem Fahrer zu; der nickte.

Auf der Mitte der Brücke war zwischen den Häusern ein freier Platz. Im Vorüberfahren konnte Pasquale einen Blick auf den Hauptkanal des nun gezähmten und in Bahnen gelenkten Arno werfen. In der Ferne glitt ein großer Zweimaster mit Lichtern an allen Rahen langsam stromauf zu den neuen Hafenanlagen gegenüber von Sardinia. Es war die *Santa Maria degli Fiori*, gezogen von einem dampfbetriebenen Schlepper mit schäumenden Schaufelrädern, am Ende ihrer langen Reise, zurück von der Neuen Welt. Fußgänger waren stehengeblieben, um ihr Näherkommen aus der Dunkelheit zu beobachten. Pasquale spürte sein Herz höher schlagen. Dann holperte das *vaporetto* mit einem Zischen des Dampfkessels weiter, und Pasquale konnte das Schiff nicht mehr sehen.

Am Ende der Brücke bog die Kutsche nach links, genau wie Niccolò gesagt hatte. »Zum Palazzo Pitti wird er wohl kaum wollen«, sagte der Journalist, »und stromauf gibt es sonst nur die Elendshütten der Fabrikarbeiter und die Manufakturen. Wenn unser Mann dorthin wollte, wäre er an der Brücke ausgestiegen und zu Fuß gegangen, um kein Aufsehen zu erregen.«

Wieder bog die Kutsche links ab, auf eine von Zypressen bestandene, dunkle staubige Straße, die am Tal entlang zur südlichen Stadtmauer führte. Zikaden zirpten; der vom Rauch aus den Manufakturen rot gefärbte Vollmond hing tief über dem Tal. Mit schnaufendem Kessel folgte das *vaporetto* der Kutsche in gebührendem Abstand.

Schließlich hielt die Kutsche vor dem Tor einer von Mauern umgebenen Villa an. Im Bogen über dem verschlossenen Tor war ein Wappen mit einem sprungbereiten Löwen eingelassen. Der Fahrer des *vaporetto* fuhr vorbei, ohne das Tempo zu drosseln, und Pasquale konnte Niccolò im letzten Moment herunterziehen. Der dicke Giovanni Francesco lehnte aus dem Fenster der Kutsche und sprach mit einem uniformierten Wächter.

»Himmel noch mal, wir dürfen nicht gesehen werden«, zischte Pasquale, als Niccolò gleich wieder aufstehen wollte. »Wenn sie uns entdecken, ist das Spiel aus.«

»Ich will sehen, was er macht.«

»In die Villa gehen, nehme ich doch an. Bleibt unten!«

»Du mußt lernen, niemals von Annahmen auszugehen«, gab Niccolò zurück, blieb aber, wo er war.

Sobald sie außer Sichtweite waren, bat Pasquale den Fahrer, das *vaporetto* anzuhalten und zu wenden. Niccolò sprang hinunter und bedeutete Pasquale, dem Fahrer sein gesamtes Kleingeld zu geben. »Wartet hier auf uns«, sagte er zu dem Mann, »dann könnt Ihr Euch auch noch den Florin hinzuverdienen.«

»Ich bin Euer Mann, Signor.«

»Das will ich hoffen. Komm, Pasquale.«

Begleitet vom Gesang der Zikaden, gingen sie im Mondlicht die Straße zurück. Auf der einen Seite erstreckte sich der ummauerte Garten der Villa, auf der anderen ein Olivenhain, aus dem hier und da die Holzglocken weidender Ziegen klapperten. Pasquale beschwerte sich leise, weil Niccolò so frei mit dem Geld anderer Leute umging.

»Ich habe dir den Auftrag verschafft, falls du dich erinnerst. Selbst wenn du jetzt den einen Florin ausgibst, hast du immer noch den zweiten. Das weiß ich.«

»Tja, heute morgen war das noch so«, seufzte Pasquale und dachte daran, wie großzügig er Rosso die beiden Florin übergeben hatte und wie froh er gewesen war, einen zurückzubekommen. Aber er hatte ja nicht ahnen können, wie sich die Dinge entwickeln würden, und außerdem war noch ein wenig Geld aus der Bezahlung für das Fresko des Mechanikers zu erwarten.

»Die Sache wird dir noch viel mehr einbringen«, versprach Niccolò. »Das war nur der Anfang. Eine Geschichte wie diese, in Fortsetzungen, sorgt dafür, daß die Leute tagelang die Flugschrift kaufen. Die verschwenden lieber ihre Zeit damit, Klatsch und wilde Spekulationen zu lesen als Platon oder Ariosto, und ich kann es mir nicht leisten, ihnen diesen Wunsch abzuschlagen. Nun, weißt du auch, wem diese Villa gehört?«

»Dem Wappen über dem Tor nach muß er Venezianer sein.« Pasquale dachte, wie wenig ihm das hier einbrachte: Sich mitten in der Nacht an ein von Mauern umgebenes Haus heranzuschleichen, selbst bei Mondlicht, versprach keine dramatischen Bilder. Oder, anders gesagt, selbst wenn die Situation eine gewisse Dramatik enthielt, war er nicht in der Lage, das zu zeichnen.

»Sehr gut«, lobte Niccolò. »Es ist die Villa von Paolo Giustiniani, einem Schriftsteller und Mystiker, Edelmann aus Venedig und Jünger von Marsilio Ficino. Ist dir letzterer ein Begriff?«

»Ich weiß, daß er ein Magier war.«

»Er war zunächst Priester und Philosoph, aber seine Studien führten ihn zu den schwarzen Künsten und der Astrologie. Und brachten ihm Ärger mit Rom ein. Er nahm seine Magie ganz entschieden zu ernst.«

Pasquale griff nach Niccolòs Arm und brachte ihn zum Stehen. »Wir können nicht einfach zum Tor marschieren«, sagte er. »Dann weiß Giovanni Francesco sofort, daß wir ihm gefolgt sind. Ich bin mir nicht sicher, ob uns beim Vorbeifahren keiner gesehen hat. Ihr standet da wie der Gonfaloniere in einer Prozession.«

»Sie werden uns für ehrliche Arbeiter auf dem Heimweg von eines harten Tages Arbeit gehalten haben.«

»Arbeiter fahren nicht mit *vaporetti*, Niccolò. Und selbst wenn Ihr für einen durchgehen könntet, war kein Arbeiter je gekleidet wie ich. Wenn wir erfahren wollen, was da vorgeht, sollten wir an der Mauer zurückschleichen und möglichst weit von jedem Licht entfernt drüberklettern.«

Natürlich war das leichter gesagt als getan. Wilde Dornbüsche wuchsen in dem Graben am Fuße der hohen, grob verputzten Mauer. Immer wieder verfing sich Niccolòs Umhang in ihren Ranken oder in scharfkantigen Grasbüscheln, und zu Pasquales Ärger zerriß seine beste Hose an zwei Stellen. Leichtfüßig kletterte er auf die Mauerkrone, mußte dann aber alle Kraft aufwenden, um Niccolò hinaufzuziehen.

Sie sprangen auf der anderen Seite herunter und landeten zwischen staubigen Lorbeerbäumen. Dahinter lag eine gepflegte Rasenfläche mit Kieswegen, die aus verschiedenen Richtungen kamen und in der Mitte zu einem muschelförmigen Brunnen führten. Eine Zedernallee begrenzte die eine Seite der Fläche. Die im Mondlicht schwarzen Zweige der Bäume schienen zu schweben. Dieser Teil des Gartens lag höher als die Villa, so daß Pasquale über das Ziegeldach hinweg die nächtliche Stadt im Tal liegen sah. Der aufsteigende Mond beleuchtete die größten Gebäude – die goldene Kuppel des Doumo, der Große Turm und daneben der kleinere des Palazzo della Signoria, die Kirchtürme, die privaten Palazzi. Reihen kleiner Lampen markierten die Hauptstraßen, während die roten und grünen Lichter der Signaltürme ein strahlenförmig auf den Großen Turm ausgerichtetes Muster ergaben.

»Wir müssen vorsichtig sein«, flüsterte Niccolò heiser. »Wie ich höre, ist Paolo Giustiniani ein Meister seiner Kunst.«

»Rational denkende Menschen habe von Magiern doch wohl nichts zu befürchten.«

»Die Magier haben mit den Mechanikern Schritt gehalten. Sie sind die dunkle Seite der Wissenschaft und sollten nicht unterschätzt werden. Oder besser gesagt, Magie ist der Schatten der Wissenschaft, denn wo Licht ist, da ist auch Schatten.«

»Nicht, wenn das Licht von oben auf das Objekt fällt oder gleichmäßig von allen Seiten kommt.«

»Ich hätte wissen müssen, daß ich einem Künstler nicht mit Optik kommen darf«, gab Niccolò scharf zurück. »Es war nur bildlich gemeint. Komm jetzt. Hier werden wir nichts erfahren, außer wie gewissenhaft die Gärtner ihre Arbeit erledigen.«

»Außerhalb der Mauer nicht gewissenhaft genug. Meine Kleider sind ruiniert. Hätte ich das gewußt, dann hätte ich mich nicht so herausgeputzt und statt dessen mein Schwert mitgebracht.«

»Ich komme nicht unvorbereitet«, beruhigte ihn Niccolò. »Halte dich dicht hinter mir und tu, was ich dir sage.«

Sie blieben im Schatten der Zedern und bewegten sich auf das Haus zu. Pasquale wühlte in seinem Beutel und zog die geschwärzte Glasplatte heraus. Er sagte nur: »Während Ihr mit Raffael spracht, bekam ich dies hier.«

Niccolò hielt das Glas ins Mondlicht, roch daran, kratzte mit dem Fingernagel ein wenig von der dünnen Beschichtung ab und leckte daran. »Es könnte unwichtig sein, aber es könnte auch sehr viel bedeuten.«

»Sie war in Giulio Romanos Besitz«, sagte Pasquale und erzählte von dem Kasten, den Raffaels junger Diener Baverio ebenfalls gefunden hatte.

»Dann ist sie sicher wichtig. Ich glaube, du hast mehr erfahren als ich, Pasquale. Du mußt sie gut aufbewahren, zusammen mit dem Fluggerät.«

»Venedig ist mit dem Papst verbündet, nicht wahr?«

»Ja, aber Paolo Giustiniani scheint mir als Beauftragter eher unwahrscheinlich. Er mußte aus Venedig fliehen, nachdem ein Vorfall ans Licht kam, der eine Jungfrau und, soviel ich weiß, einen schwarzen Hahn betraf.«

»Vielleicht möchte er eine Gunst erwidern.«

»Möglich. Oder Giovanni Francesco ist ebenfalls der Schwarzen Kunst verschrieben. Oder sie sind einfach nur Freunde, die gern beisammen sind. Spekulationen können nützlich sein, aber es ist immer besser, Tatsachen zu erfahren. Leise jetzt, Pasquale, und vorsichtig. Hier könnten Fallen stehen, und mit Sicherheit gibt es Wachen.«

Die einstöckige Villa war aus weiß getünchtem Stein, hatte ein rotes Ziegeldach und an einer Ecke einen quadratischen Turm. Licht strahlte aus allen Bogenfenstern, und Pasquale und Niccolò schlichen von einem zum nächsten, bis sie durch ein Fenster den dicken Giovanni Francesco mitten im Raum stehen sahen. Er stand mit dem Rücken zu ihnen und sprach mit einem älteren Mann, der lässig ausgestreckt auf einem vergoldeten, thronartigen Stuhl saß. Gekleidet in eine bodenlange schwarze Robe, auf dem grauen Haar eine eckige schwarze Kappe, hatte er den Kopf auf die Faust gestützt und lauschte Francescos Erläuterungen.

Das Fenster war wegen der nächtlichen Kühle geschlossen – ein Feuer brannte hinter dem Kaminrost –, und Pasquale konnte nur Francescos Gemurmel hören, ohne dessen Sinn zu verstehen. Neben ihm zog Niccolò ein kurzes Holzrohr aus der Tasche. Es hatte eine Art Trompetenöffnung an einer Seite, an die er sein Ohr legte. Die andere Öffnung drückte er an die Scheibe. »Ein Trick, den ich von einem Arzt gelernt habe«, flüsterte er. »Man muß sich in allen Künsten und Wissenschaften auskennen, wenn man ein guter Bürger sein will. Halt du derweilen die Augen offen, Pasquale.«

Einige Minuten lang hockten sie so da, Niccolò mit seinem Horchrohr und Pasquale, der seine Aufmerksamkeit auf den Garten und das erleuchtete Zimmer verteilte. Dann wurden drinnen die Stimmen der beiden Männer lauter, und Pasquale hörte Giovanni Francesco etwas von Bildern rufen. Er schwenkte einen kleinen Holzrahmen mit einem auf Glas gemalten Bild.

Der grauhaarige Mann, zweifellos Paolo Giustiniani, erhob sich von seinem hochlehnigen Stuhl und griff nach dem Bild. Francesco trat einen Schritt zurück, verbeugte sich dann und reichte es ihm.

Mit kalter Verachtung im Blick hörte sich der schwarzgekleidete Giustiniani an, was Francesco zu sagen hatte, dann warf er das Bild ins Feuer. Francesco wedelte mit den Händen und protestierte mit der hohen Fistelstimme des Dicken, daß zur gleichen Zeit noch ein weiteres Bild gemacht worden wäre. Es sei daher besser, sich an die Vereinbarung zu halten. Giustiniani entgegnete mit lauter, deutlicher Stimme, die das Fensterglas zum Klirren brachte: »Unsere Vereinbarung ist für mich überflüssig geworden!« Er riß sich die Kappe vom Kopf, preßte sie gegen sein Gesicht und schleuderte etwas auf die schwarzweißen Bodenfliesen.

Brauner Dampf stieg auf, und Francesco taumelte hustend rückwärts, während der andere zur Tür stürzte und sie hinter sich zuschlug. Der Raum füllte sich mit dichten braunen Dampfwolken. Francesco fiel auf die Knie, dann auf den Bauch. Das Feuer flackerte, und scharzer Rauch stieg auf, der sich mit dem tödlichen Dampf vermischte.

Niccolò löste seinen Umhang, wickelte ihn sich um den Arm und zerschmetterte mit dem Ellbogen die Fensterscheibe. Dampf quoll heraus, ein widerlicher, ätzender Gestank, schlimmer als der Nebel der Mechaniker. Pasquale zog Niccolò zur Seite. »Francesco ist bestimmt tot.« Er befürchtete, daß der Krach des zersplitternden Glases die Wachen aufgestört hatte.

»Vermutlich«, meinte Niccolò, »aber das Schlimmste ist abgezogen – schau, das Feuer brennt wieder.«

Er schlug den Rest der Scheibe weg und kletterte über den Fenstersims. Pasquale holte tief Luft und folgte ihm.

Sofort fing seine Kehle an zu brennen; seine Augen juckten und tränten derart, daß er kaum sehen konnte. Sich gemeinsam vortastend, drehten Niccolò und er den schweren Körper Francescos um, aber seine hervorgequollenen Augen und der Schaum auf den blauen Lippen machten eindeutig klar, daß er tot war. Pasquale fiel das Bild ein, und es gelang ihm, den angesengten Rahmen aus dem wieder aufflammenden Feuer zu retten. Diese Anstrengung wäre ihm beinahe zum Verhängnis geworden. Brennender Schmerz erfüllte seine Brust, wässriger Schleim füllte ihm Mund und Nase.

Dann gelang es Niccolò, seine knochige Schulter unter Pasquales Achsel zu schieben und ihn zum Fenster zu ziehen. Gemeinsam kletterten sie hinaus, und Pasquale mußte sich prompt übergeben, als ihm die kalte, frische Luft stark wie Weingeist ins Gesicht schlug.

Noch immer hielt er den angesengten Bilderrahmen in der Hand.

Niccolò zog ihn auf die Füße, und gemeinsam rannten sie stolpernd auf den Schatten der Zedernallee zu. Pasquales Hals war wund. Ein eisernes Band hatte sich um seine Stirn gelegt, aber mit jedem Schritt, mit jedem Atemzug, der den giftigen Rauch des Magiers aus seinen Lungen vertrieb, fühlte er seine Kräfte zurückkehren.

Als sie den Schatten der Bäume erreicht hatten, hörten sie das laute Geschrei aufgeregter Stimmen. Pasquale warf sich zu Boden; Niccolò tat es ihm nach. Das Gras war feucht von kaltem Tau. »Ich bin zu alt für so etwas«, stöhnte Niccolò.

Pasquale deutete auf drei Männer, deren Umrisse im Licht aus dem zerbrochenen Fenster zu sehen waren. »Sie werden glauben, daß Francesco Freunde mitgebracht hatte. Seht nur!« flüsterte er.

Die drei Wachen, jeder mit einer Fackel in der Hand, rannten in verschiedene Richtungen los. Irgendwo bellte ein Hund.

Zwei weitere Gestalten lösten sich aus dem Schatten an der Ecke der Villa und liefen über den Rasen auf die hohe Mauer zu. Ein Umhang umflatterte den größeren, mit langen Schritten laufenden Mann; der andere rannte vornübergebeugt, mit seltsamen hüpfenden Sprüngen. Die Wachen entdeckten die beiden, brüllten und jagten mit funkenstiebenden Fackeln hinterher.

»Francesco hatte also tatsächlich Freunde mitgebracht«, wunderte sich Pasquale.

»Wir gehen zum Tor«, verkündete Niccolò.

»Aber das ist bewacht!«

»Vielleicht ist der Torwächter bei den anderen.« Rufe, dann ein einzelner Pistolenschuß. »Eines ist klar«, sagte Niccolò. »Hier können wir nicht länger bleiben.«

Sie rannten um die Villa herum, dann den breiten kiesbestreuten Weg zum Tor hinunter. Der Weg teilte sich vor der Statue eines Greifen, der auf den Hinterbeinen saß, eine Vorderpfote auf ein Schild gelegt. Als Pasquale vorbeirannte, spürte er, wie etwas an seinen

Fußknöcheln zog. Er stolperte und fiel auf Hände und Knie.

Über ihm bewegte sich die Greifenstatue. Sie schüttelte alle Glieder und richtete sich dann auf die Hinterbeine auf. Pasquale duckte sich in verblüfftem Entsetzen. Der Schild fiel mit hölzernem Klappern herunter. Dampf strömte aus dem Maul des Greifen, und er stieß ein gewaltiges, schnarrendes Gebrüll aus, während sich sein Kopf hin und her drehte. Seine Augen leuchteten wie rote Laternen. Bis zum Tor hinunter flammten den Kiesweg entlang große Lichter auf, zischten und fauchten und stießen dicken Rauch aus, der im Mondlicht weißlich glühte. Irgendwo in der Ferne ertönte immer und immer wieder ein bronzener Gong.

Dann zerrte Niccolò an Pasquale, schrie etwas von einem mechanischen Gerät, einem Zaubertrick. Pasquale stand auf und kam sich töricht vor. Die Bewegungen des Greifen wurden bereits langsamer. Niccolò hatte recht; es war nur ein mechanischer Apparat von der Art, wie ihn Kunsthandwerker oder Mechaniker als Mittelpunkt für jene großen, öffentlichen Spektakel konstruierten, die bei den Florentinern so beliebt waren. Keine Magie – noch nicht.

Niccolò fuchtelte mit einer Pistole herum, einer seltsamen Waffe mit einer Art eingekerbten Trommel über dem Lauf. »Nur Mut!« rief er. Sein Gesicht glühte vor Lebensfreude; Pasquale erkannte, daß Niccolò nur für solche Momente lebte, verzweifelte Momente, in denen Mut und Glück über Leben und Tod entschieden.

Sie rannten weiter, und als sie sich dem Tor näherten, feuerte der Wächter einen Schuß auf sie ab. Niccolò schoß im Laufen zurück, schoß und schoß immer wieder, ohne nachzuladen: Die Trommel der Pistole drehte sich bei jedem Schuß um eine Kerbe weiter. Der

Wächter floh durch das offene Tor; einen Augenblick später erreichten Pasquale und Niccolò die staubige Landstraße und sahen das *vaporetto* in höchster Geschwindigkeit auf sich zurattern, schnell wie ein Pferd im Galopp und eingehüllt in mächtige Dampfwolken.

Sie wedelten heftig mit den Armen und mußten zur Seite springen, als das Gefährt im weichen Straßenstaub mit durchdrehenden Rädern schlitternd zum Halten kam. Der Fahrer rief, sie sollten aufspringen, und löste im gleichen Moment die Bremse, so daß Pasquale nur mit einem gewaltigen Satz die Ladefläche erreichte und Niccolò hochziehen mußte, was ihm fast die Arme aus den Gelenken riß.

Schüsse krachten, als das *vaporetto* die steile Straße hinunterschlingerte. Über ihnen zerbarst etwas, ein blendendes Licht, das heller und heller wurde, bis es den Mond überstrahlte. In seinem magischen Schein sah Pasquale, daß eine Kutsche – vielleicht die, die den armen Francesco zur Villa des Magiers gebracht hatte – sie in gestrecktem Galopp verfolgte. Niccolò sah es ebenfalls und bat den Fahrer ruhig, schneller zu fahren. Als der Mann aufbegehren wollte, nahm Pasquale den Florin aus seinem Beutel und hielt ihn über die Schulter des Fahrers. Ohne hinzusehen, griff der Fahrer danach und pflückte ihm die Münze wie eine Traube aus der Hand. Mit einem Satz, der Pasquale und Niccolò auf die rauhen Planken der Ladefläche warf, schoß das *vaporetto* vorwärts.

Niccolò rollte sich auf den Bauch und stieß ein ersticktes Lachen aus. »Hast du gesehen, wie der Wächter gerannt ist? Ich hätte ihn erschossen, wenn ich gekonnt hätte. Ich wollte ihn töten. Mein Blut war in Wallung.«

»Und ist es immer noch, so wie Ihr redet«, raunzte Pasquale und betastete seine Kratzer und Schrammen.

Er versuchte, sich aufzusetzen, doch im gleichen Moment rumpelte das *vaporetto* über einen großen Buckel in der unebenen Straße und warf ihn wieder um. Er fluchte. »Noch haben wir es nicht geschafft.«

»Ich habe meine Pistole. Die Selbstladetrommel verbessert die Treffsicherheit zwar nicht gerade, aber das Schnellfeuer ist für den Gegner zweifellos entmutigend. Hast du den Wächter gesehen? Er rannte wie ein Spanier.«

»Wir sind doch nicht im Krieg.«

»Jede Art von Kampf macht Männer zu Tieren. Sie besinnen sich auf ihre ursprüngliche Natur.«

»Ihr könntet sehr bald wieder Gelegenheit haben, Euch auf Eure ursprüngliche Natur zu besinnen«, erklärte Pasquale trocken und lugte durch den zerfetzten Auspuffqualm des *vaporetto* in die Dunkelheit hinter ihnen. Die schwarze Kutsche war weit zurückgefallen, weil das Pferd mit dem halsbrecherischen Abwärtstempo des *vaporetto* nicht mithalten konnte, doch er war sicher, daß die Verfolger nicht aufgeben würden.

Die Straße wurde flacher, rechts und links standen nun Häuser, und das *vaporetto* wurde langsamer. Der Fahrer rief, es sei kaum mehr Wasser im Kessel und er müßte bald anhalten, um nachzufüllen.

»Fahrt weiter, so gut Ihr könnt«, befahl Niccolò.

»Wenn die Röhren über dem Brenner leerkochen, explodieren sie«, protestierte der Fahrer. »Alles hat seine Grenzen.«

»Ich glaube, Ihr werdet Eure Pistole brauchen, Niccolò«, rief Pasquale. »Sie holen auf.«

In diesem Augenblick kamen mit erschreckender Plötzlichkeit Armbrustbolzen aus der Nacht geflogen. Die meisten trafen daneben, aber zwei schlugen in die Ladefläche des *vaporetto* ein und verbreiteten sofort einen ätzenden, weißen Qualm. Pasquale zerrte den einen aus der Planke, in die er sich gebohrt hatte. Sein Schaft war fast zu heiß zum Anfassen, die Spitze war ausgehöhlt und mit Schlitzen versehen, aus denen der Qualm entwich. Er warf den Bolzen weg, verbrannte sich aber die Hand, als er den zweiten herausziehen wollte. Dann pfiffen noch mehr Bolzen vorbei, und er duckte sich. Einer schlug keine Handbreit von seinem Gesicht auf die zersplitterte Planke und bohrte sich bis zu den Flugfedern ein; ein normaler, aber damit nicht weniger tödlicher Bolzen. Die neuen Armbrüste schossen die Bolzen mit solcher Gewalt ab, daß selbst ein Streifschuß tödlich sein konnte.

Niccolò klammerte sich an einen Pfosten der Ladefläche und fuchtelte mit seiner Pistole herum. Der rauchende Schaft des einen Bolzens, der immer noch in der Ladefläche steckte, begann plötzlich zu brennen. In Sekundenschnelle verbreiteten sich blaue Flammen über die geteerten Holzplanken. Niccolò stützte die Pistole mit beiden Händen ab, schoß auf die Kutsche und lachte dabei so wild, daß Pasquale befürchtete, der Journalist habe den Verstand verloren.

Das *vaporetto* bog scharf rechts ab auf den Borgo San Jacopo und war plötzlich von einer Menschenmenge umringt. Alles floh nach rechts und links, als sich das *vaporetto* einen Weg durch die Menge pflügte. Es waren *ciompi*, Schichtarbeiter aus den rastlosen Manufakturen. Sie trugen schäbig geflickte Überröcke mit einem Strick als Gürtel, wollene Umhänge und formlose Filzhüte auf dem Kopf als Schutz gegen die nächtliche Kälte. Viele hatten kahlgeschorene Köpfe, Ergebnis eines großangelegten Plans der Mechaniker zur Ausrottung von Läusen. Sie brüllten und schimpften, als das *vaporetto* vorbeibrauste. Die Kutsche war jetzt sehr nahe;

Pasquale konnte den Kutscher vor seiner Bank stehen und das Pferd anpeitschen sehen.

Der Fahrer des *vaporetto* schaute über die Schulter. Sein Gesicht war weiß, und in seinen Augen spiegelten sich die von der Ladefläche hochschießenden Flammen. Er stieß einen wortlosen Schrei aus und warf sich von seinem Sitz in die Menge. Das steuerlose *vaporetto* verlangsamte schlingernd die Fahrt und krachte in die Wand eines der Häuser am Fluß. Die Kesselröhren zerbarsten und spieen glühendheißen Dampf aus; das Feuerungsloch brach auf, und die herauspurzelnde, brennende Kohle setzte das Untergestell in Brand.

Pasquale sprang sofort herunter, aber Niccolò blieb trotzig auf dem brennenden Fahrzeug stehen. Er feuerte seine Pistole auf die Kutsche leer, die zum Stehen gekommen war; das verängstigte Pferd bäumte sich auf. Das war ein Bild für die Flugschrift, der wütende Niccolò, der seine Pistole durch die Flammen hindurch abfeuerte, die zurückweichende Menge, die schwarze Kutsche und das sich aufbäumende Pferd. Die Szene brannte sich unauslöschlich in Pasquales Gedächtnis ein.

Dann steckte Niccolò die Pistole weg und sprang herab. Die Menge der *ciompi* teilte sich vor ihnen wie das Rote Meer vor den Israeliten. Wieder kamen Schüsse aus der Kutsche. Pasquale sah, wie ein Mann in einem Hanfwams von einer Pistolenkugel in den Mund getroffen wurde und zu Boden fiel; Blut sprudelte aus seinem zerrissenen Mund.

Niccolò war völlig außer Atem, und Pasquale mußte alle Kraft aufbringen, um ihn mitzuschleppen. Schließlich war der Journalist mit seinen fünfzig Jahren ein alter Mann, zwar schlank, aber für so ein Rennen körperlich untauglich. Plötzlich stolperte er, fluchte und umklammerte seinen Oberschenkel. Blut lief ihm über die Hand. »Ich bin getroffen worden!« rief er und schien merkwürdig erheitert.

Pasquale zerrte ihn weiter, wagte einen Blick zurück und sah, daß die Kutsche von der wütenden Menge völlig eingekreist war. Vor ihnen lag der Ponte Vecchio. Sein Eckturm dräute über den Köpfen der Menschen. Pasquale und Niccolò humpelten weiter, schlängelten sich durch die Ströme von *ciompi*, die nach Schichtende müde zu ihren Elendshütten schlurften oder resigniert zur nächtlichen Arbeit trotteten. Schaute man von hoch oben, von der Spitze des Großen Turms etwa, auf Florenz herab, waren in der vom Gaslicht beleuchteten Menge keine Individuen auszumachen. Zwei um ihr Leben rennende Männer störten weniger als ein in den Fluß geworfener Kieselstein. Auf dem Borgo San Jacopo gab es Gedränge um ein brennendes *vaporetto*, und eine wütende Menge hatte eine Kutsche eingekreist, wich plötzlich zurück, als die Kutsche von hellen Blitzen und farbigen Dämpfen eingehüllt wurde. Als der Qualm verwehte, stellte sich heraus, daß die Kutsche leer war. Aber das war nur eine vorübergehende Störung. Alle Störungen in der ruhig ablaufenden Routine der Stadt waren vorübergehend, kaum mehr als ein unkalkulierbares, kurzes Stottern in ihrem unbarmherzigen Mechanismus, ein Sandkorn, das sich im Getriebe verfing und zermalmt wurde.

TEIL ZWEI

Wie oben, so auch unten

1 Die Wagenkolonne, die Seine Heiligkeit Papst Leo X., ehemals Giovanni di Bicci de' Medici, beförderte, dazu seine Ratgeber und Kammerdiener, seine Pagen und Köche, seine Zwerge und Narren einschließlich seines Lieblings Pater Marioano, seine Ärzte und seinen muslimischen Foltermeister und Leibwächter, die Kardinäle Sanseverino Farnese, Luigi de' Rossi, Lorenzo Pucci, Lorenzo Cibò und Giulio de' Medici samt deren unbedeutenderem Gefolge und Dienerschaft, zog in einer riesigen, meilenweit sichtbaren Staubwolke gemächlich an den kleinen Dörfern Pozzalatico und Galluzzo vorbei. Ein Trupp der Schweizer Garde bildete den Schluß des Zuges. Ihre polierten Brustharnische, Helme, Pikenspitzen und Hellebarden glitzerten im hellen Sonnenlicht wie ein Flußlauf. Vorneweg marschierten fünfzig Pfeifer und Trommler in scharlachroten und weißen Uniformen.

Die Nachricht vom Nahen der Prozession flog ihr voraus wie ein Vogel, der vor einem Waldbrand flüchtet. Die Kette der Signaltürme entlang der Straße von Siena leitete unter ständigem Klappern der beweglichen Signalarme Botschaften weiter. Als die Kolonne den letzten Hügel vor dem Arnotal erreichte, erwarteten sie ganze Scharen von Bürgern, die zu Pferd, in Kutschen oder *vaporetti* gekommen waren, dazu kam noch die offizielle Eskorte der Stadtmiliz, die die päpstliche Prozession rechts und links einrahmte. Unter flatternden Bannern ratterten die Wagen die lange, staubweiße Straße hinab, und die Trommler schlugen, ihren blasenbedeckten, blutenden Händen zum Trotz, in rasendem Marschtempo auf ihre Trommeln ein.

Zu Mittag hatte die Prozession endlich den großen offenen Platz vor dem Römischen Tor der Stadtmauer erreicht. Hier hielt sie an, und begleitet vom hastigen

Hin- und Hergewimmel der Kammerdiener, stieg der Papst aus seiner Kutsche. Er trug ein blendendweißes, mit schweren Goldfäden besticktes Rochett, feinste, perlenbestickte Handschuhe und weiße Seidenschuhe. Leo X. war ein stämmiger Mann mit grobem Gesicht und vorquellenden, kurzsichtigen Augen, Fettwülsten am Hals und einem gewaltigen Bauch. Auf seinem kräftigen schwarzen Haar saß eine edelsteinbesetzte Tiara. Die Geschäftigkeit seiner Kammerdiener schien ihn zu irritieren, aber er ließ sie mit stoischer Ruhe über sich ergehen und vergaß auch nicht, der Menge zuzuwinken, die sich am Tor versammelt hatte.

Ein Tritt wurde gebracht, und man half dem Papst hinauf. Er zog ein kleines Messingfernrohr hervor und betrachtete eine Weile die Stadt, die sich im Tal zu beiden Seiten des kanalisierten Flusses unter seinem umbrafarbenen Dunst ausbreitete. Langsam wanderte sein Blick, registrierte die zahlreichen Wehranlagen der neu errichteten Mauern: die Orgelgeschütze, die Raketenabschußrohre, die Wurfmaschinen, die Hinterladerkanonen, und an jedem Turm die vertäuten, rautenförmigen Flugapparate, die im frischen Wind hin und her schwangen. Er betrachtete den Großen Turm, der das Gewirr rotgedeckter Dächer überragte, und den zinnenbewehrten eckigen Turm der Signoria sowie die große vergoldete Kuppel des Duomos, auf der die schimmernde Goldkugel und das Kreuz thronten. Den aus den Manufakturen am Fluß aufsteigenden Rauch, das verwinkelte Labyrinth der Hafenanlagen mit dem wie aus einem Nadelkissen aufragenden Gewirr der Schiffsmasten, die komplexe Geometrie der Schleusen, Kanäle und Wehre, die den Lauf des Arno zähmten – all das betrachtete der Papst.

Vielleicht dachte er an die von den Pazzi-Verschwörern angezettelte grausame Ermordung seines Vaters im Duomo oder den Aufstand gegen die Tyrannei seines Onkels; bis zu diesem Tag war jeder Angehörige seiner Familie aus der Republik verbannt. Jedenfalls liefen ihm Tränen über die rosigen Wangen, als er das Fernrohr wegsteckte und sich der Schmach unterwarf, in den Damensattel eines prächtigen weißen Araberhengstes gehievt zu werden. Er war zwar ein passionierter Jäger, aber mit seinen Reitkünsten war es nicht sehr weit her, und seine Analfisteln machten das Sitzen auf dem schmalen, harten Jagdsattel schon nach wenigen Minuten zur Qual.

Trotzdem lächelte er, als sich die Prozession schwerfällig wieder in Bewegung setzte und nun als Festzug langsam durch das große Tor und die Via Maggio entlang rollte.

Menschenmengen säumten die breite Straße. Unablässig erteilte der Papst mit plumpen, weißbehandschuhten Händen seinen Segen. Viele standen schweigend, dachten an das schwere Joch der Regierung des Giuliano de' Medici, der, voller Rachsucht ob der Ermordung seines Bruders Lorenzo, unter der einen Hälfte der Florentiner Kaufmannsfamilien grausame Säuberungsaktionen durchgeführt und die andere Hälfte ausgeraubt hatte, um seine Schulden zu bezahlen. Oder sie dachten an Savonarolas berühmte Predigt, die den kurzen, aber blutigen Bürgerkrieg ausgelöst hatte, in dem die Medici gestürzt worden waren. Savonarolisten im Dienste des Königs von Spanien hatten viele Wände mit Parolen aus den gedruckten Werken ihres im Exil lebenden Anführers beschmiert, und noch während die Prozession vorbeizog, waren Arbeiter damit beschäftigt, das Geschmier von den Wänden zu waschen. Der Rest der Menge, trunken vor Glauben oder Wein, oder beidem, schwenkte Fähnchen und jubelte dem Papst begeistert zu.

Palle! Palle! Papa Leone! Palle! Palle!

Der Papst ritt langsam, begleitet von zwei Pagen, die den weißen Hengst an seinem goldbedeckten Zügel führten. Acht Florentiner Bürger von edler Geburt hielten einen an Reifen befestigten, aus Moiréeseide kunstvoll zusammengefügten Baldachin in Schmetterlingsform über seinen Kopf. Trotz dieses Schattens färbte sich das runde Gesicht des Papstes in der Hitze des Tages bald beunruhigend dunkelrot. Hier und dort hielt er an, um die Banner und Dekorationen zu bewundern, die von den Häusern herabhingen, oder sich eines der lebenden Bilder anzusehen. In einem verkündete ein kindlicher Engel einer die Jungfrau darstellenden Maid die Geburt Christi, und über beider Köpfe schwebten brennende Heiligenscheine. Eine mechanische Taube flatterte herab und sandte ein blendendes Strahlenbündel aus, das von einem über dem Leib der Jungfrau in das Kleid eingenähten Spiegel zurückgeworfen wurde. In einem anderen kämpfte ein Darsteller in der polierten Silberrüstung des heiligen Michael gegen einen kupfergeschuppten, mechanischen Drachen, bohrte ihm die Lanze ins Maul, worauf aus jeder Öffnung echtes Blut herausspritzte. Ein drittes zeigte Cristoforo Colombo, wie er von seinem Boot in die blauen Wellen trat, dargestellt durch flatternde Tücher, und begeistert begrüßt wurde von nur mit Lendenschurz und Federkopfschmuck bekleideten Darstellern, deren Haut man mit Tabaksaft rot gefärbt hatte – die edlen Wilden von den freundlichen Inseln der Neuen Welt. In dem nächsten wurde Amerigo Vespucci von König Monecuhzoma II. von Mexiko empfangen, der auf einer kleinen, treppenförmigen Pyramide saß, umgeben von Mais, Balsampflaumen, Guavas, Kaktusfrüchten, Avocados, Süßkartoffeln und Maniok auf goldenen und silbernen Platten.

Der Papst warf nur einen kurzen Blick auf dieses letzte Tableau, bevor er sein Pferd wieder antrieb. Rom teilte die Überzeugung der Spanier, daß die Wilden der Neuen Welt, von den unschuldigen Eingeborenen der freundlichen Inseln bis zu den stolzen, blutdürstigen Mexikanern und Mayas, im Namen Christi unterworfen werden mußten, und daß die Florentiner ihre Seelen in Gefahr brachten, weil sie mit den Wilden verkehrten und sie als Gleichgestellte betrachteten.

Jedesmal, wenn der Papst anhielt, blieb die riesige Eskorte ebenfalls stehen; inzwischen war sie soweit die Straße hinab auseinandergezogen, daß sich in dem Augenblick, wo die letzten zum Stehen kamen, der Kopf des Zuges wieder in Bewegung setzte. Bei jedem Halt schlugen die Trommler wilde Wirbel, und die Pfeifer bliesen schrille Triller; Kämmerer warfen aus dicken Geldtaschen Münzen in die Menge; die Schweizer Garde marschierte elegant auf der Stelle, ihre Gesichter glänzend vor Schweiß, und Kardinäle lehnten sich aus den Fenstern ihrer Kutschen, um zu sehen, was nun wieder die Aufmerksamkeit Seiner Heiligkeit gefunden hatte, denn später würden sie Bemerkungen über alle Ereignisse während der Prozession machen müssen. Feuerwerkskörper und farbiger Rauch machten die Soldaten unruhig. Auf den Dächern hoben sich Scharfschützen, bewaffnet mit den neuesten langläufigen Arkebusen, gegen den Himmel ab und hielten nach Unruhestiftern Ausschau.

So bewegte sich der Papst allmählich die Via Maggio hinunter und über die Brücke von Santa Trinità, ritt langsam unter dem Triumphbogen aus Leinwand und

Holz hindurch, den Raffaels Werkstatt bemalt hatte und der erst am Tag zuvor von über zweihundert Männern aufgestellt worden war. Volle fünf Stunden, nachdem er am Tor sein Pferd bestiegen hatte, erreichte der Papst schließlich die Piazza della Signoria, begleitet von einem überwältigenden Geläut aller Glocken und Kanonendonner, der jeden Vogel in Florenz erschreckt auffliegen ließ.

Hier waren die Willkommensrufe lauter und zahlreicher, denn die wohlhabenderen Bürger von Florenz hatten seit Stunden süßen Wein aus vergoldeten Fässern getrunken, und auf den von Markisen überdachten langen Holztischen, die den Platz umgaben, standen Speisen in Hülle und Fülle. Aus allen Fenstern der umliegenden Häuser lehnten sich Zuschauer, und die Orden hatten ihre Standarten und Banner aufgezogen, so daß ein Schwarm seltsam starrer Heiligenbilder dem Papst ihre Aufmerksamkeit zuzuwenden schien, als sein Pferd langsam über den Platz geführt wurde. Bunte Lichtmuster kreisten auf der verputzten Vorderfront der Ersten Republikanischen Bank und verbanden sich in der hereinbrechenden Dunkelheit zu immer neuen Formen.

Die Räte der Signoria und andere Amtspersonen saßen auf einer überdachten Tribüne, hinter der auf einem hohen Podest die wundertätige Statue der Madonna stand, aus Impruneta herbeigebracht und in goldene Gewänder gehüllt. Zwei Pagen führten das Pferd des Papstes zur Tribüne, und Männer stürzten herbei, um eine Art Plattform zusammenzufügen, damit der Papst sich direkt vom Pferd auf die Tribüne begeben konnte. Der Gonfaloniere, barhäuptig und in eine schwarze, geschlitzte, mit Rot unterlegte Seidenrobe gekleidet, trat vor, kniete vor dem Papst nieder und küßte die mit

Bommeln besetzten Spitzen der weißen Seidenschuhe Seiner Heiligkeit, während Priester Glöckchen erklingen ließen, Weihrauchgefäße schwangen, aus denen süßriechender Sandelholzrauch aufstieg, und alle im Umkreis mit Weihwasser besprengten.

Der Papst zog den Gonfaloniere hoch und gab ihm den zeremoniellen Kuß, wobei er das Gesicht des Mannes in beide Hände nahm, als sei er sein geliebtester Sohn. Die Menge jubelte wie wild.

Und in der Mitte des Platzes öffneten sich vor einer riesigen weißen Leinwand, mit einem von Fanfarenstößen kaum übertönten Getrieberattern, die beiden Hälften eines kosmischen Eies. Am unteren Rande der Eihälften waren Fenster mit den Tierkreiszeichen eingelassen und von Lampen erleuchtet. Plötzlich erstrahlte gleißendes Licht, als im Zentrum der Maschine die mit Linsen versehenen Lampen der Sonne entzündet wurden, und eine Gruppe mechanischer Figuren, den poetischen Beschreibungen der Planeten entsprechend gekleidet und auf goldenen Scheiben stehend, zogen zu würdevoller Musik langsam und gleichmäßig ihre Bahnen.

Der Papst schaute diesem Spektakel mit verwirrtem, kurzsichtigem Blick zu. Die Menge bejubelte die Kunstfertigkeit der Werkstatt des Großen Ingenieurs.

Es kam noch mehr. Lichter flammten vom Großen Turm herunter. Heller als die untergehende Sonne, schienen die breiten, schräg über den Köpfen des Publikums einfallenden Lichtstrahlen massive Körper zu sein. Gebilde erschienen auf der weißen Leinwand hinter dem kosmischen Ei und verschmolzen miteinander, formten plötzlich einen Engel, der sich mit ruckhaften Schritten vorwärts bewegte. Die Hälfte der Menge schrie entsetzt auf, die andere starrte mit offenem

Mund. Der Papst, plötzlich vergessen inmitten dieses Wunders, berührte sein Brustkreuz.

Der Engel lächelte, verbeugte sich und faltete kurz seine großen weißen Schwingen zusammen. Als sie sich wieder öffneten, erschien das Bild einer detailgetreuen Landschaft, das Utopia eines Mechanikers, in dem alle Flüsse reguliert und kanalisiert, alle Städte symmetrisch waren und große Maschinen durch die Luft ruderten.

Dann verblaßte die Vision. In der Menge erhob sich großes Gemurmel, und rund um das kosmische Ei schossen Feuerwerkskörper hoch, zogen Funken wie Kometenschweife hinter sich her, zerbarsten hoch oben zu Gold- und Silberregen. Eintausend weiße Tauben wurden freigelassen und schwirrten über die Köpfe der jubelnden Menge in den Himmel hinauf. Aus dem kosmischen Ei stiegen stellare Gottheiten, in Silber gekleidet, Gesicht und Hände mit Gold bemalt, auf Säulen herauf und traten auf die Bühne, um den Papst zu begrüßen.

2 Pasquale sah das Feuerwerk durch die hohen Doppelfenster von Niccolò Machiavellis Zimmer. Er saß am Schreibtisch, skizzierte Haltungen und Stellungen von Engeln, konzentrierte sich besonders auf die Beziehung zwischen Flügeln, Armen und Körper. Das Fenster führte auf einen engen, dunklen Hof, und Pasquale konnte kaum erkennen, was er tat. Der Himmel, blauviolett über dem Gewirr der Terrakottadächer, schien das letzte Licht aufzusaugen, aber er zögerte noch, die Kerze auf dem Tisch anzuzünden.

Er beugte sich tiefer über das dicke Papier, die Rückseite irgendeines offiziellen Dokumentes aus dem vergangenen Jahrhundert, und zeichnete mit raschen, sauberen Strichen den Faltenwurf im Gewand eines Engels, der mit geschlossenen Füßen und ausgebreiteten Armen in der Luft schwebte. Licht und Schatten im Faltenwurf liefen übergangslos ineinander. Weicher Stoff kontrastierte mit den langen Schwungfedern der mächtigen, die Gestalt überragenden Flügel. Er sah den Engel deutlich vor sich. Hinter dem Himmelsboten loderte ein furchterregendes Licht, und hinter dem Licht öffnete sich eine große, wilde Parklandschaft mit weißen Pfaden, bevölkert von Tieren jeglicher Art, auch den großen Drachen, die die Sintflut nicht überlebt hatten, und alle flohen vor dem Licht, dem feurigen Zorn Gottes.

All das war da. Aber das Gesicht des Engels konnte er nach wie vor nicht erkennen.

Papiere waren auf dem Schreibtisch verstreut, lose aufeinandergelegt oder mit Bändern zusammengehalten, dazu ein Bündel Gänsefedern, Tintenfässer, Streusand und ein wackeliges kleines Pult. Neben dem Tisch stand ein Regal mit hundert oder mehr Büchern, einige in Kalbsleder gebunden, der Rest billige, pappgebundene Ausgaben der neuen Druckhäuser. Alte und moderne Werke. Ariostos *Orlando Furioso* in drei Bänden, die *Andria* von Terenz, Ciceros *Republik*, Dante, Livy, Platon, Plutarch, Tacitus. Und Koppernigks *De revolutionibus orbium celestium* über die Umläufe der Himmelskörper, Guiccardinis *Auf den Fährten des Lichts* und *Microcosmonium*, Leonardos *Abhandlung über die Replikation der Bewegung*. Daneben Niccolòs eigene Theaterstücke, *Belfagor, Fra Albergo, Mandragola, Die Versuchung des heiligen Antonius*, ein dickes Bündel polemischer Broschüren und Pamphlete. Mehr Bücher, als Pasquale je auf einem Haufen gesehen hatte.

Ansonsten gab es im Zimmer noch einen Patentofen mit zwei löffelförmigen Stühlen rechts und links, an den Wänden Bilder in Goldrahmen, vor allem fleckige Ölgemälde von Niccolòs verstorbener Frau und den Kindern, ein *cassone* mit gesprungenem Deckel und ein Rollbett, auf dem Niccolò Machiavelli, von staubigen Kissen umgeben, durch den Mund atmend, schlief. Der Verband über seinem linken Knie hatte getrocknete Blutflecken. Auf dem Teppich neben dem Bett lag eine leere Weinflasche. Niccolò hatte die Schmerzen in seinem verwundeten Bein mit Wein und Absinth betäubt, den er mit wachsender Verzweiflung in sich hineingegossen hatte, bis er endlich eingeschlafen war.

Auch Pasquale hatte den größten Teil des Tages verschlafen, zusammengerollt auf einem der maurischen Teppiche, die den zersplitterten Holzboden bedeckten. Zwei Tage lang hatte er kaum geschlafen und war von ihrer nächtlichen Eskapade total erschöpft. Als er Niccolòs Wunde, eine tiefe, blutige Kerbe oberhalb der Kniekehle, schließlich gesäubert und verbunden und dann das aus dem Feuer gerettete Glasbild in seinem angesengten Rahmen untersucht hatte, wurde es draußen hell, die automatischen Kanonen feuerten ihren morgendlichen Schuß ab, der das Öffnen der Stadttore ankündigte, und die Kirchenglocken läuteten zur Frühmesse.

Pasquale hängte sein bestes schwarzes Sergewams, verschwitzt und nach Rauch riechend, wie es war, über einen Stuhl und schlief augenblicklich ein, nur um einige Stunden später von Niccolòs Hauswirtin Signora Ambrogini geweckt zu werden. Die Signora war eine kleine, grimmige alte Frau, nicht mehr als vier Fuß groß, den Rücken von jahrelanger harter Arbeit gebeugt, immer noch in Witwenkleidung, Schicht um Schicht tiefstes Schwarz, für einen Gatten, der nun schon gute zehn Jahre tot war. Seitdem vermietete sie Zimmer und kümmerte sich um alles in dem weiträumigen Haus an einem kleinen Hof hinter der Via del Corso, halbwegs zwischen der Piazza della Signoria und dem Duomo, wo auch Niccolò Unterkunft gefunden hatte. Von ihren Mietern – unverheirateten Gelehrten, reisenden Schreibern, Musikern und Mechanikern – wurde sie gleichermaßen geliebt und gefürchtet, denn einerseits züchtigte sie sie mit scharfer Zunge für ihre Unordnung und Gedankenverlorenheit, verwöhnte sie aber andererseits mit unwirscher, strenger Treue.

Am frühen Nachmittag platzte sie in Niccolòs Zimmer, stieß einen leisen Schrei aus, als die den schlafend zusammengerollten Pasquale auf dem Teppich neben dem Schreibtisch sah, und dann einen lauteren, als sie Niccolòs verwundetes, auf Kissen gestütztes Bein entdeckte.

Der Schreck wurde von einer Art wütendem Bemuttern abgelöst. Signora Ambrogini stapfte hin und her, befahl Pasquale, Wasser auf dem Ofen zu erhitzen und wies den immer noch halb betrunkenen Niccolò an, seine Hosen runterzuziehen. Sie wusch die Wunde aus und verband sie ordentlich; für Pasquale hatte sie nur einen scheelen Blick, als sei der verantwortlich für das Leiden ihres Mieters.

Niccolò ließ alles stoisch und gutmütig über sich ergehen; er war an ihre Art gewöhnt. »Wir hatten ein kleines Abenteuer«, sagte er und lächelte, als sie mit ihm schimpfte.

Signora Ambrogini spreizte die Hände. »Ein Mann in Eurem Alter! Ihr solltet Euch nicht mit so jungem Gesindel wie diesem da abgeben«, fügte sie hinzu und bedachte Pasquale erneut mit einem grimmigen Blick. Schwarze Augen funkelten in dem verknitterten Gesicht. An ihrem Kinn sprossen weiße, drahtige Haare.

»Ja, ja, ich habe meine Lektion bekommen«, murmelte Niccolò. Sehnsüchtig beäugte er eine halb geleerte Weinflasche auf dem Schreibtisch, wagte aber nicht, darum zu bitten. Signora Ambrogini mißbilligte sein Trinken. »Aber ich glaube trotzdem, daß es sich gelohnt hat«, fügte er hinzu.

»Schamloser Herumtreiber!« rief Signora Ambrogini und rollte die Augen mit dramatischem Pathos. »Und nun werdet Ihr die Ankunft des Papstes versäumen, und ich auch, wenn ich endlich mit Euch fertig bin. Oh! Was Ihr mir antut, Signor Machiavelli!«

»Ihr würdet Euch die Prozession niemals ansehen«, gab Niccolò mit liebevoller Geduld zurück, »wegen der vielen Leute. Und was mich angeht, so werden genügend Journalisten dort sein. Sämtliche Journalisten von Florenz, sollte ich meinen. Man wird meine Anwesenheit nicht vermissen.«

Die alte Frau beugte sich vor, um den Verband um Niccolòs Bein zu wickeln. »Und dieser junge Draufgänger ist wohl einer von Euren Journalistenfreunden. Ihr, junger Mann, Ihr solltet bei Eurer Arbeit sein, statt hier herumzulungern und meine Mieter zu belästigen.«

Pasquale protestierte, er sei Künstler, aber die alte Frau war nicht bereit, ihm zu glauben. Mit flinken Handgriffen befestigte sie den sauberen Verband, und als sie fertig war, lehnte Niccolò sich zurück, seufzte und meinte, sie könne Wunder bewirken – davon sei er ganz und gar überzeugt, wenn sie ihnen auch noch ein wenig Suppe brächte.

»Der junge Bursche ist kräftig genug, um sich selbst Suppe zu holen«, erklärte Signora Ambrogini scharf.

»Er hilft mir«, erwiderte Niccolò. »Hilft mir bei einem wirklich wichtigen Unternehmen. Und er ist tatsächlich Künstler, noch dazu ein guter, Lehrling von Giovanni Rosso.«

»Der Name sagt mir gar nichts«, schniefte die alte Frau verächtlich, schlurfte dann aber doch hinaus, um ihnen die Suppe zu holen.

»Sie meint es gut«, versicherte Niccolò, in seine Kissen gelehnt. »Um des lieben Himmels willen, Pasquale, gib mir die Flasche vom Schreibtisch.«

»Wie geht es Eurem Bein?«

Niccolò trank direkt aus der Flasche und wischte sich mit dem Ärmel den vor lauter Hast verschütteten Wein vom Kinn. »Das werde ich später herausfinden. Jetzt ist mir nach Ausruhen zumute. Hast du das Glasbild noch, Pasquale?«

»Selbstverständlich.«

»Laß es mich noch einmal sehen.«

Der Holzrahmen war rußgeschwärzt, das Glas im Feuer gesprungen, und das darauf gedruckte oder gemalte Bild durch die Hitze so braun geworden, daß man nur noch einen Teil erkennen konnte. Ja, das Bild schien sogar noch dunkler geworden zu sein, seit Pasquale es gerettet hatte, gerade so, als würde das Material eine Veränderung durchmachen. Trotzdem war es möglich, einzelne Figuren auszumachen, in lange Roben und Kapuzen gehüllt, steif in der Haltung, doch mit penibler Genauigkeit ausgeführt. Sie standen hinter einer Art Altar, auf dem eine nackte Frau lag, so wiedergegeben, das man unmöglich sagen konnte, ob sie tot oder lebendig war. Giustiniani, die Kapuze von seinem Raubvogelkopf zurückgeworfen, stand mit hocherhobenem, etwas unscharf wirkendem Schwert daneben.

»Eine schwarze Messe«, rief Pasquale.

»Erpressung«, murmelte Niccolò.

»Was habt Ihr gehört, dort am Fenster?«

»Ich hörte den Namen Salai, und ich hörte, wie Francesco Giustiniani auf schwache, aber recht verzweifelte Weise bedrohte. Mir scheint, Francesco hatte Beweise, daß Giustiniani Rituale wie das hier gezeigte ausführt, und wollte ihn erpressen, ihm einen Dienst zu erweisen.«

»Was für ein Dienst könnte das sein?«

Niccolò wurde lebhaft. »Das ist die Frage, Pasquale. Und warum Erpressung? Magier wie Giustiniani brauchen immer Geld, und jemand wie Francesco sollte genug Geld haben, würde ich annehmen.«

»Außer es geht um etwas so Schreckliches, daß selbst jemand wie Giustiniani davor zurückschrecken würde.«

»Das ist die naheliegendste Erklärung, obwohl – verzeih, Pasquale – sie mir zu sehr nach billigem Melodram riecht. Vielleicht hatte Giustiniani die Aufgabe bereits ausgeführt, und Francesco drohte ihm, damit er schweigt. Es könnte eine Verbindung zu Salai geben, und zu dem Mord an Romano. Ich muß darüber nachdenken«, entschied Niccolò und trank den restlichen Wein aus. »Hol meine kleine Flasche, und gieß Wasser in einen Becher aus dem Krug dort.«

»Das Zeug wird Euch verrückt machen und dann umbringen, Niccolò. Ich weiß, was es ist. Da ist Beifuß drin.«

»Sieben Teile auf einhundert Teile Wasser ist die korrekte Mischung. Bitte, Pasquale, ich brauche keine Belehrungen! Ich muß nachdenken!«

»Ihr dürft Euch nicht aufregen. Ihr seid verwundet.«

Niccolò schüttelte den Kopf. »Es gibt noch so viel herauszufinden. Die Sache ist schwieriger und verwickelter, als ich zunächst annahm. Vielleicht sind wir auf den Skandal des Jahrhunderts gestoßen!«

»Dieses eine Mal tue ich es«, meinte Pasquale widerstrebend.

»Sieben Teile auf hundert«, wiederholte Niccolò und sah genau zu, wie Pasquale den gelbgrünen Likör tropfenweise eingoß. Er ließ sich das Glas reichen, trank das wolkige Gemisch in einem Zug leer, lehnte sich dann mit geschlossenen Augen zurück und kniff sich mit Daumen und Zeigefinger den Nasenrücken.

Pasquale beobachtete Niccolò. Plötzlich hörte er Schritte vor der Tür und legte das Bild von der schwarzen Messe rasch mit der Vorderseite nach unten auf den Schreibtisch, da trat Signora Ambrogini auch schon ein. Sie trug ein Tablett mit zwei Schüsseln Suppe und einem dicken Stück trockenen Brotes herein. Ohne die Augen zu öffnen, murmelte Niccolò: »Was würde ich nur ohne Euch tun, Signora Ambrogini?«

»Euch in die Gosse trinken, nehme ich an«, gab die Signora trocken zurück und verschwand nach einem weiteren finsteren Blick auf Pasquale.

Das erinnere ihn an etwas, meinte Niccolò, tastete

unter dem Bett herum und förderte eine Weinflasche zutage. Er zog den Korken mit den Zähnen heraus und nahm einen kräftigen Schluck. Als er Pasquales Blick begegnete, erklärte er: »Aus rein medizinischen Gründen. Außerdem ist es die letzte.«

Pasquale trank ein Glas Wein zu seiner Suppe, aber es war ein dünnes, bitteres Zeug, und so überließ er Niccolò gern den Rest. Der rührte seine Suppe kaum an und schlief später wieder ein. Pasquale saß im schwindenden Licht am Tisch, betrachtete zunächst das geschwärzte Bild, dann das kleine Fluggerät. So sehr er auch grübelte, er konnte keine Verbindung zwischen den beiden Dingen erkennen, legte sie beiseite und skizzierte erst den schlafenden Journalisten, dann Signora Ambrogini, rief sich ihr Aussehen durch den Blick vor Augen, mit dem sie ihn angefunkelt hatte – halb abgewandt, rasch und mürrisch. Auf diese Art hatte er gelernt, sich Gesichter zu merken, keine bestimmten Einzelheiten, sondern eine Haltung oder einen Ausdruck, der die gesamte Erinnerung wachrief. Als er damit fertig war, brachte er mit raschen Strichen die Szene nach dem Aufprall des *vaporetto* zu Papier, die er sich so gut eingeprägt hatte, und begann dann, Engel zu zeichnen, verlor sich in der Arbeit, bis das Feuerwerk in den dunklen Himmel schoß und Niccolò erwachte.

Das verwundete Bein des Journalisten war steif. Leise fluchend humpelte er im Zimmer herum und fiel schließlich wieder aufs Bett. Pasquale riet ihm, sich auszuruhen, doch Niccolò wollte nichts davon wissen. Er müsse Fragen stellen, sagte er. Zwei Morde seien geschehen, und das wäre noch nicht alles.

»Du mußt mich nicht begleiten, Pasquale. Du hast genug getan, genug gewagt. Wir haben uns hier in tiefes, gefährliches Wasser begeben, und ich muß noch tiefer hinab. Ich habe zwar eine Ahnung davon, was dort lauern mag, denn ich kenne solche Wasser von früher. Aber du bist Künstler. Deine Welt ist hell, liegt an der Oberfläche der Dinge. Geh nach Hause.«

»Ich gehe mit Euch!« protestierte Pasquale heftig. »Ich bin kein unschuldiges Kind mehr.«

Mit diesem Ausbruch überraschte er Niccolò mindestens ebenso sehr wie sich selbst. Der Journalist fuhr sich mit dem Daumen über die schwarzen Bartstoppeln. Nachdenklich meinte er: »Stimmt, ich bin müde. Ich würde deine Hilfe nicht ablehnen, wenn du sie mir aus gutem Grund anbietest.«

»Einen Grund wollt Ihr wissen? Ganz einfach – Ihr schuldet mir immer noch das Geld, daß ich letzte Nacht dem Fahrer geben mußte.«

Niccolò lachte. »Und dabei war der Fahrpreis am Ende kaum genug, bei dem Ärger, den der gute Mann hatte.«

»Ich will wissen, um was es hier geht. Mit Verschwörungen habe ich noch nie zu tun gehabt. Das ist viel aufregender als Porträts des Papstes zu malen, und genau das werden wir die nächsten zwei Wochen tun müssen, um unser Brot zu verdienen.« Er dachte an die nackten, kalten Räume, die er sich mit Rosso teilte, die quälende Armut. Wenn es ihm gelang, die zwei Florin zurückzubekommen, könnte er den größten Teil des Materials bezahlen, das er für sein Bild brauchte. Und wenn das gemalt war, würde er keine Geldsorgen mehr haben. Er schalt sich selbst, weil er so fest und töricht daran glaubte, denn Hoffnung ist töricht in einer Welt, in der Härte regiert, und doch konnte er nicht von dieser Hoffnung lassen.

»Ich vergesse immer wieder, wie jung du bist.« Niccolò warf ihm einen Blick zu. »Hilf mir, ein wenig im

Zimmer auf und ab zu gehen, damit die Steifheit in meinem Bein vergeht. Wir werden noch viel laufen müssen, bevor die Sache zu Ende ist.«

Doch ehe Pasquale Niccolò noch auf die Füße helfen konnte, klopfte es. Signora Ambrogini platzte herein und sagte, da wäre eine Dame, die ihn sprechen wolle.

Niccolò richtete sich auf, plötzlich ganz lebhaft. »Eine Frau? Wie heißt sie?«

»Keine Frau, sondern eine Dame«, erklärte Signora Ambrogini bestimmt. »Sie wollte ihren Namen nicht nennen.«

»Schickt sie herauf, schickt sie herauf. Wenn sie mich sprechen will, kann ich kaum ablehnen.«

»Bei dem Zustand Eures Zimmers! Wirklich, Signor Machiavelli, hier könnt Ihr doch keine Dame empfangen. Das schickt sich nicht.«

»Wenn sie verzweifelt genug ist, mich sprechen zu wollen, wird ihr meine Umgebung kaum etwas ausmachen. Bitte, Signora Ambrogini, laßt sie nicht warten.«

»Ich habe«, sagte die Signora mit großer Würde, »an meinen Ruf zu denken.«

»Euer Ruf wird keinen Schaden nehmen, Signora. Nun bitte, meinen Gast, seid so gut.«

Sie war in der Tat eine Dame. Pasquale erkannte sie sofort, denn es war Lisa Giocondo, die Frau des Sekretärs der Zehn des Krieges. Er hätte einen anerkennenden Pfiff losgelassen, wenn ihm Niccolò nicht gerade noch rechtzeitig einen warnenden Blick zugeworfen hätte.

Niccolò führte seinen Gast zum besten Stuhl im Zimmer, nahm ihr den schweren Samtumhang ab und reichte ihn Pasquale. Im letzten durch das Fenster einfallenden Licht hoben sich ihre weißen Schultern und das mit Seidenbändern durchflochtene schwarze Haar gegen ihr dunkelblaues, mit flämischer Spitze besetztes Gewand aus feinster Seide ab. Ein von einem goldenen Reif gehaltener Netzschleier ließ die Konturen ihres Gesichts weicher erscheinen. Während Pasquale die Kerzen anzündete, riskierte er einen verstohlenen Blick auf dieses Gesicht: Signora Giocondo besaß nicht die Schönheit eines Engels – dafür war ihre Nase vielleicht ein wenig zu lang, und ihr eines Auge saß eine Idee höher als das andere; außerdem war sie eine reife Frau mit feinen Fältchen in den Augenwinkeln, Engel dagegen waren von jugendlicher Schönheit –, aber sie strahlte würdevolle Anmut aus, die ihr ovales, bleiches Gesicht von innen zu erleuchten schien. Ihr Parfüm, ein süßlicher Moschusduft, erfüllte den Raum.

Sie kam sofort zur Sache. Mit gefalteten Händen erklärte sie ohne Umschweife, sie wäre niemals hierher gekommen, hätte es da nicht einen gewissen unglücklichen Vorfall im Palazzo Taddei gegeben. Und sie könne auch nicht lange bleiben, da ihr Mann sie zum Hochamt an seiner Seite erwarten würde, das der Papst im Duomo abhalten sollte. Signor Machiavelli möge ihre Offenheit verzeihen, aber sie müsse sprechen, um den Namen ihres Gatten reinzuwaschen.

»Ich hoffe, auch Ihr werdet mir meine Offenheit vergeben«, erwiderte Niccolò, der das Ganze offensichtlich genoß, »aber während ich mir zu Eurem Gatten noch eine Meinung bilden muß, so ist doch eines gewiß: Es stände zweifellos in seiner Macht, einen Mord in Auftrag zu geben, sollte der ihm dienlich erscheinen.«

»Mein Gatte ist in der Tat ein sehr mächtiger Mann.«

»Was gerade mir kaum entfallen dürfte.«

»Ich weiß, daß wir niemals Freunde sein können, Signor Machiavelli«, sagte Lisa Giocondo mit Nachdruck, »denn mein Gatte hat das Amt inne, dessen Ihr Euch einst erfreutet, aber vielleicht können wir zumindest keine Feinde sein. Ich möchte Euch bei Euren Nachforschungen helfen und hoffe, Ihr tragt soviel christliche Nächstenliebe im Herzen, um meine mißliche Lage zu erkennen.«

»Darf ich Euch versichern, Signora, daß ich mich auf keinem Rachefeldzug befinde, sondern nach der Wahrheit suche. Nur die Wahrheit interessiert mich.«

»In diesem Punkt sind wir uns einig.«

»Dann darf ich Euch wohl ein paar Fragen stellen.«

Lisa Giocondo sah Pasquale an, der in diesem Moment mit erregender Klarheit erkannte, daß sie die Geliebte Raffaels war. Sie war hier, um Niccolò zu überzeugen, daß ihr Gatte den armen Romano weder aus Rache noch als Warnung getötet hatte.

Niccolò, der sich mit hungrigem Blick über die Bettkante lehnte, versicherte: »Er wird ebenso diskret sein wie ich, Signora.«

»Wenn Eure Fragen dazu beitragen, die Wahrheit ans Licht zu bringen, dann werde ich sie so aufrichtig beantworten, wie ich nur kann«, meinte Lisa Giocondo.

»Weiß Euer Gatte von Eurer Freundschaft mit Raffael?«

»Er billigt sie nicht, aber er ... nimmt sie hin. Er ist ein alter Mann, Signor, den die Staatsangelegenheiten vollständig in Anspruch nehmen, und ich bin seine dritte Frau. Unsere Ehe wurde nicht aus Liebe geschlossen, obwohl Ihr mir glauben müßt, daß es durchaus Liebe zwischen uns gibt und wir uns seit dem Tod unseres einzigen Kindes weiter voneinander entfernt haben, als ich mir wünschen würde.«

»Und seine Ehre, Signora? Bangt er um die?«

»Er würde um seine Stellung bangen, aber die ist gesichert. Ein Mann in seiner Position ist, wie Ihr wohl wißt, Signor Machiavelli, vielen Angriffen ausgesetzt, einschließlich den Gerüchten über mein ... Verhalten. Das verletzt ihn nicht.«

»Aber an diesen Gerüchten ist etwas Wahres, sonst wärt Ihr nicht hier.«

»Ich bin Euch ausgeliefert, Signor Machiavelli.«

Niccolò kniff den Nasenrücken mit Daumen und Zeigefinger zusammen, eine für ihn typische Geste, wenn er nachdachte. Einen Augenblick später sagte er: »Euer Gatte war maßgeblich daran beteiligt, die diplomatische Mission des Papstes in die Wege zu leiten. Er hat viele Kontakte in Rom.«

»Niemals würde er zulassen, daß seine persönlichen Angelegenheiten die der Republik beeinträchtigen.«

»Nicht direkt, natürlich. Aber hat Euer Gatte Raffael eingeladen?«

»Warum hätte er das tun sollen?«

»Vielleicht, um dafür zu sorgen, daß Raffael gedemütigt wird.«

»Ein interessanter Gedanke, Signor Machiavelli, aber ich glaube, der Papst selbst hat Raffael als einen Gesandten geschickt.«

»Der Papst, und nicht Giulio de' Medici?«

Zum ersten Mal wirkte Lisa Giocondo beunruhigt. »Raffael hat mir gesagt, daß es der Papst war. Ich glaube ihm, Signor Machiavelli.«

»Was Euer gutes Recht ist, Signora. Fürs erste habe ich Euch nun genug ausgefragt. Ich sehe, daß Ihr aus dem Fenster schaut und Euch Sorgen um die vergangene Zeit macht. Natürlich müßt Ihr den Pflichten Eurem Gatten gegenüber nachkommen. Ich möchte Euch nicht davon abhalten.«

Lisa Giocondo erhob sich. Sie war eine hochgewachsene Frau, so groß wie Pasquale. Sie ließ einen kleinen Beutel auf den Schreibtisch fallen und sagte: »Ihr werdet sicherlich Ausgaben haben während Euer Nachforschungen, Signor Machiavelli. Ich möchte Euch nicht unversorgt sehen.«

Niccolò stand mit Pasquales Hilfe auf, entschuldigte sich, daß er im Verlauf der Nachforschungen bereits verletzt worden sei, eine unbedeutende, aber trotzdem lästige Wunde. »Ich hätte nicht gedacht, daß ich der Republik noch einmal dienen würde, Signora. Darf ich fragen, falls meine Nachforschungen zu Eurem Gatten führen sollten ...?«

»Auch ich bin an der Wahrheit interessiert. Ihr werdet mich sicherlich auf dem laufenden halten.«

Als sie gegangen war, konnte Pasquale endlich seinen Pfiff loswerden. »Ich hatte keine Ahnung, wie tief Euer Haß sitzt, Niccolò«, meinte er dann.

»Francesco del Giocondo ist ein guter Seidenhändler«, knurrte Niccolò, »ein kompetenter Sekretär und ein schlechter Poet mit hohem Dünkel.«

»Ihr kopiert Michelangelos Meinung über Raffael.«

»Das sind Tatsachen, keine Meinung. Was hältst du von Signora Giocondo?«

»In dieser zarten Frauenseele wohnen Umsicht und ein mutiger Geist.«

»Allerdings. Und ein sehr entschiedener dazu.«

»Und ein großzügiger.« Pasquale schüttelte ein halbes Dutzend Florin aus dem kleinen Beutel, der stark nach Signora Giocondos Moschusduft roch.

»Wir haben uns auf eine Reise über tiefe und gefährliche Wasser begeben. Die da können unsere Überfahrt beschleunigen. Weißt du, wie unsere Dame die Geliebte Raffaels wurde?«

»Bis jetzt wußte ich noch nicht einmal, daß sie Raffaels Geliebte ist. Schließlich bin ich nur Maler.«

Niccolò lächelte. »Raffael hat ein Porträt von ihr gemalt, aber nicht im Auftrag ihres Gatten. Es war ihr damaliger Geliebter, Giulio de' Medici, der Raffael damit betraute, als unser florentinischer Sekretär und seine Gattin in diplomatischer Mission in Rom lebten.«

»Ihr meint also, Giulio de' Medici könnte Raffael nach Florenz geschickt haben, wo ihm Gefahr droht?«

»Zumindest hält Signora Giocondo das für möglich, und mehr noch, sie glaubt, daß ihr Mann vielleicht an der Ermordung Romanos beteiligt war, hofft aber auf das Gegenteil.«

»Was wir in Giustinianis Villa gesehen haben, deutet jedoch darauf hin, daß Romano sich in einem eigenen Komplott gefangen hat.«

»Oder hineingelockt wurde«, erwiderte Niccolò lebhaft, »obwohl das ein sehr komplizierter Weg wäre, um eine einfache Aufgabe auszuführen.«

»Ihr habt ihr nichts von Giustiniani gesagt.«

»Dafür hat sie nicht bezahlt. Soll sie sich ruhig Fragen stellen und Sorgen machen. Vielleicht erzählt sie uns dann mehr, obwohl ich das bezweifle. Sie hat einen eisenharten Kern. Nun gib mir das Geld, mein Junge. Wir werden es brauchen, bevor die Nacht zu Ende ist. Wir müssen Fragen stellen, und dies wird das Antworten erleichtern.«

3 Als Pasquale und Niccolò das Haus verließen, war es gerade Nacht geworden. Drei Sterne glitzerten in dem Stückchen schwarzblauen Himmel, das über dem Hof sichtbar war. Pasquale heftete die Skizze von Signora Ambrogini an ihre Tür und meinte, nun würde sie wissen, daß er Künstler sei. Niccolò bemerkte trocken, Pasquale solle nichts auf die öffentliche Meinung geben.

Die Dämmerung trieb gewöhnlich die meisten rechtschaffenen Bürger in ihre Häuser, aber in dieser Nacht war die Stadt in einem Karnevalsrausch, der mit der Ankunft des Papstes begonnen hatte. Die Florentiner liebten Umzüge und Festlichkeiten, und jeder Jahrestag, jedes staatliche Ereignis waren Anlaß für Feiern und Festtage. Die Straßen wurden ebenso von den Laternen und Fackeln erleuchtet, die Gruppen verkleideter Männer mit sich trugen, wie von gelegentlichen Gaslampen. Junge Männer brachten ihren Angebeteten unter erleuchteten Fenstern romantische Ständchen. Eine Gruppe kam auf Stelzen daher, die sie doppelt so groß machten. Musik, Gesang und Jubel erklangen von fern und nah, doch Niccolò führte Pasquale weg von dem Trubel, in ein Gewirr enger Durchgänge und Höfe hinter den eindrucksvollen Fassaden der Gebäude an den Hauptstraßen. Immer schon hatte sich das Privatleben der Florentiner nach innen gewandt. Fern vom Blick der Öffentlichkeit waren Vendettas und dunkle Machenschaften ausgebrütet worden, hinter hohen Mauern und schmalen, verbarrikadierten Fenstern.

Gestützt auf einen oben und unten mit Eisen beschlagenen Eschenstock, humpelte Niccolò immer noch stark, und es war ein mühsames Vorankommen über schlüpfriges Kopfsteinpflaster oder festgetretene Erde, erleuchtet nur von gelegentlichen Lichtstrahlen, die zwischen den Läden hoher Fenster hervorquollen. Pasquale war nervös und hatte die Hand am Dolch. Dies war genau die Gegend, in der nach der Vorstellung der Leute Halsabschneider und Diebe lauerten – obwohl es für Räuber aus eben diesem Grund hier kaum etwas zu holen gab und sie gewiß anderswo arbeiteten.

Nach einiger Zeit fragte Pasquale: »Wen suchen wir eigentlich?«

»Einen gewissen Arzt von üblem Ruf. Einen Mann, der als Dr. Pretorius bekannt ist. Das ist natürlich nicht sein richtiger Name, und soviel ich weiß, hat er auch keine medizinischen Examina abgelegt, obwohl er von mindestens einem Dutzend Universitäten in fünf verschiedenen Ländern verwiesen wurde. Aber kein Mann seines Schlages benutzt seinen richtigen Namen: Die Dämonen sollen ihn nicht erfahren. Man wollte ihn in Venedig ins Gefängnis werfen, weil er mit Leichen gehandelt hatte, aber da er über einigen Einfluß verfügte, wurde er keinem Verhör unterworfen, sondern verbüßte seine Strafe auf den Galeeren. Es ging das Gerücht, er hätte versucht, aus Leichenteilen eine Frau zusammenzubauen, eine neue Venus oder Meeresbraut, die er zum Leben erwecken wollte mit Hilfe einer geheimen Flüssigkeit anstelle von Blut.«

»Also noch so ein Anhänger der schwarzen Magie? Venedig scheint eine wahre Brutstätte dafür zu sein.«

»Ich bin mir zwar nicht sicher, wo Pretorius geboren wurde, aber Venedig war es ganz bestimmt nicht. Und was die schwarze Magie betrifft, *er* nennt es nicht so. Er nennt sich Arzt, und es stimmt, daß er viel Gutes bewirkt hat in den Elendsvierteln der *ciompi*, wo er eine Praxis führt und mit dem zufrieden ist, was die Leute für seine Behandlung bezahlen können. Seine Patienten lieben ihn. Vor einigen Jahren gab es Gerüchte, er habe etwas mit dem Verschwinden von Kindern zu tun, aber zu seiner Ehre muß man sagen, daß die *ciompi* nicht daran glaubten.«

»Und Ihr meint, er sei ein Spießgeselle dieses anderen Magiers, dieses Giustiniani.«

»Wer weiß? Beide sind aus dem gleichen Grund aus der Lagunenstadt geflohen. Mag sein, daß Pretorius ein wenig Licht auf die Vorhaben und Pläne Paolo Giustinianis werfen kann; sie bewegen sich zwar nicht in den gleichen, aber doch in sich überschneidenden Kreisen. Außerdem sammelt Dr. Pretorius Fakten. Er hortet sie, bis er den richtigen Käufer findet. Inzwischen müssen *wir* die Fakten, die wir gesammelt haben, sorgsam prüfen, Pasquale, und die Schlüsse, die wir daraus ziehen.«

»So unerbittlich wie Mechaniker?«

»Gut gesagt.« Niccolò lächelte. »Hier entlang.«

Die Taverne, die sie suchten, befand sich in einem düsteren Hof, der an drei Seiten von hohen Häusern umgeben und an der vierten von einem stinkenden, in der Dunkelheit heiser gurgelnden Wasserlauf begrenzt war. Die steile Brücke über das widerwärtige Gewässer mußte Pasquale Niccolò halb ziehen, halb ihn tragen.

Als sie die andere Seite der Brücke erreichten, zerplatzten Feuerwerkskörper am Himmel, und der Hof hallte vom feierlichen Glockengeläut der Kathedrale wider. Die Messe zu Ehren des Papstes war zu Ende, und er begab sich nun zu dem großen Festbankett im Palazzo della Signoria. Im aufflammenden Licht der Leuchtkugeln warf Pasquale einen kurzen Blick über den Hof und erkannte ein Bündel Zweige über einem mit Sackleinen zugehängten Eingang, hinter dem schemenhaft vereinzelte Tische und über Becher oder Krüge gebeugte Figuren zu sehen waren. Kleine Lampen, Dochte, die in Schalen mit Öl schwammen, verbreiteten ein schwaches rötliches Licht. Jemand spielte Dudelsack, und das sehr schlecht.

Pasquale dachte an die Spelunke, in der er mit Niccolò Wein getrunken hatte, nachdem sie vom Schauplatz des ersten Mordes gekommen waren. »Ihr kennt eine Menge merkwürdiger Plätze.«

»Nicht alle Geschäfte werden an höheren Orten abgewickelt, Pasquale, und außerdem verbreiten sich Neuigkeiten immer von oben nach unten, ebenso wie sich Wasser stets die tiefste Stelle sucht.«

»Dann muß dieser Dr. Pretorius tief gefallen sein.«

»Er ist anderer Meinung«, sagte Niccolò. »Hör gut zu, Pasquale. Pretorius ist scharfzüngig und giftig wie eine Natter. Nimm dich in acht. Besonders mit dem, was du zu ihm sagst. Er wird jede unvorsichtige Bemerkung nutzen, um in deine Seele einzudringen.«

»Das klingt ja, als wäre er der Teufel.«

»Stimmt«, bestätigte Niccolò und schob das Sackleinen beiseite.

Dr. Pretorius saß an einem Ecktisch und spielte Tarock. Er war ein großer, weißhaariger Mann, fast mager, elegant in ein rostfarbenes Wams mit Puffärmeln und ein weißes, mit flämischer Spitze besetztes Hemd gekleidet, und schien das dreckige Stroh auf dem Boden und die hin und her huschenden Mäuse kaum wahrzunehmen. Mit einer Art sprödem Charme stand er auf, verbeugte sich vor Niccolò und Pasquale und rief dem Wirt zu, er möge seinen besten Wein bringen. Sein Diener, ein ungeschlachter Wilder mit eckigem, zernarbtem Gesicht und einem dichten Schopf krauser schwarzer Haare, saß neben ihm, ein Messer so lang wie das Schwert eines gewöhnlichen Mannes quer über den Schenkeln.

Der Wein war schlechter als alles, was Pasquale je

getrunken hatte, aber Niccolò trank ihn ohne Widerworte, und Dr. Pretorius schien ihn sogar zu genießen. »Ich habe Euch lange nicht gesehen, Niccolò. Ich hatte gehofft, es würde noch länger sein«, begann der Arzt.

»Ihr habt Euch ruhig verhalten, und wenn nicht ruhig, dann doch wenigstens vorsichtig.«

»Ich habe gearbeitet«, erklärte Dr. Pretorius. Im flackernden Licht der Binsenlampen wirkten seine Augen schwarz, wie tiefe Höhlen unter den buschigen Brauen. »Und mit großem Erfolg, muß ich hinzufügen.«

»Ich bin nicht gekommen, um über Eure Arbeit zu reden, oder alles andere, was Ihr getan haben mögt. Ich würde lieber nichts darüber hören.«

»Oh, keine Bange! Es ist, könnte man sagen, die Antithese zu meiner früheren Forschung. Statt den Tod rückgängig zu machen, gedenke ich, das Leben umzuwälzen, den immerwährenden Kreislauf des Lebens kurzzuschließen. Ich habe Homunculi gemacht, klein wie Mäuse, und ihnen einen Lebensfunken eingehaucht. Ach, wie meine Kinder tanzen und singen!« Schweigen machte sich breit. Die Art, wie er das Wort *Kinder* aussprach, ließ Pasquales Blut erstarren. Dr. Pretorius fügte hinzu: »Nun, Ihr werdet bald genug von all dem hören. Alle Welt wird es erfahren.«

»Ich bin wegen der Sache in Paolo Giustinianis Villa hier«, sagte Niccolò.

Dr. Pretorius begann, seine Tarock-Karten einzusammeln. Er hatte lange weiße Finger mit kurzgeschnittenen gelben Fingernägeln. Mit einer Zunge so spitz wie die einer Eidechse leckte er sich die blutleeren Lippen. »Ah, Ihr seid also darin verwickelt. Ich hörte davon.«

»Von Giustinianis Männern?«

»Schon möglich«, meinte Dr. Pretorius obenhin, klopfte die Karten zurecht und schlug sie in ein schwarzes Seidentuch ein.

»Das glaube ich nicht. Wenn Giustiniani wüßte, daß ich darin verwickelt bin, wäre er direkt zu mir gekommen.«

Dr. Pretorius zuckte die Schultern. »Je nun, vielleicht habe ich es auch anderswo gehört. In Zeiten wie diesen wird viel geredet. Ihr wißt, daß meine Quellen ebenso vielfältig sind wie die Quellen des Nils.«

»Ihr habt den Papst nicht willkommen geheißen.«

»Ich habe keinen Grund zum Feiern. Schließlich ist er nur der Papst, wißt Ihr. Nicht der, auf den wir gehofft hatten.« Zum ersten Mal blickte Dr. Pretorius Pasquale in die Augen. »Ihr habt einen Künstler mitgebracht, wie ich sehe.«

Pasquale fühlte einen seltsamen Drang, etwas zu sagen. Flackernde Lichter schienen tief in Dr. Pretorius' dunklen Augen zu tanzen. »Auf wen hattet Ihr denn gehofft?«

»Wir leben in einer Zeit vor dem Ende der Zeit«, erwiderte Dr. Pretorius. »Das große Jahr ist gekommen und vergangen, und bald wird sich der schwarze Papst, der Antipapst erheben. Dann wird das tausendjährige Reich beginnen, aber es wird nicht so sein, wie sich das die meisten Toren vorstellen, junger Mann. Sagt mir, habt Ihr den Einzug des Papstes in diese verdorbene Stadt gesehen? Habt Ihr gesehen, wie er den Platz im Schatten dieses lächerlich hohen Turms des sogenannten Großen Ingenieurs betrat?«

»Ich war ... anderweitig beschäftigt.«

»Dann habe ich vielleicht etwas, das Euch interessieren könnte. Ich frage mich, was es Euch wert sein mag.«

»Denk daran, daß wir in ernsten Geschäften hier sind, Pasquale«, sagte Niccolò scharf.

Dr. Pretorius lächelte, grausam wie ein Messer. »Ah, natürlich stattet Ihr mir keinen Freundschaftsbesuch ab. Das tut Ihr nie. Daher habt Ihr mir Euren Lustknaben wohl auch nicht vorgestellt. Vom Land, seinem Akzent nach zu urteilen, obgleich er versucht, das zu verbergen. Fiesole würde ich sagen, eine für ihre kuriosen ländlichen Sitten wohlbekannte Stadt – dort zieht man Ziegen den Frauen vor, habe ich gehört.«

»Bleib sitzen!« Niccolò drückte Pasquales Schulter nieder, als der aufspringen wollte.

Widerstrebend gehorchte Pasquale. Er konnte seinen Zorn förmlich schmecken. Der Wilde grinste ihn breit an; seine Vorderzähne fehlten, und die Eckzähne waren spitz zugefeilt und mit Gold überzogen. Pasquale erwiderte den Blick des Mannes, mußte aber seine Hände zwischen die Schenkel pressen, um das Zittern zu unterdrücken.

»Er ist hier, um mir zu helfen, falls das nötig sein sollte«, bemerkte Niccolò.

»Die Zeiten müssen schlecht für Euch sein«, gab Dr. Pretorius mit strahlendem Lächeln zurück, immer noch zu Pasquale gewandt. »Und natürlich werden sie für alle Künstler bald noch schlechter werden, wenn sich die neue Erfindung des Großen Ingenieurs als so populär erweist, wie sie es verdient. Ihr habt mein Mitgefühl.«

»Ich brauche Euren Rat«, warf Niccolò ein. »Zumindest dafür sind die Zeiten schlecht genug.«

»Ah ja. Ich hatte mich schon gefragt, wann diese Schuld eingeklagt werden würde. Was sollen wir sagen ... drei Fragen? Ihr müßt allerdings dafür bezahlen. So groß ist meine Schuld bei Euch nicht.«

Niccolò trank seinen Wein aus, und Dr. Pretorius goß ihm rasch nach. Auch diesen Becher leerte Niccolò in einem Zug, dann sagte er: »Ihr habt schon immer gerne Spielchen gespielt. Das sollte als Bezahlung reichen.« Er legte den kleinen Beutel mit den Florin auf den Tisch.

Dr. Pretorius atmete tief durch die Nase ein. »Von einer Frau – einer reichen dazu. Nun gut. Es gibt Regeln, derer Ihr Euch nicht einmal bewußt seid, mein Freund. Vielleicht kommt Euch das, was ich tue, wie ein Spiel vor. Das ist es aber nicht. Stellt Eure Fragen. Ich höre.«

»Welches Interesse hat Paolo Giustiniani an dem Maler Raffael?«

»Ihr seid also tatsächlich in diese schmutzige kleine Geschichte verwickelt. Faszinierend.«

»Ich habe eine Frage gestellt.«

»Oh, momentan hat er kein Interesse.«

»Keine sehr erschöpfende Antwort, wenn ich so sagen darf.«

»Es ist die Wahrheit. Seid Ihr damit nicht zufrieden?«

»Das mag von der Antwort auf die nächste Frage abhängen.«

»Nur weiter, mein Freund.« Wieder lächelte Dr. Pretorius sein messerscharfes Lächeln.

»Mit welchem großen Werk ist Giustiniani beschäftigt?«

»Ich kann Euch nur das wenige sagen, was ich weiß; auch diese Antwort wird also nicht erschöpfend ausfallen.«

»Ihr seid ein Mann von Ehre.«

»Ich nehme das wesentlich ernster als Ihr, weil ich die Folgen des Irrtums kenne, lieber Niccolò.«

»Dann erzählt mir alles, was Ihr wißt. Eine so ausführliche Antwort wie möglich.«

»Ich glaube, er ist entweder damit beschäftigt, einen großen Fürsten und dessen Armee niederer Dämone in seine Dienste zu nehmen oder einen jener zu beschwören, die dem himmlischen Thron dienen.«

»Das sind nicht gerade kleine Vorhaben«, erwiderte Niccolò. Pasquale sah, daß er schwitzte. Unter seinem spitzen Haaransatz hatte sich ein feiner Schweißfilm gebildet.

»Kommt darauf an, wie man vorgeht«, meinte Pretorius obenhin. »Giustiniani bedient sich der schlimmsten Art von Nekromantie, eine Art, die selbst niederste Hexenmeister schon vor langer Zeit aufgegeben haben. Ich kann mir kaum vorstellen, daß er Erfolg haben wird. Er ist ein Amateur. Er benutzt sogar seinen richtigen Namen. Höchstwahrscheinlich wird er es schaffen, sich selbst der Hölle zu überliefern. Das tun solche wie er immer.«

»Und Ihr hofft, dem zu entgehen?«

»Selbstverständlich.« Pretorius' Lächeln war plötzlich strahlend und freigebig – und in dem Augenblick erkannte Pasquale, daß der Mann verrückt war. Kälte erfüllte die Luft, als hätte sich eine Tür zu arktischen Regionen aufgetan, durch die es eiskalt hereinblies.

»Für diejenigen, die Bescheid wissen, gibt es immer Möglichkeiten, der Aufmerksamkeit der Hölle zu entgehen«, fuhr Dr. Pretorius fort. »Ich weiß natürlich, mein Freund, daß Ihr die Hölle für gar keinen so schlechten Ort haltet. Ich habe Euer Stück zu diesem Thema gelesen, in dem ein Teufel erkennt, daß die Ehe in Wirklichkeit die Hölle auf Erden ist, und die Hölle selbst eine Ecke des Himmels, nicht von dem Gefallenen regiert, sondern vom reichen Pluto. Der natürlich reich ist, weil der Tod am Ende alles einfordert, und der nicht über das ewige Fegefeuer regiert, sondern über einen Garten, wo die Helden und Philosophen überdauern, denen wegen ihrer Taten oder ihres Geistes der Himmel verschlossen bleibt. Ein Ort, nach dem Ihr, törichter Niccolò, Euch wohl sehnt. Vielleicht solltet Ihr Eure eigene Seele erforschen, mein Freund. Entgleisungen wie diese bieten den Klauen der Dämonen guten Halt.«

Pasquale war wie hypnotisiert von der einschmeichelnden Stimme des Doktors. Der Lärm der anderen Gäste in der niedrigen Taverne war schwächer geworden, als hätte Dr. Pretorius eine Welt in der Welt geschaffen, wo jeder mit jedem eng verbunden war. Dann lachte Niccolò, und der Bann war gebrochen.

»Ihr interpretiert zuviel in meine Phantastereien hinein«, sagte er. »Obgleich ich mich geschmeichelt fühle, dürft Ihr mein Interesse an der Hölle nicht mißverstehen. Wer den Weg zum Paradies sucht, muß zunächst den Weg zur Hölle kennen, um ihn zu vermeiden. Ohne Versuchung kann es keinen Sündenfall geben, und keine Erlösung.«

»Wir beide streben nach Macht. Darum sind wir uns so ähnlich, Ihr und ich«, gab Dr. Pretorius liebenswürdig zurück.

»Ganz im Gegenteil«, widersprach Niccolò. »Es stimmt, daß wir beide nach Macht streben, aber auf verschiedenen Wegen und mit unterschiedlichem Ziel. Ihr wollt nur Euch selbst dienen, keinem anderen, und vermeidet so, zur Hölle zu fahren, denn neben Euch würden selbst die Verdammten rein aussehen.«

»Erspart mir Eure Analyse. Ihr habt zwei Fragen gestellt. Stellt nun die dritte, damit wir es hinter uns haben.«

»Nein. Nein, ich glaube nicht, daß ich das tun werde. Für heute habe ich genug erfahren.« Niccolò erhob sich, und einen Moment lang schaute Dr. Pretorius erstaunt zu ihm hoch. »Komm, Pasquale«, sagte Niccolò. »Wir haben heute nacht noch viel zu tun.«

»Nein! Wartet! Ihr habt noch eine Frage offen«, rief Dr. Pretorius.

»Vielleicht ein andermal.«

Dr. Pretorius wischte mit einer einzigen Handbewegung alle Becher vom Tisch und sprang auf. Hinter ihm erhob sich der Wilde zu voller Größe, sein Haarschopf berührte die Decke. »Nein!« brüllte der Doktor. »Ihr werdet keine Gewalt mehr über mich haben, das schwöre ich! Es ist vorbei!«

»Ich habe im Augenblick keine Fragen mehr«, sagte Niccolò milde und griff nach seinem Stock. »Komm, Pasquale.«

Erst als sie die Brücke überquert hatten, wagte Pasquale zurückzuschauen. Niemand schien ihnen zu folgen.

»Keine Bange«, beruhigte ihn Niccolò. »Auf seine Art ist Dr. Pretorius ein Mann, der sein Wort hält, und solange er mir für meinen Gefallen noch eine Antwort schuldig ist, wird er uns nichts tun.«

»Welchen Gefallen habt Ihr einem Mann wie ihm jemals tun können?«

»Ich habe einmal bewiesen, daß er etwas, dessen er beschuldigt wurde, nicht getan haben konnte. Ich hielt das für einen Dienst an der Gerechtigkeit, denn wenn der falsche Mann gehängt worden wäre, hätte der wahre Verbrecher sein grausiges Werk fortführen können. Das waren schreckliche Zeiten, und ich mußte ohne Sehergabe handeln. Wenn ich gewußt hätte, daß der wahre Mörder sich trotzdem der Justiz entziehen würde, hätte ich Pretorius möglicherweise nicht geholfen. Er hat vieles getan, wofür er den Tod verdient. Aber im nachhinein ist es leicht, die eigene Handlungsweise zu verurteilen, im Eifer des Gefechts sieht das anders aus. Du schaust immer noch besorgt, Pasquale.«

»Ich würde gern wissen, auf welche neue Erfindung der Mechaniker er anspielte, die angeblich alle Künstler in Armut stürzen wird.«

»Du darfst nicht vergessen, daß Dr. Pretorius versucht, über jeden Macht zu gewinnen, der ihm begegnet, Pasquale. Es war wahrscheinlich nichts weiter als ein Trick, mit dem er deine Aufmerksamkeit gewinnen wollte. Denk nicht mehr daran.«

Niccolò schien beunruhigt und erschöpft, und sie gingen schweigend über dunkle Plätze und durch enge Gassen, nur Niccolòs eisenbeschlagener Stock klapperte leise. Schließlich fragte Pasquale, was er denn nun erfahren habe.

»Daß die Angelegenheit doch nicht so groß ist, wie es zunächst schien. Wenn Raffael nicht darin verwickelt ist, dann haben aller Wahrscheinlichkeit nach Giulio Romano und Giovanni Francesco nicht in seinem Auftrag gehandelt oder um ihn zu schützen, sondern auf eigene Faust. Das kleine Fluggerät und das Bild, das du aus dem Kamin gerettet hast, haben zweifellos etwas mit der Sache zu tun, aber ich glaube nicht, daß sie der eigentliche Grund waren.«

Pasquale fiel plötzlich ein, daß er beides, das Bild und das Fluggerät, auf Niccolòs Schreibtisch hatte liegenlassen, doch er hielt es für besser, das nicht zu erwähnen. »Ist Giustiniani wirklich ein Magier? Dr. Pretorius scheint zu glauben, daß er selbst der einzige ist.«

»Es stimmt, daß sich solche Männer der Illusion hingeben, nur sie allein hätten magische Kräfte, aber eben darum geht es ja. Dr. Pretorius ist genau der Richtige, um jeden Schwindel zu durchschauen; keiner ist da besser als er, denn er hält sich für einen wahren Magus – den einzigen wahren Magus. Am Ende täuschen Männer wie er niemanden außer sich selbst.«

»Auch die Mechaniker denken, sie wüßten alles.«

»Nein, Pasquale. Sie glauben, über die Mittel zu verfügen, alle verborgenen Geheimnisse des Universums lösen zu können, aber sie teilen das Wissen mit allen, weil es durch ein allen zugängliches System entdeckt wird. Männer vom Schlage eines Dr. Pretorius horten ihr Wissen, und jeder glaubt, nur er verstünde die Zauberformel zur Erlangung der Macht. Das ist der Unterschied.«

Pasquale konnte seine Enttäuschung nicht unterdrücken. Signora Giocondos Florin so schnell verloren. Seine besten Kleider ruiniert. Er meinte: »Dann ist das vielleicht alles keine große Sache.«

»Wir fangen nur weiter unten an, statt an höherem Ort. Aber wir können immer noch hoch hinauf steigen. Mach dir keine Sorgen, Pasquale. Du kommst schon zu deinem Geld.«

Also durchschaute Niccolò auch Pasquale. Er schien jeden zu durchschauen, sogar (anders als Dr. Pretorius) sich selbst.

Sie erreichten die große Durchgangsstraße, und als sie das Licht der ersten Gaslampe erreicht hatten, nahm Pasquale endlich die Hand vom Dolch. Sekunden später, zwischen der ersten und zweiten Laterne, wurden sie angegriffen.

4 Vier Männer rannten aus einem Durchgang auf der anderen Seite der Straße direkt auf Pasquale und Niccolò zu, bevor den beiden klar wurde, daß es sich nicht um Nachtschwärmer handelte. Pasquale wurde sofort von Niccolò getrennt. Sein heftig atmender und nach schalem Bier stinkender Angreifer hatte ihn im Würgegriff. Pasquale machte einen Schritt rückwärts, brachte ihn aus dem Gleichgewicht und rammte ihn gegen eine Mauer. Nach Luft schnappend, lockerte der Mann kurz seinen Griff, Pasquale trat ihm gegen das Schienbein und riß sich los.

Dann war es Dolch gegen Dolch. Der Mann, ein bulliger Haudegen, grinste, als Pasquale seinen Dolch zog. Er ließ den seinen mit der Gewandtheit des Straßenkämpfers blitzschnell von einer Hand in die andere wandern und verhöhnte Pasquale mit trunkener Stimme, stichelte, er solle doch kommen, nur zu, solle kommen und sich ein für allemal fertigmachen lassen. Sie umkreisten einander vorsichtig, bis der Mann plötzlich vorsprang. Pasquale wich einem gewaltigen Hieb aus, der ihm sonst die Eingeweide aufgeschlitzt hätte, und erwischte seinerseits den Schwertarm des Mannes. Dieser quiekte wie ein gestochenes Schwein und ließ die Waffe fallen. Pasquale trat sie mit dem Fuß weg. Der betrunkene Narr stürmte grinsend auf ihn zu, und Pasquale stieß ihm den Dolch in die Eingeweide bis ans Heft. Der Mann sackte keuchend zusammen, umklammerte mit einer Hand Pasquales Schulter, während er mit der anderen nach der Wunde tastete. Der Dolch entwand sich Pasquales Griff, und der Mann fiel auf die Knie, fluchte und schrie, Pasquale habe ihn umgebracht.

Niccolò hatte bereits einen der Schurken mit einem Stockhieb kampfunfähig gemacht; der Mann lag zusammengekrümmt auf der Erde, stöhnte und hielt sich sein zerschmettertes Knie. Nun warf Niccolò seinen Stock nach dem zweiten und gewann so genügend Zeit, seine Pistole zu ziehen, doch der dritte kam von hinten und verdrehte ihm den Arm. Der zweite griff sich die Waffe und richtete sie auf Pasquale.

Einen Augenblick lang schien alles verloren, doch dann ertönte ein zorniges Brummen aus der Dunkelheit, jemand schoß auf sie zu und fegte Pasquale beiseite. Es war der riesige Wilde, der Diener von Dr. Pretorius. Er rannte den Schurken, der Niccolòs Waffe hielt, über den Haufen, packte ihn an Kragen und Bein, schwang ihn hoch in die Luft und warf ihn auf seinen Gefährten.

Alle schienen kurz zu erstarren, wie die Darsteller lebender Bilder. Dann rappelten sich die beiden gestürzten Männer auf und rannten schreiend die Straße hinab. Der Mann mit dem zerschmetterten Knie schaute leichenblaß zu Dr. Pretorius' Diener hoch, rappelte sich ebenfalls auf und humpelte stöhnend vor Schmerz hinter seinen Gefährten her.

»Seid bedankt«, sagte Niccolò. Er war völlig außer Atem, genau wie Pasquale, dem das Herz gegen die Rippen hämmerte.

Der Wilde fixierte Niccolò mit starrem Blick. »Mein Herr sagt, daß nun die Schuld beglichen ist.« Dann verschwand er blitzschnell wieder in der Dunkelheit, bewegte sich unglaublich leichtfüßig für einen so großen Mann.

»Er zeigte überhaupt keine Furcht.« Pasquale war voller Bewunderung.

»Er glaubt, er sei tot«, erklärte Niccolò. »Dr. Pretorius hat mir einmal erzählt, daß die Magi von der gottverlassenen Insel dieses Wilden, die einen Mann zu ihrem Sklaven machen wollen, aus der Leber eines bestimmten Fisches einen Trank brauen, der den Mann in eine so tiefe Bewußtlosigkeit fallen läßt, daß er von seiner Familie für tot gehalten und begraben wird. Der Magus gräbt dann die angebliche Leiche wieder aus, belebt sie und gewinnt so einen gehorsamen, furchtlosen Diener. Etwas von dem Mittel, in einen Beutel eingenäht, trägt der Diener um den Hals und zeigt damit, daß er das Eigentum des Magus ist. Genau so einer ist Pretorius' Diener, aber wie der Doktor an ihn gekommen ist, hat er nicht erzählt.«

Der von Pasquales Dolch verwundete Schurke fing zu wimmern an. Er lag zusammengerollt am Boden, beide Hände gegen den Bauch gepreßt. Niccolò packte den Mann an den Haaren, zerrte ihm den Kopf hoch und wollte wissen, wer ihn bezahlt hätte, aber der Mann jammerte nur, er sei tot.

»Was sollen wir mit diesem Schwachkopf machen?« fragte Pasquale. Er hatte schon früher mal jemanden verletzt, aber das war nur ein unbedeutender Kratzer in einem plötzlichen betrunkenen Gerangel über irgend etwas gewesen, das er und sein Gegner in dem Moment, wo Blut floß, bereits vergessen hatten. Nun wußte er, daß er, wenn nötig, einen tödlichen Kampf führen konnte. Er hatte es in sich. Das war gleichzeitig erregend und beunruhigend. Es brachte sein Blut in Wallung.

»Wir übergeben ihn der Miliz«, entschied Niccolò.

»Wir sollten ihn hier sterben lassen.«

»Das wäre nicht gerade christliche Nächstenliebe. Außerdem«, lächelte Niccolò, »will er dann vielleicht reden. Und uns erzählen, wer ihn geschickt hat . . .«

Pasquale bückte sich, packte den Schurken beim Ohr und schüttelte dessen Kopf hin und her. Der Mann stöhnte.

»Wer hat dich geschickt? War es Giustiniani?«

Der Bursche nuschelte: »Du hast mich umgebracht, du verdammtes Schwein.«

Pasquale wiederholte die Frage, aber der Mann stöhnte und wimmerte nur. »Er wird schon reden, und wenn nicht jetzt, dann später«, meinte Niccolò. Dann hob er den Kopf und zischte: »Still! Da kommt jemand.«

Sie kamen aus der Richtung, in die die anderen Angreifer geflohen waren, ein halbes Dutzend Männer in Karnevalskostümen, als Greifen und Drachen und Einhörner verkleidet. Angeführt wurden sie von einem Riesen – nein, es war ein Mann auf Stelzen, der mit großer Geschicklichkeit vorwärtsstapfte. Sein Gesicht war vollständig von einer weißen Maske mit dreieckigen, schwarz umrandeten Sehschlitzen bedeckt. Er deutete auf Pasquale und Niccolò und ließ eine Schleuder über dem Kopf wirbeln. Seine Truppe stürmte mit einem Schrei vorwärts. Pasquale und Niccolò gaben Fersengeld, als die erste Ladung der Schleuder an ihnen vorbeipfiff.

Es war eine Glaskugel, die auf dem Pflaster zerbarst und dabei eine Flüssigkeit versprühte. Dicker gelber Qualm stieg auf. Pasquale und Niccolò kämpften sich hustend durch den widerlichen Geruch nach verbrannten Geranien. Ihre Verfolger jagten mit lautem Geschrei hinterher. Einer blies eine kleine Spielzeugtrompete. Schwer auf seinen Stock gestützt, kam Niccolò nur mühsam voran, und Pasquale zerrte ihn gewaltsam weiter.

Dann erreichten sie die Piazza del Duomo und waren plötzlich von einer Menschenmenge umgeben – Gläubige, die an dem vom Papst gehaltenen Hochamt teilgenommen hatten, Anhänger der Medici und Nachtschwärmer, die sich den fröhlich feiernden Menschen angeschlossen hatten. Pasquale zog Niccolò durch das laute Getümmel, schaute zurück und sah den Stelzenmann über den Köpfen der wogenden Menge, sein weißmaskiertes Gesicht hierhin und dorthin wendend. Für den Augenblick waren sie in Sicherheit, aber Pasquale fühlte sich auf einmal mehr in Gefahr als während der wilden Verfolgungsjagd und erwartete jeden Moment, einen maskierten Meuchelmörder aus der festlichen Menge auf sich zustürzen zu sehen.

Über der Menge erhob sich die Kathedrale, deren große vergoldete Kuppel im Schein der auf sie gerichteten Lampen strahlte. Die weißen Marmorwände waren mit Tüchern verhängt, auf denen, dank der Fertigkeit der Mechaniker, transparente Schattenbilder zitterten und waberten. Auch der weiße Campanile war beleuchtet, und seine Apostolica-Glocke schlug feierlich die zehnte Stunde.

Pasquale stützte Niccolò, und sie bahnten sich mühsam einen Weg durch die lärmende Menge. »Was sind das für Kerle?« fragte Pasquale und stellte fest, daß er fast so außer Atem war wie Niccolò.

»Giustinianis Männer, nehme ich an. Wenn schon Dr. Pretorius von unserem Besuch im Garten weiß, dann Giustiniani erst recht. Dieser Teufel ist hinter uns her, weil wir etwas wissen oder weil er meint, wir wüßten etwas.«

»Wir haben das Bild.«

»Das er für zerstört hält. Eher, weil er weiß, daß wir die Ermordung Giovanni Francescos gesehen haben.«

»Oder er hält uns für dessen Komplizen.«

»Sehr gut, Pasquale!«

»Auf jeden Fall wissen sie jetzt, wer wir sind, ich habe meinen Dolch zurückgelassen, auf dessen Klinge mein Name eingeritzt ist. Wenigstens scheinen wir den Stelzenmann abgeschüttelt zu haben.«

»Wir haben noch einen weiten Weg vor uns in dieser Nacht«, gab Niccolò zurück. »Zum Henker mit all diesen Menschen! Sie sollten längst zu Bett sein.«

»Das ist nicht nett gegenüber denjenigen, die uns unwissentlich verborgen haben. Mir wäre lieber, alle Bürger von Florenz blieben so lange auf den Beinen, bis wir in Sicherheit sind, und wenn es die ganze Nacht dauert.«

»Wir werden mehr als eine Nacht brauchen«, brummte Niccolò grimmig.

»Dann bleibe ich bei Euch. Jetzt bin ich sowieso gebrandmarkt. Aber ich wüßte auch gern, wohin wir gehen.«

»Egal, weshalb, ich bin froh über deine Hilfe, Pasquale. Der Teufel soll diese Menge holen! Wohin wir gehen, will ich dir gern sagen: zum Palazzo della Signoria, weil Raffael heute abend dort mit dem Papst und den nobelsten Bürgern von Florenz speisen wird. Wir müssen ihn wegen des Geschehenen warnen.«

Die Piazza della Signoria war kaum weniger überfüllt. Die Menschen hatten die Tribüne vor dem Palazzo übernommen, auf der der Papst empfangen worden war, und sie zechten wie maurische Piraten, die das Kapern eines fetten Handelsschiffes feierten. Grüppchen von Studenten streiften umher und grölten Lieder aus ihren Heimatländern. Am kosmischen Ei des Großen Ingenieurs waren Deutsche und Franzosen aneinandergeraten. Letztere wollten offenbar die Maschine zerstören, die an die von Kanonikus Koppernigk entdeckte große Wahrheit erinnerte, während die Deutschen die Ehre ihres Nationalhelden verteidigten. »Und sie bewegt sich doch!« verhöhnten sie die Franzosen. Dahinter umtanzte eine Gruppe Michelangelos große David-Statue. Das vergoldete Haar des Helden reflektierte den flackernden Schein ihrer schwankenden Fackeln. Auch die Mechaniker feierten. Große Lichtfiguren kreisten auf der Wand, die Pasquale und Rosso so sorgfältig vorbereitet hatten – war das erst gestern gewesen? Der Mechaniker Benozzo Berni bediente seine Lichtkanone und winkte Pasquale fröhlich zu. Die großen Gaslampen seines Geräts zischten und sprotzten, ihr Licht war durch Schlitze auf die sich drehenden, farbigen Hornscheiben gerichtet, und dicke Linsen aus blasigem Glas übertrugen die sich ständig ändernden Muster stark vergrößert auf die bemalte Wand. Das sich an den Linsenrändern brechende Licht warf Bernis Schatten weit über das Straßenpflaster, als der Mechaniker auf Pasquale und Niccolò zukam. Er hatte den Überrock mit den vielen Taschen abgelegt, und in der Hitze seiner großen Lampen lief ihm der Schweiß über sein aus Hanf gewebtes Hemd. Wie ein Verrückter grinsend, schlug er Pasquale auf den Rücken und wirbelte ihn mit einer grandiosen, weitausholenden Geste zu seiner Lichtschau herum.

»Jetzt seht Ihr es!« rief er triumphierend. »Bewegliches Licht, das sein eigenes Bild schafft. Was haltet Ihr davon, Maler?«

»Vielleicht bin ich dem geistig nicht gewachsen, Signor, aber ich sehe nur eine Art Muster, wie sie eine Kerzenflamme an einer Wand hervorrufen kann.«

»Das ist es ja! Die Lichtmuster wirken auf das Auge und verführen es dazu, Bilder zu sehen. Das ist eine neue Denkweise, versteht Ihr! Das Wunder daran ist, daß sie von der Maschine bewirkt wird.«

»Es ist gewiß ein Wunder, aber vielleicht sind Maschinengedanken für mich schwer zu verstehen.« Piero di Cosimo würde die Lichtschau sicher gefallen, dachte Pasquale, aber ihm schien es eine sehr kostspielige Art, zufällige Muster zu reproduzieren, die man überall in der Natur finden konnte.

Berni lachte. »Seht es, wie Ihr wollt, irgendwann werdet auch Ihr überzeugt sein. Wir stehen an der Schwelle eines neuen Zeitalters. Der Vorhang hat sich erst ein Stückchen gehoben, und wir sehen nur ein erstes Flackern dessen, was dahinter liegt, aber schon das ist so hell, daß wir unseren Augen nicht trauen. Bald werden diese Visionen alltäglich sein. Maschinen zwingen zu neuen Wegen in der Herstellung, der Arbeit und jetzt auch der Sicht der Dinge. Der Fortschritt ist unaufhaltbar.«

»Für Künstler scheint da kein Raum mehr zu sein«, meinte Pasquale. Seinem müden Geist kam Berni wie ein Teufel vor, voll rastloser Energie, der Veränderung um ihrer selbst willen feierte.

Berni wischte sich den Schweiß mit einem versengten roten Tuch von der Stirn. »Das Zeitalter der darstellenden Kunst ist vorbei. Es wird neue Künstler geben, die direkt mit Licht malen, flüchtige Bilder produzieren, die auf der Netzhaut des Betrachters verweilen. Mein Kinetoskop zeichnet Muster, die das Auge interpretieren will, und dann ist da das Wunder der beweglichen Bilder des Großen Ingenieurs, produziert von seinem Ipseorama! Heute nacht wird er sogar das echte Abbild des Papstes durch Licht festhalten. Ihr müßt doch zugeben, daß das Zeitalter der Interpretation und des mühseligen Symbolismus vorüber ist!«

»Bewegliche Bilder?« meinte Pasquale. »Davon weiß ich nichts. Aber ...«

Niccolò hatte auf einer umgedrehten Kiste gesessen, um sich auszuruhen. Nun kam er mühsam auf die Füße und sagte: »Ich kenne Euch nicht, Signor, hoffe aber, es macht Euch nichts aus, mir trotzdem eine Frage zu beantworten.«

»Aber ich kenne Niccolò Machiavelli!« Berni deutete eine Verbeugung an. »Vielleicht möchte Eure Flugschrift über die neuen Wunder berichten, die hier zum ersten Mal gezeigt wurden.«

»Mag sein. Das habe ich nicht zu bestimmen. Was ich fragen wollte, Signor ...«

»Benozzo Berni, zu Euren Diensten!«

»Signor Berni, ich wollte Euch fragen, ob in letzter Zeit Soldaten den Palazzo betreten haben.«

»Was? Nein. Nicht, seit die große Prozession vom Duomo zum Fest in den Palazzo gezogen ist. Das Fest dauert noch an, und ich lasse meine Maschine weiterlaufen, bis es zu Ende ist – also bis weit nach Mitternacht, denn wie ich höre, sollen mehr als zwanzig Gänge aufgetragen werden.«

»Dann sind wir vielleicht noch nicht zu spät, Pasquale.« Niccolò bedachte Berni mit einem schwachen Lächeln. »Verzeiht, Signor. Vielleicht können wir uns ein andermal über Euer Wunder unterhalten.«

»Ihr seid Zeuge der Morgenröte eines neuen Zeitalters, Signor Machiavelli! Vergeßt das nicht!«

Als sie den Platz auf Umwegen überquerten, um den rauhbeinigen Studenten auszuweichen, fragte Pasquale: »Was wird Eurer Meinung nach geschehen?«

»Ich bin mir nicht sicher, weiß nur, daß irgendwas passieren wird. Warte, schau! Vielleicht ist es doch schon zu spät!«

Niccolò deutete zum Palazzo. Er lag an der östlichen Ecke des Platzes wie ein riesiges Schiff. Alle Fenster waren erleuchtet, sogar in dem quadratischen hohen Turm, und Flaggen mit dem Medici-Wappen der zwölf goldenen Bälle flatterten zwischen den Bannern der Republik mit der Florentiner Lilie. Jemand hatte ein Fenster unter den überkragenden Zinnen im obersten

Stock geöffnet und rief einer Gruppe Soldaten etwas hinunter.

Weitere Personen erschienen am Fenster. Zwei Männer, die mit einem dritten kämpften, der plötzlich über den Fenstersims kippte. Unten auf dem Platz schrien die Menschen. Der Mann stürzte hinab, um seinen Hals lag ein Seil, er ruckte ein Stück zurück, schwang hin und her und trat verzweifelt um sich.

Soldaten eilten um die Ecke zum Haupteingang. Eine Glocke bimmelte schnell und drängend. Pasquale und Niccolò rannten so rasch sie konnten hinter den Soldaten her. Stadtmiliz in roten und weißen Hosen, polierten Brustharnischen über dem weißen Wams und stählernen Helmen auf dem Kopf versuchten, die schmale, hohe Tür des Palazzo mit ihren Piken zu blockieren, doch mit wenig Erfolg; Pasquale und Niccolò waren nicht die einzigen, die wissen wollten, was passiert war. Mit Dutzenden anderer drängten sie sich in den kalten, hallenden Cortile.

Noch mehr Soldaten, die Schweizer Garde des Papstes, schlugen eine Bresche durch die Menge. Männer wurden aus dem Weg geschleudert; ein Offizier bellte einen Befehl, mit ratternden Sperrhaken spannten die Soldaten ihre Piken. Die Menschen drängten zurück, stolperten in ihrer Hast übereinander. Auf so kurze Entfernung abgefeuert, konnte eine Pikenspitze einen Mann glatt durchbohren.

Pasquale zog gerade Niccolò hinter eine Säule, als der Papst erschien. Er war barhäuptig, und ein weißer Chormantel umhüllte seinen massigen Körper in üppigem Faltenwurf. Diener in schwarzen Samtuniformen stützten ihn rechts und links. Ein Schwarm von Kardinälen in roten Hüten und scharlachroten Roben schlurfte eilig hinterher, gefolgt von einer aufgeregten

Dienerschar. Schreie und Rufe, gewaltiges Stiefelgetrampel, ein Rasseln der Piken, als die Soldaten stramm standen. Der Papst fegte vorbei, so nahe, daß Pasquale die Schweißtropfen auf seinen bläulichen Wangen sehen konnte, und dann war er fort, durch die schmale Tür in die Nacht verschwunden.

Niccolò schnappte sich einen der Ratsherren am Ende der Prozession. Der Mann wehrte sich einen Moment voller Entsetzen, bevor er Niccolò erkannte und sich entspannte. »Ich kann hier nicht sprechen!« sagte er laut.

Niccolò sah ihm mit ruhiger Entschlossenheit in die Augen. »Ihr könnt mir wenigstens sagen, was geschehen ist, mein Freund.«

»Mord! Mord, Niccolò!« stieß der Ratsherr hervor.

»Nicht das erste Mal, daß im Palazzo Blut vergossen wurde.«

»Blut? Nein, nein, es war Gift. Direkt unter den Augen des Papstes. Ein Wunder, daß ich mit Euch sprechen kann; ich hatte mein eigenes Glas schon fast an den Lippen, als er fiel ...«

»Wer? Wer war es?«

»Wir hätten alle tot sein können! Alle! Jede Hoffnung auf ein Bündnis ist nun dahin. Und was jetzt passieren wird ...«

Niccolò packte die Rockaufschläge der schweren, pelzbesetzten Robe des Ratsherren. Der Mann stierte ihn an. Sein Hut saß schief; sein Gesicht über dem schwarzen Vollbart war schneeweiß.

»Wer war es?« fragte Niccolò leise und eindringlich.

Der Ratsherr riß sich zusammen, schüttelte Niccolòs Hand ab und ordnete Robe und Hut mit einer Art zerstreuter Würde. »Niccolò, alter Freund, haltet Euch um Himmels willen aus der Sache heraus. Das ist eine schlimme Angelegenheit, finster und schrecklich.«

»Ich möchte nur wissen, wer ermordet wurde.«

»Der Maler. Der Maler des Papstes. Raffael. Er brachte einen Trinkspruch auf den Papst aus und trank, und wir wollten uns ihm gerade anschließen, als er sich an die Kehle griff und umfiel. Entsetzlich, entsetzlich! Laßt mich, ich habe schon zuviel gesagt und werde nichts mehr sagen. Seht Euch vor, mein Freund. Taucht noch nicht einmal einen Finger in diese Wasser. Mein Rat ist, sofort von der Straße zu verschwinden. Geht nach Hause. Heute nacht wird es furchtbare Vergeltung geben – wenn wir Glück haben, ist es damit vorüber. Wenn nicht ...« Der Ratsherr hatte seinen Blick schweifen lassen, während er sprach. Plötzlich rief er einen Milizoffizier an, schüttelte Niccolòs Hand ab und eilte davon, gefolgt von zwei Soldaten.

»Wir müssen hinauf«, sagte Niccolò.

»Dann ist Raffael also doch in die Sache verwickelt!«

»Vielleicht, vielleicht.« Niccolò sah erschöpft aus. Plötzlich war ihm jedes seiner fünfzig Jahre anzusehen. »Halte dich eng bei mir, Pasquale. Hilf mir, so gut du kannst. Ich habe immer versucht, die Dinge so zu sehen, wie sie sind, und nicht so, wie sie sein sollten. Der Himmel weiß, wie sehr ich diese Fähigkeit jetzt brauche. Wenn ich mich nicht täusche, hat diese kleine Verschwörung, in die wir da hineingestolpert sind, weitere Kreise gezogen als vorgesehen. Die Räte nehmen nur einen kleinen Teil davon wahr und könnten sie für schlimmer halten, als sie ist.«

Grimmig aussehende Soldaten mit heruntergelassenem Visier blockierten den Weg zur Haupttreppe. Niccolò rief einen Kanzleischreiber heran, der den Kopf schüttelte und die Giftgeschichte zu wiederholen begann. »Ich muß es sehen«, unterbrach ihn Niccolò. »Ich glaube, es ist nicht so schlimm, wie es aussieht.«

»Der Mörder ist überstürzt gehängt worden, Niccolò«, gab der Schreiber zurück. »Seine Leiche kann man nicht mehr befragen, und außerdem wäre es nicht an Euch, das zu tun. Geht nach Hause.«

»Ihr seid schon der zweite, der mir das rät. Das bestärkt mich um so mehr.«

»Keiner kann da hinauf, Niccolò. Ich mit Sicherheit nicht, also fragt mich gar nicht erst.«

Die Soldaten machten Platz, um drei Männer die Treppe hinauf zu lassen. Pasquale erkannte den einen und rief seinen Namen. Baverio, Raffaels junger Diener, drehte sich um und starrte in die Menge. Er trug das gleiche grüne Wams und die Kniehosen wie bei ihrer ersten Begegnung. Sein Gesicht war weiß, wie mit Kalk überpudert, und seine Augen rot und verweint.

Pasquale erklärte rasch, was Niccolò wollte. Baverio schüttelte den Kopf. »Der Mann, der meinen Meister umgebracht hat, ist tot, und nichts kann meinem Meister jetzt noch schaden.«

»Raffaels Ruf muß dennoch verteidigt werden. Bitte, Baverio. Um den Ruf deines Herren willen. Du hast mir schon einmal geholfen, das habe ich nicht vergessen, und ich bin dir dankbar. Nur noch dieses eine Mal.«

Der Junge biß sich auf die Lippen. »Doch ihr habt nicht herausgefunden, warum der arme Giulio ermordet wurde. Und nun ist mein Meister tot, und Giovanni Francesco ist verschwunden.«

Pasquale konnte dem Jungen jetzt nicht sagen, daß auch Francesco tot war. »Das hängt alles miteinander zusammen, Baverio. Wir sehen nur Teile des Bildes. Wir müssen den Rest sehen, um zu verstehen, was geschehen ist.«

»Wenn euch das hilft, dann folgt mir.«

Nachdem der Junge kurz mit seinen Gefährten gesprochen hatte, führte er Pasquale und Niccolò an den Soldaten vorbei die Treppe hinauf. Er erklärte, Raffael sei wie vom Schlag getroffen umgefallen, nachdem er zum fünften Gang des Festmahls seinen Trinkspruch ausgebracht hatte. Der Leibarzt des Papstes war zu ihm geeilt, aber umsonst. Er konnte nur noch feststellen, daß der Wein vergiftet war.

»Zwei meiner Freunde rannten aus dem Saal und überwältigten den Kellermeister, schlangen ihm ein Seil um den Hals und warfen ihn aus dem Fenster«, fuhr Baverio fort. »Ein Soldat, der wegen des Mordgeschreis hinzugestürzt kam, half ihnen dabei. Ich war nicht da, Pasquale, und ich hätte dasein sollen. Wenn ich den Wein vorgekostet hätte, wäre mein Meister jetzt nicht tot.« Tränen standen ihm in den Augen, und er legte den Kopf zurück, damit sie nicht herausrannen und seine gepuderten Wangen verdarben.

»Was hätte sein können, bringt uns nicht weiter«, meinte Pasquale. »Wichtig ist nur, herauszufinden, was tatsächlich geschah.«

Das Festbankett hatte im Siegessaal der Republik stattgefunden, dem hohen Raum im Zentrum des Palazzo della Signoria. Zwei lange Tische erstreckten sich durch den Saal, und ein dritter war quer dazu am Kopf aufgestellt worden, vor den Stufen, die zum Balkon führten. Auf den Tischen verstreut standen mit Speisen gefüllte Schüsseln und Terrinen, feinste Gläser, dazu silberne Löffel und Messer. Hunderte von Kerzen erhitzten den Raum und tauchten ihn in ein gleichmäßiges Licht. Pasquale bestaunte die wilde Herrlichkeit der gigantischen Fresken Michelangelos vom Krieg gegen Rom und seine Verbündeten, die Schlacht bei Cascina auf der einen Wand, der Sieg der Florentiner bei Anghiari auf der anderen, wo die wie Schildkröten aussehenden Panzerwagen des Großen Ingenieurs durch die Linien des Feindes gerollt waren und die mehrläufige Kanone die Reste der feindlichen Armee dezimiert hatte. Dann fiel ihm ein, warum er hier war, und er lief rasch hinter Niccolò und Baverio her, auf eine Gruppe von Männern zu, die am Quertisch neben dem überdachten Thronsessel des Papstes stand.

Raffaels Leiche lag unter einem schweren Behang, den jemand von der Wand gerissen hatte. Niccolò beugte sich herunter und deckte vorsichtig das Gesicht auf. Schaum stand auf den blauen Lippen, und die Augen hatte man mit zwei Silberflorin bedeckt. Niccolò sah zu den Männern hoch und fragte, welcher von ihnen der Arzt sei. Als ein gutaussehender grauhaariger Mann vortrat, sich verbeugte und sagte, er habe die Ehre, fragte Niccolò: »Wir rasch ist es geschehen?«

»Sehr rasch, dem Himmel sei Dank, denn sonst wären auch viele andere tot. Es hat seine Lungen angegriffen – das seht Ihr an dem Schaum und den blauverfärbten Lippen – und hat seine Atmung gelähmt. Er umkrallte seinen Hals und erlitt dann einen Schlaganfall. Bevor er starb, kann er nur wenig Schmerzen gehabt haben.«

»Also ein starkes Gift.«

»Offensichtlich, Signor.«

»Mit dem Wein verabreicht?«

»Hier ist sein Glas. Raffael stieß es um, als er fiel, deshalb ist der Wein verschüttet, aber ich habe die Flüssigkeit überprüft und Gift gefunden. Ein Wunder, wie gesagt, daß Raffael vor allen anderen trank.«

»Er brachte einen Trinkspruch aus«, bemerkte Baverio. »Er war ein ergebener Freund Seiner Heiligkeit, und das hat ihn umgebracht.«

Der Hauptmann der Palastwache mischte sich ein. »Der Kellermeister war dafür verantwortlich, den Wein auf Gift zu kosten. Statt dessen muß er selbst das Gift in den Wein getan haben.«

»Nicht die Freundschaft hat ihn getötet«, sagte Niccolò, »noch der Wein, glaube ich.« Er betrachtete den schwarzen Fleck, der vom Prüfen des Verschütteten auf dem schweren Leinentischtuch zurückgeblieben war. Dann hob er das umgefallene Glas am Fuß hoch und roch daran. »Sehr raffiniert. Ihr habt das Glas nicht überprüft.«

»Wozu? Der Wein ...«

»Wenn Ihr so gut wärt, Signor. Den Rand des Glases, aber vorsichtig. Und vielleicht könnte jemand den Wein holen, der serviert wurde.«

»Der Kellermeister wurde bereits hingerichtet«, warf der Hauptmann ein.

»Ja«, erwiderte Niccolò ungeduldig, »aber seinen Wein haben sie nicht mit hinausgeworfen. Bringt mir den, der hier am Ehrentisch serviert wurde.«

Der Arzt stieß einen Ruf der Verwunderung aus und hielt das Glas hoch. Das Gift anzeigende Mittel hatte einen schwarzen Ring unter dem Goldrand des Glases hinterlassen.

»Da haben wir es«, meinte Niccolò zufrieden. »Es ist lange her, seit ich die Ehre hatte, an einem dieser Festbankette teilzunehmen, aber ich meine mich zu erinnern, daß für jeden Wein neue Gläser gereicht wurden. Ich fürchte, man hat den falschen Mann angeklagt, verurteilt und hingerichtet. Nicht der Wein war vergiftet, sondern das Glas.«

»Bestimmt zeigt das Glas Spuren, weil es mit dem vergifteten Wein in Berührung kam«, hielt der Arzt dagegen.

»Ah, aber keine solchen Spuren, Signor. Wenn das Glas von dem vergifteten Wein verunreinigt worden wäre, hätten sich die Spuren gleichmäßig über die Innenfläche verteilt. Hier dagegen sehen wir einen deutlichen Ring, einen sehr schmalen Ring am oberen Innenrand. Das Gift – ist es ein Kontaktgift oder muß es eingenommen werden?«

»Es würde nur dann durch die Haut eindringen, wenn ein Schnitt oder eine Wunde vorhanden ist, falls Ihr das meint.«

»Ganz genau.« Niccolòs Augen glitzerten vor Erregung. Sein Aufklärungsdrang hatte ganz und gar von ihm Besitz ergriffen. »Das Ganze muß sich folgendermaßen abgespielt haben: Der Mörder wußte, daß die Küche und auch der Oberhofmeister alles auf Gift überprüfen würden, bevor jeder Gang serviert wurde. Also schmierte er Gift auf seinen Finger und fuhr damit einmal den Innenrand des Glases entlang, bevor er es dem armen Raffael hinstellte. An der Unterbrechung des Ringes könnt Ihr sehen, wo Raffael trank und so das Gift auf die Lippen bekam. Wir werden die Leiche des Kellermeisters heraufziehen und seine Finger auf Gift untersuchen. Ich bin sicher, wir werden nichts finden. Ah, da kommt der Wein. Gibt es ein sauberes Glas?«

Niccolò schenkte sich einen kräftigen Schluck ein und goß ihn in einem Zug hinunter. Um ihn herum hielten alle erschrocken die Luft an. Er lächelte. »Seht ihr: Ich habe keinen Schaden genommen. Der Wein war nicht vergiftet – diesen köstlichen Tropfen zu vergiften wäre allerdings auch eine Todsünde. Nein, es war Raffaels Glas, das planvoll vergiftet wurde. Dies war keine allgemeine Verschwörung gegen den Papst und die guten Räte der Signoria, sondern ein gezielter Mordanschlag auf den armen Raffael.«

Der Hauptmann beorderte vier seiner Männer zu sich. Unter dem Gejohle der Menge, die sich auf dem Platz versammelt hatte, hievten sie die Leiche des Kellermeisters hoch und legten sie auf den Boden unter das Fenster, aus dem man ihn gestoßen hatte. Der Arzt trug sein Prüfmittel auf die Finger des toten Mannes auf, während Niccolò lautlos vor sich hinsummte.

»Keine Spuren zu entdecken«, erklärte der Arzt schließlich und erhob sich mit knackenden Knien.

Jemand meinte: »Das beweist nur, daß er sich nicht selbst vergiftet hat.«

»Ihr meint, er hätte Handschuhe getragen?« gab Niccolò scharf zurück. »Wo sind sie? Wer hat die Gläser hingestellt, Hauptmann?«

Der Mann dachte mit ernster Miene nach. »Niemand Bestimmtes, würde ich annehmen. Es könnte jeder der Dienstboten gewesen sein, die am Ehrentisch servierten.«

»Dann werden wir sie zusammenrufen und überprüfen! Pasquale, am besten, du tröstest den armen Baverio.« Niccolò griff nach Pasquales Schulter und flüsterte ihm zu: »Geh mit ihm und sieh zu, was du sonst noch herausfinden kannst. Vielleicht ist Raffael umgebracht worden, weil er etwas wußte.« Er hob die Stimme. »Wir werden den Mörder nicht finden, wenn wir hier länger herumtrödeln, Hauptmann.«

Nachdem sie gegangen waren und die Soldaten die Leiche des unglücklichen Kellermeisters weggetragen hatten, nahm Pasquale sich Baverios an und setzte sich mit ihm ans Ende eines der Tische. Pasquale war hungrig, konnte sich aber nicht überwinden, nach dem in goldgeflochtenen Körben auf dem Tisch stehenden Obst und Brot zu greifen, nicht, solange Raffaels Leiche noch auf dem Boden am anderen Ende des riesigen, von Kerzen erleuchteten Saales lag.

Als hätte er Pasquales Gedanken gelesen, sagte Baverio plötzlich: »Wir waren hier, um die Leiche meines Meisters zu holen.«

»Die Soldaten werden zurückkommen. Oder ich kann gehen und sie gleich zurückrufen, wenn du willst.«

Baverio schüttelte den Kopf. »Wird Signor Machiavelli herausfinden, wer ihn umgebracht hat?«

»Wir helfen dir, wenn du uns läßt.«

»Hat es etwas mit der Glasplatte zu tun, die ich dir gegeben habe?«

»Ja. Ja, ich glaube schon.« Pasquale konnte es nicht länger hinausschieben. »Baverio, wir haben gesehen, wie Giovanni Francesco ermordet wurde. Auch er wurde vergiftet, mit einem erstickenden Rauch.«

Baverios Gesicht wurde noch weißer, aber seine Stimme blieb fest. »Ich wußte, daß er tot ist. Als er heute morgen nicht zurückkam, wußte ich es, und mein Meister ebenfalls. Darum hatte er sich entschlossen zu reden.«

»Gibt es etwas, das dein Meister wußte? Kannst du mir sagen, was es war?«

»Er sagte nur, daß es mit einem Geheimnis eures Großen Ingenieurs zu tun hätte. Mein Meister glaubte, Giulio Romano wäre irgendwie erpreßt worden und hätte deswegen die kleinen Geräte mitgenommen, das Flugspielzeug und den Kasten und das Glas dafür, obwohl das seit heute abend natürlich kein Geheimnis mehr ist. Aber er wußte nicht, daß auch Giovanni Francesco darin verwickelt war.« Baverio schaute durch den Kerzenschein zum anderen Ende des Saales, wo Raffaels Leiche unter dem Wandbehang lag, wandte dann seinen Blick wieder Pasquale zu, die Augen voller Tränen. »Mein armer Meister, Pasquale! Er war so um seine Gehilfen besorgt!«

»Weißt du, warum Romano erpreßt wurde? War es das Übliche?«

»Das Übliche?«

»Nun«, zögerte Pasquale und dachte an Signora Gioconda, »ich meine eine Affäre mit einer verheirateten Frau.«

»O nein! Nichts dergleichen. Mein Meister ... aber darüber will ich nicht sprechen.«

Schweigen machte sich breit. Dann hakte Pasquale nach. »Und Romano?«

»Mein Meister glaubte, daß Giulio an einem Auftrag beteiligt war, eine ... bestimmte Art von Kunst herzustellen. Du weißt, welche.«

»Steifmacher, meinst du. Nichts besonders Unehrenhaftes, sollte man meinen.« Sofort fiel Pasquale das Bild ein, das er aus Giustinianis Kamin gerettet hatte – wohl auch eine Art Steifmacher, wenn man Geschmack an Blasphemie fand.

»Ich habe nie gesehen, was es war«, fuhr Baverio fort, »aber ich weiß, daß es anders war, wirklichkeitsgetreuer als die üblichen Holzschnitte oder Kupferstiche. Mein Meister hat etwas davon gesehen und sagte, es wäre eine Perversion der Kunst, in jeder Hinsicht. Ich glaube, die Glasplatte, die ich dir gegeben habe, hat etwas damit zu tun.«

»Wie das?«

»Wegen des Geheimnisses, das der Große Ingenieur heute abend enthüllt hat. Eine Möglichkeit, Licht und Schatten festzuhalten. Seine Gehilfen trugen helle Lichter herein, und eine größere Version des Kastens, den ich unter Giulios Sachen gefunden habe. Der ganze Ehrentisch, der Papst und mein Meister und die Mitglieder der Signoria, mußten davor posieren, ohne sich zu bewegen. *Eine Aufnahme machen*, nannte es der Große Ingenieur.«

Pasquale dachte an die durch irgendeinen chemischen Prozeß geschwärzte Glasscheibe, und dann an das Bild, das er aus dem Feuer gerettet hatte, das seltsame, schattenhafte Bild. Schattenkunst, Kunst der Schatten ... Dr. Pretorius hatte gesagt, daß die Mechaniker die Künstler brotlos machen würden; die simple Wiedergabe einer Szene konnte kaum die ganze Antwort sein. Selbst wenn sich so etwas machen ließe, wäre es nur ein simpler Abklatsch der Realität. Es hätte keine Tiefe, keine Anmut, nichts von dem dichten, anspielungsreichen Symbolismus, durch den gemalte Bilder Befriedigung und Freude auslösten und die Ehre Gottes priesen.

Er wollte Baverio weitere Fragen stellen, hatte aber kaum den Mund geöffnet, als ein seltsam dumpfes Beben den Boden erzittern ließ. Bestecke klirrten, Gläser fielen um, Kerzenflammen flackerten. Pasquale und Baverio starrten sich noch voller Entsetzen an, als vor dem Saal gewaltiger Lärm losbrach. Im nächsten Augenblick stürzte der Hauptmann der Wache herein, dicht gefolgt von seinen Soldaten, und schrie, sie müßten sofort das Gebäude verlassen.

Baverio fing an, von der Leiche seines Meisters zu brabbeln, daß er gekommen wäre, sie abzuholen. Seine Stimme überschlug sich vor Angst; der Hauptmann gab ihm eine Ohrfeige und brüllte den Jungen kaum weniger hysterisch an: »Keine Zeit dafür, du Narr. Wir stehen unter Beschuß. Dein Meister ist hier gut aufgehoben – der läuft dir nicht davon.«

Pasquale wurde von zwei Soldaten hochgezerrt; Baverio von zwei anderen. Als sie im Eilschritt zur Tür gebracht wurden, hinter der die große Treppe lag, erschütterte ein Donnerschlag den Balkon am anderen Ende des Saales. Klirrend zersplitterten die Fensterscheiben, und dicker Rauch quoll in den Raum.

Der Hauptmann schrie etwas von Feuer, aber dann roch Pasquale den ätzenden Gestank nach verrotteten Geranien. Augen und Nase begannen zu brennen und zu laufen, und sofort begriff er, wer hinter dem Angriff steckte.

Die Soldaten, die Pasquale festhielten, begannen zu husten. Er entwand sich ihrem Griff, bedeckte Nase und Mund mit der einen Hand, packte Baverios Ärmel mit der anderen und zog ihn aus dem Saal.

Am Fuße der Treppe füllte sich der Cortile mit erstickendem gelben Qualm, und panische Soldaten, Schreiber und Zuschauer drängelten und schubsten und versuchten alle gleichzeitig, den Ausgang zu erreichen. Auch im Gedränge der sie mitreißenden Menge ließ Pasquale Baverios Ärmel nicht los. Dann waren sie draußen, in der kalten, von Fackelschein erhellten Nacht.

Mit Baverio im Schlepptau verkroch sich Pasquale im Schutz der Festtribüne vor dem Palazzo. Die eine Hälfte seines Geistes, angesteckt von der Furcht der Menge, war davon überzeugt, daß jeden Augenblick Entsetzliches geschehen würde; die andere, die rationale Hälfte, stellte mit der kühlen Genauigkeit des Epikureers fest, daß eine Art Magie die Menschen dazu brachte, plötzlich der Oberfläche jener Dinge zu mißtrauen, die sie zuvor für fest und unveränderlich gehalten hatten. Er fragte sich, wo Niccolò stecken mochte.

Rotgelber Rauch quoll aus den Fenstern im zweiten Stock des Palazzo. Das kosmische Ei des Großen Ingenieurs war zerstört, die untere Hälfte zerborsten. Die Reste brannten lichterloh von dem Öl, das aus der zersplitterten Lampe der Sonne im Zentrum ausgelaufen war. Tote und Verletzte lagen herum. Manche schrien, zuckten schwach in den Pfützen ihres eigenen Blutes.

Menschen rannten hierhin und dorthin, darunter auch Soldaten, ebenso panisch wie der Rest der Menge. Vom zinnenbewehrten Dach des Palazzo sausten brennende Raketen mit grellem Heulen und Pfeifen auf den Platz herab, zogen lange Funkenschweife hinter sich her, schlugen auf dem Pflaster auf und explodierten mit scharfem Krachen oder schlitterten zwischen die Beine der Menge. Und hier und da stapften maskierte Stelzenmänner herum, warfen kleine Glaskugeln, die beim Aufprall rotgelben Qualm verbreiteten. Die ganze Luft war erfüllt davon, ließ die Haut brennen, die Augen tränen und die Nase laufen. Alles zusammen wirkte wie eines der Bilder aus jener Schule flämischer Künstler, die Freude daran hatten, groteske Darstellungen der Hölle zu malen.

Ein Soldat feuerte seine Pike auf einen der Stelzenmänner ab. Die Pikenspitze verfehlte ihr Ziel, flog quer über den Platz, traf Bernis Lichtkanone und zerschmetterte die Armaturen der Linsen. Die Muster auf der Fassade der Bank erstarrten zu einem verschwommenen weißen Netz. Ein anderer Soldat wirbelte sein Fangnetz über dem Kopf und ließ es losschnellen. Es wickelte sich um die Beine eines Stelzenmannes, der krachend zu Boden ging. Dicke Rauchwolken wallten auf, in denen sein Körper hin- und herzuckte. Sein ganzer Vorrat an Gasbomben war auf einmal explodiert. Entsetzt zog sich die Menge vor diesem neuen Schrecken zurück.

Baverio riß sich von Pasquale los und rannte über den Platz auf den Turm des Großen Ingenieurs zu, dessen massige Mauern hoch über dem Tumult aufragten, die Lichter an der Spitze so fern wie Sterne. Pasquale schrie hinter Baverio her und rannte ebenfalls los, geschickt den in alle Richtungen laufenden Menschen ausweichend.

Ein Stelzenmann stapfte auf ihn zu, wollte ihm den Weg abschneiden. Laut blies er in seine Spielzeugtrompete. Er war unmaskiert, hatte ein schmales, weißes Gesicht und rote Haare. Pasquale wechselte die Richtung, folgte nun nicht mehr Baverio, sondern rannte um sein Leben, stürzte auf einen engen Durchgang neben der Loggia zu. Der rothaarige Stelzenmann warf ihm eine Gasbombe in den Weg. Er lachte wild, genoß die Jagd. Wieder schlug Pasquale einen Haken und sah, über die Köpfe der Menge hinweg, noch zwei Stelzenmänner aus der einen Richtung und eine Kutsche in vollem Galopp aus der anderen Richtung auf sich zukommen. Die Kutsche trug das Wappen des Hauses Taddei.

Bevor Pasquale auf die Kutsche zusteuern konnte, stand der drohende Schatten der beiden Stelzenmänner über ihm. Pasquale brüllte trotzig. Der ihm am nächsten stehende beugte sich herunter – da traf ihn ein Hagel von Pfeilen in die Brust, er taumelte zurück und krachte in seinen Gefährten. Die Kutsche schoß heran, gezogen von zwei weißen Pferden, die die Köpfe hochwarfen. Die Kutschentür wurde aufgestoßen, ein Mann beugte sich heraus, packte Pasquale um die Mitte und zog ihn in dem Augenblick hinein, als der Stelzenmann hinfiel und explodierte.

5 Im Palazzo Taddei herrschte selbst zu dieser späten Stunde, weit nach Mitternacht, noch rege Geschäftigkeit. Sobald sie aus der Kutsche stiegen, wurde Baverio in die eine Richtung fortgeführt, und ein Page begleitete Pasquale in eine andere. Pasquale, aufgeregt und neugierig und gewiß nicht zum Schlafen aufgelegt, nachdem er den Stelzenmännern so knapp entkommen war, folgte dem Pagen bereitwillig. Er wurde direkt zu Taddei geführt, der im großen Saal im ersten Stock des Palazzo eine Audienz abhielt und dem Bericht eines Sergeanten zuhörte.

Taddei saß in einem hochlehnigen Armstuhl am riesigen Kamin, sein eckiges, streitlustiges Gesicht auf der einen Seite vom Licht der zischenden, von der Decke herabhängenden Gaslampen beleuchtet, auf der anderen Seite vom Schein des flackernden Feuers. Er trug eine schwere Brokatrobe und einen goldbestickten Turban. Mit halbgeschlossenen Augen lauschte er dem stotternden Bericht des Sergeanten von einem Arbeiteraufstand auf der anderen Seite des Flusses. Sein Sekretär saß neben ihm an einem Tisch und schrieb mit. Ihnen gegenüber saßen ein junger, schwarzgekleideter Mann und ein Kardinal in purpurner Robe und roter Kappe, die aufmerksam zuhörten.

Die rastlosen Manufakturen hatten schließen müssen, wie es schien, weil die Arbeiter, die *ciompi*, ihre Arbeitsplätze verlassen hatten und plündernd und brandschatzend durch die Läden zogen, die ihr Elendsquartier versorgten. Pasquale merkte, daß es in dem Bericht um die Verteidigung eines von Taddeis Lagerhäusern durch eine Abteilung der Stadtmiliz ging.

Der Sergeant schloß: »Dieser Abschaum wird in seinem Zorn die eigenen Häuser niederbrennen, aber wenn wir Glück haben, werden sie weder die Fabriken oder Lagerhäuser plündern noch die Brücken überqueren. Sie wissen genau, daß sie es dann nicht nur mit uns, sondern auch noch mit den Söldnertruppen zu tun bekommen, und ich glaube nicht, daß sie dazu den Mut haben.«

Der Kardinal beugte sich vor. Er war ein lebhafter, gutaussehender Mann von etwa vierzig Jahren, mit glattem, sorgsam geschnittenem Haar, langer gerader Nase und einem scharfen Blick unter schweren Augenlidern, mit dem er den Sergeanten fixierte. Ein großes, edelsteinbesetztes Kreuz an einer schweren Goldkette ruhte auf seiner Brust. »Seid versichert, daß sie versuchen werden, über die Brücken zu kommen. Hinter diesem Aufstand stecken eindeutig die Savonarolisten.«

In nervöser Hast stieß der Sergeant hervor: »Verzeiht, Eminenz, aber selbst die Savonarolisten, von denen ich bisher keine Anzeichen entdecken konnte, hätten Probleme, diesen vielköpfigen Mob zu lenken. Die *ciompi* werden von niemandem angeführt, dieses Mal nicht. Sie haben kein Ziel, ihnen geht es nur um den Aufruhr an sich. Jeder nimmt sich, soviel er tragen kann, und der Rest wird niedergebrannt. Sie leben wie die Tiere, und so benehmen sie sich auch.«

Der Kardinal, der an jedem Finger Ringe trug, ließ diese mit kaum unterdrückter Ungeduld über die hölzernen Lehnen seines Stuhles gleiten, während der Sergeant sprach. Nun sagte er: »Die Savonarolisten werden sich bald zu erkennen geben. Sie waren viel unterwegs in letzter Zeit, vor allem bei euren Fabrikarbeitern.«

»Das stimmt allerdings«, bestätigte Taddei. »Einer wurde vor weniger als einem Monat in meinen Webereien entdeckt. Er hatte sich als Arbeiter ausgegeben und führte aufwieglerische Reden vor meinen Leuten. Ich ließ ihn auspeitschen, bis an die Stadtmauern und zurück, ins Gefängnis werfen und alle Arbeiter seiner Schicht entlassen. Aber wo einer ist, da sind noch mehr, wenn nicht in meinen Manufakturen und Lagerhäusern, dann in denen meiner weniger vorsichtigen Freunde und Kollegen.«

»Ich bitte um Eure Vorschläge, Signor Taddei«, sagte der Sergeant.

»Ich bezahle Wächter für all meine Manufakturen und Lagerhäuser. Ihr kennt die Vereinbarungen, und ich weiß, daß sie für Euch durchaus annehmbar sind. Geht jetzt, Ihr habt eine lange Nacht vor Euch.«

»Signor«, beharrte der Sergeant, »falls die Savonarolisten dahinterstecken, könnte es sein, daß ich den Befehl bekomme, bei der Bewachung der Brücken mitzuhelfen.«

Der junge Mann in Schwarz warf sarkastisch ein: »Wenn Ihr die Brücken verteidigen müßt, werden sie wohl kaum die Manufakturen angreifen, oder?« Er war kaum älter als Pasquale, hatte einen Schopf wirrer blonder Haare und ein Gesicht so scharf wie eine Messerschneide. Seine hohlen Wangen waren von Aknenarben übersät. Die linke Hand hielt er unter der Kniebeuge, knetete die Sehnen mit Daumen und Zeigefinger.

»Ihr werdet Euer Bestes tun, damit Euch ein solcher Befehl nie erreicht«, knurrte Taddei. »Ein Mann, der eine so gute Bezahlung bekommt wie Ihr, wird eine so kleine Aufgabe doch sicher bewältigen können.«

Der Sergeant meinte gedehnt: »Wenn es zum Schlimmsten kommt, können wir immer noch jeden Boten beiseite schaffen, es so aussehen lassen, als ob die Aufrührer . . .«

»Ich will nichts davon wissen, *wie* Ihr es macht«, unterbrach Taddei angewidert und wandte sich seinem Sekretär zu. »Daß du mir das nicht aufschreibst, Marchetto! Mit Aufwiegelung habe ich nichts zu tun.«

»Zumindest nicht nach außen«, bemerkte der junge Mann mit humorlosem Lächeln.

»Nichts«, wiederholte Taddei fest. »Geht an Eure Arbeit, Sergeant. Wir werden für Euch beten.«

Der Sergeant salutierte und marschierte hinaus. Taddei warf Pasquale ein Lächeln zu, als habe er ihn gerade erst entdeckt. »Komm her, Junge! Komm her. Vielleicht kannst du uns mehr zu den Ereignissen sagen und meine Freunde ins Bild setzen. Das ist der Junge, von dem ich Euch erzählt habe«, fügte er zum Kardinal gewandt hinzu.

Der Kardinal hob eine Brille an die Augen, die geformt war wie die Griffe einer Schere. Er betrachtete Pasquale aufmerksam. »Ah, der Schüler von Giovanni Rosso. Ich besitze ein kleines Bild von Rossos Meister Andrea del Sarto. Ein altmodisches Stück, aber es erfreut mich.«

Eifrig erklärte Pasquale: »Ich habe viele Dinge von meinem Meister gelernt, und ebenso von Piero di Cosimo. Vielleicht habt Ihr den Kupferstich vom Schauplatz des Mordes an Giulio Romano gesehen – den habe ich gemacht. Ich beherrsche auch jede andere Zeichenart, besonders mit dem Silberstift, und alle Aspekte der Freskomalerei sowie jede Malweise, nach der es Eure Eminenz verlangt. Im Moment arbeite ich an dem Bild eines Engels, wie ihn noch nie jemand zuvor gesehen hat ...«

»Wie gern wäre ich hier, um über Malerei zu plaudern«, unterbrach ihn der Kardinal.

»Wenn es Eurer Eminenz beliebt, so nehmt wenigstens diesen bescheidenen Beweis meiner Fähigkeiten an.« Pasquale nestelte das Abbild der florentinischen

Lilie von seinem schwarzen Sergewams – die vergoldeten Blätter waren ein wenig zerdrückt von seinen Abenteuern, hatten aber immer noch jenen weichschimmernden Schmelz – und streckte sie dem Kardinal hin. Ob wohl von ihm erwartet wurde, daß er den Kardinalsring küßte? Schließlich war er noch nie einem Kardinal begegnet und wußte nur vage, daß man den Fuß des Papstes küssen mußte – es hatte vor einiger Zeit einen kleinen Skandal gegeben, als herauskam, daß Leo X. zur Jagd hochschäftige Lederstiefel trug, die das Küssen seines Fußes unmöglich machten. Gewisse Flugschriften hatten kommentiert, die Medici würden den Heiligen Stuhl zu ihrer eigenen Bequemlichkeit korrumpieren, genau wie sie einst die Regierung von Florenz korrumpiert hatten.

Der Kardinal nahm die kleine Brosche und rollte sie zwischen seinen langen weißen Fingern hin und her.

»Wenn ich sie nur öffentlich tragen könnte«, seufzte er, »ich wäre der glücklichste Mann der Welt.«

Taddei schnippte mit den Fingern, und der Page brachte einen Hocker herbei. Pasquale setzte sich und merkte, daß er nun zu den anderen aufsehen mußte.

»Dieser junge Mann«, erklärte Taddei, »war an den Nachforschungen Niccolò Machiavellis wegen des Mordes an Giulio Romano beteiligt. Er wurde heute nacht aus dem Palazzo della Signoria gerettet und direkt hierher gebracht.« Zu Pasquale gewandt, fügte er hinzu: »Ich nehme doch an, daß du mit Signor Machiavelli dort warst, um den Mord an Raffael zu untersuchen.«

»Ja, das stimmt«, erwiderte Pasquale. Er war sich nicht sicher, wieviel er zugeben sollte, aber das zumindest schien ihm ungefährlich.

Der Kardinal sagte: »Ich war der Meinung, Machiavelli sei nur noch ein unbedeutender Journalist, armselig genug als Beschäftigung für einen Mann mit seinen Fähigkeiten. Diese Neuigkeit ermutigt uns sehr. Gefällt es den Mitgliedern der Signoria, ihn erneut mit Staatsaufgaben zu betrauen?«

»Ich glaube nicht, daß sie sich dessen sonderlich bewußt sind«, gab Taddei zurück. »Ich selbst habe Machiavelli mit privaten Nachforschungen über den Tod des armen Giulio Romano betraut. Seine Ermordung ...«

»Ja, ja. Ich habe die traurige Geschichte von Raffael erfahren, keine Stunde, bevor er selbst umgebracht wurde. Ich hätte nicht gedacht, daß Florenz so gefährlich ist. Aber ich wußte nicht, daß Machiavelli diese Angelegenheiten untersucht. Eine provokative Wahl«, lächelte der Kardinal, »und dazu eine, die uns sehr erfreut. Wir haben Machiavelli immer für einen Anhänger unserer Familie gehalten.«

Erschrocken begriff Pasquale, wer der Kardinal war: Giulio de' Medici, der Vetter des Papstes. Wo war er da nur hineingeraten! Natürlich, Signor Taddei war ein guter Freund Raffaels und würde daher auch den Papst kennen, aber Pasquale begann zu verstehen, daß in diesen Kreisen nichts so einfach war, wie es auf den ersten Blick scheinen mochte. Wie bei einem Bild, wo alles Dargestellte nicht nur eine oberflächliche, sondern auch eine allegorische Bedeutung hat, so hatten auch hier alle Vorgänge ihre Schatten.

»Ich sehe, du hast meinen illustren Gast erkannt«, sagte Taddei. »Sei versichert, er ist ein Freund unserer Stadt.«

»Ich zweifle nicht daran, daß jeder Eurer Freunde auch ein Freund von Florenz ist, Signor«, erwiderte Pasquale.

Taddei fuhr fort: »Ich muß dir ebenfalls Girolamo Cardano vorstellen, einen Mathematiker und in der vorliegenden Angelegenheit besser bewandert als ich, dazu Wissenschaftler der natürlichen Magie und mein persönlicher Astrologe.«

Cardano, der junge Mann in Schwarz, rutschte auf seinem Stuhl herum und verzog das Gesicht. »Meiner Meinung nach ist Machiavelli ein Gutwettersoldat, ein kompetenter Stückeschreiber, ein nicht mehr als durchschnittlicher Poet und ein gescheiterter Staatsdiener. Man darf ihm nicht trauen. Selbst seine Freunde sagen, daß er aus Liebe zu dieser Stadt in allzuviele Töpfe gespuckt hat. Aber Ihr zieht meine Meinung bei Euren Vorhaben ja ohnehin nicht in Betracht.«

»Im Gegenteil, mein lieber Girolamo«, widersprach Taddei, »an dem, was Ihr sagt, ist immer viel Wahres. Aber es ist nun einmal so, daß Machiavelli von Problemen und Rätseln fasziniert ist. Ein Problem kann vollkommen von ihm Besitz ergreifen und seine ganze Aufmerksamkeit in Anspruch nehmen, wenn es nur komplex genug ist, und ich glaube, das trifft in diesem Fall zu. Jetzt braucht er keinen Auftrag mehr von mir. Es ist zu seinem Leben geworden.« Taddeis offener Blick richtete sich auf Pasquale. »Erzähl uns von seinen Nachforschungen, mein Junge. Vielmehr, sag uns, wo er jetzt ist. Meine Männer konnten ihn nicht finden, sonst wäre er hier bei dir.«

»Ehrlich gesagt, Signor, auch ich würde mir wünschen, daß er hier bei uns wäre, denn ich weiß nicht, wo er ist, und fürchte sehr für ihn. Zuletzt sah ich ihn im Palazzo della Signoria. Er ging mit dem Hauptmann der Wache, um die Dienstboten zu befragen, die an Raffaels Tafel serviert hatten, nachdem klar war, daß der Kellermeister das Gift nicht verabreicht haben konnte.«

Pasquale erzählte, was sich im Palazzo della Signoria zugetragen hatte; er wandte sich zwar hauptsächlich an Taddei, warf aber dem Kardinal immer wieder Blicke aus den Augenwinkeln zu. Als er geendet hatte, merkte er, daß der Page an seiner Seite wartete, mit einem goldenen Tablett, auf dem ein edelsteinbesetzter Becher mit Wein stand. Er trank dankbar, und der schwere Wein stieg ihm sofort zu Kopf, als sei er aufgeheizt von der Hitze des Feuers.

Wieder rutschte Girolamo Cardano auf seinem Stuhl herum, nur zuckte er diesmal plötzlich zusammen wie unter einem Schlag. Pasquale sah, daß Cardanos Daumen und Zeigefinger mit aller Kraft in die weichen Muskeln seiner Kniekehle kniffen und daß dieser selbst zugefügte Schmerz ihm die Tränen in die Augen trieb. Der junge Magier fing Pasquales Blick auf und sagte höhnisch: »Genau wie Machiavelli muß auch ich an die Schwächen meines Körpers erinnert werden.«

»Niccolò Machiavelli trinkt; Girolamo fügt sich selbst Schmerzen zu«, meinte Taddei amüsiert. »Er sagt, sonst überwältige ihn ein gewisser geistiger Schmerz. Verstehst du, er glaubt nicht an sich, wenn er keinen Schmerz verspürt.«

Cardano ignorierte ihn. »Du hast uns nicht gesagt, warum die Stelzenmänner dich verfolgten.«

»Weil ich das wirklich nicht weiß, Signor. Mir kam es so vor, als würden die Stelzenmänner jeden angreifen, der ihre Aufmerksamkeit erregte.«

»Er weicht aus«, behauptete Cardano. Mit einem leichten Schütteln seines Handgelenks zog er wie aus dem Nichts eine weiße Maske hervor und hielt sie hoch, ließ sie im Feuerschein aufblitzen. Er warf sie Pasquale zu, der sie automatisch auffing. Sie hatte dreieckige, schwarz umrandete Sehschlitze und schwarze

Bänder, um sie am Kopf festzubinden. Die Bänder waren steif von getrocknetem Blut.

»Eine venezianische Karnevalsmaske, die einem der Stelzenmänner abgenommen wurde«, erklärte der Astrologe. »Was kannst du uns von Venezianern erzählen, Maler?«

»Nicht mehr als das, was Ihr offenbar schon wißt.«

Wieder machte Cardano eine leichte Handbewegung und hielt einen kleinen Kasten hoch. Er war mit schwarzem Leder bezogen, und der Magier schob eine eingehängte Klappe zur Seite, die ein winziges Loch an der Seite verdeckte. Pasquale wußte sofort, was es war; Baverio hatte es gut beschrieben.

Signor Taddei sagte, nicht unfreundlich: »Dies haben wir unter den Besitztümern des armen Giulio Romano gefunden.«

»Etwas fehlt dabei«, fügte Cardano hinzu. »Wir glauben, daß du es hast.«

Pasquale merkte, daß er gewaltig schwitzte, obwohl er sich wie in Eiswasser getaucht fühlte. »Es war nur eine Glasscheibe mit irgendeinem schwarzen Zeug drauf.«

Er sah sie deutlich vor sich. Sie lag auf einem Papierstapel auf Niccolòs Schreibtisch, zusammen mit dem Fluggerät.

»Ah«, stieß Cardano hervor, »also dem Licht ausgesetzt. Das heißt, wenn wir dir glauben sollen.«

»Ihr könnt Raffaels Pagen fragen. Er war es, der mir die Glasscheibe anvertraut hat, aus den besten Beweggründen. Er glaubte, sie würde mir helfen, Romanos Mörder zu finden.«

»Wohl kaum«, höhnte Cardano. »Wo ist sie?«

»Ich habe sie nicht mehr.« Signor Taddeis skeptisch hochgezogene Braue ließ ihn gestehen: »Ich habe sie

Niccolò gegeben – Signor Machiavelli. Wenn Ihr erlaubt, würde ich gern wissen, was es damit auf sich hat.«

»Alles oder nichts«, erwiderte Cardano. »Das hängt davon ab, welches Bild darauf festgehalten wurde.«

»Dann war es wohl eine Art Spiegelzauber.«

»Wirksamer und exakter als das«, antwortete der Astrologe. »Dieser Kasten wirft ein Bild auf eine beschichtete Glasplatte, die es festhält. Diese Platte wird durch das unterschiedlich stark einfallende Licht unterschiedlich stark geschwärzt. Auf der, die du hattest, mag ein Bild gewesen sein oder auch nicht, aber sie ist nicht behandelt worden, um sie lichtunempfindlich zu machen. Deshalb wurde sie schwarz, als man sie dem Licht aussetzte. Erzähl mir nicht, daß du von diesen Vorgängen nichts weißt, Maler. Das kannst du dir nicht leisten, denn es wird das Ende für deinen Beruf sein.«

»Davon habe ich schon gehört«, meinte Pasquale.

Taddei fügte hinzu: »Der Große Ingenieur beschloß, seine Erfindung zu enthüllen, als er merkte, daß ein Spion sie entdeckt hatte. Dadurch, daß er ein Abbild des Papstes und seiner engsten Begleiter herstellte, ist ihm das meisterlich gelungen.«

»Ein äußerst langwieriger Vorgang«, warf der Kardinal ein. »Wie sich Leo beklagt hat! Wir mußten volle zwei Minuten bewegungslos sitzen, und Leo mußte seinen Kopf gegen ein Stützgerät des Großen Ingenieurs lehnen, weil jede Bewegung das Bild unscharf macht.«

Plötzlich erkannte Pasquale die wahre Bedeutung des verkohlten Bildes aus Giustinianis Villa. Es war nicht gemalt, sondern ein wirkliches Abbild, ein Zeugnis für etwas, das tatsächlich stattgefunden hatte. Giustiniani hatte dafür posiert, aus übermächtigem Stolz oder aus Arroganz, und Francesco hatte versucht, ihn mit einer

Kopie zu erpressen. Aber wenn es sich dabei um eine Erfindung des Großen Ingenieurs handelte, wie war Raffaels Gehilfe dann darangekommen? Hatte Salai es ihm gegeben? Und wenn ja, warum?

Als wolle er die Fragen beantworten, die sich in Pasquales Kopf überschlugen, sagte Taddei: »Einer dieser Apparate ist aus der Werkstatt des Großen Ingenieurs gestohlen worden. Offenbar war Romano ein Spion.«

»Nicht für Rom, trotz seines Namens«, erklärte der Kardinal. »Anscheinend hatte man Giulio Romano Beförderung und Anstellung versprochen für einen kleinen Gefallen. Er war kein treuloser Mann, aber er begann zu glauben, daß er zu lange in Raffaels Schatten gearbeitet hatte. Der spanische Hof hat ihm eine Stellung angeboten, falls er eine bestimmte Aufgabe übernehmen würde. Doch der arme Romano war zu einfältig und wurde umgebracht, sobald er herausbekommen hatte, was seine neuen Herren wissen wollten. Zumindest nehmen wir das an.«

Einen Moment lang hatte Pasquale das Gefühl, in das plötzliche Schweigen im großen, vom Feuer erleuchteten Saal hineinzufallen. Zu Taddei gewandt, rief er aus: »Und Ihr habt uns beauftragt, den Mörder zu suchen, obwohl Ihr all das wußtet?«

Taddei protestierte. »Bis zum heutigen Abend wußte ich nichts davon. Ich erfuhr es aus einer Botschaft, die mich nur wenige Augenblicke vor deinem Eintreffen erreichte. Offenbar will derjenige, der sich Raffaels Leiche bemächtigt hat, sie gegen dich austauschen, junger Mann.«

»Hat Giustiniani diese Botschaft geschickt?«

»Sie kam anonym, berichtete von Romanos Verrat und forderte mich auf, dich zu einer bestimmten Stunde an der Südseite des Ponte Vecchio zu übergeben. Warum verdächtigst du Giustiniani?«

»Weil ich gesehen habe, wie in seiner Villa ein Mann ermordet wurde.«

Cardano beugte sich vor. »Das muß der Mann sein, der vermißt wird. Giovanni Francesco. Es würde alles erklären. Offenbar war Francesco Romanos Komplize, und vielleicht hat er Romano getötet, um selbst die versprochene Stellung zu bekommen. Auf jeden Fall wurde auch er umgebracht, weil er versagt hat.«

Pasquale beschloß, weder das Bild der schwarzen Messe noch das Fluggerät zu erwähnen, und auch nicht Francescos Erpressungsversuch. Gut möglich, daß Francesco der Mörder Romanos war – Romano hätte ihm bestimmt die Tür zum Signalturm geöffnet –, aber Francesco hätte sich in der kurzen Zeit zwischen Romanos Todesschrei und der sofort begonnenen Suchaktion nicht von Romanos Blut säubern können. Und selbst wenn Francesco der Mörder Romanos war, warum hätte er dann zu Giustiniani gehen und mit ihm verhandeln sollen? Bestimmt hätte er zunächst versucht, den Kasten zurückzubekommen – der war in Taddeis Besitz und somit in Reichweite –; außerdem hätte er Romano das Fluggerät abgenommen. Im Moment konnte Pasquale, erschöpft und mehr als ein bißchen beduselt von dem schweren Wein, diese Widersprüche nicht klären. Er sehnte sich nach Niccolòs scharfem, klarem Blick ... und wurde sich schlagartig bewußt, daß er ihn vielleicht nie wiedersehen würde. Womöglich hatten Giustinianis Männer ihn in dem Durcheinander im Palazzo della Signoria umgebracht.

»Besser, du schilderst uns genau, was in Giustinianis Villa geschehen ist, Pasquale«, forderte Taddei.

Als Pasquale geendet hatte, ohne die Erpressung zu

erwähnen, herrschte Schweigen. Schließlich meinte der Kardinal: »Es schmerzt uns zu hören, wie schlimm sich die Dinge entwickelt haben. Mein Vetter hatte vor, Raffael die Arbeit an der Kapelle beenden zu lassen, die Michelangelo nicht abgeschlossen hat.«

»Zweifellos war Giustiniani der Vermittler bei Romanos Abkommen mit den Spaniern«, sagte Taddei, »und wäre es immer noch gerne. Darum haben seine Männer versucht, Pasquale zu fangen. Aber Raffaels Ermordung ist auch die Art von Teufelei, die die Savonarolisten in ihrem heimlichen Krieg einsetzen würden. Plötzlich scheinen wir hier ein dreihändiges Spiel zu spielen.«

Der Kardinal beharrte: »Raffaels Leiche muß zurückgebracht werden. Bei aller Liebe meiner Familie zu Florenz kann mein Vetter, wenn er ohne die Leiche nach Rom zurückkehrt, einen Krieg nicht vermeiden.«

»Raffael war Gast dieser Stadt«, erklärte Taddei, zu Pasquale gewandt. »Daß er umgebracht wurde, ist schlimm genug, obwohl man das als ein Komplott der Savonarolisten hinstellen kann. Aber daß seine Leiche gestohlen wurde und Florenz sie nicht zurückgeben kann ... Es wird in der Tat zu einem Krieg zwischen Rom und Florenz kommen, wenn das geschieht. Und durch den Bruch der Allianz wird Spanien der Sieger sein. Wir wissen nur zu gut, daß Spanien sich nicht mit dem Süden Italiens zufriedengibt, sondern das gesamte Land regieren will, einschließlich unserer Kolonien in der Neuen Welt. Seit einer Woche liegt die spanische Flotte vor unserer Küste und wird landen, sobald das Bündnis auseinanderbricht. Die Spanier finanzieren die Savonarolisten schon so lange, und endlich gibt es die Unruhen, auf die sie gehofft haben.«

»Aber niemand würde es wagen, Florenz anzugreifen«, widersprach Pasquale. »Das Genie des Großen Ingenieurs ist auf unserer Seite, seine Erfindungen haben nach dem Mord an Lorenzo die Armeen von Rom und Venedig geschlagen.«

»Welche Ironie, daß Lorenzos Sohn aufgrund dieser traurigen Affäre vielleicht Florenz den Krieg erklären muß«, murmelte der Kardinal.

Taddei schüttelte den Kopf. »Inzwischen sind alle Staaten mit solchen Waffen ausgerüstet, die den zuerst von Florenz eingesetzten nachgebaut und vielfach noch verbessert wurden. Alle Regierungen haben ihre Raketenkanonen, beweglichen Panzerschilde, griechisches Feuer und all das andere. Sollte der Große Ingenieur neue Waffen erfunden haben, hat er sie geheimgehalten, selbst vor der Signoria.«

»Er ist ein alter Mann«, mischte sich Cardano ein. »Es heißt, er sei verrückt und besessen davon, einer großen Flut zu entkommen, die das Ende der Welt sein wird. Was Spanien erfahren wollte, weiß ich nicht, aber am Ende sind zwei Männer für eine Erfindung gestorben, die im Krieg völlig unnütz ist und nun sowieso die ganze Welt kennt.«

»Ihr wißt, daß ich den Großen Ingenieur gestern gesehen habe«, sagte der Kardinal. »Ich hatte den Eindruck, er hat sich von allem zurückgezogen. Er sprach kein Wort und hat dem Wunder der kosmischen Maschine nicht einen einzigen Blick gegönnt, während seine Gehilfen ohne jede Anweisung von ihm das Abbild meines Vetters festhielten.«

Taddei sagte: »Trotzdem bedroht dieses Mißgeschick die Existenz der Republik und ihre gerade erst erneuerte Allianz mit Rom.«

Der Kardinal nickte, plötzlich todernst. Cardano starrte Pasquale mit düsterer Intensität an und biß sich auf die Unterlippe.

»Du mußt verstehen, daß wir dies nur aus schierer Notwendigkeit tun«, beteuerte Taddei.

»Es ist nicht persönlich gemeint«, fügte Cardano hinzu.

Waffengeklirr war zu hören; ein Dutzend Soldaten marschierten im Schnellschritt durch den Rundbogen der Tür am anderen Ende des Saales. Cardano zog ein kurzes Schwert, Pasquale sprang auf und griff sich den Hocker, um den Schlag abzuwehren. Mit einem zweiten Schwung des Hockers schlug er dem Astrologen das Schwert aus der Hand. Die Waffe schlitterte quer über den Perserteppich; Pasquale rannte hin, hob sie auf und wirbelte zu den anrückenden Soldaten herum, ließ das Schwert hierhin und dahin schnellen, um sie auf Abstand zu halten.

Für einen Moment war nur das leise Knacken des Feuers zu hören.

Dann holte ein Korporal aus, und sein zangenbewehrter Streitkolben schoß vor. Die gezahnten Backen packten Pasquales Kopf und Schulter. Schmerz durchzuckte ihn, rein wie Licht.

Der Korporal drehte seine Waffe. Stein krachte gegen Pasquales Hüfte, seinen Rücken. Das Schwert fiel ihm aus der Hand, klirrte auf den Fußbodenfliesen. Sein ganzer Körper war taub. Er blickte zum weißen Deckengewölbe hoch. Von jeder Bosse des Gewölbes lächelte ein vergoldeter Putto mit runden Wangen und Knospenmund herab. Ein Schatten fiel über Pasquale. Cardano beugte sich hinunter und drückte ihm sanft ein stinkendes Tuch auf Nase und Mund.

6 Die betäubende Flüssigkeit, mit der das Tuch getränkt war, machte Pasquale nicht völlig bewußtlos. Es war, als schwebe er an der Grenze zwischen Traum und Erwachen, mochte ebensogut wieder auf seinem Rollbett liegen, in dem schmalen Zimmer des Studios, das er sich mit Rosso und dem Berberaffen teilte, einen Kater auskurieren und allmählich zu sich kommen. Er spürte Bewegung und träumte, oder meinte zu träumen, daß er auf dem Rücken eines Adlerdämons dahinflog, ganz wie der Magier Gerbert, der, auf einem Dämon reitend, der Inquisition entkommen war, die Flucht lebend überstanden hatte und später Papst Sylvester II. wurde. Der Adler drehte ihm seinen mit schrecklichen Hörnern bewehrten Kopf zu und warf ihn mit einem Flügelschlag herunter. Pasquale versuchte zu schreien, aber kein Laut kam über seine Lippen. Ein großes Maul raste auf ihn zu, knirschte mit den Zähnen, öffnete sich und spie ihn in die Nacht hinaus.

Als Pasquale zu sich kam, war es vom Rütteln einer Kutsche. Ein eiserner Reif schien seinen Kopf zu umspannen, sein Mund war von einem widerlich süßen Geschmack erfüllt. Er lag bäuchlings auf dem Kutschenboden, zwischen den Bänken, auf denen zwei Soldaten saßen. Seine Hände waren mit einem dünnen Strick gefesselt, und obwohl seine Füße frei waren, hatte er weder die Kraft noch den Willen, sich aufzusetzen und schon gar nicht zu stehen.

Die Soldaten, die aus dieser Perspektive wie massige Statuen römischer Imperatoren aussahen, trugen eiserne Brustharnische und Helme mit länglichem Schnabel und einem nach oben gebogenen Wappen, das in Hörnern endete – jener groteske Schmuck, den die albanischen Söldner liebten, die von privaten Händlern zum

Schutz ihrer Wagentrecks eingestellt wurden. Taddei hielt also sein Versprechen. Pasquale sollte als Lösegeld für Raffaels Leiche ausgeliefert werden.

Die Kutsche kam ratternd zum Stehen, und einer der Söldner lehnte sich aus dem Wagenfenster – Pasquale hörte, wie der hölzerne Laden davor zurückgeschoben wurde, spürte dann einen kalten Luftzug – und rief dem Kutscher etwas zu. Mit der kalten Luft, die Pasquales Kräfte belebte, drangen diffuse Geräusche wie das ferne Tosen des Meeres und Brandgeruch herein.

Die Kutsche setzte sich wieder in Bewegung, und das Tosen wurde lauter: Männer riefen; Schüsse prasselten; Schreie ertönten. Erneut hielt die Kutsche an. Einer der Söldner redete auf jemanden ein, sagte, seht, seht, hier ist der Passierschein, hier ist das Siegel der Zehn. Die Kutschentür wurde aufgestoßen, das Gebrüll der Menge damit doppelt so laut. Laternenlicht fiel herein. Grobe Hände zerrten Pasquale hoch; gerade noch rechtzeitig machte er die Augen zu. Sollten sie denken, er wäre immer noch bewußtlos.

Der erste Soldat sagte: »Das ist der Drecksack, den wir über den Fluß bringen müssen.«

»Und zwar heute noch«, fügte der zweite hinzu.

Eine dritte Stimme mit Florentiner Akzent meinte: »Seht zu, wie ihr das macht, aber über diese Brücke könnt ihr nicht. Auch über keine andere.«

»Es muß diese Brücke sein, Hauptmann«, beharrte der erste Söldner. »Wir haben auf der anderen Seite etwas Wichtiges zu erledigen. Hier, in dem Papier steht, daß wir Euch um Hilfe bitten dürfen.«

»Ich gebe euch meinen Rat. Das ist alles, was ich habe«, erwiderte der Hauptmann.

»Den könnt Ihr behalten«, schimpfte der zweite Söldner. »Gebt uns lieber ein paar Männer.«

»Um da durchzukommen, braucht ihr eine verdammte Armee, und ich kann keinen einzigen Mann entbehren!«

»Hier steht ...«

»Ich kann lesen«, unterbrach ihn der Hauptmann scharf, »im Gegensatz zu euch. Bringt mir den Mann, der das geschrieben hat, dann höre ich vielleicht zu. Ich will euch sagen, was ihr tun könnt: Wendet die Kutsche und versucht, unten bei Sardinia ein Fährboot über den Fluß zu bekommen. Das Siegel auf eurem Papier überzeugt vielleicht einen armen Fährmann.«

Der zweite Söldner drohte: »Wir werden Euch melden, wenn wir zurück sind. Euer Gesicht merke ich mir.«

»Tut das nur. Aber jetzt dreht ihr besser um und verschwindet von der Brücke. Jeder, der versucht, sich mit Gewalt einen Weg durch diesen Mob zu bahnen, wird ihn nur noch wütender machen. Versucht es mit einer Fähre. Wenn ihr mit eurem Stückchen Papier kein Glück habt, könnt ihr immer noch ein Boot stehlen. Darin seid ihr Söldner doch gut, oder?«

Beide Söldner verfluchten den Hauptmann wort- und einfallsreich, und der Mann lachte. Dann erklang in der Ferne metallisches Rattern, ein lauter Schrei, und der Hauptmann brüllte: »Jetzt seht ihr, warum ihr umkehren müßt! Dreht sofort um!« Dumpf dröhnte eine Kanone ganz in der Nähe, und die Kutsche rollte ein paar Schritte vor, als die Pferde zusammenschreckten.

Die Kutschentür schlug so heftig zu, daß das ganze Gefährt wackelte. Pasquale wurde wieder zu Boden gestoßen und riskierte ein Auge, während die Söldner in ihrer eigenen gutturalen Sprache aufeinander einredeten. Er sah Feuerschein über dem Dach der Kutsche flackern, ein paar Köpfe, die sich am Fenster vorbeibewegten. Dann blockierte der gehörnte Helm des einen Söldners seine Sicht, als der Mann sich hinauslehnte und dem Kutscher zurief, er solle weiterfahren. Der Kutscher schien zu protestieren, denn der Söldner fluchte und brüllte, sie müßten unbedingt auf die andere Seite der Brücke, los jetzt, los, und zwar im Galopp!

Die Kutsche machte einen so abrupten Satz vorwärts, daß Pasquale gegen die Stiefel der Söldner rollte, die ihn gleichgültig wie ein Stück Holz mit Fußtritten gegen Hüften und Schultern zurückrollen ließen. Schläge donnerten gegen die Seiten der Kutsche; ein Fenster wurde mit scharfem Klirren eingeschlagen. Die Kutsche schwankte unter den immer heftiger werdenden Schlägen, dann wurde sie schneller.

Schüsse, die mit gewaltigem Donnern in dem engen Wagenkasten widerhallten. Die Söldner kauerten an den Fenstern und feuerten Pistolenschüsse in schneller Folge ab. Von leichter Panik erfüllt, wollte Pasquale sich aufsetzen; einer der Soldaten schrie auf, fiel zurück und auf ihn.

Pasquale spürte, wie das heiße Blut des Mannes sein Wams durchtränkte. Er krümmte und wand sich unter dem toten Gewicht und tastete mit seinen gefesselten Händen nach dem Gürtel des Mannes, konnte aber kein Messer finden. Dann verlagerte sich das Gewicht; der andere Söldner zog ihn an den Haaren hoch, so daß er aufheulte, als er aus der Kutsche in die lärmende, vom Feuer erhellte Nacht gezerrt wurde.

Sie waren auf dem Ponte Vecchio, der wie das Tor zur Hölle aussah. Brennende Läden zu beiden Seiten, die Dächer eingestürzt, hochschlagende Flammen und noch höher fliegende Funken. Zerbrochene Gaslampen spien zischende Geysire gelber Flammen in die

Nacht. Am anderen Ende der Brücke drängten sich Menschen, die Gesichter vom Feuerschein rot erleuchtet, die Augen wie glitzernde Stecknadelköpfe. Einige balancierten auf dem Brückengeländer oder vollführten wilde Sprünge auf den Dächern der Läden, die noch nicht in Flammen aufgegangen waren. Lautes, rauhes Singen ertönte, dazu ein Hagel kleiner Wurfgeschosse, nur zu erkennen, wenn sie im Bogen durch den Feuerschein fielen. Die meisten verfehlten die Kutsche, aber einige prasselten neben ihr auf das Pflaster, Steine mit dumpfem Aufprall, zersplitternde Flaschen. Nur wenige *braccia* entfernt lag ein Toter. Weitere Tote, über die Länge der Straße verstreut, wirkten im hüpfenden Feuer wie leere Kleiderbündel.

Schüsse erfüllten die Luft – Soldaten schossen von der Barrikade, die die Kutsche nicht hatte aufhalten können, in die wütende Menge. Pasquale sah einen Mann herumwirbeln und vom Brückengeländer in den Fluß stürzen. Jedes Geräusch, daß er bei seinem letzten Fall von sich geben mochte, ging im Geheul der Menge unter.

Die Häuser am Fluß zu beiden Seiten der brennenden Brücke standen ebenfalls in Flammen, spiegelten sich grotesk verzerrt im Wasser.

Der Söldner wickelte Pasquales Haar grob um die Hand und riß ihm den Kopf zurück. »Deine verdammte Miliz hat den Kutscher und Luigi erschossen. Wenn du versuchst wegzurennen, schieße ich. Ich schieße dich tot.«

Pasquales Mund war völlig ausgetrocknet. Er fuhr sich mit der Zunge über den Gaumen, bis der Speichel wieder floß, und sagte: »Ich glaube, dein Herr will, daß du mich lebend übergibst.«

»Ich habe den Befehl, dich am anderen Ende der

Brücke abzuliefern, mehr nicht. Tot oder lebendig, das ist mir egal. Aber ich glaube, die Soldaten da hinten wollen dich lebend, sonst würden sie mit ihrer Kanone auf uns feuern.«

»Was soll ich also tun?«

Wieder riß der Söldner Pasquales Kopf zurück und zwang ihn, in die Gegenrichtung zu marschieren. »Wir gehen wieder zurück, und du verlangst, daß sie uns sicher über den Fluß bringen. Vielleicht hören sie ja auf einen so feinen Herren wie dich.«

Pasquale konnte kaum glauben, was der Narr da sagte, und lachte ihm ins Gesicht. Der Söldner wurde wütend und schlug Pasquale zu Boden. Der erkannte seine Chance. Er rollte sich unter der Kutsche hindurch, kam auf der anderen Seite auf die Füße, rannte auf die Barrikade zu – das einzige, was ihm einfiel –, reckte seine gefesselten Hände über den Kopf und schrie, er sei entführt worden. Hinter ihm wurde das Heulen der Menge lauter; sie drängte vorwärts. Kleine Lichter blinkten und flackerten bei den Milizionären hinter der Barrikade, dann trafen die ersten Kugeln das Pflaster rund um Pasquale. Eine streifte das Brückengeländer und flog trudelnd in die Dunkelheit über dem Fluß.

Pasquale warf sich zu Boden und versuchte, sich so klein wie möglich zu machen. Auch Brandbolzen hagelten herab und gingen dort, wo sie die Kutsche trafen, in Flammen auf. Der Söldner setzte sich plötzlich hin und preßte die Hand gegen seinen durchlöcherten Brustharnisch. Brennende Bolzen bedeckten das Straßenpflaster; einer hatte eine Leiche in Brand gesteckt, die sich in einem orangenen Feuerball und dem schmierigen Qualm scheußlich und wie lebendig zukkend wand, als die Hitze die Muskeln schrumpfen ließ.

Eine Kanone dröhnte. Das Geschoß pfiff durch die Luft, streifte das Dach eines brennenden Ladens und verschwand in der Dunkelheit dahinter. Der Mob zog sich zurück, Männer trampelten in ihrer Panik auf die gefallenen Kameraden. Die beiden vor die Kutsche gespannten Pferde stampften vorwärts, mit rollenden Augen und Schaum vor dem Maul, als sie versuchten, sich gegen die Bremse zu stemmen.

Pasquale rannte auf die Kutsche zu, denn sie war der einzige Schutz auf der Brücke. Mit seinen überkreuz gefesselten Händen konnte er den Haltegriff nicht benutzen, aber er bekam den Fuß in einen Bügel und schnellte sich hoch. Der Kutscher saß zusammengesunken auf dem Bock; Pasquales Hände wurden blutig, als er dem Toten die Zügel entwand. Er trat die Bremse los und ließ die Zügel über die Rücken der schwitzenden Pferde schnalzen, die prompt auf die Menge losgaloppierten. Einen irrwitzigen Moment lang sah es so aus, als könne Pasquale der Durchbruch gelingen, doch dann krachte die Kutsche in ein umgefallenes Veloziped, das sich in den Speichen der Vorderräder verfing. Die Kutsche schlitterte auf ihren eisenbeschlagenen Rädern über das Pflaster und zog einen ganzen Schweif von Funken hinter sich her.

Die Pferde stolperten, verrückt vor Angst, weil sie in einem schmalen Durchgang zwischen brennenden Häusern gefangen waren. Pasquale versuchte, die Zügel anzuziehen, aber er hatte keine Kraft mehr. Die Kutsche schlingerte auf einen brennenden Fleischerladen zu, und Pasquale sprang ab, sich immer und immer wieder überschlagend.

Als er sich aufrappeln wollte, kamen zwei Männer aus der Menge auf ihn zugerannt. Nein, einer war ein Affe. Ferdinand, der Berberaffe. Er hockte sich vor Pasquale auf die Hinterbacken und schaute ihn aus seinen intelligenten braunen Augen an. Der Mann, der das eiserne Halsband des Affen ergriff und zu Pasquale hinuntergrinste, war Giovanni Rosso.

7 Während der Mob mit Spottgesängen vorwärtsstürmte, hockte sich Rosso hin und schnitt den Strick durch, mit dem Pasquales Hände gefesselt waren. Schmerz durchzuckte seine Finger. Alle Knöchel waren aufgeschürft, und die Schmerzen wurden immer stärker, als er die Finger bewegte, voller Angst, sie könnten gebrochen sein.

Doch das war nicht geschehen.

Rosso half ihm durch die enggedrängte, aufgebrachte Menge. Pasquale hatte einmal einen Tag damit zugebracht, die Irren zu beobachten, wie sie zwischen den Felsen und den enthäuteten Kadavern von Pferden und Maultieren in Sardinia herumstolperten, hatte sich Notizen gemacht und gezeichnet. Hier sah er den gleichen Gesichtsausdruck, von rasender Wut bis zu schlaffmündiger Idiotie. Aus den brennenden Fleischerläden zu beiden Seiten der Brücke strahlte Hitze. Der Geruch nach verbranntem Fleisch war übelkeiterregend. Über die sich windenden Körper der Menge zuckten zinnoberrote, orangegelbe und goldene Lichter. Schwitzende Leiber, tief in den Rachen dringender Rauchgestank, das knisternde Krachen der Brände. Als die Kanone erdröhnte, warfen sich fast alle zu Boden, standen dann langsam wieder auf und drängten weiter.

»Die könnten uns alle mit einem Schuß töten!« rief Pasquale seinem Meister zu.

»Und damit wahrscheinlich auch die Brücke zerstören«, brüllte Rosso zurück. »Nein, sie schießen, um zu zeigen, daß sie es könnten; aber sie zielen über unsere Köpfe hinweg auf den gefluteten Kanal, dort, wo er am tiefsten ist. Die Zeit des Tötens ist noch nicht gekommen, jetzt noch nicht. Dafür brauchen sie Befehle.«

In Pasquales Kopf drehte sich alles, und er wunderte sich überhaupt nicht, daß sein Meister plötzlich hier war, um ihm zu helfen. »Wo gehen wir hin?« fragte er.

»Weg von hier. Bevor sie den Befehl bekommen, die Kanone auf die Menge zu richten und die Brücke mit Kettenschußmunition zu räumen. Hast du das je gesehen? Paare kleiner Eisenkugeln, durch eine Kette miteinander verbunden, vielleicht eine Handbreit voneinander entfernt. So eine Kugel reißt einen Mann glatt in Stücke. Man nennt sie die Eierchen des Großen Ingenieurs, weil der nie Kinder zeugen wird.«

Nachdem Pasquale und Rosso sich an den die Gunst der Stunde nutzenden Straßenhändlern und ihren Kunden vorbei zum Ende der Brücke gedrängt hatten, gingen sie die steilen Stufen zur neuen Promenade hinunter, einer Metallkonstruktion, die vor fünf Jahren über dem Fluß angelegt worden war. Es war ein vor allem bei den Mechanikern beliebter Spazierweg, die von da aus das Kanalsystem betrachten konnten, mit dem sie den Arno gezähmt hatten, den Großen Turm, in dem ihr großer Meister lebte, und die Manufakturen, die sie reich und mächtig gemacht hatten.

Rosso blieb stehen und deutete mit einer seiner weitausholenden Gesten auf die brennende Brücke. »Ist das nicht großartig, Pasqualino? Ich werde ein Bild davon malen, wie es noch nie zuvor gemalt worden ist! Feuer und schwarzes Wasser und Männer, die es nach dem Blut anderer dürstet! Sie haben über meinen Umgang mit Licht und Schatten gelästert – ich werde ihnen zeigen, was ich kann! Wenn ich den richtigen Kunden dafür finde, bringt es mindestens vierhundert Florin ein!«

Pasquale mußte lächeln. »Nur Ihr würdet in einem Augenblick wie diesen an einen Auftrag denken, Meister. Müssen wir noch weit laufen?«

»Was ist los? Tut dir das Bein weh? Du hast einen ordentlichen Sturz hinter dir, obwohl du ihn wie ein Akrobat gemeistert hast. Ach, Pasqualino, ich habe nie verstanden, warum du es falsch findest, nach Höherem zu streben. Ein Mann muß jede Gelegenheit dazu wahrnehmen. Der Ärger mit uns Toskanern ist, daß wir uns gar zu gern mit solchen Nichtigkeiten abgeben; deshalb sind wir mit Jammer und Armut geschlagen.«

Pasquale begann zu lachen. Es stieg tief in seinem Inneren hoch und wollte nicht aufhören. Er lachte, bis er sich an das Promenadengeländer klammern mußte, um auf den Beinen zu bleiben. Das eiserne Geländer fühlte sich heiß an unter seinen Händen.

»Ja, ich weiß, wie Geschäfte dich amüsieren«, sagte Rosso. »Aber ein bißchen mehr Sinn fürs Geschäft und weniger Träume, Pasqualino, und du wärst ein reicher Mann. Schau den Fluß hinauf! Da brennt die Tuchmanufaktur des Kaufmanns Taddei. Schau, wie die Färbemittel die Farbe des Feuers verändern!«

»Noch vor einer Stunde war ich bei Signor Taddei«, bemerkte Pasquale.

»Selbstverständlich.«

»Ihr wißt es? Woher, Meister?«

Rosso erklärte wie nebenbei: »Weil ich das Wappen an der Kutsche erkannt habe.«

Er rief den Affen Ferdinand, der am Geländer schaukelte. Das Tier schwang sich herab und schlenderte zu ihm, mit dem unbekümmerten Gang eines Seemannes. Es legte seinem Herrn eine Hand auf die Hüfte und sah mit flehendem Blick zu ihm hoch, und Rosso ließ eine Traube fallen, die es mit seinen starken gelben Zähnen auffing.

»Verdammtes Vieh«, sagte Rosso liebevoll und streichelte die knochigen Brauen, »ich sollte dir keine Trauben zu fressen geben. Trauben sind dein Verderbnis, und du grinst so, weil du das weißt. Schlimme, schlimme, *schlimme* gefallene Kreatur. Du hättest ihm nicht das Stehlen beibringen dürfen, Pasquale. Das war sein Untergang.«

»Ihr seid in die Sache verwickelt, Meister. Sagt mir, daß es wahr ist, oder ich werde verrückt«, stieß Pasquale hervor.

Wieder war Rosso höchst amüsiert. »Sag du mir, was du für die Wahrheit hältst, Pasqualino.«

»Ihr kanntet Raffaels Gehilfen. Jetzt fällt mir wieder ein, daß Ihr mir während der Festtagsmesse so viel über sie erzählt habt, aber bisher hatte ich nicht darüber nachgedacht, woher Ihr den Klatsch kanntet.«

»Aber du weißt doch, wie sehr ich Klatsch liebe. Ach, Pasqualino, du hast so viel Zeit mit dem berühmten Journalisten Niccolò Machiavelli verbracht, daß du überall Verschwörungen witterst und bestimmt die Spanier dahinter vermutest!«

Pasquale erschauerte. »Habt Ihr vielleicht eine Zigarette für mich, Meister?«

Rosso reichte ihm eine, steckte sich ebenfalls eine zwischen die Lippen und entzündete beide mit seiner Brandlunte. Gierig sog Pasquale den kühlen Rauch tief in die Lungen. Seine Hände zitterten so sehr, daß er die Zigarette zwischen Daumen und Fingern kaum festhalten konnte. Die kalte Nachtluft schmerzte auf seinen aufgeschürften Knöcheln. »Ich war mit Niccolò Machiavelli zusammen, als ich Euch sah«, begann er schließlich, »obwohl ich Euch in dem Augenblick nicht erkannte. Es war im Garten des venezianischen Magiers Giustiniani. Ich glaube, Ihr wart mit Eurem Namensvetter Giovanni Francesco dort. Irgendwas ist schiefgelaufen mit Euren Plänen nach dem Mord an Giulio Romano. Vielleicht war er der Anführer? Oder ihm wurde etwas gestohlen, und Ihr wolltet es dem Venezianer im Austausch für das Versprechen einer neuen Stellung geben.«

»Vielleicht wurde etwas gestohlen. Oder sagen wir lieber, versehentlich mitgenommen.«

Dieses Eingeständnis ließ Pasquales Herz rasen. »Wenn Ihr den Kasten meint, der Licht einfängt und festhält, den habe ich nicht mehr.«

»O nein. Der war immer in unserem Besitz. Ein Versuchsapparat, den schon bald jeder kennen wird. Raffael bekam ein Gerät zum Ausprobieren – aber er wurde dessen bald überdrüssig, und Giulio wußte mehr damit anzufangen. Davon zu profitieren, könnte man auch sagen. Er wurde nicht ermordet, Pasqualino, es sei denn, du willst einen lächerlichen Unfall als Mord bezeichnen. Lassen wir es für den Augenblick dabei bewenden, daß er nicht durch die Hand eines anderen Menschen starb.«

Rossos von der brennenden Brücke beleuchtetes Gesicht wirkte amüsiert, grausam und entrückt. Zigarettenrauch quoll in kleinen Wölkchen aus seinem gespitzten Mund. So mochte Luzifer schauen, wenn ein törichter Narr mit seinen Sünden prahlte, denn Luzifers Vergehen war so groß, daß es das Maß aller menschlichen Sünden weit überstieg, wie schwarz das Herz des Sünders auch sein mochte – es sei denn, Mechaniker forderten den Himmel selbst heraus.

»Demnach wißt Ihr, wie Giulio Romano starb, wollt es mir aber nicht sagen«, folgerte Pasquale.

»Du wirst es bestimmt herausfinden, wenn du mußt. Aber es ist wirklich nicht wichtig. Ich meine nicht den Tod des armen Giulio, sondern die Art, wie er starb.«

Rosso stieß sich vom Geländer ab, legte den Arm um Pasquale und schob ihn vorwärts. »Wir haben noch ein kleines Stück zu gehen«, sagte er. »Unterhalte mich ein wenig, während wir gehen.«

»Na gut«, meinte Pasquale niedergeschlagen. »Nach Giulios Tod mußtet Ihr andere Wege versuchen, vielleicht den venezianischen Magier erpressen. Doch der brachte statt dessen Francesco um, und Ihr floht mit Ferdinand. Ich sah euch beide im Mondlicht über den Rasen laufen, hielt aber Ferdinand für einen Zwerg.«

»Du verkehrst in seltsamen Kreisen, Pasqualino.«

»Vielleicht seltsamer, als Ihr denkt.«

»Taddei und seinen zahmen Magier kann man kaum als seltsam bezeichnen«, gab Rosso zurück. »Unseriös, würde ich sagen, aber nicht seltsam. Sogar der Papst beschäftigt einen Astrologen; wahrscheinlich reicht die Macht des Heiligen Stuhls nicht aus für Weissagungen. Sprich weiter, Pasqualino, du hast noch nicht die Hälfte zusammen; aber ich bin beeindruckt, daß du überhaupt so viel weißt.«

Pasquale gestand, daß er nur wenig mehr wußte und das auch nur geraten hatte. »Ich nehme an, der Venezianer hat Raffael ermorden lassen, weil er Raffael an Eurem Komplott beteiligt wähnte. Ich vermute allerdings, daß er nichts damit zu tun hatte. Und jetzt hat man Raffaels Leiche gestohlen und will auch mich haben. Darum mußte ich fliehen, Meister. Taddei wollte mich als Lösegeld für Raffaels Leiche benutzen.«

»Das ist nebensächlich. Giustiniani war zunächst unser Vermittler, und nach dem dummen Unfall, bei dem Romano getötet wurde, begann er uns zu drängen; wir sollten ihm das Versprochene liefern. Francesco dachte, er könne seinerseits Druck ausüben, und wollte mit Giustiniani verhandeln. Gegen meinen ausdrücklichen Rat, muß ich hinzufügen. Ich wußte, daß diese Schlange Giustiniani nur lachen würde über jeden Erpressungsversuch. Er weidet sich an Erniedrigungen – schließlich ist das ein Zeichen seiner Macht. Also redete ich Francesco ernsthaft ins Gewissen, und als der arme Narr nicht hören wollte, folgte ich ihm. Ebenso wie du; daher weißt du, was dort geschah und daß ich den armen Francesco nicht retten konnte, sondern um mein eigenes Leben rennen mußte. Aber jetzt brauche ich keinen Vermittler mehr, weil ich direkt mit denen verhandeln kann, die mir das geben können, was ich will, und umgekehrt.«

Sie bogen von der Promenade ab, stiegen die Eisentreppe hinauf und überquerten die breite Uferstraße. »Wohin gehen wir, Meister?« wollte Pasquale wissen.

»Zu ein paar Freunden von mir. Du kannst ihnen vielleicht helfen. Und sie wiederum ... wir werden sehen, was, Pasqualino?«

Rosso führte Pasquale eine enge Gasse entlang, die sich den steilen Hügel hinaufschlängelte, weg von den schönen großen Häusern am Ufer des Arno. Das Elendsviertel der *ciompi* breitete sich über den Hügel aus, eine dichtgedrängte Masse dunkler Formen gegen das noch dunklere Land. Nur wenige Lichter waren zu sehen. Die Pflastersteine der Straße gingen in morastige Erde über. Scharfer Brandgeruch überlagerte in der kalten Nachtluft den Gestank der offenen Kloake, die mitten auf der Gasse gurgelte.

Pasquale blieb stehen. »Sind Eure Freunde etwa Spanier? Wenn ja, dann möchte ich lieber nicht weitergehen.«

»Ein schöner Dank, nach allem, was ich für dich getan habe.«

»Tausend Dank für Eure Hilfe, Meister, aber damit will ich nichts zu tun haben.«

Rosso lachte. »Du hast doch schon längst damit zu tun. Außerdem weiß ich Dinge, die du wissen solltest. Zum Beispiel weiß ich, wo dein Freund Niccolò Machiavelli ist. Willst du ihn denn nicht wiedersehen?«

Als Pasquale wegzurennen versuchte, packte ihn Rosso am Arm und warf ihn auf den matschigen Pfad. Vor Schreck blieb Pasquale ausgestreckt liegen. Er war stärker als sein Meister, aber alle Kampfeslust hatte ihn verlassen. Der Affe schnatterte, nestelte ängstlich an Pasquales Brust herum, seinem zerrissenen Wams, berührte sein Gesicht mit harten, hornigen Fingern. Pasquale beruhigte das Tier und kam langsam auf die Füße. »Das war nicht nötig«, sagte er.

»Ich weiß, was du sagen willst, Pasqualino. Daß ich ein Verräter bin, mich mit Staatsfeinden verbünde. Aber das stimmt nicht. Übrigens, seit wir die Brücke verlassen haben, werden wir beobachtet. Ich habe dein Leben gerettet, denn wenn du weggelaufen wärst, hätten sie dich bestimmt umgebracht.«

»Wenn Ihr erwischt werdet, wird man Euch als Verräter hängen. Meister, das könnt Ihr doch nicht tun!«

»Die Zeiten sind hart für Künstler, Pasqualino. Wir müssen Gönner finden, wo immer wir können. Es spielt keine Rolle, wer diese Gönner sind – nur die Kunst, die wir dank ihrer Unterstützung produzieren können, ist wichtig. Und ich bin es leid, Pasqualino, bin es leid, zum Lebensunterhalt Töpfe und Karnevalsmasken zu malen, und obszöne Bilder für geile Kaufleute und ihre faden Ehefrauen. Ich weiß, daß ich es in mir habe, große Werke zu schaffen, und ich brauche eine sichere Stellung, um das zu tun. Viele aus unserer Bruderschaft sind nach Frankreich geflohen, um dort Unterstützung zu finden, und selbst da gewinnen die Mechaniker an Boden, vertreiben gute Kunst durch schlechte Reproduktionen. Doch Spanien ist uns immer noch freundlich gesonnen. Die spanische Königsfamilie ist so zahlreich, es gibt so viele Herzöge und Fürsten, und jeder will sich als besserer Schutzherr und größerer Kenner als sein nächster Nachbar erweisen, will seinen eigenen Ruhm durch Aufträge für große Kunstwerke erhöhen. Ach, aber ich vergesse ja, daß du glaubst, ohne Unterstützung arbeiten und von Luft leben zu können.«

»Bitte, Meister, hört auf, mich zu verspotten.«

Rosso schien ihn nicht gehört zu haben. Verträumt sagte er: »Schau nur, schau hinunter auf ihr Werk. Was für ein herrlich dramatisches Licht! Ich werde ein so großartiges Bild davon malen ...«

Sie befanden sich jetzt hoch über dem Arno. Die dichtgedrängten Dächer der Hütten erstreckten sich hügelabwärts bis zum Fluß. Der Ponte Vecchio brannte immer noch, ein schmaler, intensiver Feuerstreifen. Der Fluß zu beiden Seiten war ein Band aus geschmolzenem Kupfer, geschmolzener Bronze, brennendem Licht, das auf seiner träge fließenden Oberfläche tanzte. Dahinter die mit Signaltürmen wie mit Stacheln gespickte Stadt, die angestrahlte Kuppel des Duomo und die Türme der Palazzi und Kirchen, als höchster der des Großen Ingenieurs mit seinen hier und dort erleuchteten Fenstern und der Krone aus roten und grünen Signallampen. Die Geräusche wirkten leise und gedämpft, ein fernes Tosen, unterbrochen vom Dröhnen der Kanonen.

»Dort unten sterben Menschen«, sagte Pasquale. Aber es *war* schön, auf eine überwältigende, seltsam erregende Weise. Er sah Funkengarben von den brennenden Häusern hochschießen, im Aufsteigen blasser werden, wie eine Umkehrung des Höllensturzes.

Rosso bemerkte die widerstreitenden Gefühle seines Schülers. »Ja, aber wir sind weit weg davon. Aus der Entfernung haben Katastrophen immer etwas Faszinierendes, was, Pasqualino? Schlachten sind die besten Bildmotive, wenn alle Konflikte auf eine einzige verzweifelte Stunde konzentriert werden. Alles Leben und aller Tod in einem enggefaßten Kampf.«

»Ich werde niemals die vielen guten Gespräche vergessen, die wir über Kunsttheorien geführt haben, Meister. Wie weit müssen wir noch hinauf?«

»Wir sind da. Darum sind wir stehengeblieben«, erwiderte Rosso. Er trat an die Brettertür einer Hütte, sagte: »Verzeih mir, Pasqualino«, riß die Tür auf und stieß Pasquale über die Schwelle.

8 Ein Mann warf sich auf Pasquale, kaum daß er in die Hütte gestolpert war. Er wurde zu Boden geworfen, und ein nach schimmeliger Erde riechender Sack flog über seinen Kopf. Er versuchte, sich zu befreien, aber der Mann kniete auf seinem Rücken und fesselte ihm die Hände, dann hob er ihn hoch. Der Sack wurde ihm vom Kopf gerissen, und er sah Niccolò Machiavelli.

Der Journalist pendelte in der Luft, die Füße eine Handbreit vom Boden entfernt. Man hatte ihm die Arme nach hinten hochgebunden, mit einem Strick, der über den höchsten Dachbalken führte und auf der anderen Seite wieder herunter. Es war eine rohe Version des *strappado*, einer Foltermethode, die die Geheimpolizei gern verwendete. Ein brutal aussehender Mann zog am anderen Ende des Stricks und hievte Niccolò ein bißchen höher.

Niccolò stöhnte, und Pasquale schrie auf. Dann legte sich eine Hand auf seinen Mund, und er wurde zur anderen Seite des Raumes gezerrt.

Die Hütte bestand nur aus diesem einen Raum, die Decke war mit Ginsterbüscheln ausgestopft gegen den Regen, der durch die losen Dachziegel hereinlaufen mochte. Zwei Männer saßen auf Bänken neben einem ärmlichen Feuer aus Torf und Holzspänen, von dem dünner, süßlicher Rauch aufstieg. Einer der beiden trug die dunkle grobgewebte, mit Strick gegürtete Kutte eines Dominikanermönchs. Er war jung und rundlich, der Kopf über dem runden Mondgesicht frisch geschoren. Der andere lächelte Pasquale an, und Pasquales Herz überschlug sich vor Angst, denn er kannte den Mann. Es war Salai, der einstige Lustknabe des Großen Ingenieurs.

Sich an seinem Seil drehend, rief Niccolò: »Sei vorsichtig, Pasquale.«

Rosso betrat geduckt die Hütte und zog den Affen hinter sich her. Pasquale entwand sich dem Griff des Grobians, der ihn gefesselt hatte, und flehte seinen Meister an, der Sache sofort ein Ende zu machen. Rosso wickelte die Kette des Affen ein weiteres Mal um seine Hand, gab dem Tier eine Traube und sagte, ohne aufzusehen: »Ich kann nichts für dich tun, Pasquale.«

Niccolò wurde eine weitere Handbreit hinaufgezerrt und schrie erneut. Nie hatte Pasquale einen größeren Mann als Niccolòs Folterknecht gesehen. Er hatte einen buschigen Vollbart, trug eine Augenklappe und ein Messer mit gebogener, eingekerbter Klinge im Gürtel.

»Oh, Ihr dürft aber noch nicht schreien, Signor Machiavelli«, sagte der Mönch. »Wir haben noch gar nicht angefangen.«

»Das Dach ist nicht hoch genug für einen ordentlichen *strappado.* Ihr könnt also von Glück sagen, Journalist«, knurrte Salai. Er zwinkerte Pasquale zu. »Du weißt, wie das gemacht wird?«

Pasquale wußte Bescheid. Er hatte einst Skizzen von der Befragung eines Savonarolisten für das Nachrichtenblatt angefertigt, das die Meinung der Signoria vertrat. Er entsann sich auch des Spiels, das er als Kind so oft gespielt hatte: Am Ast eines Baumes im Olivenhain seines Vaters hängend, hatte er gewartet und gewartet, während sich nadelspitzer Schmerz in seinen Armen und Schultern ausbreitete, seine Handgelenke und Finger brannten, bis er das Gewicht seines Körpers nicht mehr halten konnte. Und dann die Erleichterung beim Loslassen, das wundervoll freie Gefühl, wenn er in das durftende Sommergras purzelte. Er dachte daran, wie es ohne Befreiung sein würde, und wandte sich beschämt und wütend von der Folterung Niccolòs ab.

»Ich will dir erzählen, wie sie es einmal mit mir gemacht haben«, fuhr Salai fort. »Man zieht dich hoch, und dann wird der Strick plötzlich losgelassen. Du fällst, aber nicht ganz bis zur Erde, und der Ruck reißt dir fast die Arme aus den Gelenken. Dann ziehen sie dich wieder hoch. Das wiederholen sie viermal, bevor sie mit der Befragung beginnen, und bis dahin bist du bereit, alles zu gestehen.«

Rosso wagte sich zwei Schritte weiter in den Raum hinein und zog den Affen hinter sich her. »Ihr habt natürlich geredet.«

Niccolò hob den Kopf. »Selbstverständlich hat er geredet.« Sein bleiches Gesicht war schweißgebadet.

Salai lachte. Er schien sich recht wohl zu fühlen in der Hütte, der feuchten rauchigen Luft und dem mit dreckigem Stroh bedeckten Lehmboden, über den schwarze Käfer so groß wie Mäuse huschten. Er war so elegant gekleidet wie immer, trug einen Überrock aus schwarzem holländischem Tuch, der mit einer scharlachroten Kordel über einem roten Seidenwams befestigt war, das gut und gerne zehn Jahresgehälter der *ciompi* gekostet haben mochte und sein Bäuchlein nur teilweise verdeckte, dazu rote Kniehosen mit nach flämischer Art gepolsterter Schamkapsel und schwarze Strümpfe an den kräftigen Beinen.

»Natürlich«, bekannte er munter. »Ich habe gequiekt wie ein fröhliches Schwein. Warum nicht? Ich erzählte ihnen etwas, das der Wahrheit recht nahe kam, und wenn auch die Namen falsch waren, so verhafteten sie immerhin die richtige Anzahl von Männern. Die, weil sie unschuldig waren, ihre Unschuld sogar unter der Folter beteuerten, was ihre Schuld nur um so überzeugender machte.« Neben ihm stand ein geöffnetes silbernes Kästchen, aus dem er einen Würfel maurischen, mit Puderzucker bestäubten Gelees nahm. Er steckte das Konfekt in den Mund und schloß schmatzend die vollen Lippen. »Es wird Zeit, dieser Farce ein Ende zu machen, Perlata«, wandte er sich an den Mönch. »Je eher ich aus diesem flohverseuchten Loch herauskomme, desto besser.«

»Da kann ich Euch nur zustimmen«, rief Niccolò. »Laßt mich herunter, um der Liebe Gottes willen. Warum tut Ihr mir das an?«

»Um der Liebe Gottes willen«, gab Fra Perlata, der junge Mönch, zurück. »Diese Dinge können nicht beschleunigt werden.«

Rosso lachte. »Um der Liebe Gottes willen!«

Leise befahl ihm Fra Perlata: »Schaut in den Beutel Eures Schülers. Seht nach, ob er es hat.«

»Ich habe alles getan, was Ihr von mir verlangt habt«, protestierte Rosso. »Das und noch mehr.«

»Und Ihr werdet auch dieses tun«, beharrte der Mönch.

»Verzeih mir, Pasquale«, sagte Rosso, knöpfte die Klappe von Pasquales Gürteltasche auf und durchwühlte den Inhalt. »Es ist nicht da.«

»Natürlich nicht«, schnaubte Salai. »Meint Ihr denn, er schleppt es als Andenken mit sich herum?«

Pasquale sah Rosso an. »Ich kann kaum glauben, daß Ihr das alles mit ansehen könnt, Meister. Euer Verlangen nach einem Gönner ist wirklich groß. Es erstaunt mich.« Jetzt wußte er, warum Rosso auf dem Weg den Hügel hinauf so überaus gesprächig gewesen war; dahinter verbarg Rosso, ein im Grunde aufrichtiger Mann, immer eine Lüge, eine Missetat, einen Verrat.

»Du bist aus freien Stücken in die Sache verwickelt, Pasqualino. Sag ihnen, was sie wissen wollen, und sie lassen dich und Machiavelli gehen. Ich schwöre es.«

»Gib acht, was du sagst«, rief Niccolò und stöhnte

auf, als der brutale Riese ihn ein weiteres Stück hochruckte.

Salai machte mit den Lippen ein ungeduldiges Furz-Geräusch. »Schluß mit den Gefühlsduseleien. Wir werden herausfinden, was diese Narren damit angestellt haben, und uns dann wieder unseren Geschäften widmen. Ich will mein Messer im Feuer erhitzen und ihn lieber selbst befragen, als ihn wie eine Spinne zappeln zu sehen. Davon wird mir schwindelig!«

»Habt ein wenig Geduld, Signor Caprotti«, bat Fra Perlata. »Wenn wir den Beweis haben, bekommt Ihr Eure Belohnung.«

Er war das Zentrum der Macht hier im Raum, dieser rundliche junge Mönch, dessen brennender Fanatismus unter einer dünnen Maske oberflächlicher Sanftheit verborgen war, wie ein Schwert in einer weichen Scheide aus Ziegenleder. Es gab keinen Zweifel daran, was er war, denn auch Savonarola war Dominikaner und siechte, so hieß es, in einem Dominikanerkloster in Sevilla langsam dahin. Man sagte, die Krankheit habe ihm die Stimme genommen, jenes Instrument, mit dem er einst ganz Florenz in Angst und Schrecken versetzt hatte, doch sogar auf dem Totenbett verfaßte er noch einen endlosen Strom von Traktaten und Briefen, Predigten und Pamphleten über eine kommende große Zeit, wo jene, die reinen Herzens waren, leiblich in den Himmel führen, während die Sünder zurückblieben und im Krieg gegen den Antichrist elend zugrunde gehen würden. Fra Perlata war einer der Soldaten in diesem heiligen Krieg gegen die Ungläubigen.

Was Niccolòs brutalen Folterknecht und Pasquales rauhbeinigen Bewacher betraf, so war es egal, ob sie treue Savonarolisten oder angeheuerte Schurken waren. Wahrscheinlich letzteres: Beide sahen eher deutsch als spanisch aus. Vermutlich waren sie Landsknechte – von denen suchten genügend nach Arbeit, seit Luther auf Befehl Roms gefangen, vor Gericht gestellt und gehängt worden war –, doch wie auch immer, sie waren nur hier, um Pasquale und Niccolò so lange Schmerzen zuzufügen, bis die beiden redeten. Dafür wurden sie bezahlt.

»Wir brauchen doch die beiden nur zu kitzeln«, maulte Salai. »Warum dieses ganze Theater?«

»Wichtig ist nur die Befreiung der heiligen Stadt«, belehrte ihn Fra Perlata. »Die Stunde ist nah. Wir müssen in angemessener Form vorgehen.«

»Ein paar *ciompi* sind nicht Gottes heilige Armee«, schnaubte Salai verächtlich.

»Es ist nicht an uns zu sagen, wie sich Gottes Wille manifestiert.«

»Seine Wege scheinen mir äußerst mysteriös«, knurrte Salai, schob sich ein weiteres Konfekt in den Mund und schmatzte laut. »Immerhin benutzt er diesen Einfaltspinsel von Maler als sein Vehikel, um das zurückzugeben, was unser rechtmäßiges Eigentum ist, und einen Affen als Agenten für unser Mißgeschick. Rosso, was meint Ihr dazu? Soll ich Euer flohzerbissenes Ungeheuer töten? Ich meine natürlich den Affen, nicht Euren Schüler.«

Rosso, der ein wenig von seiner Großspurigkeit zurückgewonnen hatte, sagte: »Herr, vergib ihm, denn er wußte nicht, was er tat.«

Der Affe saß neben ihm auf dem Boden, die Arme über dem Kopf verschränkt, und linste unter den Ellbogen hindurch zu Pasquale wie ein Kind. Pasquale lächelte zurück und dachte daran, wie er ihm beigebracht hatte, die köstlichen Trauben aus dem Garten der Mönche von Santa Croce zu stehlen. Ferdinand war ein intelligentes Tier und hatte das sicherlich nicht vergessen. Aber er konnte ihm keine Handzeichen geben, weil seine Hände auf dem Rücken gefesselt waren.

»In Deutschland verbrennen sie Hunde, deren Bellen angeblich Gewitter ausgelöst haben soll«, spottete Salai.

»Gott sei's gedankt, daß wir nicht in Deutschland sind«, gab Rosso zurück.

Fra Perlata wandte sich an Pasquale. »Du weißt, was wir wollen. Wo ist es?«

»Signor Taddei hat es.«

»Wenn das stimmt, sieht es nicht gut für dich aus«, warf Salai ein.

»Seid bitte ruhig. Ich führe die Befragung durch«, wies ihn der Mönch zurecht. Er stand auf, klopfte sich den Staub von der Kutte und befahl dem Riesen, Niccolò höher zu ziehen.

Niccolò machte entsetzliche Geräusche, als der Strick sich bewegte; er klang kaum mehr menschlich. Auch Pasquale schrie auf und zuckte zusammen, als ihm Fra Perlata die Hand auf die Schulter legte.

»Dein Freund hat jetzt lange genug da gehangen, findest du nicht? Noch ein bißchen länger, und er ist für immer verkrüppelt. Er könnte nie mehr schreiben. Hilf ihm. Sag uns die Wahrheit, und nichts als die Wahrheit. Wir haben einen Mann in Signor Taddeis Haushalt, und wenn du lügst, wird es deinem Freund um so schlimmer ergehen.«

»Falls Ihr den Melder meint«, sagte Pasquale, »der wurde verhaftet.«

»Ich weiß von dem Melder, aber er war nicht eingeweiht in unsere Sache. Wie hätten wir wohl sonst erfahren, wohin man dich als Lösegeld bringt, Pasquale, wenn man es uns nicht gesagt hätte? Nun denke sorgfältig nach, und sag uns die Wahrheit.«

Schnell stieß Pasquale hervor: »Signor Taddei hat den Kasten genommen. Er hat ihn. Tut mir leid, Niccolò, ich mußte es ihnen sagen. Verzeiht mir.«

Niccolò schüttelte den Kopf. »Genug«, sagte er.

Salai kicherte. »Kasten? Du denkst, wir machen uns Sorgen wegen so einer Nichtigkeit? Der war gut, um schmutzige Bilder zu machen, aber doch nicht zum Kriegführen.«

»Halt, Signor! Wir lassen ihn herunterfallen, bevor wir ihn befragen«, rief der Mönch.

»Ich sage Euch doch, der Fall reicht nicht aus. Arbeiter bauen ihre Elendslöcher nicht hoch genug zum Foltern – es wundert mich, daß der Dachbalken noch nicht entzweigebrochen ist. Wenn Ihr ihnen wirklich Schmerz zufügen wollt, dann hängt Gewichte an ihre Beine. Das Gewicht ist ausschlaggebend, versteht Ihr? In dem Moment, wo der Fall gebremst wird, werden wir schwerer, hat mir einmal der alte Mann erklärt. Besser noch, ich schneide mir paar Stücke aus ihnen heraus, eh? Kürze vielleicht dem Jungen die Finger Glied um Glied. Ein Maler liebt seine Hände so sehr wie ein Musiker.«

»Steckt gefälligst Euer Messer weg! Wir sind in Gottes Auftrag hier.«

»Das kleine Ding?« lachte Salai. »Das kann man ja kaum als Waffe bezeichnen.«

Pasquale sagte: »Am besten tötet Ihr mich gleich, denn wenn Ihr nicht den Kasten wollt, dann habe ich nichts.«

»O doch«, entgegnete Salai. »Das Fluggerät. Du hast es Romanos Leiche abgenommen, oben im Signalturm.«

Niccolò lachte.

»Seid still!« brüllte Fra Perlata. Seine Stimme hallte in dem niedrigen Raum wider. Der Affe Ferdinand sah ihn einen Moment lang interessiert an, dann gähnte er, und man konnte tief in seinen leberfarbigen Schlund hinter den starken gelben Zähnen sehen.

»Droht mir nicht, Mönch«, meinte Salai träge. »Wir stehen auf der gleichen Seite, und ich will Euch helfen. Glaubt mir, ich habe Erfahrung in diesen Dingen, und der *strappado* wirkt hier nicht. Und selbst wenn sie reden, sagen sie vielleicht nicht die Wahrheit. Ich habe es ja auch nicht getan.«

»Ihr wollt das Spielzeug?« fragte Pasquale. »Ich kann Euch dorthin führen, wo ich es gelassen habe!« Er sah es vor seinem inneren Auge, wie es auf Niccolòs unordentlichem Schreibtisch stand, oben auf einem Stapel Manuskriptblätter, schwach leuchtend in dem von Schatten erfüllten Raum.

»Genug, Pasquale. Sie töten uns sowieso!« rief Niccolò.

Salai lächelte. »Gut gemacht, Maler. Aber niemand wird dir glauben, bevor wir dich nicht gefoltert haben. Wir müssen schließlich unseren Spaß haben.«

»Hört auf damit«, mischte sich Rosso ein. »Hört auf! Ich weiß, ob er lügt, und ich sage Euch, er spricht die Wahrheit.«

Plötzlich wußte Pasquale, wer Giulio Romano umgebracht hatte, wußte, wieso man die Leiche in einem verschlossenen Raum auf einem Turm gefunden hatte, der für keinen Menschen ersteigbar war. Niccolò und er hatten sich den Kopf zerbrochen, und nun wurde ihm die Antwort in die Hände gelegt und war doch so wertlos, daß er lachen mußte.

»Da seht Ihr, wie er sich über uns lustig macht«, fauchte Salai. »Ein bißchen Blut wird die Wahrheit ans Licht bringen. Fürchtet Ihr Euch etwa vor Blut, Mönch?«

»Ihr wißt, daß ich in der Medizin ausgebildet bin. Aber ich werde die Sache in gebührender Weise durchführen.«

»Meint Ihr womöglich nach wissenschaftlichen Methoden? Selbst die Folter hat ihre Methodiker. Schmerz durch das Messer ist viel wirksamer. Langsamer, genüßlicher. Im Gegensatz zum *strappado* hört er nicht auf. Er verstärkt sich Stück um Stück mit jedem Schnitt. Der Junge sieht doch ganz hübsch aus, vielleicht sollte ich ihm eines seiner Ohren abschneiden, Stückchen für Stückchen, ja?«

»Haltet den Mund, Salai«, keuchte Niccolò. Er mußte die Lippen von den Zähnen zurückziehen, um sprechen zu können, und atmete in kurzen Stößen, so daß seine Sätze wie zerhackt klangen. »Ich glaube, Ihr seid nichts weiter als ein geschwätziger Angeber. Und noch dazu ein schlechter. Wenn Ihr mir Schmerz zufügen wollt, versucht doch, mir die Haut abzuziehen.«

»Laßt ihn herunter«, befahl Salai kalt, »und wir werden sehen. Nein, Mönch. Wir machen es erst auf meine Weise.«

»Das wagt Ihr nicht, Salai«, sagte Niccolò, versteifte sich aber, als Salai die Klinge flach auf die bandagierte Schußwunde an Machiavellis Schenkel legte.

Mit zitternder Stimme flehte Rosso: »Sag ihnen, was sie wissen wollen, Pasquale. Dir kann es nicht schaden, und deinen Freund wird es retten.«

Einen Augenblick lang das Zentrum der Aufmerksamkeit, verspürte Pasquale ein seltsames Gefühl der Macht. Mit festem Blick schaute er Salai an. »Ich sagte Euch bereits, daß ich das Spielzeug habe, an einem sicheren Ort. Wendet das Messer gegen ihn, und ich sage kein Wort mehr.«

»Aber sicher wirst du das«, lächelte Salai und stieß

das Messer in Niccolòs angespannte Schenkelmuskel. »Sag mir die Wahrheit, Maler.«

Rosso schrie auf. »Um des Himmels willen, Salai! Laßt Pasquale reden.«

Pasquale biß sich auf die Innenseite der Lippe, um nicht auch aufzuschreien, und der warme, salzige Geschmack seines Blutes erfüllte seinen Mund. Er spuckte in das Stroh, und der Grobian versetzte ihm eine Kopfnuß.

Niccolò grinste auf Salai herunter, mit dem Grinsen eines Totenschädels. »Etwas Besseres habt Ihr nicht zu bieten?«

»Schlimmeres, viel Schlimmeres«, lachte Salai und stieß wieder zu.

»Laßt ihn!«

»Haltet ein!«

Rosso und Fra Perlata brüllten fast gleichzeitig. Rosso hatte sein Messer gezogen. Der Affe zerrte an seiner Kette und ließ Pasquale nicht aus den Augen.

Wieder lachte Salai und trat zurück, damit alle im Raum ihn sehen konnten. Er hob das blutige Messer und leckte es grinsend ab.

Niccolò stöhnte. »Tötet mich für die Wahrheit. Ihr wißt, daß der Junge nicht lügt.«

Salai zuckte die Achseln und hob sein Messer. Rosso schrie auf. Der Affe riß sich los und warf sich mit einer merkwürdigen Seitwärtsdrehung auf den Schurken, der Pasquale festhielt. Mann und Affe stürzten zu Boden, und dann fiel Niccolò, als der Riese das Seil losließ, den Affen an Arm und Bein von seinem Kameraden wegzerrte, quer durch den Raum schleuderte, bevor dieser seine Zähne in ihn schlagen konnte. Der Affe sprang auf, schnatterte vor Wut und drosch auf das Stroh ein. Fra Perlata befahl Rosso, den Affen zu beruhigen, und beugte sich über Niccolò, um dessen Wunden zu untersuchen.

Salai schrie Rosso Verwünschungen zu. Seine krausen Locken bebten um das fleckige, vierkantige Gesicht. Als er Luft holen mußte, sagte Fra Perlata: »Ihr habt genug Schaden angerichtet. Dies ist keines Eurer Spiele.«

»Nichts davon war notwendig. Nichts«, knurrte Rosso.

Salai lachte. »Ich bringe Euch um, Rosso. Ich schwöre es.«

Fra Perlata drehte sich um und erklärte ruhig: »Dies ist eine Angelegenheit Gottes. Ihr alle müßt verstehen, was wir hier tun. Die Endzeit ist angebrochen und bringt uns Qual und Leid so bitter wie ein Borretschgericht, und Veränderungen so unbarmherzig wie Mühlsteine, die das Mehl der Weisheit mahlen. Wie sich bald zeigen wird, ist Florenz durch Gottes Plan das Zentrum Italiens. Es muß durch die Heilige Schrift regiert werden, oder das Schwert wird auf die Stadt niederfallen. Die Stadt muß bereuen, so lange noch Zeit ist. Sie muß sich in die weißen Gewänder der Reinheit kleiden, aber sie muß es sofort tun, denn bald wird es keine Zeit zur Reue mehr geben. Habt ihr das verstanden?«

»Trotzdem braucht Ihr mich«, beharrte Salai. »Vergeßt das nicht.«

»Ich vergesse nichts«, sagte der Mönch. Er befahl dem Folterknecht, sich um Niccolò zu kümmern, durchquerte den Raum und beugte sein rundes Gesicht zu Pasquale herab. Sein Atem stank nach Zwiebeln. »Ich vergesse nichts, und durch Gottes Gnade sehe ich, was ich sehen muß. Sieh mir in die Augen, Junge, und sag es mir, oder wir werden fortsetzen, was wir begonnen haben.«

Pasquale sah, wie Niccolòs Blut eine Lache unter seinem verwundeten Bein bildete und die Finger seiner auf den Rücken gefesselten Hände umspülte. Fra Perlata kniff ihm mit seinen scharfen Nägeln schmerzhaft in die Wangen, so daß Pasquale ihn ansehen mußte.

»Ich habe das, was Ihr wollt. Ich kann Euch dorthin führen«, wiederholte er.

Der brutale Scherge wusch Niccolòs Wunden mit Salzwasser aus und verband sie mit Streifen, die er von seinem Hemd abgerissen hatte. Fra Perlata begutachtete das Werk und erklärte Niccolò, nun läge es in Gottes Hand, ob er sterben oder leben würde, befahl dann Rosso erneut, den Affen zum Schweigen zu bringen. Salai sagte, er wisse, wie das rasch zu bewerkstelligen sei, worauf ihm ebenfalls Schweigen befohlen wurde. Der Savonarolist, erkannte Pasquale, versuchte, das Beste aus der Sache zu machen, und verbarg seinen Zorn hinter Entschlossenheit und Tatkraft. Mit dem Strick, an dem man ihn aufgehängt hatte, wurde Niccolò gefesselt; er wurde viermal um seinen Leib gewickelt und fest verknotet, bevor man die Fesseln an seinen Beinen durchtrennte. Dann wurden er und Pasquale nach draußen und eine übelriechende Gasse entlang zu einer Kutsche geführt.

Die Fahrt dauerte nicht lange, aber jedes Holpern der Kutsche schmerzte Niccolòs verletztes Bein und entlockte ihm einen unterdrückten Schrei. Er lag ausgestreckt auf der einen Kutschbank; Pasquale saß auf der anderen zwischen Fra Perlata und Salai, der sich, unbekümmert von der holprigen Fahrt, die untadelig sauberen Fingernägel mit der Spitze seines Messers reinigte. Die beiden Schergen saßen mit Rosso und dem Affen vorn beim Kutscher. Man hatte die Gardinen vor den Kutschfenstern zugezogen, so daß Pasquale nicht wußte, welche Richtung sie eingeschlagen hatten, aber einmal erklang der Lärm des Mobs vor ihnen, kam näher, wurde laut und entfernte sich rasch, und da wußte er, daß sie den Arno nicht auf einer der Brücken überqueren würden.

Nur allzubald wurde klar, daß er sich nicht geirrt hatte. Die Kutsche hielt an, und er und Niccolò wurden von den Schergen herausgezerrt. Sie befanden sich am Rande der neuen Hafenanlagen. Der Riese warf sich Niccolò über die Schulter wie einen Sack Mehl, und Fra Perlata griff Pasquale am Ellbogen und marschierte mit ihm eine gepflasterte Gleitbahn zur Fähre hinunter, die auf dem dunklen Wasser des Flusses schaukelte.

Die Savonarolisten hatten sie in ihre Gewalt gebracht. Auf dem Deck lag ein toter Seemann in einer Blutlache, und die Mannschaft hatte ihre Gesichter mit Tüchern vermummt.

Die Fähre legte sofort ab. Dampf stieg aus den Ventilen der Kesselrohre, und mit schwerfälligem Knirschen der hölzernen Querbalken schäumte das Schaufelrad die Fluten zu kremiger Gischt auf. Die Fähre bewegte sich im schrägen Winkel zur Strömung und hielt auf das Ende der komplexen Abfolge von Wehren und Staustufen zu, die den Lauf des kanalisierten Flusses kontrollierten.

Es war bitterkalt. Stromabwärts, hinter den neuen Kais, wo die hochseetüchtige *maona* über den kleineren Schiffen aufragte, verzweigte sich der Fluß in die weiten, dunklen Überschwemmungsgebiete unter sternenübersätem Himmel. Stromauf lag Florenz unter dichten Rauchschleiern; nicht der Qualm aus den Manufakturen, sondern der Rauch vieler Brände. Immer noch wurde der Ponte Vecchio von Feuerschein erhellt, und Feuer brannten entlang des Ufers, von dem die

Fähre eben abgelegt hatte. Sonst war die Stadt dunkel und still, nur die Signallichter blinkten. Pasquale hörte die Glocken der öffentlichen Uhr im Turm der Kirche Santa Trinità die vierte Stunde schlagen.

Er saß neben Niccolò Machiavelli und massierte die Arme des Journalisten. »Ich hätte nie gedacht, daß ich noch einmal den *strappado* ertragen müßte«, sagte Niccolò mit verzerrtem Gesicht, »doch ich bin froh, daß ich es redlich überstanden habe. Tausend Dank, Pasquale, ich bekomme wieder Gefühl in den Händen, wo du das Blut in Bewegung gebracht hast. Blut ist wohl der Übermittler für Schmerzen; wenn wir es vergießen, tut das stets weh, und wenn es wie jetzt an seinen natürlichen Platz zurückfließt, ebenfalls.«

»Ich wünschte, ich könnte mich um die Wunde kümmern, die Euch Salai zugefügt hat.«

»Die schmerzt durch seine Spielchen auch nicht stärker als in dem Augenblick, wo mich die Kugel traf.«

»Wie seid Ihr dorthin gekommen, Niccolò? Haben die Savonarolisten Euch aus dem Palazzo entführt?«

»Ganz und gar nicht. Das war das Werk von Giustinianis Männern. Ich erkannte sie an ihren weißen Masken und den giftigen Dämpfen, die sie benutzten. Sie setzten mich in eine Kutsche, aber die wurde auf einer Brücke angehalten, und sie wurden überwältigt. Ich dachte, ich wäre gerettet, doch da wurde ich in eine andere Kutsche geworfen und zu Perlata und Salai gebracht.«

»Dann gehen sich also Giustiniani und die Savonarolisten gegenseitig an die Kehle, obwohl sie für den gleichen Herrn arbeiten.«

»Giustiniani arbeitet nicht für Spanien, Pasquale, sondern nur für das Geld, daß er bekommt, wenn er ihnen den Apparat liefert. Die Savonarolisten tun es, um die Regierung von Florenz zu stürzen und uns alle für die Liebe Gottes zu erretten. Und wie war es bei dir, Pasquale?«

»Genau umgekehrt. Ich wurde von Signor Taddei betrogen, der eine anonyme Botschaft bekommen hatte, in der man mich im Austausch für Raffaels Leiche verlangte.«

»Raffaels Leiche wurde gestohlen? Weshalb wohl?«

»Wenn die Leiche nicht zurückgegeben wird, gibt es Krieg zwischen Florenz und Rom.«

»Ah, verstehe. Und Spanien wird der Sieger sein.«

»Das hat Signor Taddei auch gesagt.«

»Er ist ein Patriot.«

»Zuallererst einmal ist er Geschäftsmann«, erwiderte Pasquale bitter.

»Das geht Hand in Hand. Und hinter dem Ding – ich will es jetzt nicht näher bezeichnen – sind sowohl Giustiniani als auch die Savonarolisten her. Der eine will es an Spanien verkaufen, die anderen es den Spaniern schenken.« Pasquale erklärte, was Rosso ihm über Giustinianis Rolle als Vermittler für die abtrünnigen Künstler erzählt hatte, und Niccolò lachte und meinte, nun verstehe er, warum alle so wild darauf wären, das Gesuchte an sich zu bringen.

»Aber da sind auch noch die Bilder, die mit diesem Apparat gemacht wurden. Giulio Romano hat ihn benutzt, um die Notizen des Großen Ingenieurs zu seinem Flugspielzeug zu kopieren. Dieser Apparat kann Licht einfangen, Niccolò, und es ganz exakt festhalten. Die geschwärzte Glasplatte, die Baverio mir gegeben hat, war eines davon, und auch das Bild, das ich aus Giustinianis Kamin gerettet habe.«

»Erinnerst du dich an den Signalturm, Pasquale? Denk nach. Was hast du neben der Leiche gesehen?«

»Das offene Fenster.«

»Ja. Und?«

»Glasscherben, die darunter lagen.«

»Genau. Doch das Fenster war heil, und außerdem war das Glas schwarz.«

Pasquale dachte an die Glasplatte, die er von Baverio bekommen hatte, geschwärzt, weil sie dem Licht ausgesetzt war. Jetzt verstand er. Beides waren Reste der Aufnahmen von den Notizen des Großen Ingenieurs. Nur das Modell war übriggeblieben. »Was werden sie mit uns machen, Niccolò?«

»Die Savonarolisten sind nicht dafür bekannt, ohne Grund zu töten. Wenn sie bekommen, was sie haben wollen, lassen sie uns vielleicht gehen. Schließlich glauben sie, den Willen Gottes in die Tat umzusetzen. Wenn sie gewinnen, wird es wieder so sein wie unter der kurzen Herrschaft Savonarolas. Gesegnete Kinderhorden werden durch die Straßen von Florenz ziehen, fromme Lieder singen und nach allen Eitelkeiten fahnden, von Rougetöpfchen bis zu Gemälden, von Schachbrettern bis zu mechanischen Apparaturen, und mit Steinen nach denen werfen, die noch nicht tugendhaft sind. Es wird Fastenzeiten und religiöse Umzüge und Scheiterhaufen zum Verbrennen des eitlen Tands geben. Die Savonarolisten träumen von einer reinen und einfachen Welt, Pasquale, in der sich alle Menschen ganz und gar Christus zuwenden, ob sie wollen oder nicht. Aber ihre Pläne gründen sich auf die Gewißheit, daß Gott direkt zu Savonarola spricht, und davon bin ich nicht überzeugt, obwohl viele Florentiner das einst glaubten.«

»Ja, aber ich traue Salai nicht. Ich würde ihn töten, wenn ich könnte.«

Fra Perlata sprach mit einem der Savonarolisten, die

die Fähre gekapert hatten. Pasquale fing ein paar ihrer Worte auf, die ihm der bitterkalte Wind zutrug, der über die Fähre hinwegblies. Irgend etwas über Feuer und die Endzeit und Gerechtigkeit. Zweifellos hatte die Savonarolisten genau das den *ciompi* versprochen, himmlische Gerechtigkeit hier und jetzt auf Erden, doch Pasquale wollte es scheinen, daß sogar im Himmel Gerechtigkeit nur eine geringe Chance hatte; das sagte er auch Niccolò.

»Es stimmt, daß wir mit Sünden bedeckt sind, aber wir dürfen nie die Hoffnung aufgeben, Pasquale. Ohne Hoffnung gibt es nur Verzweiflung, und mit der Verzweiflung kommt das Böse. Wenn wir Gott zum Freund haben wollen, müssen wir auf Vergebung hoffen. Die Savonarolisten versprechen sie, aber es ist nicht an ihnen, sie zu erteilen. Ah, wir nähern uns dem Ufer.«

Das Pfeifen der Kesselrohre in der Heronmaschine der Fähre wurde zu einem mit dem menschlichen Ohr kaum mehr wahrnehmbaren Schrillen. Das Schaufelrad drehte sich schneller, besprühte das Deck mit eiskalten Wassertropfen. Die Fähre wendete, nahm Kurs auf das ruhigere Wasser am Flußufer, um unterhalb der Stadtmauer nahe dem Tor anzulegen. Der Kopf des toten Fährmannes ruckte durch die Vibrationen hin und her. Seine Augen glitzerten im Mondlicht, schauten blind und töricht. Der Tod macht uns alle zu Toren, dachte Pasquale.

Die Savonarolisten hatten sich zum Großteil an der landzugewandten Seite der Fähre aufgestellt, Musketen und Arkebusen drohend dem steinigen, öden Ufer zugewandt. Pasquale rief einen der Schergen zu, ob sie Kampf erwarteten, und der Mann grinste und fuhr sich mit dem Daumennagel quer über die Kehle.

Rosso stieß sich vom Geländer ab, an dem er die ganze Zeit gelehnt und auf das brennende Florenz geschaut hatte. »Jetzt sind wir Feinde unserer eigenen Stadt«, murmelte er. Neben ihm bewegte sich der Affe unruhig und zerrte an seiner Kette. Er haßte Wasser, schien sich auf der kleinen Fähre unbehaglich und beklommen zu fühlen.

»Ihr wußtet, auf was Ihr Euch einließt«, gab Pasquale zurück. »Ich hoffe, ich kriege Eure Bilder zu sehen, Meister, wenn Ihr erst für Eure neuen Auftraggeber arbeitet.«

»Ich weiß nicht, ob ich je wieder malen kann«, erwiderte Rosso. »Dies ist ein bitteres Geschäft, Pasqualino. Du solltest mich hassen, und ich könnte es dir nicht verdenken. Ich war ein Narr.«

»Es gibt stets Vergebung«, sagte Niccolò.

»Seid ruhig«, rief einer der maskierten Savonarolisten. »Ihr tut jetzt, was wir wollen. Jeder von euch.«

Plötzlich konnte man das Ufer und die hochaufragende Stadtmauer sehen. Signallampen blinkten grün und rot auf einem der nahen Türme. Mühsam gegen die Strömung ankämpfend, hielt die Fähre auf einen schmalen Ufereinschnitt unter der Mauer zu. Als sie sich dem Ufer näherte, stiegen Lichter auf. Raketen.

Pasquale hielt sie zuerst für Signale von am Ufer wartenden Savonarolisten. Aber mehr und mehr wieselten hoch in den nächtlichen Himmel und zerbarsten am Scheitelpunkt ihres Bogenfluges zu weißem Funkenregen. Giustinianis Männer fielen ihm ein, wie sie mit ihren Raketen Panik verbreitet hatten unter der Menge auf der Piazza della Signoria. Rauch trieb über den Fluß, dämpfte den blendenden Schein der explodierenden Raketen. Die Savonarolisten begannen, in den Rauch hineinzuschießen, und rotes Mündungsfeuer blinkte auf.

Durch den Krach aufgescheucht, rannte der Affe Ferdinand aufgeregt hin und her, soweit seine Kette das zuließ. Rosso gestikulierte, warf die Hände hoch, und im selben Moment riß sich der Affe von der Kette los; oder nein, Rosso hatte ihn laufen lassen. Der Affe hüpfte aufs Vorderdeck, hinter den Trauben her, die Rosso geworfen hatte. Der brutale Scherge und Salai stürmten mit gezogenem Schwert von verschiedenen Seiten auf ihn zu; Ferdinand wich beiden aus und kletterte rasch an einem der Befestigungsstricke des Dampfabzugs hoch.

Rosso legte Pasquale die Hände auf die Schultern und stieß ihn über Bord.

Der Schock des kalten Wassers vertrieb Pasquales Überraschung. Einen Augenblick lang glaubte er, in der Dunkelheit ertrinken zu müssen; er strampelte wie wild mit den Beinen und versuchte, seine Hände, die immer noch auf dem Rücken gefesselt waren, frei zu bekommen. Dann tauchte Rosso neben ihm auf und schob ihm einen Arm unter das Kinn. Sie trieben von der Fähre weg, die mit rückwärtsdrehendem Schaufelrad vom Ufer wegzukommen versuchte. Vereinzelte Schüsse schlugen platschend neben Rosso und Pasquale ein, der eine so nahe an Pasquales Gesicht, daß er im Sinken an den durchnäßten Falten seines Wamses zerrte. Das Schaufelrad blieb stehen, und die Fähre trieb seitwärts in die Strömung. Ihre Silhouette zeichnete sich vor dem Rauch und Licht des Ufers ab. Dann schoß etwas funkensprühend über die Wasseroberfläche und krachte in das Heck.

Rosso strampelte und strampelte, Pasquale immer noch fest im Griff, und nach kurzer Zeit wankten sie das Kiesufer eines kleinen Stauwasserbeckens hinauf, wo einige Leichen mit dem Gesicht nach unten im

Wasser lagen, Männer, die beim Kampf auf den Brücken gefallen und hier von der Strömung angeschwemmt worden waren.

TEIL DREI

Das gestörte Maß

1 Als Pasquale und Rosso schließlich das steinige, mit verrotteten Baumstümpfen übersäte Flußufer erklommen hatten, war der Schußwechsel zwischen den Savonarolisten und den Truppen an Land zu Ende. Die Fähre war auf Grund gelaufen und brannte lichterloh. Alle Savonarolisten, die nicht über Bord gesprungen waren und sich dem zweifelhaften Erbarmen ihrer Feinde ausgeliefert hatten, waren sicher tot.

Pasquale wäre losgerannt, um Niccolò zu finden, wenn Rosso ihn nicht festgehalten hätte. »Wir müssen unser eigenes Leben retten!« sagte er eindringlich.

Voller Verachtung und Verzweiflung riß Pasquale sich los und brüllte: »Er ist mein Freund!« Dann stürzte er sich auf Rosso, warf ihn zu Boden und hätte womöglich versucht, ihn zu töten, wären nicht plötzlich nahe Stimmen laut geworden.

Es war eine Abteilung der Stadtmiliz, die nach Überlebenden des Fährenwracks suchte. Pasquale und Rosso versteckten sich unter den frisch gehäuteten Kadavern von Pferden und Maultieren. Beide zitterten inzwischen am ganzen Leib, denn ihre durchnäßten Kleider waren eiskalt und würden in der nächtlichen Kälte kaum trocknen. Mit klappernden Zähnen umarmten sie einander, um sich gegenseitig zu wärmen, doch beide wußten, daß, umgeben von Blutgestank und dem gelben Grinsen toter Tiere, ihre Freundschaft gestorben war.

Die Milizionäre suchten ohnehin nur halbherzig. Das Mondlicht verwandelte das Wirrwarr am Ufer in einen schattenerfüllten Irrgarten, in dem sich hundert Männer vor einem tausendköpfigen Suchtrupp hätten verbergen können. Dazu war es eine kalte Nacht, und die Miliz wußte besser als manch anderer, daß Sardinia von den Schatten jener heimgesucht wurde, die verschwunden waren, weil es der Signoria so gefiel und der Sicherheit der Stadt diente. Zudem mußten sie ihre Munition selbst bezahlen und hielten es für unnötig, sie an Überlebende zu verschwenden, die die Fähre wahrscheinlich gestohlen hatten. Sie marschierten zurück in ihre warme Wachstube, ohne die Gegend gründlich abzusuchen, und meldeten den Vorfall noch nicht einmal. In dieser Nacht war schon genügend Irrsinniges geschehen.

Rosso und Pasquale verließen ihr Versteck und folgten einem schmalen Pfad, der zwischen weißen Steinquadern hindurchführte, über einen kleinen Hügel mit verrotteten Baumstümpfen und zerbrochenen Skeletten von Pferden und Maultieren. Brustkörbe schimmerten wie Elfenbeinsprossen im rauchigen Mondlicht. Auf halbem Wege stürzte ein Schatten mit leisem Klirren auf sie zu. Es war der Affe Ferdinand, mit klatschnassem Fell, das in Büscheln abstand.

Rosso stöhnte auf und rief leise, daß er wohl verflucht sei, diese Bürde bis an sein Lebensende zu tragen. Der Affe stieß traurige kleine Klagelaute aus, während Pasquale ihn hinter den Ohren kraulte, und schien beinahe froh, als Rosso nach der Kette griff. Er wand sie sich um den Arm und riß grob daran, obwohl der Affe ganz fügsam zwischen den beiden Männern hertrottete, als würden sie nur nach getaner Arbeit in ihre Lieblingsschenke gehen.

Doch diese Zeiten waren vorbei.

Bald erreichten sie das kleine Tor am Fuße des eckigen Munitionsturmes, neben einem Kanal, der unter der Stadtmauer hindurchsprudelte. Ein Mühlhaus stand auf der anderen Seite des raschfließenden Stromes; gelbes Licht quoll durch die Ritzen der großen Holzläden im ersten Stock. Aber das Tor war natürlich verschlossen, und Rosso und Pasquale wagten nicht, anzuklopfen und Eintritt zu verlangen. Es war klar, daß die Miliz in dieser Nacht nervös war und keine Ausrede brauchte, zwei zitternde Nachzügler zu erschießen, also blieb ihnen nichts anderes übrig, als an der Stadtmauer entlang zur nächsten Straße zu gehen und auf das Öffnen des Prato-Tores beim ersten Hahnenschrei zu warten. Wenigstens hielt das Gehen ihr Blut in Bewegung.

Rosso meinte, er wisse wohl, daß mit seiner Rettungsaktion das Geschehene nicht wiedergutgemacht sei, aber mehr habe er nicht tun können. Er ruckte an der Kette des Affen und sagte: »Vielleicht kannst du das Modell ja verkaufen, wenn die Savonarolisten es nicht finden.«

»Vielleicht«, wiederholte Pasquale. Er war nicht davon überzeugt, daß Rosso nur wegen seines Wunsches nach Vergebung geholfen hatte – jeder, der in der Lage war, das Flugmodell denen anzubieten, die es haben wollten, konnten seinen Preis selbst bestimmen; ob er die Transaktion lebend überstehen würde, war allerdings fraglich. Und was seinen früheren Meister anging, so empfand Pasquale nichts als leeres Mitgefühl, und das mehr für sich selbst als für Rosso. Plötzlich war er den Elementen ausgesetzt, steuerlos und ohne Kompaß.

»Es ist ja nicht nur, daß ich Folterungen nicht ertrage«, setzte Rosso wieder an. Er hatte die Arme verschränkt und schlug sich im Gehen gegen die Brust, wie ein Vogel mit gestutzten Flügeln, der zu fliegen versucht.

»Niccolò fand es schwer genug«, unterbrach Pasquale, einen unbarmherzigen Zug an sich entdeckend.

»Natürlich, natürlich. Im Grunde kann ich meine

Freunde oder meine Stadt wohl doch nicht verraten. Als abstrakter Gedanke sind diese Dinge kein Problem, aber die Wirklichkeit ist völlig anders. Es mag so aussehen, als hätte ich keine Prinzipien, aber sie sind durchaus vorhanden, wenn auch tief vergraben.«

»Dann hattet Ihr also nicht vor, Giulio Romano umzubringen?«

»Nein, nein! Das war nur ein dummer Unfall. Außerdem war ich gar nicht im Turm.«

»Ich dachte mir schon, daß Ihr den Affen irgendwie dazu gebracht habt«, bemerkte Pasquale und konnte sogar im verblassenden Mondlicht erkennen, wie sehr dieser Schuß gesessen hatte, denn Rosso stolperte, fluchte und ging eine ganze Weile schweigend weiter, bevor er wieder zu sprechen begann.

»Na gut, den Hauptteil hast du ohnehin schon erraten. Aber niemand hat ihn zu dem Mord angehalten. Der Affe kletterte den Signalturm hinauf, das stimmt, aber nicht mit der Anweisung, den armen Giulio zu töten. Nein, das wäre mir nie in den Sinn gekommen, und ich hatte gedacht, der Affe sei soweit, weil ich ihm bereits beigebracht hatte, Trauben von immer höheren Plätzen zu holen, und er auf meinen Befehl überallhin kletterte. Warum denkst du wohl, hat er so leicht gelernt, dem närrischen Mönch die Trauben zu stehlen?

Wir hatten verabredet, daß Giulio die Lampen des Signalturmes in Signor Taddeis Palazzo zu einer bestimmten Uhrzeit anzünden würde. Als Gegensignal sollte ich kurz eine Laterne aufblinken lassen und dann den Affen hinaufschicken, um den Preis zu holen. Wir mußten zu solchen Mitteln greifen, weil Raffaels Gefolge scharf beobachtet wurde, wie du dir vorstellen kannst. Deshalb war ich in jener Nacht dort; Giulio befürchtete, das Entwendete wieder abgenommen zu bekommen, und wollte es lieber mir anvertrauen, obwohl ich keine Möglichkeit hatte, es dorthin zu bringen, wohin es sollte.«

»Dann hat also Romano das Fluggerät gestohlen, nicht Salai.«

»Du weißt demnach nicht alles, Pasqualino. Nein, Salai hat Giulio nur gesagt, wo er es finden würde, mehr nicht. Wir wußten ja, daß, wenn das Gerät vermißt wurde, der Verdacht sofort auf ihn fallen würde. Giulio hatte keine Schwierigkeiten, es an sich zu nehmen, als er und Meister Raffael den Großen Ingenieur besuchten. Er machte auch Aufnahmen von den Notizen des Großen Ingenieurs, weil sie zu kompliziert waren, um sie schnell abschreiben zu können, selbst wenn der Große Ingenieur nicht in Spiegelschrift schreiben würde. Wie Giulio über jede der langen Belichtungen schwitzte! Der Affe trug ein Geschirr mit gepolsterten Taschen für die Glasplatten.«

»Jetzt verstehe ich, wie das alles passiert ist. Am gleichen Tag traf Salai beim Gottesdienst für unsere Bruderschaft auf Romano. Aber warum wollte Romano Euch das Gerät und die Bildplatten geben?«

»Ganz einfach. Alles lief nach Plan, aber Romano wurde nervös, als die Geheimpolizei diskrete Nachforschungen über Raffael anstellte. Er befürchtete, man würde ihre Räume durchsuchen. Schließlich wurde das Gerät vermißt, nachdem Raffael und seine Leute den Turm besucht hatten. Natürlich hatten wir das alles schon vorher bedacht und nach einer Möglichkeit gesucht, das Gerät und die Bildplatten zu übergeben, ohne uns treffen zu müssen.«

»Darum habt Ihr also mit Eurem Affen vor Signor Taddeis Palazzo gewartet.«

Rosso seufzte. Er schien der Verwicklungen seiner

Geschichte müde, redete aber weiter wie ein Ochse, der in endlosen Runden um eine Wasserpumpe trottet. »Ja, genau. Nachdem du die Schenke verlassen hattest, holte ich den Affen und ging direkt zu Taddeis Palazzo. Dort wartete ich und behielt den Signalturm durch ein Fernrohr im Auge, mit Ferdinand an meiner Seite, der den Turm genauso scharf beobachtete. Er hatte in jener Nacht den Teufel in sich, ich schwör's dir. Als er sah, daß sich die Signalarme bewegten, kletterte er sofort über die Außenmauer des Palazzo und wieselte die Turmwand hinauf, ohne auf meinen Befehl zu warten. Du kannst dir meine Gefühle vorstellen, als ich ihn da hochklettern sah, denn all unsere Pläne hingen nun von diesem Tier ab. Rasch und geschickt kletterte er den Turm hinauf und verschwand durch das offene Fenster. Was dann geschah, kann ich nur raten, obwohl ich Giulios entsetzlichen Schrei hörte; der Affe glaubte wohl, daß Giulio ihn angreifen wolle, als er versuchte, ihm das Geschirr abzunehmen. Vielleicht machte Giulio auch eine Bewegung, von der sich der Affe in seiner Erregung bedroht fühlte. Wie dem auch sei, sie kämpften, Giulio wurde getötet und der Affe kam mit leeren Händen zurück. Inzwischen war Taddeis Haushalt durch Giulios Schrei aus dem Schlaf gerissen worden, und ich mußte schnellstens verschwinden. So kam es, daß du bei Giulios Leiche das kleine Modell fandest und es an dich nahmst, weil du es für ein Spielzeug hieltest. Und hier stehen wir nun in der Kälte und der Dunkelheit.«

»Nicht mehr lange«, meinte Pasquale.

Sie bogen um eine Ecke der Stadtmauer, ließen den steinigen Boden Sardinias hinter sich und betraten welliges Heidegebiet, das sich vor ihnen im Mondlicht erstreckte. Nicht weit entfernt war ein kleines Wäldchen und daneben verstreute Lagerfeuer wie ein vom kalten Nachthimmel herabgefallenes Sternbild, dahinter die dunklen Formen der Wagen im Halbkreis.

Es war ein nächtliches Lager von Reisenden, die die Stadt vor Toresschluß nicht mehr erreicht hatten. Bettler und Flüchtlinge vom Land, die hofften, in den Manufakturen der Stadt Arbeit zu finden, dazu ein Ritter mit seinem Gefolge und ein Kaufmann mit seinen Fuhrwerken. Straßenhändler und Huren aus der Stadt hatten sich unter sie gemischt, verkauften Eßwaren und Wein oder gingen ihrem nächtlichen Gewerbe nach. Nur die kleinsten Kinder schliefen, denn Gerüchte über die Ereignisse in der Stadt machten die Runde. Pasquale und Rosso beteiligten sich nicht am Gespräch, da sich bestimmt Spione und Informanten unter die mehr als hundert hier lagernden Menschen gemischt hatten. Sie behaupteten nur, von Straßenräubern angegriffen und ins Wasser geworfen worden zu sein. Sie hatten kein Geld, sich etwas zu essen zu kaufen, und wurden nicht gerade mit offenen Armen aufgenommen, aber Pasquale brachte den Affen dazu, ein paar Rückwärtssaltos zu machen, auf den Händen zu laufen und mit den Füßen kleine Gegenstände aufzufangen.

Diese Vorstellung brachte kein Geld, aber Suppe, trockenes dunkles Brot, Tabak und eine Flasche guten Rotweins von dem Kaufmann, einem eleganten Mann in Brokatwams und Kapuze, mit Ringen an jedem Finger seiner weißen Hände. Er war nicht viel älter als Pasquale und fand Gefallen an ihm, um so mehr, als sich herausstellte, daß Pasquale Maler war und woher er kam. Eine Stunde lang redeten sie über Fiesole, das der Kaufmann gut kannte, die zerbrochene Radachse, durch die sich die Reise des Kaufmanns verzögert, die Bilder, die der Kaufmann von seinem Vater geerbt, und den Mord an Raffael, von dem der Kaufmann am Nachmittag zuvor durch einen Melder erfahren hatte.

Der Himmel wurde milchig, als sich die Morgendämmerung näherte. Pasquale schlief ein und erwachte unter einer Decke, die steif von Rauhreif war. Er hatte nur eine Stunde geschlafen, doch war es jetzt hell genug, die mit Waffen gespickte Stadtmauer zu erkennen, die Dächer und Türme dahinter und den vielerorts bereits aufsteigenden Rauch.

Um ihn herum brach man auf. Pferde wurden vor ihre Fuhrwerke gespannt, Lagerfeuer ausgetreten, Bündel mit Besitztümern auf Karren und Zuggestelle geladen, und alles bewegte sich über die schlammige Straße auf das Prato-Tor zu. Die Straßenhändler und Huren standen bereits dichtgedrängt vor dem Torbogen, gähnten und besprachen ihre nächtliche Arbeit.

Pasquale wanderte durch das sich auflösende Lager, suchte Rosso und entdeckte schließlich den Affen, der im Schatten des kleinen Wäldchens hockte. Das Tier sprang auf ihn zu, als er näherkam. Es hatte seine Kette verloren und war sichtbar erregt, rannte voraus, kam zurück und umklammerte dann Pasquales Bein.

Auf diese Weise führte der Affe Pasquale durch das Wäldchen. Pasquale war zunächst amüsiert, dann verärgert und bekam es schließlich mit der Angst. In der Mitte des Wäldchens stand eine Großvatereiche, deren lange Äste in alle Richtungen über dem moosigen Boden ragten. Der Affe setzte sich auf die Hinterbacken, schlug die Arme über den Kopf und schaukelte vor und zurück.

Pasquale ließ ihn dort sitzen und ging langsam um die Eiche herum zu der Stelle, an der Rosso hing. Er hatte das eine Ende der Kette um einen der dicken unteren Äste geschlungen, das andere um seinen Hals. Seine Schuhspitzen berührten die froststarren Grashalme, während sich sein Körper im bitterkalten Wind drehte, der zu Sonnenaufgang aufgekommen war. Die Krähen hatten ihn bereits entdeckt und ihm die Augen ausgehackt, und Blut, roter als sein Haar, war ihm über die Wangen gelaufen wie die Tränen der Verdammten.

2 Als Pasquale, dicht gefolgt von dem Affen, aufgewühlt und entsetzt aus dem Wald rannte, ertönten entfernte Trompetenfanfaren. Die Stadttore wurden geöffnet.

Doch als er die Straße erreichte, sah er, daß etwas nicht stimmte. Diejenigen, die nahe am Tor gewartet hatten, um die Wachen zu passieren, wurden von Trupps der Stadtmiliz mit Knüppelhieben zurückgetrieben. Straßenhändler ließen ihre Waren fallen und flohen; Huren rafften ihre Röcke und rannten fluchen davon. Wer nicht schnell genug rannte, wer mutig oder dumm genug war, sich nicht vertreiben zu lassen, wurde zur Seite gestoßen. Die Knüppel der Soldaten hoben und senkten sich immer wieder, und ab und an blitzten Schwerter.

Ein Trupp Kavallerie brach in vollem Galopp aus dem tiefen Schatten des Torbogens hervor, mitten durch die Milizionäre und die Einlaßwilligen hindurch. Pasquale sah den Wagen des Kaufmanns umkippen, als man ihn und die entsetzlich wiehernden Pferde von der Straße in den Graben drängte.

Weitere Reiter galoppierten durch das Tor, ritten zu beiden Seiten einer langen Reihe von Kutschen, deren Gespanne von den Kutschern unter heftigem Peitschenknallen vorwärtsgetrieben wurden. Scharfschützen mit korkbesetzten Brustpanzern und glatten, schalenförmigen Hirnhauben lagen auf den Dächern der Kutschen; ein weiterer Kavallerietrupp folgte. Die Gruppe raste unter dem Donnern der Räder und Hufe und dem fast tierischen Gebrüll der Männer in einer riesigen Staubwolke vorbei.

Pasquale sah, daß die mittlere Kutsche von einem Gespann weißer Pferde gezogen wurde und das kobaltblaue Banner des Vatikans trug. Er erhaschte einen

Blick auf das Gesicht eines Mannes, der durch das dickverglaste Wagenfenster schaute, ein schweres, grobschlächtiges Gesicht mit unrasierten Wangen und kleinen kurzsichtigen Augen. Der Mann sah wütend, aber entschlossen aus, und sein grimmiger Blick ließ Pasquale nicht los, selbst als die Kutsche schon vorbeigedonnert war.

Rings um Pasquale waren die Menschen erstarrt und hatten sich die Hüte vom Kopf gerissen; manche fielen sogar auf die Knie, ohne auf die Räder der Kutschen zu achten, die nur eine Armeslänge entfernt an ihnen vorbeiratterten. Da verstand Pasquale. Der Papst fuhr ab, floh vor den Unruhen, die Florenz zu zerreißen drohten.

Dann waren die Kutschen und Soldaten verschwunden, nur eine Staubwolke und fernes Rumpeln blieben zurück. Die Menschen wandten sich wieder ihren vorherigen Beschäftigungen zu, bewegten sich wie aus einem Traum erwacht. Pasquale sah, daß jeder angehalten und von bewaffneten Milizionären befragt wurde.

Statt eine sofortige Befragung zu riskieren, half Pasquale lieber dem Kaufmann und seinen Männern. Sie schnitten die Pferde los, entluden den Wagen und zogen ihn mit großer Mühe aus dem Graben auf die Straße hoch. Die Pferde waren zutiefst erschreckt, aber unverletzt, und die Männer gewandt und umsichtig. In weniger als einer Stunde hatten sie das Geschirr geflickt, die Pferde vorgespannt und den Wagen neu beladen.

Frühmorgendlicher Verkehr zog die Straße hinauf und hinunter, wich in großem Bogen dem liegengebliebenen Fahrzeug aus. Der Kaufmann dankte Pasquale und erkundigte sich nach dessen Freund.

»Er mußte fort. Eine Ehrensache.«

»Ich sehe, Ihr habt seinen Affen.«

Pasquale drehte sich um, sah Ferdinand in einiger Entfernung sitzen und stöhnte auf. Er hatte den Affen vollkommen vergessen, doch als dieser sah, daß Pasquale ihn anschaute, kam er angelaufen und legte ihm in einer tolpatschigen Umarmung die Arme um die Hüften.

»Ich habe nichts für dich«, sagte er zu dem Tier, und das Herz wollte ihm brechen, als er an den Tod seines Meisters dachte.

Der Kaufmann schaute Pasquale an. »Nach dem Wie und Warum will ich nicht fragen, aber ich sehe, daß Ihr in Schwierigkeiten seid.«

»Ich will Euch keine Unannehmlichkeiten bereiten, Signor, möchte Euch aber um einen kleinen Gefallen bitten.«

Der Kaufmann, der ein gewitzter, freundlicher Mann war, lachte und meinte, Pasquale wirke nicht wie ein gefährlicher Verbrecher, so er denn überhaupt einer sei, und wenn es nur darum ginge, ihn an der Miliz vorbeizubringen, dann wäre das kein Problem. Und so fuhr Pasquale auf der Kutschbank neben dem Kaufmann und dem Kutscher durchs Tor. Der kleine Platz dahinter, auf dem sich sonst Fuhrwerke, *vaporetti* und Pferde drängten und Marktstände aufgebaut waren, lag heute fast verlassen da. Als das Fuhrwerk über den Platz rollte, sah Pasquale auf der gegenüberliegenden Seite, von der drei Straßen abzweigten, rasch zusammengehämmerte Galgen. Sechs Männer, nackt bis auf die Säcke über ihren Köpfen, baumelten an den Galgen, und jeder hatte ein Schild um den Hals, auf dem zu lesen stand: *Ich habe geplündert. Schaut mich an und laßt es euch eine Warnung sein.*

Pasquale begann zu zittern, sah sofort und nur allzu

deutlich Rosso vor sich, wie er sich blicklos starrend im Wind drehte. Der Kaufmann, der Pasquales Reaktion mißverstand, sagte etwas von nächtlichen Auswüchsen und schrie erstaunt auf, als Pasquale vom Wagen sprang, wegrannte und der Affe hinter ihm herstürzte.

Bald war Pasquale im Gewirr der Gassen und Höfe zwischen Santa Maria Novella und dem Duomo verschwunden. Er erkannte ein verblichenes Wandbild der Madonna und ging weiter in Richtung des Hauses, in dem Niccolò Machiavelli seine Zimmer hatte. Der Affe trottete auf eine Weise hinter ihm her, daß Pasquale der morbide Einfall kam, das Tier hätte irgendwie das Wesen des armen toten Rosso in sich aufgenommen, wie Hunde mit der Zeit ihrem Herrn immer ähnlicher werden. So auch der Affe, der mit seinem schwankenden, säbelbeinigen Gang und der Angewohnheit, sich ständig nach allen Seiten umzusehen, Rossos interessierte und doch nervöse Art nachahmte.

Signora Ambrogini war nicht erfreut, Pasquale zu sehen, noch viel weniger Ferdinand. »Signor Machiavelli ist wohl nicht bei dir«, murrte sie durch den fingerbreiten Spalt, den sie ihre Tür nach längerem Klopfen geöffnet hatte.

»Ich wünschte, er wäre es. Bitte, Signora, ich habe etwas in seinem Zimmer liegengelassen.«

»Er war die ganze letzte Nacht aus«, sagte die alte Frau. »Er mag zwar nicht so alt sein wie ich, aber er ist auch kein strammer junger Draufgänger wie du.«

»Ihr könnt mit mir kommen«, bat Pasquale. »Es dauert nur eine Minute.«

»Es war schon jemand hier, der in seine Zimmer wollte. Ich habe ihn weggeschickt und gesagt, ich würde ihm die Miliz auf den Hals hetzen.«

»Wann war das?«

»Noch nicht lange her. Ein Ausländer. Ich muß zur Messe, junger Mann. Die Kirchen werden doch wohl immer noch geöffnet sein.«

»Ganz bestimmt.« Pasquale fiel mit einer dramatischen Geste auf die Knie. »Bitte, Signora, ich flehe Euch an. Ich bringe den Schlüssel sofort zurück.«

»Signor Machiavelli hat seltsame Freunde«, grummelte die alte Frau, »aber das war ein gutes Porträt von mir, junger Mann, auch wenn du mich um Jahre jünger gemacht hast.«

»Das war nur eine Skizze. Mein Dank für diesen Gefallen wird ein Porträt in Öl sein.«

»Bilder sollten nur von schönen Dingen gemalt werden. Ich bin zu alt für Schmeicheleien.«

»So war es nicht gemeint, Signora.«

»Du kannst den Schlüssel unter meiner Tür durchschieben, wenn du fertig bist. Seit zwanzig Jahren habe ich die zweite Messe nur einmal versäumt, und das war an dem Tag, als mein Mann starb. Daß du mir das Tier ja nicht in die Zimmer läßt!«

Pasquale nahm den langen eisernen Schlüssel in Empfang, stammelte seinen Dank und rannte die gewundene Treppe hinauf, schlug an jeder Biegung mit der flachen Hand gegen die Wand. Das Zimmer war genau so, wie er und Niccolò es verlassen hatten, und das kleine Fluggerät ruhte wie ein kleines Boot in dem Meer aus Papier auf dem Schreibtisch unter dem hohen Fenster.

Gerade als Pasquale für das Modell ein Kästchen aus steifem Papier gefaltet hatte und es in seinem Beutel verstaute, erschien kopfüber ein Gesicht vor dem Fenster, dessen rote Haare hin und her baumelten. Der Stelzenmann, der die Gruppe auf der Piazza della Signoria angeführt hatte! Der Mann grinste Pasquale an, und dann schoß seine Hand scharf nach unten. Eine Fensterscheibe zersplitterte, und gelber Rauch quoll herein.

Pasquale stürzte aus dem Zimmer, während hinter ihm der Rest des Fensters eingeschlagen wurde. Er kugelte die Treppe hinab, kam unten auf die Füße und rannte weiter, Ferdinand im Schlepptau, ohne anzuhalten, um den Schlüssel zurückzugeben (den er ohnehin im Schloß hatte stecken lassen), ohne stehenzubleiben, bis er viele Straßen weiter war, und auch dann nur, um wieder zu Atem zu kommen, bevor er weiterrannte zu dem einzigen Ort in der ganzen Stadt, an dem ihm mit Sicherheit keine Gefahr drohte.

3 Volle fünf Minuten mußte Pasquale an Piero di Cosimos Tür klopfen, bis diese endlich einen Spalt breit geöffnet wurde. Pelashil blinzelte ihn schläfrig an. »Ich muß ihn sehen«, drängte Pasquale. »Bitte, laß mich ein.«

Die Frau zog die Tür weiter auf und lehnte sich gegen die Wand, so daß Pasquale beim Eintreten an ihr vorbei mußte. Das schwarze Haar fiel ihr ins Gesicht, und als sie die Hand hob, um es zurückzustreichen, erhaschte Pasquale einen Blick auf ihre kleinen festen Brüste unter dem losen Hemd. Ferdinand hüpfte über die Türschwelle und verschwand eilends den Flur hinab. Pelashil schloß die Tür. »Der alte Mann schläft. Sei leise, Pasquale, und halt den Affen im Zaum.«

»Piero mag Ferdinand, das weißt du. Ich muß mit ihm reden. Ja, und mit dir natürlich auch.«

Pelashil lächelte leise. Sie war nicht im gängigen Sinne schön, aber eine Frau, die durch ihr Lächeln so verändert wurde, daß ein Mann alles tun würde, um dieses Lächeln erneut zu sehen. Unwillkürlich lächelte Pasquale zurück. Sie umarmte ihn rasch, trat dann zurück und kräuselte ihre Stupsnase mit den schokoladenbraunen Sommersprossen. »Du stinkst nach Fluß! Und du hast Schlamm im Haar. Ich werde dich waschen. Wann hast du dich zum letzten Mal gewaschen? Ihr scheut das Wasser, dabei habt ihr so viel davon. In der Wüste waschen wir uns mit Sand.«

»Ich war im Fluß, und das reicht mir an Wasser. Ich erzähle dir von meinen Abenteuern, aber erst muß ich mit Piero sprechen. Es ist sehr wichtig.«

»Du bist zu jung, um irgend etwas Wichtiges zu wissen. Geh zu ihm, wenn du mußt.«

Das ganze Haus gehörte Piero di Cosimo, doch er lebte und arbeitete ausschließlich in dem großen zugigen Raum, der den größten Teil des Erdgeschosses einnahm. Nur von einer Reihe von Spiegeln erhellt, die das Sonnenlicht in alle Winkel und Ecken reflektierten, war der Raum zu dieser frühen Stunde voller graubrauner Schatten, sepiafarben wie das Pigment, das man aus dem weichen Körper des Tintenfisches gewann. Große Leinwände lehnten umgedreht an der Wand, um die bemalte Oberfläche vor dem Licht zu schützen; eine stand auf einer Staffelei, bedeckt von einem farbfleckigen Tuch. Als er aus der Neuen Welt zurückgekommen war, hatte Piero sein Geld damit verdient, *spallieri*, kleine dekorative Holztafeln, für private Auftraggeber zu malen. Seine Szenen aus dem Leben der Wilden waren besonders beliebt gewesen zu einer Zeit, wo alles, was mit der Neuen Welt zu tun hatte, in Mode war. Nun malte er nur noch für sich selbst und verkaufte nichts mehr.

Das Atelier war nicht nur mit Bildern vollgestellt, sondern auch mit alten Möbeln – Tischen mit zerbrochenen und zusammengeflickten Beinen, einem Sofa mit herabgesackter Lehne, in dem die Mäuse hausten, wackeligen Hockern, einem alten *cassone* mit zersplitterter Vorderseite und ohne Deckel. Außerdem standen mechanische Geräte und Apparaturen herum, denn Piero war fasziniert von den Erfindungen der Mechaniker, hatte kaputte Maschinen gesammelt und versucht, sie zu reparieren oder etwas Neues daraus zu machen. Da gab es ein automatisches Musikgerät mit muschelförmigem Eisengestell, ausgefransten oder gerissenen Saiten und verbogenen oder fehlenden Hämmerchen. Eine Tantalustasse. Eine aus den Kolonien stammende Langbüchse mit einem achteckigen, volle zwei *braccia* langen Lauf. Eine Art Plüschpuppe, die von einem Uhrwerk angetrieben wurde, saß, die Beine von sich gestreckt, der Kopf vornübergefallen, zusammengesunken auf einer Bank. Eine mechanische Prophezeiungsmaschine mit zerbrochenen Federn, deren verklemmte Anzeige auf *Geduld birgt Tugend* stehengeblieben war. Eine Maschine, die durch Drehen einer Kurbel Pigmente mahlen und vermischen sollte, aber nach Pasquales Erfahrung den Benutzer nur in Wolken feinsten Farbstaubs hüllte; ein automatischer Abakus für doppelte Buchführung; ein mechanischer Webrahmen, zerbrochen und wieder zusammengeflickt mit der Idee, die Lochkarten zu Bildern zu verarbeiten; eine Uhr mit kompliziertem Getriebe, das die sich fortlaufend vermindernde Spannung der Zugfeder ausglich. Das Klicken des Federausgleichs war für einen Augenblick das lauteste Geräusch im Raum. Dann entdeckte Pieros zahmer Rabe den Affen, bewegte sich raschelnd auf seiner Stange und krächzte: »Gefahr!«

Piero schlief auf einem Rollbett hinter einem mit Szenen von den freundlichen Inseln der Neuen Welt bemalten Vorhang. Pelashil trat an das Bett und schüttelte ihn an der Schulter, bis er aufwachte und schwächlich versuchte, ihre Hand abzuschütteln. Sie zuckte die Schultern und warf Pasquale einen glutäugigen Blick zu, bevor sie verschwand.

Piero zog die dreckige Decke über sich. Sein kräftiges weißes Haar stand nach allen Richtungen um das nußbraune runzelige Gesicht, und er kratzte und fummelte eine ganze Minute lang in seinem Hosensack herum, bevor er aufstand, quer durchs Zimmer zu einem Waschstand schlurfte und dort sein Wasser abschlug. Halb von Pasquale abgewandt, öffnete Piero dann das Fenster und goß den Inhalt der Schüssel in den wilden, von Unkraut, Ranken und dichten Hecken überwucherten Garten.

»Habe ich Euch gekränkt, Meister?« wollte Pasquale wissen.

»Du bist ein schlimmer Junge«, sagte Piero, schlurfte immer noch halb abgewandt in die Ecke zurück und ließ sich vorsichtig auf seinem Bett nieder. Langsam streckte er sich aus und zog mit seinen knotigen, arthritischen Händen die Decke hoch bis an das Kinn. Schließlich sah er Pasquale an. »Ich schlafe. Du bist ein Traum«, erklärte er. Dann fiel sein Kopf auf den schmierigen Lappen, der ihm als Kopfkissen diente, und er begann, tief und rasselnd durch den Mund zu atmen.

»Ihr habt wieder dieses Zeug genommen«, bemerkte Pasquale, bekam aber keine Antwort. Er fügte hinzu: »Ihr solltet etwas essen. Träume sind nicht alles.«

Auf dem Ofen stand ein Topf mit hartgekochten Eiern – Piero kochte sie gleich in großen Mengen, wenn er seinen Leim oder Kleister zubereitete –, doch als Pasquale eines aufschlug, kam ihm ein ekliger Schwefelgestank entgegen, und er sah, daß das Eiweiß grünlich verfärbt war.

»Pelashil sollte für Euch kochen.« Normalerweise löste so eine Bemerkung einen Streit über Unterdrückung aus, wobei Pasquale die Meinung vertrat, Piero hätte Pelashil nicht aus der Neuen Welt mitbringen sollen, wenn er nicht wollte, daß sie unterdrückt wurde, und Piero konterte, das sei genau der Punkt, und dann phantastische Behauptungen von Sklaverei als Freiheit und Freiheit als Sklaverei folgen ließ. Aber dieses Mal schlief Piero trotzig weiter oder tat zumindest so. Pasquale setzte sich auf einen wackeligen Hocker und betrachtete den alten Mann eine Weile lang. Vielleicht döste er ein, denn Pelashil rüttelte ihn an der Schulter, und nun schlief Piero wirklich, schnarchte mit offenem Mund, vor dessen weichem Gaumen verrottete schwarze Zahnstümpfe zu sehen waren.

Pelashil legte den Finger auf die Lippen und führte Pasquale in den Küchenvorraum, wo ein kugelrunder Ofen Hitze verströmte und gewebte Behänge mit leuchtenden geometrischen Mustern die abgeblätterten Wände verdeckten, so daß man sich vorkam wie im Zelt in einem fernen maurischen Land, wo die Sonne zu Mittag so heiß herunterbrennt, daß der Wüstensand zu Glas schmilzt.

Halb benommen vor Erschöpfung, hatte Pasquale vergessen, warum er hergekommen war, und ließ zu, daß Pelashil ihn auszog. Seine Kleider waren steif vor Schlamm. Sie wusch seinen Körper mit einem feuchten Tuch, drückte ihm dann eine Schüssel mit Suppe in die Hand. Geröstete Brotkrusten waren in die Suppe gebröckelt, so daß er sie ohne Löffel essen konnte. Er wollte wissen, wo der Affe war, und sie zuckte die Schultern und deutete auf den Garten; sie hatte ihn hinausgelassen. Als er aufstehen wollte, um nach dem Tier zu sehen, hielt sie ihn fest, senkte den Kopf mit seltsam nach innen gerichtetem Lächeln, ließ ihre krausen schwarzen Haare über seine Brust streichen, dann tiefer, bis sich seine Männlichkeit unter der kitzelnden Berührung zu regen begann und er aufstöhnte und sie an sich zog.

Als Pasquale erwachte, hatte sich das Stückchen Himmel, das durch das Fenster zu sehen war, verdunkelt wie ein Fetzen violetten Tuchs, das sich in den Ästen der unbeschnittenen Bäume in Pieros Garten verfangen hatte. Pelashil zog träge und entspannt ein mattweißes Gewand über ihre braungelbe Haut. Pasquale sah ihr zu, schwach vor Erschöpfung und Zärtlichkeit, und fragte, wohin sie ginge.

»Zur Arbeit«, erwiderte Pelashil. »Er verdient kein Geld. Ich muß es tun.«

»Bring ihn doch dazu, eines seiner Bilder zu verkaufen«, schlug Pasquale vor. Er stand auf und knuffte die Luft mit den Fäusten. Es war so warm, daß sie sich wie eine feste Substanz anfühlte. »Wenn er auch nur eines verkaufen würde, wäre er für den Rest seines Lebens versorgt.«

Pelashil schüttelte den Kopf. »Nein! Er braucht sie. Er lebt dort.«

»In den Bildern?«

»An einem Ort, den er findet, wenn er sie malt. Er ist der erste Mara'akame deines Volkes, aber vielleicht nicht der letzte. Du kannst viel von ihm lernen, Pasquale. Ich bin ihm gefolgt, weil er ein mächtiger Mara'akame ist. Er ist weit gereist in den Ästen des Lebensbaumes.«

»Ich dachte, Piero hätte dich zur Sklavin gemacht, damit du ihm folgst, sein Bett mit ihm teilst«, sagte Pasquale erstaunt.

Pelashil stieß ein Geräusch aus, das halb verächtliches Schnauben, halb Lachen war. »Als ich ihn kennenlernte, war er jünger und voller Manneskraft, wußte aber nicht so viel wie jetzt. Macht braucht Kraft.«

»Du hast dein Volk verlassen, weil du es wolltest? Ich dachte immer …«

»Daß ich seine Dienerin wäre? Genausowenig, wie du Rossos Diener bist. Ah, warum zuckst du beim Namen deines Meisters zusammen? Was ist passiert?«

»Ich muß dir viel erzählen, Pelashil, aber ich weiß nicht, ob jetzt die richtige Zeit ist.«

Pelashil hatte ihr Kleid fertig geschnürt und schlang sich ruhig ein Tuch um die Schultern, warf das eine Ende über den Kopf. »Ich will dir etwas sagen, Pasquale, aber du mußt mir versprechen, es niemandem weiterzuerzählen.«

»Selbstverständlich.«

»Du bist ein gutaussehender Junge voller Leben. Verlaß diese Stadt. Als du Piero als deinen heimlichen Meister wähltest, wußte ich, daß du im Herzen ein Reisender bist wie er.«

»Ja, es kann sein, daß ich bald fort muß, Pelashil. Wirst du mit mir gehen?«

»Ich wurde die Dienerin eines fremden Magus, weil das für eine Frau meines Volkes die einzige Möglichkeit ist, wirkliche Macht zu erlangen. Unsere eigenen Mara'akame reden nur mit den Männern, obwohl es in der Vergangenheit berühmte weibliche Mara'akame gegeben hat. Sie wollten nicht mit mir sprechen, aber sie redeten mit Piero und führten ihn auf den Weg zur Weisheit. Seither ist er diesen Weg immer weitergegangen, und ich bin ihm gefolgt.«

»Die Pflanze, die er ißt ... ißt du auch davon?«

»War nicht ich es, die sie dir gegeben hat? In meinem Volk essen sie alle. Nur wir wissen, wo Híkuri, das echte Peyote, zu finden ist und wie man es auf der Pilgerfahrt zum geheiligten Land sammeln muß.«

»Ich dachte, es würde mir beim Malen helfen, Pelashil. Darum habe ich es genommen.«

»Du bist immer noch wie die anderen deines Volkes, Pasquale. Du bist nicht im Gleichgewicht. Die Macher von Dingen, von Maschinen, regieren dich, aber sie sehen nur die Hälfte der Welt. Híkuri enthüllt die Wahrheit hinter dem, was wir glauben zu sehen.«

Pasquale dachte an Pieros Experimente mit den Geräten, die die Mechaniker weggeworfen hatten. »Dann möchte Piero also beides verstehen«, meinte er.

»Er steht in der Mitte. Er ist der erste Mara'akame, der das tut. Die Nachfolgenden werden es leichter haben und weiter vordringen. Jetzt hör mir zu. Du kannst nicht hierbleiben. Du bringst uns in Schwierigkeiten.«

»Ich weiß nicht, was du meinst.«

»Männer waren hier. Soldaten der Stadt. Haben nach dir gesucht. Das hat ihm angst gemacht. Du mußt gehen, damit er nicht in Gefahr kommt. Und denk an das, was ich dir gesagt habe. Ich werde über dich wachen, weil du kurz davor stehst, den ersten Schritt zu machen.«

Und dann war sie fort. Pasquale begann, seine im Zimmer verstreuten Kleider einzusammeln. Also wurde er nicht nur von den Savonarolisten gejagt, sondern auch noch von der Stadtregierung, zweifellos auf Wunsch des Kaufmanns Taddei. Wenn sie ihn fingen, würde er sofort wieder als Lösegeld für Raffaels Leiche herhalten müssen. Und Giustinianis Männer hatten inzwischen bestimmt Niccolò Machiavellis Räume durchwühlt und suchten ihn wegen des Flugmodells. Ihm war klar, was er tun mußte. Es war das einzige, was ihm übrigblieb. Er mußte das Modell zu seinem Erbauer zurückbringen.

Piero stand im großen Raum an einem Tisch, auf dem Kerzen kleine flackernde Lichtinseln entstehen ließen. Sich mit ausgebreiteten Händen abstützend, lehnte er über Zeichnungen, die wie Blätter auf dem Tisch verstreut lagen. Die Decke hatte er wie ein römischer Senator um sich geschlungen, so daß eine knochige Schulter frei blieb. Mit seinem ungekämmten weißen Bart und den verfilzten Haaren erinnerte er an den heiligen Hironymus in seiner Klause, nur daß ihm die traditionellen Attribute wie Löwe und Kardinalshut fehlten.

Als Pasquale den Raum betrat, bewegte sich der Rabe auf seiner Stange und plusterte die Federn auf. »Sind das neue Bilder, Meister?«

Piero sah nicht hoch, schüttelte aber langsam den Kopf.

»Die Frau hat Suppe für Euch dagelassen, Meister. Ihr müßt etwas essen.«

»Köche werden allein vom Geruch der Speisen monströs fett«, gab Piero zurück, »was nur gut so ist, denn Essen widert sie so sehr an wie der westfälische Grubenarbeiter die Kohle haßt und im eigenen Herd nur Holz verbrennt.«

Piero in diesen Dingen zu drängen, hatte keinen Sinn. »Wenn Ihr nicht hungrig seid, Meister, kann ich das gut verstehen.«

Wieder schüttelte Piero den Kopf. »Die Schatten dringen von allen Seiten auf mich ein. Kein Licht, Junge, kein Licht. Wie soll der arme Piero ohne Licht malen?«

Pasquale entzündete dicke Talgkerzen und stellte sie vor die verstreuten Spiegel und Linsen; ihr Licht flimmerte durch den großen kalten Raum.

»Das Licht steht nicht still«, beschwerte sich Piero, als Pasquale endlich fertig war.

»Das liegt in der Natur des Lichts, Meister.« Sehnsüchtig dachte Pasquale an seinen Engel; seit Tagen hatte er kaum Zeit gehabt, darüber nachzusinnen. Er rief sich den flüchtigen Blick ins Gedächtnis, den er von der Herrlichkeit des Engels erhascht hatte, den Abglanz der Herrlichkeit seines Herrn, dem man sich, wie der Sonne, weder direkt nähern noch ihn ansehen konnte. Doch wie das Sonnenlicht auf dem Wasser tanzt und seine Herrlichkeit vervielfältigt, damit seine blendende Schönheit für das menschliche Auge erträglich wird, so mußte es sicherlich auch bei einem Engel sein, der durchdrungen war von der Herrlichkeit seines Dienstes, betäubt und atemlos von der Reise vom Himmel hinab zur Erde. Er würde sich ständig bewegen – so ruhelos wie das Sonnenlicht auf dem Wasser. Oh, wie sollte man das malen! Wie sein Gesicht malen!

»Bring Licht her«, sagte Piero, und Pasquale trug eine Kerze zum Tisch. Er sah, daß es sich bei den Bildern um sorgsam ausgeführte Studien phanstastischer Tiere handelte, die – von eigentümlichen Felsformationen umgeben – sich bewegten oder zusammengerollt lagen, Blätter über Blätter mit Zeichnungen, und kein Tier glich dem anderen oder irgend etwas, das Pasquale je gesehen hatte, noch nicht einmal den Skizzen, die Reisende von den sie zwischen Himmel und Hölle begleitenden Teufeln auf den merkwürdigen flämischen Bildern gemacht hatten.

»Sind die aus der Neuen Welt, Meister?«

Piero tippte sich an die Stirn. Im Kerzenlicht sah Pasquale den Schädel unter der Kopfhaut seines heimlichen Meisters und erkannte, daß Piero nicht mehr lange zu leben hatte. Er hatte sich weit von der Menschheit entfernt, und die Reise hatte ihn über die Maßen erschöpft.

»Aus dem Land des Geistes«, erklärte Piero. »Cristoforo Colombo tat falsch daran, ans Ende der Welt zu fahren. Es gibt unentdeckte Regionen, die viel größer und wilder und fremdartiger sind als alles, was ein von Skorbut zerfressener Seemann von der Mastspitze seines Schiffes aus je erblickt und für paradiesische Gestade gehalten hat. Das Land des Geistes lebt in uns allen, aber die meisten wissen es nicht. Auch du weißt es nicht, Junge, und bis du es entdeckt hast, wirst du nicht fähig sein, deinen Engel zu malen. Hat die Frau schon mit dir gesprochen?«

»Sie gab mir eine Eurer Pflanzen zu essen, Meister.«

»Erzähl mir nicht, was du gesehen hast – es kann nichts Wichtiges gewesen sein. Nur wahre Meister sehen die Wahrheit. Du wirst uns sowieso bald verlassen. Ich hatte gehofft, die Frau würde noch Zeit haben, dich einzuführen, aber vielleicht ist es besser so. Außerdem verlieren die Pflanzen, die ich noch habe, nach all den Jahren allmählich an Kraft. Ich beneide dich, Pasquale. Du wirst frisches Híkuri zu schmecken bekommen, was mir nie wieder vergönnt sein wird. Habe ich dir von Pelashils Volk erzählt, den Wixarika?«

»Mehrfach, Meister.«

»Magst du es noch einmal hören?«

»Aber ja, Meister.«

Und so erzählte Piero Pasquale, wie das Híkuri gejagt wurde, mit den gleichen Worten wie beim ersten Mal. Er erzählte, daß es in der Trockenzeit geschah, vor dem Winter, und daß, wenn der Mais noch grün, aber der Kürbis schon reif war, eine Gruppe der Wixarika auf eine Pilgerfahrt ging, die zwanzig Tage dauerte. Nachdem sie zwei Tage lang ihre Kostüme vorbereitet, gebetet und sich gereinigt hatten, nahmen sie die Namen von Göttern an und wurden von einem Mara'akame, der den Namen des Feuergottes trug, über die trockene Ebene vor den beiden heiligen Bergen geführt. Dort hielten sie nach Hirschspuren Ausschau, denn ohne Hirsch kein Peyote, da das erste Peyote zu Beginn der Zeit in den Fußspuren des ersten Hirsches gewachsen war. Die erste der kleinen graugrünen Pflanzen wurde stets mit einem Pfeil durchbohrt und mit Opfergaben umgeben; alle anderen wurden sorgfältig untersucht und verstaut. Piero hatte in der ersten Nacht seiner ersten Pilgerreise zum ersten Mal Peyote genommen und war von einer gefleckten Katze durch eine Reihe von Visionen geführt worden, die wie Jahrmarktsbuden nebeneinander angeordnet waren. Beim Aufwachen hatte er gewußt, daß er ein Mara'akame werden würde. Pasquale hatte das alles schon gehört, auf genau die gleiche Weise, aber erst jetzt verstand er, daß alles, was Piero ihm erzählt und Pelashil getan hatte, ihn zu der einen Wahrheit hinführen sollte: Die Welt der Visionen war ebenso wirklich wie die Welt der Mechaniker. »Vergebt mir, Meister«, platzte er heraus. »Ich habe an Eurem Geisteszustand gezweifelt. Das war falsch, und jetzt brauche ich Euren Rat.«

»Ich weiß, ich weiß. Die halten mich für dumm, glauben, ich sei ein Narr oder ein Verrückter, aber das stimmt nicht. Ich weiß, warum die Soldaten hier waren. Darf ich es sehen?«

Pasquale nahm das kleine Modell heraus. Piero betrachtete es von allen Seiten und fragte schließlich: »Und – kann es fliegen?«

»Meister, Ihr erstaunt mich wie immer. Woher wußtet Ihr das?«

»Weil Giovanni Rosso hier danach gesucht hat, noch vor den Soldaten.«

»Ich muß es zu seinem Erbauer zurückbringen. Meister, Ihr habt mit dem Großen Ingenieur gesprochen. Wie kann ich ihn sehen? Könnt Ihr mich zu ihm bringen?«

»Er versteht mich besser als die meisten. Aber wir haben nur zweimal miteinander gesprochen. Ich kenne ihn nicht. Nicht gut genug für deinen Zweck.«

»Aber mein Leben ist in Gefahr, Meister. Ich stehe im Mittelpunkt des Kampfes um einen Preis, den ich mit Freuden hergeben würde, wenn ich könnte.«

»Es heißt, der Papst sei abgereist, habe vor den Straßenkämpfen das Weite gesucht.«

»Das stimmt. Ich habe ihn mit meinen eigenen Augen gesehen.« Pasquale beschrieb die morgendliche Szene vor dem Stadttor und sah, wie das Gesicht seines Meisters weich und verträumt wurde. Piero war ein treuer Anhänger der Medici; als man sie abgesetzt und verjagt hatte, hatte auch er Florenz verlassen und war in die Neue Welt gereist. Als dann Papst Leo X. den Thron Petri bestieg, hatten Piero und Andrea del Sarto einen Triumphzug inszeniert, der den Tod zum Thema hatte. Den Mittelpunkt der Prozession bildete der Kampfwagen des Todes, gezogen von zwei schwarzen Büffeln und bemalt mit weißen Knochen und Kreuzen. Auf diesem Wagen stand eine riesige Figur des Todes, die Sense in der Hand, und überragte triumphierend Gräber, die sich öffneten und in schwarze Tücher gehüllte Gestalten ausspien. Auf die Tücher waren weiße Knochengerüste aufgemalt, so daß sie im Fackelschein wie Skelette aussahen, die im Dienste ihres schwarzen Herrn tanzten und sprangen. So wie der Tod als Exil vom Leben galt, sollte der Triumphzug das lange Exil der Medici versinnbildlichen, aus dem sie an ihren rechtmäßigen Platz zurückkehren und Florenz erneut regieren würden. Doch sie kehrten nicht zurück. Florenz war in seinem Triumph immer noch stärker als Rom. Es war das letzte Ereignis, das Piero in Szene gesetzt hatte. Danach zog er sich von der Welt zurück.

Als Pasquale seinen Bericht über die Abreise des Papstes beendet hatte, trat Stille ein. Schließlich seufzte Piero tief. »Ich werde mit schwerem Herzen sterben. Wie habe ich noch vor zwei Tagen getanzt, Pasquale. Wie habe ich getanzt! Und nun steht Florenz wieder allein.«

»Dieses Gerede über den Tod macht mir angst.«

»Ich beneide dich, Pasquale. Angenommen, du wirst

gefangengenommen, angeklagt und hingerichtet – wenigstens gehst du bei bester Gesundheit in den Tod, vor Tausenden von Zuschauern, die deinem Dahinscheiden eine Bedeutung geben werden, wie es nur wenigen auserwählten Männern vergönnt ist. Du wirst bei erhebender Musik in den Tod gehen, an einem Festtag, nachdem zuvor deine sämtlichen Bedürfnisse befriedigt worden sind, und die Ankündigung deines Todes wird an prominenter Stelle in jeder Flugschrift stehen. Wieviel besser, einen solchen Tod zu sterben, als unbemerkt ein verdrießliches Ende zu nehmen. Ich fürchte den Tod nicht, Pasquale, aber ich fürchte mich vor der Unwürdigkeit des Sterbens.«

Pasquale mußte lachen über die Vorstellung. Es war einer von Pieros Tricks, banale Wahrheiten umzudrehen und sie so exotisch erscheinen zu lassen wie die Zeremonien der Mexika oder anderer Stämme der Wilden.

»Du lachst über den Tod«, bemerkte Piero. »Das ist ein gutes Zeichen. Ich werde auf den Affen aufpassen, wenn du willst. Mir macht das nichts aus, aber er wird Pelashil zweifellos verrückt machen, und ich stehe dann ganz allein da. Armer Piero, werden sie sagen, hat nur noch den Affen, um ihm seine Kleider zu flicken, das Essen zu kochen und sein Bett zu wärmen.«

Pasquale hatte den Affen ganz vergessen und fragte, wo er war.

»Draußen im Garten, wo er die Feigen von meinen Bäumen ißt. Er ist glücklich dort, Pasquale. Laß ihn in Ruhe. Steck dein Flammenschwert weg, ja? Vertreibe ihn nicht. Er kennt keine Sünde.«

Das mochte richtig sein, dachte Pasquale. Der Affe hatte getötet, aber nicht aus Bosheit und ohne Absicht oder Kenntnis des Bösen, und daher ohne Schuld.

Glückliche Unkenntnis des Erinnerungslosen, nicht Gefallenen – wie er ihn im Gedanken an seine eigene Bürde beneidete.

»Vielleicht sehe ich dich nie wieder«, sagte Piero. »Das ist mir gerade aufgegangen.«

»Ich komme zurück, Meister, das verspreche ich.«

»Es ist mir egal«, erwiderte Piero rasch. »Ich ziehe das Geräusch des Regens dem müßigen Plaudern vor. Ich wünschte, ich könnte dir mehr beibringen, aber vielleicht weißt du bereits genug. Laß das Lernen deinen Weg bestimmen.«

Pasquale nahm das kleine Modell vorsichtig in die Hand und drehte die spiralförmige Schraube mit dem Zeigefinger vor und zurück. Ein so zerbrechliches Spielzeug, an dem das Schicksal ganzer Imperien hing! »Ich werde so leise wie eine Maus sein, Meister, wenn ich auf Zehenspitzen zurückkomme. Und ich werde einen sonnigen Tag ohne Regen abwarten. Aber wenn Ihr mir bitte sagen könntet, wie ich zu einer Audienz beim Großen Ingenieur komme, kann ich jetzt gehen und Euch Euren Betrachtungen überlassen.«

Piero streichelte das Gefieder des Raben; der Vogel legte vor Entzücken den Kopf schräg und schaute seinen Herrn seitwärts an aus einem runden schwarzen Auge, so glänzend wie Beeren. »Er liebt Vögel«, murmelte Piero. »Darüber haben wir hauptsächlich gesprochen. Ich erzählte ihm von dem Kondor, der stundenlang mit ausgebreiteten Schwingen in großer Höhe schwebt.«

»Aber wie bekomme ich eine Audienz? Wenn ich das Fluggerät zurückbringe, muß ich sicher sein, daß es in seine Hände kommt. Mir wird schon was einfallen, worüber ich mit ihm plaudern kann, wenn es denn sein muß.«

»Er ist einer der traurigsten Menschen, die ich kennen. Und einer der einsamsten.«

»Kann ich einfach in den Turm gehen? Ist das möglich?«

»Natürlich nicht«, erwiderte Piero scharf. »Sei kein Narr. Er wird strenger bewacht als der Papst, denn das Kollegium in Rom kann jederzeit einen neuen Papst wählen, aber es wird für alle Zeiten nur einen Großen Ingenieur geben. Doch obwohl er meist hinter den verschlossenen Türen seines Turmes sitzt, bewegen sich seine Gehilfen frei in der Stadt. Einer von denen treibt sich gern in der Art übler Spelunken herum, die du bevorzugst, Pasquale. Du könntest versuchen, ihn ausfindig zu machen. Er findet Geschmack am niederen Leben und mag obszöne Bilder. Er heißt Nicolas Koppernigk, ein armes, fadenscheiniges Männchen, und dazu ein notorischer Geizhals. Kennst du ihn?«

Pasquale entsann sich der brennenden kosmischen Maschine auf dem Platz. Koppernigk hatte bewiesen, daß sich die Erde um die Sonne drehte, die das Zentrum des Universums war. Oder war es umgekehrt? Ihm war das egal, solange er immer Boden unter den Füßen hatte. »Dieser Koppernigk. Wo finde ich ihn?«

»Oh«, meinte Piero vage, »vermutlich in einer der Schenken der deutschen Studenten. Aber versprich mir erst, deine Kleider zu wechseln, Pasquale. Hast du etwa so spät im Jahr noch im Fluß gebadet?«

4 Rossos Atelier sah aus wie ein Schlachtfeld. Alles lag umgestoßen und zerstört. Pasquales Kleider, für die er das Risiko auf sich genommen hatte, zurückzukommen, waren alle zerschlitzt oder systematisch an den Säumen aufgeschnitten – das feine Seidenhemd, für das er zehn Florin gezahlt hatte; das weiße, spitzenbesetzte Hemd aus bestem englischen Tuch und das dazu passende Wams mit den mit goldener Seide unterlegten Schlitzärmeln; die einfachen Hemden und Hosen; der große Umhang, den er einem albanischen Söldner abgekauft und liebevoll gefüttert hatte; sogar sein Arbeitskittel war völlig zerfetzt. Die Absätze seiner zweitbesten Schuhe waren abgebrochen. Ein breiter Ledergürtel, den er mit einem verschlungenen Muster im maurischen Stil verziert hatte, war zerschnitten, die Messingschnalle verbogen. Sein Rollbett war nun wirklich in der Mitte durchgebrochen und die Matratze an vielen Stellen aufgeschlitzt.

Pasquale riß die Reste des Futters aus dem Umhang und wickelte sich darin ein. Alles andere, die Kleider, die er so sorgfältig angesammelt, geflickt oder selbst genäht hatte, waren unrettbar zerstört.

Der große Atelierraum sah genauso schlimm aus wie Pasquales wenige Besitztümer. Der Arbeitstisch war umgeworfen worden, der zum Zerreiben der Pigmente benutzte Stein zerbrochen, die Tür des kleinen Brennofens herausgerissen. Pigmente lagen zu prächtigen Farbmustern verstreut auf dem Boden, und jede Leinwand war zerschlitzt, jeder Rahmen zerbrochen. Im schwachen Licht der Abenddämmerung steckte Pasquale den Arm tastend bis tief in den Brennofen und fand das kleine Tuchsäckchen, in dem Rosso gewöhnlich die Einnahmen des Studios verwahrte. Das Säckchen enthielt mehr, als er erwartet hatte, aber weniger, als es sollte, wenn man die Bezahlung für den Steifmacher und die Kupferstiche für die Flugschrift bedachte. Wäre Rosso noch am Leben, hätte er damit kaum die Miete bezahlen können.

Pasquale wandte sich zum Gehen und stolperte über die kleine Holztafel, die er so liebevoll vorbereitet hatte. Jemand hatte mit einem Fußtritt ein Loch hineingetreten. Er hob sie hoch und empfand nichts, trotz all der Mühe und Arbeit, die er auf sie verwendet hatte. Sie war aus bestem, abgelagerten Pappelholz, mit Leim behandelt und dann versteift, mit einem reich verzierten Rahmen versehen, den Pasquale selbst vergoldet hatte. Er hatte das Holz geschliffen und jedes noch so kleine Astloch, jeden Riß mit einer Mischung aus Sägemehl und Leim ausgefüllt, die Tafel dann mit einer dünnen und drei dicken Schichten flüssiger Grundierung bestrichen und sie mit in Leim getauchten Leinenstreifen bedeckt. Die nächsten Schichten des *gesso grosso*, des mit Leim vermischten Gipses, hatten zwei Wochen Arbeit erfordert; jede mußte einige Tage lang trocknen und wurde dann glattgekratzt und geschliffen, bevor die nächste aufgetragen werden konnte. Schließlich hatte er die Schichten von *gesso sottile* aufgetragen, die erste mit der Hand, die anderen jeweils mit dem Pinsel, bevor die vorherige völlig abgetrocknet war, acht Schichten insgesamt. Und nachdem all das in der Sonne getrocknet war, hatte Pasquale es mit Spachtel und *raffietti* geglättet, bis es so glattpoliert war wie altes Elfenbein.

All das, damit irgendein Grobian es in einem einzigen Augenblick zerstören konnte.

Während er dort stand, hörte Pasquale, wie jemand sorglos die Treppe heraufpolterte. Kurz darauf ertönte Hämmern an der Tür. Pasquale fand ein kleines Messer, bog die Klinge zwischen zwei Dielenbrettern gerade und schlich zur Tür, die er offengelassen hatte.

Der Mönch, der die Gärten von Santa Croce betreute, nagelte eine Anordnung des Magistrats an die Tür. Pasquale packte die Hand des Mönches, als dieser gerade ausholte, drückte ihm die Messerspitze in die beiden Fettrollen über dem Kragen und fing den Hammer auf, bevor er zu Boden fallen konnte.

»Ich habe keine Zeit«, knurrte er, »also rückt lieber gleich mit der Sprache heraus. Habt Ihr gesehen, wer das hier angerichtet hat?«

Vorsichtig bewegte der Mönch den Kopf einen Daumenbreit nach rechts und links. Seine Augen waren starr auf die Mitteilung gerichtet, die er an die Tür genagelt hatte.

»Der Krach muß gewaltig gewesen sein. Ihr seid nicht gekommen und habt Euch beschwert?«

»Ich war ... anderswo.«

»Die Männer waren entweder als Milizionäre verkleidet oder maskiert. Was von beidem?«

»Ich war nicht da!«

Der Hammer machte ein sehr befriedigendes Geräusch, als er quer über den Boden der Werkstatt rutschte. »Nein«, sagte Pasquale, »Ihr wart im *Uffizio di Notte e dei Monasterii*, nach diesem Wisch hier zu schließen. Was soll das heißen, ein mit Blei beschwertes Geschirr?«

»Um das Tier vom Klettern abzuhalten. Ich habe mich um meinen Garten zu kümmern, und euer Affe ...«

Mit stierem Blick sah der Mönch zu, wie Pasquale die Anordnung in Fetzen riß.

»Betet für mich, Bruder«, bat Pasquale. »Ich hätte noch mehr dazu zu sagen, aber ich habe eine wichtige Verabredung mit einem Gelehrten.«

Als er zum letzten Mal die gewundene Treppe hinabrannte, hörte er den Mönch rufen, daß er sich eine neue Anordnung besorgen würde, die für Meister und Affen gelte. In dieses Horn kannst du noch den ganzen Tag stoßen, Mann, dachte Pasquale. Vor zwei Tagen hätte mich das schrecken können, aber jetzt nicht mehr.

5 Dr. Koppernigk saß gern in den von deutschen Studenten frequentierten Schenken, wo er informelle Tutorien abhielt und Wein als Bezahlung nahm, weil er zu knauserig war, aus eigener Tasche zu zahlen. Er fand Geschmack am einfachen Leben, solange es ihn nichts kostete, und zog die Gesellschaft der Studenten der seiner Mechanikerkollegen vor, die er eifersüchtig und mißtrauisch beäugte.

Auf dem Platz vor der Schenke spielte eine Gruppe von Straßenmusikern zum Tanz auf, in der Hoffnung, dafür von den Gästen eine kostenlose Mahlzeit zu bekommen. Wohl kaum, dachte Pasquale, der wenig von Studenten im allgemeinen und von deutschen Studenten im besonderen hielt. Studenten waren nichts anderes als intellektuelle Vagabunden, die von Universität zu Universität zogen, bis sie eine fanden, die bereit war, ihnen einen Doktorgrad zu verkaufen. Sie hatten keine Disziplin, keinerlei handwerkliche Kenntnisse und lebten in einer abgehobenen Welt voll seltsamer Ideen. Die Deutschen aber hatten noch nicht einmal Ideen und kein Gespür für die feineren Aspekte der Musik. Sie mochten nur Trinklieder und bombastische Märsche.

Die Schenke war laut und verraucht und voller Studenten, die quer über die Tische brüllten; ihre Gesichter nahmen im matten Schein der Binsenlichter tierische Züge an. Eine Gruppe hämmerte ihre Humpen auf den Tisch und grölte in schlechtem Latein ein eintöniges Lied:

Die Briten fressen Scheiße, weil's nichts anderes gibt
Die Italiener fressen Scheiße, weil sie blöd sind
Die Franzosen fressen Scheiße, weil's die Italiener tun
Aber wir fressen Scheiße, weil wir starke, aufrechte Deutsche sind
Ha! Ha! Ha!

Doktor Koppernigk saß in der hintersten, schummrigsten Ecke mit drei dunkelhäutigen, verdrießlich dreinschauenden Studenten, die Pasquale böse Blicke zuwarfen, als er sich vorstellte und verbeugte. Koppernigk sah mit betrunkenem, glotzäugigem Erstaunen zu ihm auf. Er war ein hagerer Mann von etwa fünfzig Jahren mit rotgeschabten Wangen im knochigen Gesicht und eng beieinanderliegenden Augen unter zusammengewachsenen Augenbrauen, die sich senkten, als er Pasquale betrachtete. Er trug eine pelzbesetzte Mütze, die schief auf seinem langen schmierigen Grauhaar saß, und ein überlanges Wams, das einst rostfarben gewesen sein mochte, aber nun zu fleckigem Schwarz gedunkelt war.

Pasquale setzte sich Koppernigk gegenüber, rief laut nach mehr Wein und sagte, er sei ein neuer Schüler.

Koppernigks mißtrauischer Blick huschte über Pasquales Gesicht, wanderte nervös weiter. »Was ist das für ein Trick?«

Pasquale zündete sich eine Zigarette an und sog den Rauch tief ein. »Kein Trick, Signor. Ich brauche Eure Hilfe. Piero di Cosimo hat mich an Euch verwiesen.«

»Ich brauche keinen Agenten, und Schüler ebensowenig. Ich bin ein Philosoph, Signor, kein einfacher Lehrer.«

»Und doch lehrt Ihr«, meinte Pasquale sanft, lächelte den drei Studenten zu und erhielt weitere finstere Blicke. Er hielt eine Münze hoch, fragte, was eine Privatstunde kosten würde.

Gierig auf die Münze schielend, gestand Koppernigk ihm vorsichtig zu, daß dreimal soviel vielleicht ausreichen würde.

»Es gehört Euch.« Pasquale setzte sich neben ihn, nachdem Koppernigk seine drei grobschlächtigen Schüler weggescheucht hatte, wie eine alte Frau Hühner verjagt. »Nun, Signor«, sagte er, »fragt mich, was Ihr wollt, aber ich muß Euch warnen, daß ich nur wenig zu antworten habe.«

»Ich muß mich entschuldigen, Signor, daß ich Eure Schüler für diesen Abend vertrieben habe. Aber Ihr seid für mich keineswegs ein Fremder. Ah! Vielleicht wird dieser Wein mir helfen, Abbitte zu leisten.« Er strahlte die schmierige Schlampe an, die eine Weinflasche auf den Tisch geknallt hatte, und warf ihr die eingekerbte Silbermünze mit einer Gleichgültigkeit zu, die er keineswegs empfand. »Bitte, trinkt mit mir, guter Kanonikus, und hört Euch mein Anliegen an.«

Mit knickriger Sorgsamkeit goß Koppernigk den Wein in seinen Becher. »Ich bin Kanonikus am Dom zu Frauenburg, das stimmt, aber ich war seit meiner Ernennung nicht mehr dort. Meine Mission ist weltlich, nicht geistlich. Nennt mich Doktor, Doktor Kopernikus, wenn es Euch nichts ausmacht. Mein Latein ist so gut wie das jedes anderen, und das ist der Name, unter dem man mich in allen Ländern der Erde kennt.«

»Wegen eben dieses Ruhms kam ich her«, versicherte ihm Pasquale.

Koppernigk war plötzlich wieder mißtrauisch. »Wer hat Euch geschickt? Warum seid Ihr zu mir gekommen? Ich preise meine Güter nicht an wie ein Händler, das tut keiner, der einen Anspruch auf Größe in der Wissenschaft hat. Zu viele haben sich bereits meiner Ideen bedient.«

Es war, wie Piero gesagt hatte: Doktor Koppernigk, der gezwungen worden war, seine Entdeckungen der Welt zu verkünden, hatte die Kontrolle darüber verloren – ein Affront für seine Seele. Seine Vorsicht war die Vorsicht des Geizigen, den man bat, einen unbedeutenden Teil seines Vermögens preiszugeben. Lieber hortete er seine Erkenntnisse, damit seine Rivalen sich nicht auf seine Kosten daran bereicherten. Er hatte die Anordnung der Architektur des Universums erahnt, war aber nicht gerissen genug, Profit aus seiner Entdeckung zu schlagen oder sie zu verteidigen. Er entwickelte nur komplexe Epizyklen, um so die Planetenbewegungen um die Sonne zu erklären. Seine Entdeckung, daß sich die Erde und die anderen Planeten um die Sonne drehen, hatte die Auffassung vom Menschen im Universum revolutioniert, und dennoch hatte er mit seinen Epizyklen und Equanten und Epizyklen über Epizyklen nicht versucht, die alte Ordnung umzustoßen, sondern versuchte ständig, sie durch immer neue Anpassungen mit seinen Erkenntnissen in Übereinstimmung zu bringen. Er wußte sehr genau, daß er diese Mechanismen nicht darstellen konnte, da sie in Wahrheit nur im Geist des Menschen existierten, und so befürchtete er, der das Zentrum des Universums verschoben hatte, daß man ihm seine Entdeckung stehlen könnte. Er traute niemandem, nicht einmal sich selbst.

Wieder erklärte Pasquale, daß der Ruf des guten Kanonikus und der Rat von Piero di Cosimo ihn hergeführt hatten.

Koppernigk beäugte Pasquale finster. »Ihr sagt, Ihr kennt mich bereits. Ich kann mich nicht entsinnen. Seid Ihr mir etwa gefolgt?«

»Nein, nein, keineswegs.«

»Ich lasse es nicht zu, daß mir Leute durch die Stadt folgen.«

»Recht so. Das kann ich gut verstehen.«

»Im vergangenen Jahr habe ich die Miliz auf so einen Kerl gehetzt. Er hat natürlich alles abgestritten, und mir wollte die Miliz nicht glauben, aber es stimmte. Scharlatane würden nichts lieber tun, als mit meinem Namen ihre Pläne voranzutreiben. Astrologen und dergleichen. Ich werde«, klagte Kopernigk und leerte seinen Becher, »von Astrologen und sogenannten Naturwissenschaftlern belästigt. Unter dieser Bezeichnung verbergen heutzutage so viele Magier ihre üblen Machenschaften. Nein, wenn es das ist, was Ihr wollt, könnt Ihr gleich wieder gehen, oder ich rufe die Wache.«

»Doktor, ich bin Künstler, kein Astrologe. Wie ich von Piero di Cosimo hörte, habt Ihr an einigen meiner Darstellungen erotischer Kunst Gefallen gefunden. Bitte, nehmt doch noch von dem Wein. Dort, wo der herkommt, gibt es noch gemügend.« Der Wein war gar nicht so übel oder zumindest nicht so schlecht, wie Pasquale erwartet hatte, und wenn er auch einen metallischen Nachgeschmack hinterließ, so verbreitete er doch eine angenehme Wärme im Körper. Er goß ihnen beiden freigiebig nach und nahm einen kräftigen Schluck, um seine guten Absichten zu unterstreichen.

Koppernigk trank in schnellen Schlucken, die geäderte Hand um den Becher geklammert, als habe er Angst, jemand könnte ihn ihm wegnehmen. »Wenn Ihr Künstler seid, so seid Ihr sicher nicht gekommen, um etwas über meine Theorie des Äthers und die Verbreitung des Lichts zu hören. Ich muß Euch erneut fragen, was Ihr von mir wollt, Signor. Denkt daran, meine Zeit ist knapp bemessen. Ihr sagt, ich hätte Gefallen an Eurer Arbeit gefunden? Wie war doch Euer Name? Firenze? Tragt Ihr den Namen der Stadt?«

»Nein, Doktor. Mein Name ist Pasquale de Cione Fiesole. Die kleine Stadt, wißt Ihr, nicht mehr als einen Stundenritt entfernt.«

»Natürlich kenne ich Fiesole. Ich bin mehrfach dort gewesen, um meine Beobachtungen anzustellen. Der Rauch über der Stadt verdeckt die Sterne, und dann sind da auch noch die Gaslampen ... Habt Ihr noch mehr von dem Wein? Das ist ein guter Wein für toskanische Verhältnisse, obwohl der deutsche Wein viel besser ist. Aber ich sollte vorsichtig sein. Er steigt mir zu Kopf.«

»Aber keineswegs, Signor. Wein stärkt das Blut und nährt auf diese Weise den Sitz der Intelligenz.« Pasquale merkte, wie er lächeln mußte bei dem Gedanken, daß dieser griesgrämige, farblose Gelehrte seine einzige Chance war, Zugang zum Großen Ingenieur zu bekommen, und verzog die Lippen, um das Lächeln zu kaschieren. Sein Gesicht war gleichzeitig taub und heiß, als habe man es in einen Schmelzofen gesteckt.

»Ihr Künstler irrt euch selbstverständlich«, erklärte Koppernigk mit ernster Gründlichkeit. »Ihr könnt die Welt nicht darstellen, indem ihr Pigmente auf eine flache Oberfläche schmiert. Das funktioniert nur, weil sich das Auge so leicht zum Narren halten läßt – aber es ist nicht wirklich. Licht ist der Schlüssel zur Wirklichkeit, und natürlich die Bewegung des Lichtes, wie es der Große Ingenieur gerade erst vorgeführt hat. Habt Ihr sein Tableau des lebenden Lichtes gesehen?«

Pasquale zündete sich eine neue Zigarette am verknautschten Stummel der ersten an. »Leider wurde ich anderswo aufgehalten. Aber Ihr habt genau den Punkt getroffen, über den ich etwas lernen möchte, Doktor.«

Koppernigk schien plötzlich verängstigt, als habe er eine Grenze überschritten, die nur er sehen konnte, habe sich in eine Gefahr begeben, die nur er kannte. »Auf diesem Gebiet bin auch ich nur ein Studierender. Ich kann nur wiederholen, was schon oft gesagt wurde. Ich habe keine direkte Erfahrung damit, nein, überhaupt keine.«

Pasquale zog das Bild heraus, das er aus dem Kamin in Giustinianis Villa gerettet hatte. Silbrige Flocken hatten sich auf dem schwarzen Tuch verfangen, in das er die Glasplatte eingehüllt hatte, und das Bild war noch dunkler geworden, ein wolkiger Rand schwarzer Schatten, die nur noch die Mitte erkennbar machten. Er legte es auf den Tisch und bat Koppernigk um seine Meinung.

Koppernigk pflanzte die Ellbogen auf den Tisch, vergrub das spitze Kinn in den Händen und plierte mit gerunzelten Brauen und den zusammengekniffenen Augen des Kurzsichtigen auf das Bild hinab. Dann erkannte er, was es zeigte, schreckte zurück und blickte sich hastig in der lauten Schenke um, wo die Studenten rauhe Heimatlieder grölten. Sie waren betrunken; alle Gäste der Schenke waren betrunken. Koppernigk stotterte, er wisse wirklich nichts von dieser Art Sachen, nein, nicht im geringsten.

»Ich meine den Vorgang. Ich möchte den Vorgang lernen. Ja, das Bild ist gemein.«

Mit offenbar echt empfundener Abscheu rief Koppernigk: »Es ist die widerlichste Art der Teufelsanbetung!«

Pasquale redete schnell, stolperte über seine eigenen Worte, erklärte, daß ein Bildaufbau von künstlerischem Wert eine andere Sache sei, daß es nicht so sehr auf das Objekt als auf die Darstellung ankäme. Während er sprach, zog er ein Blatt Papier heraus und skizzierte aus dem Gedächtnis rasch ein Bild, das er einst gemalt hatte. Seine Hände zitterten und schienen doch schwer wie Blei; er verpfuschte die Haare der Frau und mußte sich tief hinunterbeugen, um ihre Hände richtig hinzukriegen. Sie lag auf einem Polster, trug nur ein durchsichtiges Hemdchen, ihr Gesicht war verträumt und entzückt, während sie sich mit den gekrümmten Fingern der einen Hand streichelte und mit der anderen ihre vollen Brüste hochhob. Der Auftrag hatte Pasquale knapp einen Florin eingebracht, obwohl das *stationarius* das Bild immer und immer wieder nachgedruckt hatte.

Koppernigk betrachtete ihn von der Seite, als verdächtige er ihn eines Tricks. »Nun ja, das erkenne ich natürlich. In seiner Art, könnte man sagen, eine interessante Arbeit.«

»Ich war derjenige, der es gemalt hat, Doktor. Aber Ihr seht, wie es ist, ich verdiene nur ein bißchen daran, und die Drucker viel, viel mehr. Dieses neue Verfahren dagegen, dieses Malen mit Licht. Wenn Ihr mich darin unterweisen würdet, könnten wir beide eine Menge Geld verdienen. Ich werde Euch gut für Eure Zeit entlohnen – zunächst mal mit diesem Florin hier.«

»Jeder kann einen Druck kopieren«, meinte Koppernigk zweifelnd, »besonders einen so bekannten wie diesen.«

»In unserem Gewerbe nennen wir sie Steifmacher«, erklärte Pasquale. »Ich kann Euch mit dem Modell bekanntmachen. Dann werdet Ihr mir glauben.«

»Schon möglich. Ach, die Flasche ist leer.«

Pasquale bestellte eine neue. Sie tranken auf den Äther, was auch immer das sein mochte, auf Florenz, den Großen Ingenieur. Irgendwann waren sie übergangslos auf der Straße, wankten Arm in Arm auf eine ferne Laterne zu, die in der Dunkelheit schwach flimmerte wie ein ferner Stern am Nachthimmel. Die Kälte traf Pasquales Gesicht wie ein Schlag. Wein, er hatte zuviel Wein getrunken. Er grinste dümmlich. Er schwebte zwar in tödlicher Gefahr, wollte aber das Leben wenigstens noch ein bißchen genießen.

Koppernigk, die Zunge vom Alkohol gelöst, redete und redete. Er sprach vom Äther oder vom Konzept des Äthers, der genauso nebelhaft und ungreifbar zu sein schien wie die Epizyklen, die Koppernigk erfunden hatte, um die Erde in Bewegung um die Sonne zu halten. Es war offenbar überhaupt nichts Stoffliches, sondern ein höheres Stadium von Materie, von Vibration.

»Licht ist nichts anderes als Materie in einem höheren Stadium. Es ist allgemein bekannt, daß sich Licht schneller bewegt als der Schall, und meine Theorie zeigt auf, warum das so ist. Und hinter dem Licht steht Gott selbst. Der Himmel möge mir helfen!«

Koppernigk war auf einem Stück Abfall ausgeglitten und wäre, hätte Pasquale ihn nicht festgehalten, im hohen Bogen in die offene Gosse geflogen, die übelriechend in der Mitte der Straße entlanggluckerte. Er hickste und flüsterte: »Mehr sage ich nicht. Überall lauern Feinde, die sich meine Ideen aneignen wollen und sie dann falsch wiedergeben. Wissenschaft läßt sich nicht drängen. Wer das versucht, wird daran zugrunde gehen, glaubt mir. Still. Hört Ihr das?«

Das Geräusch von Karrenrädern, irgendwie abgedämpft. Es näherte sich von hinten.

Pasquale stieß Koppernigk in einen tiefen Torbogen. Das eiserne Tor war zu dieser Stunde verschlossen, der Hof dahinter dunkel. Koppernigk wehrte sich schwach, doch Pasquale hielt ihn fest und hielt ihm den Mund zu, als er empört aufbegehren wollte. Das gedämpfte Karrengeräusch kam immer näher. Pasquale merkte, daß er den Atem anhielt, und erkannte den Karren, noch bevor er an ihnen vorbei war: der Karren der Leichenbeschaffer, die mit amtlicher Genehmigung durch die Stadt streiften, um alle Leichen einzusammeln, die ihnen gut genug erschienen für die Sezierer und Experimentatoren der neuen Universität. Viele behaupteten, weil die Nachfrage in diesen aufgeklärten Zeiten so hoch sei, hätten sich die Leichenbeschaffer darauf verlegt, Leichen, die zur Totenwache aufgebahrt waren, zu stehlen und sogar Bürger zu ermorden, die ihnen nachts allein auf der Straße begegneten.

Es war ein langgestreckter, niedriger schwarzer Karren, von nur einem Pferd gezogen. Der Kutscher und sein Gehilfe hockten auf der Kutschbank; beide trugen schwarze Umhänge mit hohem Kragen und schwarzen Ledermasken vor dem Gesicht. Die Hufe des Karrenpferdes steckten in schwarzen Lederstulpen, und die Wagenräder waren mit Lumpen umwickelt. Von dem Karren ging ein starker Geruch aus, ein Veilchenduft, der den Gestank verfaulenden Fleisches überdeckte.

Dann war er an ihnen vorbeigerumpelt. Koppernigk versuchte wieder, sich zu befreien, rüttelte an dem eisernen, laut klappernden Tor. Pasquale hätte ihn schlagen mögen, doch dann hätte er keinerlei Chance mehr gehabt, den Großen Turm zu betreten. Als Pasquale ihn losließ, sagte der Gelehrte empört: »Ich kenne diese Männer.«

Pasquale lachte. »Das kann ich mir denken.«

»Ich habe unter anderem auch Anatomie studiert. Sie haben einen ehrsamen Beruf und gehen nur ihrer rechtmäßigen Tätigkeit nach. Ohne sie würden wir keine Fortschritte in der Behandlung von Krankheiten machen. Kein Grund, sich zu fürchten, junger Mann. Wo ist jetzt dieses verfluchte Haus, von dem Ihr mir erzählt habt? Ich werde mir die Frau ansehen, dann will ich Euch glauben.«

»Auch ich habe Anatomie studiert, möchte diesen

Herren aber unter den gegebenen Umständen nicht gern begegnen. Ihr werdet mir helfen, Doktor. Ich bestehe darauf.«

Koppernigk richtete sich mit betrunkener Würde auf und verkündete, nicht ganz der Wahrheit entsprechend: »Ihr braucht mir nicht zu drohen. Ich lasse mich nicht einschüchtern.«

Als sie die Laterne an der Straßenecke erreicht hatten, erkannte Pasquale, wo sie waren, und erinnerte sich, wohin sie wollten. Er hatte Koppernigk versprochen, ihm Maddalena, sein Modell, zu zeigen, als Beweis dafür, daß er der war, der er zu sein vorgab. Wein, im Wein liegt unendliche Wahrheit – oder Probleme, die man durch die Wahrheit bekommen kann.

Dann hämmerten sie an die Tür von Mutter Lucias Haus. In der Nachbarschaft fing ein Hund an zu bellen, die Tür wurde geöffnet, und sie stolperten hinein, fielen fast in die weichen, schwabbeligen Arme der Puffmutter. Ihr Gesicht war dick mit Bleiweiß und Rouge bemalt, aber im sanften Kerzenlicht sah sie, wenn auch nicht gerade mädchenhaft, dann eher wie eine Puppe als ihrem beträchtlichen Alter entsprechend aus. Pasquale merkte plötzlich, daß er saß, einen Becher mit Wein in der Hand hielt und in das helle Lampenlicht des Salons blinzelte. Drei Mädchen in schulterfreien Samtgewändern, die Brüste hochgebunden zu einem weichen, runden Sims, kicherten miteinander auf der einen Seite des Raumes, der langsam im Boden zu versinken schien.

»Mein Freund, wo ...?«

»Na, bei Maddalena natürlich«, erwiderte Mutter Lucia. »Oh, Pasquale, Pasqualino, du hast aber ganz schön getankt.«

»Ihr seid eine gute Frau, auf Eure Art, Mutter Lucia«,

stammelte Pasquale dümmlich. »Habe ich Euch das je gesagt?«

»Geschäft ist Geschäft, mein Lieber, und wenn du mir noch so ein hübsches Bild malst, dann wollen wir nicht mehr davon reden. Bringen mir Kundschaft, diese Bilder. Wie jetzt.«

»Kann nicht bezahlen, wißt Ihr. Bin total pleite.« Da war zwar noch der Florin, aber den hatte er Doktor Koppernigk versprochen.

»Dein Freund bezahlt. Mach dir keine Sorgen. Wo warst du, Pasquale? Deine Kleider sind voller Schlamm.«

Pasquale, durch Wein und Erschöpfung gefühlsselig geworden, nuschelte: »Ich stecke in schrecklichen Schwierigkeiten, Mutter Lucia. Ihr seid eine gute Christenfrau, weil Ihr mir helft. Von nun an werde ich nur noch zu Euch kommen.«

»Ein nettes Kompliment, doch«, schnaubte Mutter Lucia mit der Miene eines Menschen, der schon alles gehört hat.

»Nein, nein, ich meine es ernst! Dies ist ein Wendepunkt der Geschichte, sind große, entsetzliche Zeiten. Daß Ihr mir helft, gerade jetzt ...«

»Denk du nur an meine Mildtätigkeit, wenn du das nächste Mal den Zeichenstift in die Hände nimmst.« Die Mädchen in der Ecke kicherten, und Mutter Lucia schenkte ihnen einen finsteren Blick. »Nun aber genug. Und trink keinen Wein mehr. Ich kann es nicht ertragen, einen Mann weinen zu sehen.«

»Wenn ich nur gleich mit dem Malen anfangen könnte ... Ihr seid ein Engel, Lucia. Mein Freund, ist er fertig?«

»Alte Männer brauchen immer länger«, schniefte eine der Huren verächtlich.

»Ein merkwürdiger Kauz«, bemerkte Mutter Lucia und nahm mit königlicher Geste einen Becher von einer ihrer Huren entgegen. »Wollte wissen, ob ich die Operation an meinen Mädchen hätte durchführen lassen, du weißt schon, die, bei der ein Stück Schädel rausgesägt wird, um sie gefügig zu machen. Ein kleines Loch, in das ein Draht eingeführt wird, um den Teufel auszutreiben. Ich sagte ihm, dies sei ein ordentliches Etablissement, und er erwiderte, ganz im Gegenteil, ich sei ordnungswidrig. Also, ich ordne das so, wie es mir gefällt, das weißt du, Pasqualino. Ich kenne seine Sorte, die wollen uns alle zu Maschinen machen, die nur bestimmte Dinge tun können, ganz wie es ihnen gefällt.«

Pasquale mußte eingedöst sein, denn er erwachte vom Nachhall eines Schreis irgendwo im Haus. Er sprang auf und stieß die Huren weg, die sich an ihn klammerten, ihn auf den Stuhl drücken wollten, riefen, er solle sich nicht darum kümmern, und rannte einen von Kerzen erleuchteten Gang hinunter. In seinen Ohren dröhnte es laut. Immer wieder stieß er rechts und links gegen die Wand. Eine Tür öffnete sich, und er taumelte hinein.

Maddalena kniete auf einem zerwühlten Bett, das Laken mit geballten Fäusten bis ans Kinn hochgezogen. Ihre offenen Haare hingen bis an die Hüften hinab. »Er ist abgehauen, da, aus dem Fenster«, kreischte sie, und der maurische Diener, der Pasquale gefolgt war, nickte grimmig und rannte wieder hinaus.

»Du gehst jetzt besser«, keuchte Mutter Lucia atemlos von der Tür her. »Wir werden schon mit ihm fertig.«

Pasquale riß die Fensterläden auf, aber die Gasse unter ihm war leer. Er lehnte sich hinaus in die kalte Nachtluft, und ihm wurde schwindlig vor Wein und

Aufregung. »Tut ihm nichts«, bat er. »Ich brauche ihn noch.«

Wütend fuhr ihn Mutter Lucia an: »Erst verspricht er goldene Berge, und dann verschwindet er ohne Bezahlung – ein feiner Herr ist das!« Ihre nackten fetten Oberarme zitterten. »In meinem Etablissement macht er das nicht noch einmal. Feine Freunde hast du, Pasquale. Das wird noch ein Nachspiel haben.«

»Zwei Bilder. Drei. So groß Ihr wollt. Wo ist er hin?«

»Ich hörte draußen den Leichenwagen«, sagte Maddalena. »Vielleicht hat der ihn erschreckt.«

Pasquale ging zur Wasserkanne und schüttete sich den Inhalt über den Kopf. Prustend und blinzelnd, völlig durchnäßt und so gut wie nüchtern, meinte er: »Ich nehme wohl besser die Hintertür.«

In diesem Moment wurde laut an die Haustür gehämmert.

Maddalena quietschte vor Schreck und ließ das Leintuch über ihren nackten Brüsten fallen. »Du weißt genau, wo die Hintertür ist«, zischte Mutter Lucia. »Und laß dich nicht so schnell wieder blicken, Pasquale.«

»Schon gut, die würden mir sowieso folgen.«

Er schwang die Beine über die Fensterbrüstung und hangelte sich hinunter, bis er nur noch an den Fingerspitzen hing. Dann ließ er sich fallen und plumpste auf den halbgefrorenen Abfall in der Gasse. Er rappelte sich auf, rannte zum Ende der Gasse und linste um die Ecke.

Der Leichenwagen stand auf der Straße direkt vor Mutter Lucias Etablissement. Die beiden schwarzgekleideten Leichenbeschaffer rangen mit dem maurischen Diener; einer holte aus, verpaßte dem Diener einen Hieb, der den Mauren zu Boden warf. Dann stürmten beide ins Haus, und Pasquale hörte Mutter Lucias laute, entrüstete Stimme.

Eine Männerstimme, zweifellos die eines der Leichenbeschaffer, übertönte sie. »Wo ist der Dieb?«

»Weggerannt«, knurrte Mutter Lucia. »Einer eurer Mechaniker war bei einem meiner Mädchen und hat sich davongemacht, ohne zu zahlen. Ihr solltet für ihn bezahlen, immerhin arbeitet ihr ja auch für die neue Universität. Und dazu noch eine Entschädigung, weil ihr meinen Diener verletzt habt.«

»Der Mechaniker hat uns gesagt, daß der Mann, der ihn hierher brachte, ihn auszurauben versuchte. Wo ist Euer Zuhälter? Er ist der Dieb, hinter dem wir her sind.«

Pasquale stöhnte. Offenbar hatten Trunkenheit und erfüllte Begierde Koppernigks Mißtrauen erneut angeheizt.

»Ich brauche keine Zuhälter. Ich habe«, erklärte Mutter Lucia mit großer Würde, »meinen Ruf. Wartet! Wohin wollt ihr?«

Kurz darauf drang das Geräusch umfallender Möbel heraus, dann zerbrach mit lautem Klirren eine Fensterscheibe, und ein schrilles Pfeifsignal ertönte, der Alarm für die Stadtmiliz.

Natürlich hätte Pasquale wegrennen können, aber er bezweifelte, daß er weit kommen würde. Wenn Koppernigk diese beiden alarmiert hatte, dann bestimmt auch andere. Und außerdem mußte er sich immer noch Zugang zum Großen Ingenieur verschaffen. Ihm blieb nur noch eines übrig, die einzige Möglichkeit, ungesehen in die neue Universität zu kommen. Er sprang hinten auf den Karren, hob die schwere Öltuchplane hoch und kroch darunter.

Kaum hatte er Zeit, sich auszustrecken, da hörte er schon die beiden Leichenbeschaffer zurückkommen, verfolgt von Mutter Lucias wütender Stimme. Pasquale lag ganz still in der Dunkelheit, eng an einen schweren, kalten Körper gepreßt. Die rauhen Planken waren naß von einer Flüssigkeit, die seine Hose durchweichte. Es knarrte, als die beiden Männer aufstiegen, dann gab es einen Ruck, und sie rollten vorwärts. In der übelriechenden Dunkelheit unter der Plane fiel die kalte Hand einer Leiche Pasquale aufs Gesicht. Er wagte nicht, sich zu bewegen; wenn einer der Leichenbeschaffer sich zufällig nach der Ladung umdrehte? Eine andere Leiche, von Gasen aufgebläht, gab bei jedem Ruck feuchte Furzlaute von sich. Der Geruch war nicht so schlimm wie im Anatomiesaal im Hochsommer, am dritten Tag einer Sezierung, wenn nur noch verfaulende Muskeln und Fett auf den Knochen übrigblieb, doch Pasquale hatte keinen Kampferbeutel dabei, um ihn sich an die Nase zu halten, und obwohl der starke Geruch nach künstlichen Veilchen ihm in Rachen und Augen brannte, nahm er den Gestank doch nicht weg, sondern überlagerte ihn nur. Durch eine Drehung des Kopfes konnte er die Nase an den mit Krampen befestigten Rand der Plane schieben und frische Luft einatmen. Er betete, daß diese Leichen alle eines gewaltsamen oder natürlichen Todes gestorben waren und er sich von ihnen weder die Schwindsucht noch die Franzosenkrankheit holen würde.

Die Stimmen der beiden Leichenbeschaffer übertönten das Rumpeln der umhüllten Karrenräder und das Knacken des hölzernen Rahmens. Der eine murrte mit langsamer tiefer Stimme über die Arroganz der Mechaniker. »Als ob wir nicht schon genug zu tun hätten. Jetzt können wir auch noch den Leibwächter für diese Idioten spielen.«

Der andere meinte: »So ein eigensinniger Holzkopf von einem alten Mann; denkt, alle Welt wolle ihn berauben. Bestimmt hat irgend so ein Zuhälter ihm zu viel abknöpfen wollen, dafür, daß er ihn zu einer netten, warmherzigen Hure bringt.«

»Tja, der Zuhälter hat sich genauso aus dem Staub gemacht. Oder es hat ihn nie gegeben.«

»Egal. Wir sehen zu, daß wir die Münze kriegen, die er uns versprochen hat, auch wenn wir den Kerl nicht gefunden haben. Sind dir die Titten von dem Mädchen aufgefallen? An denen hätt' ich mich gern noch ein bißchen länger sattgesehen.«

Der mit der tiefen Stimme lachte. »So, wie es aussieht, wirst du sie dir in ein paar Tagen warm und frisch leisten können.«

»So, wie es aussieht, sind wir bis dahin aus dem Geschäft. Krieg ist gut für die Medizin, aber schlecht für Leute wie uns. Jeder Narr kann sich zu Kriegszeiten in unser Gewerbe drängen.«

»Keine Bange«, erwiderte der erste. »Solange die nicht herausfinden, wie man Leichen im Sommer frisch halten kann, werden wir immer Arbeit haben. Diese Ladung wird gerade bis zum neuen Jahr reichen. Sieh es doch mal von dieser Seite – wenigstens brauchen wir nicht auf die Jagd zu gehen.«

»Könnte trotzdem passieren. Zu viele heißblütige junge Männer, die sich gegenseitig abstechen, und nicht genug Frauen.«

»Dieser Tage wollen sie nur Gehirne. Dabei machen sie keine großen Unterschiede. Gehirne sind alle gleich.«

»Das Gehirn ist der Sitz der Vernunft, deswegen findest du die Dinger vermutlich langweilig.«

»Mit Herzen ist das was anderes. Für Herzen hatte ich schon immer was übrig.«

»Herz oder Hirn, eigentlich interessiert doch nur das Geld.«

»Du hast keinen Sinn für Poesie, Agostino. Das Herz mit seinen vier Kammern und seinen Klappen ist ein Wunderwerk. Denk nur daran, wie das Blut durch das Herz fließen muß und die Klappen so geschickt konstruiert sind, daß sie sich je nachdem nach innen und außen öffnen können. Du brauchst mehr Wissen von diesen Dingen, das habe ich schon immer gesagt.«

»Gut, aber es gibt immer noch genug Medizinstudenten zu versorgen«, brummelte Agostino. »Vielleicht die junge Hure, auf die du so scharf bist, die mit den Titten. Ich würde wegsehen, wenn du sie dir erst mal vornehmen willst, bevor wir sie kaltmachen.«

»Mein Vater war schon in unserem Gewerbe, und davor sein Vater. Sie brauchten nie zum Messer zu greifen.«

»Hör mir bloß mit deinem Vater auf! Bieg hier ab. Wir holen noch die letzte und fahren dann zurück.«

Als der Wagen um die Ecke bog, rutschte die Leichenhand von Pasquales Gesicht, und fiel wieder drauf, als er anhielt. Kurze Zeit war es ruhig, dann wurde das Ende der Plane zurückgeschlagen und eine weitere Leiche auf die Ladefläche geworfen. Der mit der tiefen Stimme sprach mit jemandem über Geld. Der Karren setzte sich wieder in Bewegung und rollte schwerfällig durch die dunklen Straßen. Die beiden Leichenbeschaffer auf dem Kutschbock redeten mit gedämpften Stimmen. Schließlich hielt der Karren wieder an, und das metallische Quietschen eines sich öffnenden Tores war zu hören.

Die Leichenbeschaffer wechselten ein paar freundliche Worte mit einem Wächter. Der Karren rollte ein Stück und hielt erneut an. Dann ein Rucken und das Gefühl, in das dumpfe Pochen einer Dampfmaschine und das Klirren von Eisenketten zu fallen. Der Karren war in der neuen Universität angelangt.

6 Das Fallen endete mit einem weiteren Ruck. Licht drang durch die Ritzen der geölten Leinwand über der Ladefläche. Langsam rollte der Karren vorwärts. Entferntes Hallen, das sinnlose Stampfen einer Maschine. Pasquale fummelte sein kleines Messer heraus und wollte gerade riskieren, sich freizuschneiden, als das Ende der Plane angehoben und zurückgeschlagen wurde.

Pasquale hielt den Atem an, linste durch die steifen Leichenfinger, die immer noch auf seinem Gesicht lagen. Der Raum wurde von einem Ring von Gaslampen, die an der gewölbten, weißgestrichenen Decke hingen, taghell erleuchtet. Es war ein eiskaltes, tief unter der Erde liegendes Kellergewölbe. Die Leichenbeschaffer begannen, den Karren zu entladen, benutzten eiserne Haken, um die erste Leiche von der Ladefläche zu ziehen, und schwangen sie dann an Haaren und Füßen zur Seite.

Vorsichtig richtete sich Pasquale auf und sah, daß sich hinter dem Wagen Reihen erhöhter Steintische befanden, meist mit nackten Leichen darauf. Die beiden Männer waren mit der Leiche beschäftigt, die sie gerade abgeladen hatten. Der eine vermaß sie, während der andere die Angaben auf ein Stück Papier kritzelte.

Schnell entschlossen kletterte Pasquale über das Seitenbrett, sprang vom Karren und landete polternd auf dem kalten Steinboden. Das Pferd schnaubte und stampfte, stemmte sich gegen die Bremse des Karrens. Die beiden Leichenbeschaffer fuhren herum, brüllten und setzten Pasquale nach. Der duckte sich zwischen den Leichen auf den gefliesten Steintischen hindurch, rannte auf die nächste Tür zu und schlug sie seinen Verfolgern vor der Nase zu.

Er befand sich in einem kleinen runden Zimmer, das

mit eisernem, eine Handbreit von der Mauer entferntem Gitterwerk wie eine Art Käfig ausgekleidet war. Die Leichenbeschaffer hämmerten gegen die Tür, und der Boden unter Pasquales Füßen zitterte und schwankte. Pasquale griff nach einem Seil und schrie erschrocken auf, als sich der Käfig nach oben bewegte und ihn mit sich nahm.

Der Käfig stieg, immer noch leicht schwankend, höher und höher, passierte an einem Punkt ein Schild aus Blei, das ihn unter Kettengerassel einmal umrundete. Als der Käfig schließlich mit einem lauten Knall oben anstieß, traute sich Pasquale zunächst nicht, das Seil loszulassen, weil er befürchtete, der Käfig würde prompt die ganze Strecke bis zum Ausgangspunkt hinunterstürzen. Die Tür, die er schließlich aufstieß, führte hinaus in die windige Nacht.

Die Leichenhalle befand sich offensichtlich im kalten, tiefen Kellergewölbe des Großen Turmes, denn der bewegliche Käfig hatte ihn hinaufgebracht zur Spitze. Unter sich sah er die Dächer und Terrassen der neuen Universität bis hinunter zum Fluß, dessen Kanäle an den Lichtern der treibenden Wassermühlen zu erkennen waren. Dahinter erhoben sich dunkle Hügel, an denen nur vereinzelte Lichter aufglimmten. Armeen sammelten sich dort, eine unsichtbare Bedrohung, die wie dräuende Sturmwolken schwer in der Luft lag.

Der scharfe Wind vertrieb auch den letzten Rest von Pasquales Trunkenheit. Er zitterte vor Kälte. Seine Beinkleider waren feucht, verklebt von gallertartigem Leichenblut und Schlimmerem. Er stand auf einer Art Plattform, die die Hälfte des Daches ausfüllte. Hinter ihm erhob sich ein Gewirr niedrigerer Türme mit Signalarmen. Noch während er hinsah, drehten sich die beiden Arme des höchsten und richteten sich klappernd auf, bevor sie mit immer rascher werdenden, abgezirkelten Bewegungen zu ihrem Tanz ansetzten und Botschaften ans andere Ende der Welt schickten. Die Laternen schienen grüne und rote Lichtspuren in die Nacht zu malen.

Seilwinden ragten über den Rand der Brustwehr hinaus, zwei Sätze von Trommeln für Dreifachkabel, die rechts und links von einer Heronmaschine mit hohem, schmalem Schornstein standen. Der Schornstein endete in einer Art Kappe, die sich im stetigen Wind klappernd drehte. Über Rollen geführte Kabel spannten sich in die Dunkelheit jenseits der Bruswehr. Pasquale konnte gerade noch die präzisen geometrischen Formen vor den nächtlichen Wolken ausmachen: von dünnen, aber starken Kupferdrähten gehaltene Flugdrachen, die im Wind über dem Turm hin und her pendelten.

Pasquale legte die Hand auf ein Kabel, spürte, wie es vibrierte. Weit beugte er sich hinaus, sah nach unten und jauchzte vor Begeisterung. Der massige, düstere Turm schien sich nach unten hin zu verjüngen. An den Mauern konnte Pasquale verkürzte Lichter sehen, wohl die Fenster, und hier und dort vorspringende Balkone und Podeste, wie Schwalbennester in den Dachtraufen der Häuser. Tief unten die von Lichtern eingerahmte Piazza della Signoria, das Gewirr der Straßen um den Palazzo, den angestrahlten Duomo und Tausende niedrigerer Häuser dahinter, die ganze nächtliche Stadt zwischen dem Fluß und der Stadtmauer.

Hinter Pasquale klirrten Ketten, spulten sich von den Trommeln auf dem Verschlag ab, in dem sich der bewegliche Käfig befand. Rasch sank der Käfig hinab. Im roten und grünen Licht der Signallampen konnte Pasquale die nach unten schwingenden Ketten erkennen, die tief unten im Schacht zum perspektivisch auf Münzengröße verkleinerten runden Käfigdach führten. Während Pasquale zuschaute, kam das Dach am Ring der bleiernen Gewichte vorbei, hielt kurz an und stieg dann unter Kettengerassel wieder hoch.

Suchend schaute sich Pasquale nach etwas um, was er zwischen die Kettenglieder zwängen konnte oder in die Kettenwinde oder den Windenantrieb, der von einer Maschine weiter unten im Turm bewegt wurde, aber er sah nur die großen Kabeltrommeln, die er keinen Fingerbreit verrücken konnte. Vielleicht konnte er sich zwischen den Signalanlagen verstecken, die aber vor einer gründlichen Suche wenig Schutz boten – und während er noch darüber nachdachte, öffnete sich auf der anderen Seite des Turmdaches eine Falltür, ein Mann kletterte heraus und begann, das Dach mit einer Laterne abzuleuchten.

Pasquale verkroch sich rasch hinter der Winde. Scheppernd kam der bewegliche Käfig zum Halten. Die Tür schlug auf, und zwei Männer kamen heraus. Der eine zog einen angeleinten Hund hinter sich her, der andere trug eine Laterne, mit der er nun ebenfalls das Dach ableuchtete. Der Mann, der zwischen den Signaltürmen gesucht hatte, drehte sich zu seinen Kameraden um, dabei glitt sein Lichtstrahl über Pasquale hinweg. Der Hund bellte, zog seinen Herrn vorwärts. Pasquale sprang auf, ergriff eines der Drachenkabel und schwang sich in den böigen Wind hinaus.

Durch das zusätzliche Gewicht am Kabel sank der angeleinte Flugdrachen nach unten, und Pasquale sackte sofort unter die Ebene der Plattform hinab. Er strampelte mit den Beinen, als er an der glatten Turmoberfläche vorbeisauste, und es gelang ihm, ein Bein über eines der drei Kabel des Flugdrachens zu schwingen. Nun baumelte er mit dem Gesicht nach unten, klammerte sich mit Händen und Kniekehle fest und schaute hinauf in den Nachthimmel und den bedrohlichen Schatten des Turmes. Er spürte den langen Fall im Rücken. Der starke, kalte Wind sang in seinen Ohren, peitschte ihm das Haar ins Gesicht und machte seine Hände gefühllos, aber er war eher freudig erregt als beängstigt, meinte, es müsse so ausgesehen haben, als sei er in die Dunkelheit gerannt und wie ein Geist verschwunden.

Dann schauten die Wachen über den Rand der Brustwehr, und der Strahl ihrer Lampen überkreuzte sich, schoß hierhin und dorthin.

Pasquale begann, am Kabel hinaufzuklettern, das dadurch straffer wurde; der Flugdrachen hob sich und Pasquale mit ihm. Die Wachen rüttelten an dem Kabel, an dem Pasquale hing, aber ihre Anstrengungen waren nichts im Vergleich zu den kräftigen Windstößen und erreichten ihn nur als schwaches Ruckeln. Einer rief Pasquale etwas zu, wohl, er solle kein Narr sein, niemand würde ihm etwas tun, wenn er herunterkäme, aber der Großteil seiner Worte wurde vom Wind davongeweht. Die anderen beugten sich über die Heronmaschine der Winde und versuchten, mit einem Feuerstein Funken in der Kesselpfanne zu schlagen.

Pasquale, der nun beide Beine über das Kabel geschwungen hatte, hangelte sich Hand über Hand weiter, bis er direkt unter dem großen Drachen angelangt war. Die über einen Eschenrahmen gespannte Leinwand flatterte und blähte sich. Im flüchtigen Laternenlicht der Wachen erkannte Pasquale ein offenes Geschirr oder Gestell aus Weidenholz, das am Querträger des Rahmens befestigt war. Davor bog sich ein Steuerhebel. Pasquale kletterte weiter, bis er genau hinter dem

Geschirr war, dort, wo das Kabel in einen Lederkragen überging und sich in ein Dutzend Stränge auffächerte, die in der stumpfen Nase des Drachens verankert waren.

Plötzlich begann das Kabel stark zu vibrieren. Pasquale schaute hinunter und sah, daß der Schornstein der Heronmaschine Funken sprühte. In wenigen Minuten würde sie warm genug sein, um die Dreifachkabel aufzurollen, etwas, das mit bloßer Menschenkraft nur gelang, wenn zwanzig Männer gemeinsam ans Werk gingen. Das hatte Pasquale an Festtagen gesehen, wenn man kleinere Drachen von der Stadtmauer aus fliegen ließ.

Er packte das Kabel fester, löste die Knie und drehte sich langsam um. Das war nicht schwieriger als seine Tricks mit dem Affen vor dem großen Fenster von Rossos Studio, wenn auch hier der Fall hundertmal tiefer sein würde – aber daran durfte er jetzt nicht denken. Seine Hände waren beinahe gefühllos, und die Finger schienen zu doppelter Größe angeschwollen zu sein. Er zog die Beine erst ans Kinn und stieß sie dann nach hinten. Einen Augenblick lang verfingen sich seine Füße im Geschirr, und ihn durchzuckte nacktes Entsetzen, denn so, wie er jetzt dahing, hätte er durch ein Drehen des Drachens seinen Halt verloren. Er zappelte mit den Beinen wie ein Frosch und hangelte sich vorsichtig zurück, wieder Hand über Hand, bis das Geschirr Brust und Hüften sicher umschloß.

Wieder brüllten ihm die Wachen etwas zu. Die Strahlen ihrer Laternen wanderten kreuz und quer über die Unterseite des Flugdrachens. Mit einer Hand zog Pasquale die Riemen des Geschirrs fest, was einfacher ging als gedacht; durch kleine Zähne in den Messingverschlüssen ließen sich die Lederriemen nur in eine Richtung bewegen und rutschten nicht wieder heraus. Seine Füße fanden die gekrümmten Bügel, und schließlich wagte er es, auch mit der anderen Hand das Kabel loszulassen. Das Geschirr knarrte unter seinem Gewicht und hielt. Er packte die Querstange vor seinem Gesicht mit beiden Händen und schob sie kräftig nach einer Seite, wie er es so oft bei den Festtagsfliegern beobachtet hatte, im letzten Sommer, als seine Suche nach dem Schatten der Wirklichkeit seines Engels begonnen hatte.

Sofort glitt der Flugdrachen mit erschreckender Geschwindigkeit in die Luft. Seine rechte Seite erbebte, ließ Luft in den Raum strömen, der durch den über seine Oberfläche streichenden Wind entstanden war. Aus den Gesprächen mit den Jungen, die mit den Festdrachen kleine Runden drehen durften, wußte Pasquale, daß die Geräte flogen, weil sich die Luft über der Tragfläche schneller bewegte als unter ihr. Die Luft hob den Drachen, während sie danach trachtete, die entstandene Leere zu füllen, denn Gott liebt seine Kreaturen so sehr, daß Er jeden noch so winzigen unvollständigen Raum verabscheut und die Welt mit kleinen und kleinsten Partikeln füllt.

Durch die Luft, die unter die rechte Seite strömte, sackte der Drachen jetzt seitlich ab. Im gleichen Moment kuppelte jemand die Kabeltrommeln aus, und sofort gewann der Drachen gute zweihundert *braccia* an Kabel. Er stürzte weiter und weiter hinab, bis die Maschine begann, die Dreifachkabel aufzuwinden.

Pasquale hatte einen Balkon unterhalb des letzten Turmvorsprungs erreichen wollen, unterschätzte aber die Lebhaftigkeit des Flugdrachens. Der Balkon sauste an ihm vorbei, dann war er darunter und fiel vom Turm weg. Er versuchte, nach links zu steuern; nun strömte Luft unter beide Seiten der Tragfläche, und der Drachen verlor jeden Auftrieb.

Einen entsetzlichen Moment lang schoß das Fluggerät steil nach unten. Die Lichter der Piazza wirbelten schwindelerregend. Dann griff die Winde, die Kabel strafften sich und der Drachen wurde mit solcher Gewalt hochgerissen, daß Pasquale der Steuerhebel entglitt und das seine Brust umgebende Geschirr ihm den Atem nahm. Die Kabel verhakten sich am Rand des Balkons und der Drachen schwang einwärts, drehte sich um seine eigene Achse. Pasquale sah ein großes, bemaltes Fenster auf sich zurasen: ein Engel, ein weißer Engel, der sein Flammenschwert triumphierend über einen im Staub liegenden Schlangendämon erhob. Das Fenster zerbarst um ihn herum in weiße, rote und goldene Splitter.

7 Zum Glück reagierten die Wachen schnell und zogen die Bremse der Winde an. Sonst wäre Pasquale mit dem zertrümmerten Drachen hochgezogen worden und gegen die Unterseite des Balkons geprallt. Statt dessen hing er nun zwischen den gebrochenen und verbogenen Bleiruten des Fensters, während um ihn herum bunte Glassplitter herabregneten und auf den Boden des großen, gewölbten Raumes klirrten. Das Holzgestell des Drachens war zerschmettert, und seine Tragfläche faltete sich über Pasquale wie gebrochene Flügel. Er sah aus wie ein gekreuzigter Engel.

Die Querverstrebungen und das Weidenholzgeschirr des Drachens hatten die Wucht des Aufpralls zum großen Teil abgefangen, aber Pasquale war trotzdem völlig atemlos. Kalter Wind pfiff herein, zerrte an den Trümmern des Drachens. Als ihm endlich die Riemen einfielen, mit denen er festgezurrt war, und er begann, sie loszuschnallen, stürmten Wachen zur Tür herein und rannten an langen, mit Papieren und Maschinenteilen bedeckten Tischen vorbei auf ihn zu. Die Wachen trugen stählerne, auf Hochglanz polierte Harnische. Der Wind wirbelte Papiere hoch wie einen Schwarm aufgescheuchter Vögel.

Ein alter Mann mit langem weißem Haar und weißem Bart, die ihm in Wellen über Schultern und Brust fielen, blinzelte auf einen der Wächter gestützt zu Pasquale hinauf. Ein weiterer Mann, in üppigen roten Samt gekleidet, stolzierte herein.

Salai! Wie ein Darsteller in einem Schauspiel reckte er den Arm und deutete auf Pasquale. »Da, Meister! Seht Ihr! Das ist der Verräter!«

Obwohl ihm der Kopf schwirrte, erkannte Pasquale sofort, wer der alte Mann sein mußte. Er kämpfte mit den Fesseln seines Geschirrs und stöhnte auf, als ihm der Schmerz in Arme und Rücken schoß. Die Wachen lärmten herum, fanden eine Leiter, schoben einen mit Maschinen und Glassplittern übersäten Tisch von dem Fenster weg, in dem Pasquale hing.

»Hört nicht auf ihn«, brüllte Pasquale. »Er ist der Vater aller Lügen. Bitte ...«

Salai grinste zu Pasquale hoch. In seinem roten Überrock, dem Wams und den rot-schwarz gemusterten Beinkleidern sah er wirklich aus wie ein kleiner, fetter Teufel. Zu dem alten Mann gewandt, sagte er: »Ich werde Euch sofort den Beweis bringen, Meister, und Euch alles erzählen.«

Der alte Mann murmelte Salai etwas zu und legte ihm die Hand auf den plumpen Arm. Aber Pasquale konnte nicht verstehen, was er sagte, denn nun wurde die Leiter neben seinem Kopf zurechtgerückt, und zwei Wachen kletterten hinauf, während andere auf den Tisch sprangen und die verbogenen Bleiruten auseinanderzerrten, in denen sich der Drachen verfangen hatte.

Salai redete pausenlos auf den alten Mann ein, flüsterte ihm ins Ohr und warf Pasquale hin und wieder schadenfrohe, boshafte Blicke zu. Als Salai geendet hatte, wollte der alte Mann etwas sagen, doch Salai legte ihm die Hand auf den Arm und rief einen Wächter zu sich, der den Alten hinausführte.

Pasquale wurde losgeschnitten, von den Wachen an Armen und Beinen gepackt und hinunterbefördert. Er versuchte sich zu wehren, als Salai seinen Beutel durchwühlte, aber die Wachen waren bullige, gut genährte Schweizer und hätten auch störrische Ochsen zu Boden ringen können. Pasquale konnte nur zusehen, wie Salai gleichgültig das Messer, Papierstücke und Zeichenkohle beiseite warf; dann förderte er das kleine Fluggerät in seiner Pappumhüllung zutage.

Salai wickelte das Gerät aus, hielt es hoch, drehte es hin und her, so daß Licht und Schatten auf die merkwürdige Papierspiralen und den komplexen Mechanismus fielen. »Siehst du«, sagte er zu einem der Wächter. »Merk es dir gut. Der Junge hatte es bei sich.«

Dann steckte er das Gerät in sein rotes Samtwams und befahl den Wachen: »Bringt ihn mit und folgt mir.«

Sie hoben Pasquale auf, trugen ihn an Armen und Beinen eine gewundene Treppe hinab zu einem kleinen, halbrunden Raum, der wie ein gespannter Bogen geformt war, die runde Mauer zur einen, Schränke zur anderen Seite. Sowie die Wachen ihn absetzten, rappelte Pasquale sich hoch und schaute Salai an, der vor der Tür stehengeblieben war, zwei bullige Wachen hinter sich.

»Meinen Glückwunsch zu deinem Auftritt«, näselte Salai und applaudierte spöttisch. »Ich kann dir gar nicht sagen, wie gelegen mir das kommt. Fast möchte ich dich küssen. Meine Bewunderung für deine Fähigkeiten ist enorm gestiegen, obwohl mir scheint, daß ich deine Intelligenz von Anfang an richtig eingeschätzt habe. Ich werde dich nicht fragen, warum du hierher gekommen bist, jetzt noch nicht. Ja, ich will noch nicht einmal wissen, wie du dir Zugang zum Turm verschafft hast, oder zumindest nicht gleich. Dieses Vergnügen kommt später.«

»Ihr wißt sehr genau, warum ich hier bin, Salai.« Pasquale richtete seine Worte ebenso an Salai wie an die Wachen. »Ihr habt das Fluggerät gestohlen, und als es mir in die Hände fiel und ich erfuhr, wie wichtig es ist, habe ich versucht, es zurückzubringen. Ich wollte es direkt dem Großen Ingenieur geben. Das ist die Wahrheit.«

»Ach, schrei du nur, soviel du willst. Das sind meine Männer, Maler.« Salai schnüffelte. »Du hast einen bestimmten Geruch an dir. Hast du dir in die Hosen geschissen, als du durch das Fenster kamst? Sag's nur, du mußt dich deswegen nicht schämen.«

»Das ist nur altes Blut. Ein Geruch, der Euch doch sehr vertraut sein sollte. Wir habt Ihr es geschafft, Giustinianis Hinterhalt zu entkommen? Ich weiß, daß es Giustiniani war – das Feuerwerk trug seine Handschrift, und einer seiner Männer hätte mich beinahe in Niccolò Machiavellis Zimmer erwischt.«

»Wer sagt, daß ich entkommen bin?«

»Ihr habt meinen Meister verraten, und Ihr habt die Savonarolisten an Giustiniani verraten. Wen noch?«

»Ach, dieser Mut, dieser Elan. Wie werde ich deine Folterung genießen, Maler! Selbstverständlich habe ich unser letztes Zusammensein noch nicht vergessen. Wir fangen dort an, wo wir aufgehört haben, aber diesmal wesentlich besser ausgestattet. Ich lasse dich bis Tagesanbruch allein, Maler, damit du darüber nachdenken kannst. Dann bringen wir dich ins Bargello, wo ich dich angemessener behandeln kann.«

»Niccolò Machiavelli, Salai! Lebt er noch? Sind er und Raffaels Leiche in Giustinianis Hand?«

»Im Moment ja«, sagte Salai. Die Tür wurde zugeknallt, das hölzerne Schloß rastete ein.

Pasquale brauchte nicht lange, um den Raum in dem wenigen Licht zu erkunden, das durch die vergitterte Luke über dem Türriegel hereinfiel. Die Schränke waren voller Totenschädel und Wachsabdrücke der Gehirne, die sie einst enthielten, ganze Borde voll, alle ordentlich katalogisiert. Jede Schädeldecke trug ein Gitterwerk dünner, schwarzer Linien, und an der rechten Augenhöhle war jeweils ein Etikett befestigt, in enger

Schrift beschrieben, die Pasquale zunächst für einen Code hielt, bis er sie als Spiegelschrift erkannte. *Frau, 44 Jahre alt, gelähmt. Mann, 22 Jahre alt, blind, angeborene Idiotie. Mann, 56 Jahre alt, normal. Mann, 35 Jahre alt, als Dieb gehängt.* Der Staub auf den Borden ließ darauf schließen, daß der Raum seit längerem nicht benutzt worden war.

Es gab nichts, was sich als Waffe verwenden ließ, und er glaubte nicht, daß er es schaffen würde, durch das schmale Fenster in der Mitte der halbrunden Wand zu klettern. Zudem war das Fenster so hoch oben, daß er den Sims nur auf Zehenspitzen berühren konnte. Und selbst wenn es ihm gelungen wäre, hinauszuklettern, hätte er nur die Außenmauer des Turmes erreicht, hoch über der Erde und ohne Flugdrachen, der ihn hätte forttragen können.

Er setzte sich gegenüber der Tür auf den Boden, in die schmale Ecke, wo die Schränke an die Wand stießen, und streckte die Beine von sich. Seine Schürfwunden und Prellungen pochten. Jedesmal, wenn er die Augen schloß, durchlebte er aufs neue die Erregung seines Fluges, den Sturz und den unglaublichen Augenblick, als er durch das Fenster gekracht war. Vielleicht war er der Engel geworden, den er zerstört hatte – er stellte sich Salai als schuppigen Wurm vor, der sich unter seinem Flammenschwert wand. Oder er war durch die Zerstörung zu dessen Gegenstück geworden – ein schwarzer Engel, der bei Gott in Ungnade gefallen und zu ewigen Qualen verdammt war. Der Wahnsinn, der ihn durchdrungen hatte, schien vorüber zu sein. Dieser Wahnsinn hatte von ihm Besitz ergriffen, als er in den Fluß getaucht war, um den Savonarolisten zu entkommen, eine ansteigende Kurve drängenden, unkontrollierten Handelns, die ihn hier hatte stranden lassen, in dieser kleinen Zelle hoch oben im Großen Turm. Oder er war schon lange davor angesteckt worden, bei der ersten Begegnung mit Niccolò Machiavelli. Möglich, daß er des Journalisten fixe Idee von Komplotten und Gegenkomplotten zu tief in sich aufgenommen hatte, überall spanische Verschwörungen sah, wo es nur Zufälle waren. Er umschlang seine Knie und schauderte, spürte, wie ihn eine Mattigkeit überkam, die keine Verzweiflung, sondern simple Hinnahme seines Schicksals war.

8 Das Aufsperren des klobigen Türschlosses weckte ihn. Milchiges Frühlicht sickerte durch das hohe Fenster, bedeckte Pasquale wie ein Tuch, wenn auch ohne Wärme.

Er blinzelte gegen den Schlaf an, als die Tür sich öffnete und ein Wächter hereintrat. Der polierte Harnisch des Mannes schimmerte im Licht der Laterne, die er trug, und spiegelte Teile des Raumes so gleißend wider, daß sein kantiges, sauber rasiertes Gesicht (er war nicht viel älter als Pasquale) wie über einem seltsam verzerrenden Spiegel zu schweben schien. Hinter dem Wächter stand der alte Mann, den Pasquale in dem langen Raum gesehen hatte. Der Große Ingenieur.

Mühsam kam Pasquale auf die Füße. Seine Wirbelsäule schien aus gezacktem, miteinander verschmolzenem Eisen zu bestehen, und jeder Rückenmuskel tat ihm weh. Der Große Ingenieur betrachtete ihn milde und strich sich dabei mit einer Hand über den Bart. Er trug eine Brille mit blauen Linsen, die wie ein Schmetterling auf seiner Nasenspitze saß.

»Du bringst ihn besser mit«, sagte er schließlich in die Luft hinein und drehte sich um.

Der Wächter packte Pasquales Arm direkt über dem Ellbogen. Daumen und Zeigefinger seiner stählernen Panzerhandschuhe kniffen die Muskeln grausam und unerbittlich wie eine Zange. Halb führte, halb zerrte er Pasquale die gewundene Treppe hinauf, durch die große Halle, wo der zerstörte Flugdrachen immer noch im zerborstenen Buntglasfenster hing, durch eine kleine Tür am anderen Ende in ein rundes Zimmer voll laut tickender Uhren.

Alle möglichen Uhren standen entlang der Wände: Stundengläser mit fallendem Sand; Wasseruhren mit Schwimmern an schraubenförmiger Führung; alle Arten von mechanischen Uhren mit Zifferblättern aus Gold und Silber, aus bemaltem Holz oder sogar aus Glas, hinter denen Kerzen durch eingearbeitete Löcher glimmten, die die Planetenkonstellationen darstellen sollten. Es gab Tagesuhren und Kalenderuhren mit den Festtagen der Heiligen, und sogar ein antiquiertes Astrolabium mit Drehtrommel und tropfendem Quecksilber als Hemmung. Und in der Mitte des Zimmers stand, zweimal so groß wie ein Mann, eine astronomische Uhr, deren gewichtgetriebener Mechanismus in einem Messinggestell sichtbar war, darüber eine siebenseitige Trommel. Jedes der Zifferblätter zeigte die Bewegung eines der sieben Himmelskörper, das Primum Mobile, den Mond und die Planeten, und unter der Trommel waren im Messinggestell radförmige Zifferblätter angebracht, die die Stunden des Tages und die festen und beweglichen Feiertage angaben, dazu ein Zifferblatt für die Knoten. Dieses Gerät gab ein lautes, gleichmäßiges Schlaggeräusch von sich, wie ein verstärkter Herzschlag, gemessen und würdig im Vergleich zu dem lebhaften Durcheinanderticken der kleineren Mechanismen.

Der Große Ingenieur stand am anderen Ende des Zimmers und schaute aus einem Fenster, das wie ein Teil einer Blase oder Linse vom Boden bis zur Decke reichte. Der Wächter führte Pasquale durch den Raum, und als er fragte, warum man ihn hierher gebracht habe, fuhr dieser ihn barsch an, er solle sprechen, wenn er gefragt würde.

»Aber das Modell ...«

Der Wächter, ein blonder Bursche mit kurzgeschnittenem Haar, einem glatten, jungenhaften Gesicht und lebhaften eisblauen Augen, sagte leise: »Mein Herr macht nicht viele Worte, doch jedes ist sorgfältig bedacht. Du wirst dich an seine Art gewöhnen müssen.«

Pasquale wurde bedeutet, sich an einen kleinen Tisch unter dem Linsenfenster zu setzen. Als er auf die erwachende Stadt tief unter sich blickte, hatte er das schwindelerregende Gefühl, im Auge eines Riesen zu sitzen. Er befand sich so hoch oben – der Große Turm war viermal so hoch wie der Turm des Palazzo della Signoria –, daß er die ringförmige Stadtmauer zu beiden Seiten des Flusses sehen konnte. Er sah die Manufakturen entlang des Flusses, manche davon schwarze, ausgebrannte Ruinen, die Brücken über miteinander verwobenen Kanälen und, direkt unter sich, den Sitz der Regierung. Die in tiefem Schatten liegende Piazza della Signoria war immer noch mit den Trümmern der mechanischen Apparaturen bedeckt. Die große Davidstatue sah aus dieser Höhe aus wie ein Splitter oder ein Fleck.

Der Große Ingenieur sagte in die Luft hinein: »Der Wächter ist natürlich einer von Salais Leuten und wird seinem Herrn augenblicklich jedes Wort zutragen, wo immer der auch ist.«

»Was denkt Ihr von mir, Herr! Das würde ich niemals tun«, protestierte der Wächter und blinzelte Pasquale zu. »Wollt Ihr nicht das Frühstück mit diesem jungen Helden teilen, Herr?«

»Hat er denn Zeit für ein Frühstück? Solltest du ihn nicht wegführen?«

»Es ist das mindeste, was wir für ihn tun können«, gab der Wächter zurück und blinzelte Pasquale erneut zu. »Salais Männer werden den Raum erst überprüfen, wenn sie den Befehl dazu erhalten.« Er zog an einer roten, in die Wand eingelassenen Kordel, scheinbar ohne Erfolg.

Ohne Pasquale anzusehen, wandte sich der Große Ingenieur vom Fenster ab und begann, die hohe astronomische Uhr mit einem Schlüssel von Armeslänge aufzuziehen. Er benutzte dazu die linke Hand.

Wie ein Spielleiter, der einem störrischen Schauspieler Stichworte gibt, sagte der Wächter: »Es dreht sich doch alles um das Modell des Fluggerätes, das vermißt wurde, nicht wahr?«

»Ich bin gekommen, um es zurückzubringen, aber Salai hat es mir weggenommen«, reagierte Pasquale.

»Ja, natürlich, das habe ich selbst gesehen. Stimmt es nicht, Herr?«

Der Große Ingenieur legte den Schlüssel weg. »Du brauchst mich nicht aufzuheitern, Jacopo. Ich muß mir wohl anhören, wie das Modell in die Hände dieses jungen Mannes geriet.«

»Nun erzähl deine Geschichte«, drängte der Wächter Pasquale.

Während der Große Ingenieur an seinen Uhren hantierte und sie eine nach der anderen aufzog, begann Pasquale zu erklären, was geschehen und wie er zu dem Gerät gekommen war, erzählte von dem Mord an Romano, den man eigentlich nicht als Mord bezeichnen konnte, von dem Attentat auf Raffael und dem Diebstahl seiner Leiche, von Niccolò Machiavellis Entführung, Salais Komplott mit den Savonarolisten und seinem doppelten Spiel mit Giustiniani.

»Ich wollte Euch das Gerät direkt zurückbringen, Meister«, endete Pasquale, »aber kurz vorher ließ mich mein Glück im Stich.«

»Ein mutiger Versuch, nicht wahr, Herr?« meinte der Wächter.

Schweigen herrschte, während der Große Ingenieur weitere Uhren aufzog. Schließlich sagte er: »Es spielt keine Rolle, Jacopo. Eine Idee läßt sich nicht unterdrücken, das habe ich schon vor langer Zeit herausgefunden. Sobald sie auf die Welt losgelassen wird, bekommt sie ein eigenes Leben, wie in der griechischen Sage der Pandora. Für einen Mann mit entsprechenden Fähigkeiten reicht oft das Wissen, daß eine bestimmte Sache möglich ist. Ich habe es einst genossen, meinen Schülern zu erzählen, daß ich die und die Aufgabe auf die und die Art gelöst hätte, und sie aufgefordert, es mir nachzutun. Den meisten gelang es, und wenngleich keine Lösung exakt der anderen glich, gab es doch immer Ähnlichkeiten. Das Modell war nicht wichtig, doch die dahinterstehende Idee war es, und die ist nun ruchbar geworden.«

Jacopo erwiderte: »Vielleicht ist es uns nicht gelungen, die Kamera geheimzuhalten, aber dies ist eine weit gefährlichere Sache.«

»Salai hält das Modell für wichtig, Meister«, warf Pasquale ein. »Das heißt, er hat einen Käufer dafür gefunden. Ich glaube, er hat es zu dem venezianischen Magier gebracht, zu Paolo Giustiniani, der es an die Spanier verkaufen wird. Die Spanier werden es gegen Florenz einsetzen. Beim ersten Mal habe ich dazu beigetragen, seine Pläne zu vereiteln, wenn auch nur durch Zufall. Danach bediente er sich noch gewisser Vermittler, aber jetzt geht er offen vor. Ich würde versuchen, ihn aufzuhalten, wenn ich könnte.«

»Du hast diesen Giustiniani schon mal erwähnt«, meinte Jacopo. »Hat Salai dir gesagt, warum er mit ihm verhandelt hat und nicht direkt mit den Spaniern?«

Pasquale überlegte, was Salai gesagt hatte, und gestand: »Nicht ausdrücklich, aber die Art, wie die Savonarolisten auf dem Fluß angegriffen wurden, trägt eindeutig Giustinianis Handschrift. Außerdem sind die Savonarolisten Fanatiker und würden nichts für das

Gerät bezahlen – zumindest nicht soviel, wie Giustiniani zweifellos versprechen kann.«

»Aber du hast keine Beweise, was? Nun ja, egal, zu wem Salai gegangen ist, diesmal kommt er nicht zurück, Herr. Das ist Verrat, was er da tut. Offener Verrat.«

Der Große Ingenieur legte sich die Hände auf die Ohren.

»Das hilft Euch auch nicht«, sagte Jacopo laut. Er lehnte an der Ecke zwischen Wand und Fenster und schaute auf die Stadt hinunter. »Ihr wißt, daß er diesmal wirklich ausgespielt hat«, fügte er hinzu. »Von dieser Sache könnt Ihr ihn unmöglich freikaufen. Ihr müßt ihn vor sich selbst retten.«

Dieser Jacopo hatte eine durchtrieben beruhigende Art, dachte Pasquale, beschützend, aber auch auf sein eigenes Wohl bedacht, wie der jüngste Sohn, der seinem Vater in allem nach dem Munde redet, weil er auf einen Anteil des Erbes hofft. Unter der Rüstung lugte an Hals und Handgelenken beste flämische Spitze hervor, und sein Schwert hatte einen Bügel aus gehämmertem Gold mit eingelegten Rubinen, die wie Blutstropfen glitzerten.

Der Große Ingenieur ließ die Hände sinken und sah sie beide an. »Wie bin ich nur so alt geworden, Jacopo? Und mein wunderschöner Junge?«

»Wohl auf dem üblichen Wege, Herr.«

»Salai traut niemandem«, sagte der Große Ingenieur, »schließlich weiß er genau, daß auch ihm nicht zu trauen ist, und denkt daher, alle anderen wären wie er. Du hattest recht, junger Mann, ihn einen Lügenprinzen zu nennen. Ich gab ihm seinen Namen in Anspielung auf den Gott der Mauren, denn er erschien mir von Anfang an wie eine Ausgeburt Satans. So ein hübscher

Junge, aber was für Manieren! Ständig schmollte er. Und habgierig war er natürlich auch, nahm sich einfach, was ihm gefiel. Wie ein richtiger kleiner Prinz. Und so ist es geblieben. Zweifellos wird er dich nach und nach töten lassen.«

»Wir haben den jungen Mann nicht gerettet, damit er von Salais Schergen umgebracht wird, Herr«, widersprach Jacopo. »Das wißt Ihr ganz genau, also hört auf, ihm angst zu machen.«

»Es ist die Wahrheit.«

»Aber nur, wenn Ihr es dazu kommen laßt.« Wieder blinzelte Jacopo Pasquale zu.

»Ja, du sähest es gern, wenn Salais Einfluß schwinden würde«, murmelte der Große Ingenieur.

»Er hat viel zuviel Macht über Euch, und seine Gruppe hat zuviel Macht über die anderen Mechaniker. Ein bißchen Demütigung käme uns allen zugute.«

»Und vor allem dir. Glaubst du, ich hätte nicht gemerkt, wie du versuchst, mich gegen Salai einzunehmen?«

»Still«, murmelte Jacopo. »Nicht vor den Dienstboten.«

Ein Page trat herein, beladen mit einem Tablett voll Obst, weichem schwarzem Brot und einem beschlagenen Wasserkrug. Er setzte es auf den niedrigen Tisch vor dem runden Fenster ab und verschwand. Jacopo, der immer noch am Fenster lehnte, wies Pasquale an: »Iß, soviel du willst.«

»Und was ist mit Eurem Herrn?«

»Ach«, Jacopo erhob die Stimme und schaute über die Schulter, ob der Große Ingenieur ihn auch hörte, »er wird behaupten, er habe bereits gegessen. Er ißt kaum genug für eine Maus und schläft sogar noch weniger. In Erwartung des kommenden langen Schlafes, wie er sagt.« Leiser fügte er hinzu: »Iß, und laß meinen Herrn die Sache durchdenken. Früher oder später wird er sich für die Idee erwärmen. Er wird rasch erkennen, in welch schlechtem Licht er selbst dastehen wird, wenn Salai Erfolg hat. Und ob du es glaubst oder nicht, er hat immer noch viel für ihn übrig. Er würde nicht wollen, daß Salai zu Schaden kommt.«

Pasquale stieß das Tablett zu Boden; durch das gebogene Fensterglas verstärkt, war das Geklirr besonders befriedigend. Der Große Ingenieur blinzelte ihn verwundert an, die Augen hinter den blauen Linsen groß und verschwommen. Es war das erste Mal, daß er Pasquale direkt anblickte.

Jacopo hatte sein Schwert gezogen. »Du Narr!« brüllte er.

Pasquale sprang auf und rief: »Bitte, laßt mich gehen, Meister. Noch ist es nicht zu spät, Salai aufzuhalten. Ich werde es tun, wenn Ihr es nicht wollt.«

»Setz dich«, zischte Jacopo. »Du weißt nicht, wie er sein kann. Er liebt Salai immer noch.«

»Ruhig Blut, Jacopo«, sagte der Große Ingenieur milde, »und steck dein Schwert weg. Du glaubst doch wohl nicht, daß der junge Mann mich mit einer Pflaume und einer Handvoll Feigen angreifen wird? Und was dich angeht, junger Mann, es gibt keinen Grund, sich aufzuregen. Ich habe gesagt, daß ich dir helfen werde, und das habe ich ja bereits getan. Wenn es in meiner Macht steht, wirst du den Turm verlassen, bevor Salai zurückkehrt, oder, was wahrscheinlicher ist, bevor er erfährt, daß du frei bist, und den Befehl erteilt, dich sicherer zu verwahren.«

»Das ist sehr freundlich von Euch, Meister, aber ich muß Euch um mehr bitten.« Die Verzweiflung hatte Pasquale kühn gemacht. Salai hatte gesagt, Niccolò sei noch am Leben, aber was würde geschehen, wenn Giustiniani erst alles hätte, was er wollte? »Daß Ihr mich laufen lassen wollt, ist eine Sache. Vielleicht kann ich Salai aufhalten, vielleicht auch nicht. Ich weiß nur, daß ich seine Pläne vereiteln und gleichzeitig Signor Taddeis Pläne durchkreuzen muß, der mich gegen Raffaels Leiche austauschen will. Ich werde mein Bestes geben, Meister, aber ich bin nur ein Maler und dazu kaum mehr als ein Schüler, während Ihr so viel mehr seid. Für Euch dürfte es ein leichtes sein, Salai von seinem Treffen zurückzubeordern.«

»Halt dich zurück«, raunte Jacopo grimmig. »Du machst ihm angst, und dann passiert gar nichts.«

»Es ist nichts als die Wahrheit«, beharrte Pasquale.

»Du Narr – ich bin auf deiner Seite!«

Nachdenklich meinte der Große Ingenieur: »Salai hat zweimal versucht, mich zu vergiften, und vor ein paar Jahren hat ein Soldat auf mich geschossen. Er traf nicht und wurde sofort getötet, aber ich habe so meine Vermutungen.«

»Mehr als Vermutungen«, sagte Jacopo.

»Und trotzdem habt Ihr ihn nicht fortgejagt?« fragte Pasquale.

»Das geht nicht. Sein Einfluß ist zu groß, und er hat das Gerücht ausgestreut, meine Geisteskräfte ließen nach. Vielleicht tun sie das ja. Zudem, wohin sollte er gehen? Der arme Salai hat nie ein anderes Zuhause gekannt.«

»Da siehst du es«, rief Jacopo und warf entnervt die Hände hoch.

»Aber ich habe ihn geliebt und ihm verziehen«, fuhr der Große Ingenieur fort. »Ich liebe ihn immer noch, oder vielmehr das widerspenstige Kind, das er einst war und in gewisser Weise immer noch ist. Außerdem gehört der Turm nicht mir, oder zumindest dieser Teil des Turmes. Um ihn bauen zu können, habe ich eine Vereinbarung mit der Signoria getroffen, nach der sie den Bau bezahlte und mich hier nach eigenem Gutdünken arbeiten ließ, gleichzeitig der Turm aber den Mechanikern der Universität zur Verfügung stehen sollte. Ach, das waren große Tage damals! Wir arbeiteten rund um die Uhr an der Verwirklichung einer Idee. Ich erinnere mich noch, wie Vannoccio Biringuccio das Prinzip der Heronmaschine wiederentdeckte – er schloß Wasser in einen Kupferballon ein, den er erhitzte, und hatte Glück, die Explosion zu überleben. Wir fürchteten, der Turm würde einstürzen! Wer hätte gedacht, wohin das in nur fünfzehn Jahren führen würde? Wer hätte geglaubt, daß unsere simplen Erforschungen der Natur die Welt so sehr verändern würden! Was siehst du, Jacopo?«

»Wie, hier durch das Fenster? Die Stadt natürlich. Sie ist immer noch da, wenn auch ein bißchen versengt an den Rändern.«

»Wenn ich in letzter Zeit hinausschaue, sehe ich eine Stadt in Flammen. Ich sehe Flugmaschinen über Verteidigungsmauern fliegen und dort Feuertöpfe abwerfen, wo sie am meisten Schaden anrichten. Ich sehe die Bevölkerung fliehen, verfolgt von den gleichen Flugmaschinen. Ich sehe Menschen, die sich in Teufel verwandeln. Das alles mag noch geschehen. Heb dein Frühstück auf, junger Mann. Iß und trink. Regelmäßige Gewohnheiten führen zu gleichmäßigem Denken. Wir haben noch ein wenig Zeit.«

»Alles in Ordnung«, meinte Jacopo leise. »Er denkt darüber nach.«

»Es könnte bald zu spät sein«, begehrte Pasquale auf.

»Still. Er hat sein eigenes Tempo. Du hast schon genug Ärger gemacht.«

»Das hoffe ich«, murmelte Pasquale und biß in eine Pflaume. Der süße Saft füllte ihm den Mund und weckte seinen Appetit. Während er sich über das Frühstück hermachte, zog der Große Ingenieur die letzten Uhren auf, und Pasquale meinte (und sah zu seiner großen Zufriedenheit, wie Jacopo die Augen rollte), daß hier in der Tat eine Menge Zeit angehäuft wurde.

»Eher gemessen«, erwiderte der Große Ingenieur. »Ich finde es interessant, daß man Zeit auf so viele Arten messen kann. Manchmal wünschte ich mir, ich wäre Uhrmacher statt Mechaniker. Oder vielleicht Künstler, wie ich es anfangs wollte. Aber jetzt habe ich nur noch wenig Kraft in der rechten Hand und kann deshalb die Linke nicht mehr unterstützen; außerdem ist das ein Gewerbe, dem man sein ganzes Leben widmen muß. Nach Lorenzos Ermordung habe ich einen anderen Weg eingeschlagen, und doch glaube ich manchmal, einen Blick auf das zu erhaschen, was hätte sein können, wie ein Bergsteiger, der einen hohen Gipfel erklimmt und entdeckt, daß er doch nicht die Welt bezwungen hat, denn jenseits davon liegen andere Welten, verschwimmen im Nebel. Zeit ist eine knifflige Sache, wie Maler sehr gut wissen. Wir sehen sie als Strom, der nur in eine Richtung fließt, aber vielleicht sieht Gott sie anders, kann sich in der Zeit bewegen, bestimmte Ereignisse herausgreifen und sie verändern, wie ein Autor seinen Entwurf verändern kann. In einem anderen Leben ... Aber du lächelst über diese Ansichten.«

»Ihr erinnert mich an meinen Lehrer Piero di Cosimo.«

»Ich kenne ihn gut genug, um zu begreifen, daß seine Fabulierungen, die zunächst nur amüsant scheinen, tatsächlich profund sind, denn sie gehen an die Wurzel dessen, was wir nur aus Brauchtum oder Gewohnheit fraglos hinnehmen. In dieser Hinsicht ist Piero wie ein Kind, für das alles neu ist. So komme ich auch zu der Behauptung, daß alle Mechaniker eine Sache zunächst ganz neu betrachten müssen, wenn sie sie verstehen wollen.«

»Dann bitte ich Euch, Meister, die Dinge neu zu betrachten. Zu erkennen, daß sie nicht so hoffnungslos sind, wie Ihr glaubt. Das Flugmodell an sich spielt keine Rolle; auf die Bedeutung, die gewisse Leute ihm geben, kommt es an. Das ... ist wie der Engel, der Engel der Verkündigung! Dabei spielt es keine Rolle, welche Botschaft der Engel bringt, welche Worte er benutzt. Es genügt, daß er den strahlenden Glanz Gottes bringt. Das allein ist die Botschaft. Wenn wir das Modell zurückholen können, haben wir den Vorteil auf unserer Seite.«

Pasquale hätte noch mehr, noch Kühneres gesagt, aber eine Klingel ertönte leise, und Jacopo rief: »Die Wachen kommen zurück. Gewiß hat man dem Hauptmann berichtet, daß du frei herumläufst – ich habe diesem Pagen nie getraut. Wir müssen jetzt gehen, Herr. Versteht Ihr?«

»Selbstverständlich. Ich bin zwar alt, aber doch nicht senil.«

Sie traten durch die Tür, die der Page benutzt hatte, und gingen einen langen Korridor hinab, an dessen Ende ein mannshohes Fenster den Blick auf die Stadt freigab. Jacopo öffnete es, und das Fenster erwies sich als Spiegel oder Leinwand, auf die der Ausblick über eine Linse projiziert wurde. Dahinter lag eine versteckte Treppe.

Dann ging es einen langen Weg hinab, durch kleine Räume, die sich in regelmäßigen Abständen öffneten, wie Perlen an einem Rosenkranz. Jacopo erklärte, daß es innerhalb des Turmes eine Art Gegenturm gebe, versteckte Räume, Treppen und Gänge, von denen nur wenige wußten. Viele Baumeister hätten an der Konstruktion des Turmes mitgewirkt, aber immer nur an bestimmten Teilen und daher nicht den Gesamtüberblick des Großen Ingenieurs gehabt, so wie ein gewöhnlicher Mann die Stadt, in der er lebt, nur wirklich sehe, wenn er hoch über ihr schwebe und wie Gott alles überblicke. Pasquale fand, diese Analogie gehe nun wirklich zu weit, aber im nächsten Raum, den sie betraten, zeigte ihm der Große Ingenieur, wie zutreffend sie war.

Der Raum war ebenso fensterlos wie die anderen, aber größer, kreisrund und nicht von Gaslampen erhellt, sondern vom Sonnenlicht, das über eine Apparatur an der Decke projiziert wurde und auf einen kleinen Tisch mit nach innen gewölbter, weißer Oberfläche fiel. Auf Anweisung des Großen Ingenieurs griff Jacopo hoch und bewegte einen Schieber, und plötzlich erschien ein Bild der Stadt auf der gewölbten Tischoberfläche, wie durch das Auge eines über ihr schwebenden Vogels gesehen. Schon wieder ein Trick mit Linsen, Prismen und Spiegeln, aber nichtsdestoweniger beeindruckend.

»Zeig mir das Haus von diesem Giustiniani«, bat der Große Ingenieur, und nach kurzem Suchen gelang es Pasquale, die Villa zu finden, ein weißer Fleck am Hang innerhalb der Stadtmauern auf der anderen Seite des Arno. Während der Schatten seines Fingers das Bild auslöschte, konnte sich Pasquale für einen flüchtigen Augenblick vorstellen, daß Gott auf diese Weise die Welt sah und daß er, Pasquale, wenn er nur sein Augenlicht schärfen könnte, fähig wäre, Salai auf das Haus zureiten zu sehen, oder durch das Dach zu blicken und den Magier zu entdecken, oder den armen Niccolò in seinem Gefängnis.

»Mein ganzes Interesse gilt jetzt dem Licht«, bemerkte der Große Ingenieur. Seine tiefliegenden, traurigen Augen waren Schattenteiche, und Schatten hoben alle Konturen seines Gesichtes hervor. »Licht ... es ist reiner als jede Idee.«

»Gemeinsam können wir gegen Salais Verschwörung vorgehen, Meister«, drängte Pasquale. »Uns bleibt genug Zeit. Die Spanier sind noch einen Tagesritt entfernt. Und wenn sie die Botschaft erhalten, daß Giustiniani das Modell hat, müssen sie es abholen. Kommt mit mir!«

»Tue ich das nicht schon? Du hast mich überzeugt, junger Mann. Jacopo, träumst du? Mach den Mund zu, Mann. Sonst verschluckst du noch eine Fliege.«

»Ich bin nur, wie jedesmal, erstaunt über Euren plötzlichen Sinneswandel, Herr. Seit Salais Attentatsversuch versuche ich, Euch dazu zu bewegen, daß Ihr Schritte gegen ihn unternehmt, und nun auf einmal seid Ihr bereit dazu.«

Zu Pasquale gewandt, erklärte der Große Ingenieur: »Es war die Art, wie du durch das Fenster gestürzt kamst. Wie ein Engel. Da wußte ich es bereits, aber erst jetzt habe ich begriffen, daß ich es wußte. Wir werden Salai vor seiner eigenen Dummheit retten.«

»Eure Wissenschaft gegen Giustinianis Magie, Meister«, rief Pasquale.

»Magie ist nur Wissenschaft, die versucht, sich als etwas anderes auszugeben. Allzuviel Zeit bleibt uns aber nicht, befürchte ich. Wir müssen uns beeilen. Wohin wirst du mich bringen?«

»Aber ich dachte ...«

Der Große Ingenieur tastete nach einem Stuhl und setzte sich mit einem schweren Seufzer. »Was, daß ich eine Armee aufstellen könnte? Es gibt keine, außer den

Wachen, und die gehorchen Salai. Alles, was ich habe, befindet sich in meinem Kopf. Ich habe noch nicht einmal Schüler. Seit zwanzig Jahren habe ich keine Schüler mehr, nur noch Anhänger.«

»Die Euch alle Ideen stehlen wie die Krähen«, grummelte Jacopo.

»Dann gibt es nur einen, der uns helfen kann«, überlegte Pasquale, »aber ich weiß nicht, ob er es tun wird.«

»Laß nur. Führ mich zu ihm! Ich habe großes Vertrauen zu deiner Überzeugungskraft, junger Mann. Gemeinsam werden wir ihn schon überreden. Aber zuerst muß ich mich ausruhen. Es gibt Zeiten, da wünschte ich mir, ich hätte den Turm nicht so hoch gebaut.«

Jacopo griff nach Pasquales Arm und führte ihn weiter in den Raum hinein. »Er ist ein alter Mann, und dieses Unternehmen kann gefährlich für ihn werden.«

»Es ist die einzige Möglichkeit, Salai aufzuhalten.«

»Ich sehe, wir verstehen uns. Also gut. Ich will dir etwas zeigen – als Maler wird es dich sicher interessieren.«

Am hintersten Ende des Raumes war eine Reihe von Steintrögen angebracht, die von diffusem Licht hinter einer gefärbten Linse blutrot beleuchtet wurden. Hier wehte ein ständiger kalter Wind. Jacopo erklärte, dies sei der Ort, an dem der Große Ingenieur mit Licht male. Er zeigte Pasquale einen Stapel gleichmäßig mit Silber beschichteter Glasplatten und den mit Linsen versehenen Apparat, in den sie hineinpaßten.

»Allerdings muß das Silber erst durch Joddämpfe lichtempfindlich gemacht werden. Nachdem sie dem Licht ausgesetzt wurde, wird die Platte dann über einen Trog mit heißem Quecksilber gehalten, bis das Bild hervortritt. Danach wird sie in heißes Salzwasser getaucht. Hier ist sein neuestes. Sei vorsichtig! Die Silberschicht ist leicht zu zerstören, und obwohl er es mit einem neuen Firnis versucht hat, blättert sie schon ab. Paß doch auf!«

Pasquale hatte ihm die Platte weggerissen und lief durch den Raum zum Tisch. Jacopo kam ihm nach. »Vorsichtig, vorsichtig! Du siehst, es ist ein Bild vom Festmahl für den Papst. Da ist der Papst, und neben ihm der unglückliche Raffael.«

Pasquale schaute nicht auf die Würdenträger, sondern auf die Dienstboten hinter ihnen, die sich gerade anschickten, Wein nachzuschenken. Besonders auf den Diener, der neben Raffaels Schulter stand. Er kannte das bleiche Gesicht, den roten Haarschopf, und begriff endlich die Zusammenhänge.

9

Als Pasquale Signor Taddei vorgeführt wurde, saß der Kaufmann mit seinem Astrologen Girolamo Cardano vor der großen Feuerstelle beim Schachspiel. Dokumente lagen um ihre Füße verstreut, und eine mechanische Schildkröte, deren Ebenholzpanzer ein gewundenes Muster aus winzigen Diamanten zierte, stapfte auf vier dicken Beinen über die Papiere hinweg. Taddeis Sekretär schrieb an einem Tisch hinter dem hochlehnigen Stuhl seines Herrn, und ein Gehilfe addierte Zahlen auf einem automatischen Abakus, veränderte die Eingaben, drehte die Kurbel und hielt das Ergebnis mit schneller, mechanischer Gewandtheit auf einem langen Papier fest.

Am anderen Ende des Raumes spielten drei Musikanten ein schwungvolles Stück, und der Diener, der Pasquale eskortierte, wartete bis zum Ende, bevor er ihn rasch durch die große Halle führte. Cardano beäugte ihn höhnisch, während Taddei nachdenklich das Schachbrett betrachtete und dabei mit einem Finger über seinen Bart strich. Die mechanische Schildkröte erreichte seine Füße. Er drehte sie um und machte seinen Zug, bevor er aufsah. Sie ergaben ein seltsames Paar, der nervöse, schwarzgekleidete junge Ästhet und der gemütliche, rundliche Kaufmann, aber solch ungleiche Paarungen waren üblich, denn oft erkannte der Herr in einem Diener oder Angestellten einen im Übermaß vorhandenen Wesenszug, der seinem eigenen Charakter fehlte, und machte dann diesen Mann zu einem Vertrauten und Resonanzboden für seine eigenen Ideen.

»Welch unerwartete Freude«, sagte Signor Taddei und warf dem Diener, der Pasquale hereingeführt hatte, einen schrägen Blick zu.

Cardano zog seinen Läufer quer über das Brett, ließ dann die Schildkröte wieder auf Taddei zumarschieren.

Der Diener erklärte, Pasquale sei ans Tor gekommen und habe Eintritt verlangt. Kühn warf Pasquale ein: »Ich bin mit einem Freund gekommen. Ihr solltet lieber mit ihm sprechen, statt hier Krieg zu spielen.«

»Was du nicht sagst.« Taddei lehnte sich im Stuhl zurück und starrte Pasquale offen an. Er trug eine rote, an Hals und Ärmeln mit gefärbtem schwarzem Pelz besetzte Robe und auf seinem schütteren Haar einen viereckigen Hut.

»Nehmt Euch in acht«, murmelte Cardano. Seine Unterlippe war geschwollen, und noch während Pasquale hinschaute, biß er so hart zu, daß ihm die Tränen in die Augen schossen. Der Astrologe hatte offenbar eine Menge zu bedenken. »Richtig eingesetzt, kann ein Mann die Arbeit vieler erledigen«, fügte er hinzu.

Mit einer Unbeschwertheit, die er nicht empfand, erwiderte Pasquale: »Er ist ein alter Mann, kein Meuchelmörder.«

»Aussehen kann oft täuschen«, warnte Cardano. »Seid vorsichtig, Herr.«

»In jeder Beziehung«, versicherte ihm Taddei. Die Schildkröte stieß an seinen Schnabelschuh. Ohne recht auf das Brett zu sehen, schob er einen Bauer ein Feld vor und drehte die Schildkröte mit dem Fuß um, so daß sie nun wieder auf Cardano zumarschierte.

»Wie recht Ihr habt. Ich brauche nur Euch anzuschauen, Signor Cardano«, meinte Pasquale.

Der Diener mischte sich ein. »Da ist ein alter Mann, Herr, und einer, der ihn begleitet. Der trägt eine Rüstung.«

»Sein Leibdiener«, erklärte Pasquale. »Er wird Euch sein Schwert geben, wenn Ihr ihn darum bittet. Andere Waffen trägt er nicht.«

»Bringt den Alten herauf«, befahl Taddei dem Diener. Zu Pasquale gewandt, setzte er hinzu: »Du hast mir eine Menge Ärger bereitet, Junge. Sag mir nun, daß du nicht mit den Savonarolisten im Bunde bist.«

»Ihr wißt, daß ich das nicht bin«, gab Pasquale so ruhig er nur konnte zurück. »Sie waren es, die mich Euren Männern auf dem Ponte Vecchio entrissen haben.«

»Davon weiß ich nichts! Zwei meiner Männer sind tot, und der dritte hat eine Kugel in den Eingeweiden, an der er wahrscheinlich ebenso elend zugrunde gehen wird wie seine Kameraden. Schon möglich, daß dich die Savonarolisten entführt haben, aber jetzt bist du hier, und dir ist kein Leid geschehen.«

»Auch wenn dir ein übler Gestank anhängt.« Cardano rümpfte die Nase.

»Ich mußte mich einer etwas ungewöhnlichen Transportmethode bedienen.«

»Leider«, meinte Taddei, »fehlt von Raffaels Leiche nach wie vor jede Spur. Hast du sie gesehen, als die Savonarolisten dich gefangen hielten?«

»Die Savonarolisten haben Raffaels Leiche nicht«, entgegnete Pasquale.

»Ich habe dich von Anfang an für ein schlechtes Lösegeld gehalten«, meinte Cardano.

»Die Savonarolisten wollten nicht mich, sondern etwas, das sich in meinem Beutel befand – und ich habe es nicht mehr. Zudem wollten nicht sie den Austausch, sondern ein anderer. Sie erfuhren davon, weil jemand aus Eurem Haushalt, Signor, zu ihnen Verbindung hält.«

»Wenn du mit den Savonarolisten unter einer Decke stecktest, würdest du genau das behaupten«, fuhr Cardano ihn an. Die Schildkröte versuchte, über seine schwarzen Stiefel zu klettern, und er stieß sie ungeduldig weg.

»Ich verdächtige nicht Euch, Signor. Vermutlich wird es einer der Dienstboten sein, vielleicht der neue Melder. Eigentlich spielt es auch keine Rolle.«

»Wenn das stimmt«, widersprach Taddei, »spielt es durchaus eine Rolle.«

Hitzig rief Cardano: »Wir können diesem Jungen kein Wort glauben. Wie kommt es, daß er hier vor uns steht, wenn die Savonarolisten ihn in ihrer Gewalt hatten?«

»Still«, beruhigte ihn Taddei. »Du bist am Zug, Girolamo.«

»Ach das.« Cardano zog seine Königin neben den Läufer und kniff sich mit Daumen und Zeigefinger in die Armbeuge. »Da. Schachmatt.«

»Tatsächlich?« Taddei sah abwesend auf das Brett und schob es weg.

»Ist das alles, was Ihr tun könnt, während feindliche Armeen auf Florenz zumarschieren?« entfuhr es Pasquale.

Taddei betrachtete ihn mit mildem Amüsement. »Ich kann meine Güter nicht über die Straßen abtransportieren, weil die auf Befehl der Signoria gesperrt sind. Und ich wage nicht, sie auf dem Wasserweg zu befördern, weil die spanische Flotte vor der Küste lauert und wahrscheinlich jedes Schiff versenkt, das sich davonzuschleichen versucht. Inzwischen fordern die Bürger die Abdankung der Mechanikerfraktion aus der Signoria, die Stadt steht unter Kriegsrecht, wird aber immer noch von den aufrührerischen Massen bedroht, und meine Manufakturen sind wegen des Streiks geschlossen, zu dem deine Savonarolisten aufgerufen haben. Aber was das angeht, so warte ich nur darauf, daß meine Spione die Anführer identifizieren, damit man sich mit ihnen befassen kann.« Er drehte die Faust in der

Handfläche, um zu zeigen, was er meinte. »Erzähl mir, wie du den Savonarolisten entkommen bist.«

»Sie brachten mich auf einer Fähre, die sie gekapert hatten, über den Fluß und wurden vom Ufer aus angegriffen. Vermutlich standen die Angreifer unter Paolo Giustinianis Befehl. Ich sprang in den Fluß und schwamm ans Ufer.« Es gab keinen Grund, Rossos Rolle bei all dem zu erwähnen. Die Toten sind tot, und es war unnötig, schlecht oder gut über sie zu sprechen. Er fügte hinzu: »Wenn Ihr einen Beweis wollt, daß ich nichts mit den Savonarolisten zu tun habe – hier ist er.«

Er zog die Glasplatte hervor, die er im Großen Turm in einen Leinenlappen gewickelt hatte. »Ich weiß jetzt, wer Raffael getötet hat, weil ich den Mann wiedererkannt habe. Dieses Bild wurde beim Festmahl zu Ehren des Papstes gemacht. Dort seid Ihr, Signor Taddei, am Ende der Tafel, also müßt Ihr Euch daran erinnern.«

Taddei nahm die Glasplatte und linste auf das schwarz-braune Bild. »Ich entsinne mich, wie es gemacht wurde«, sagte er. »Wir mußten volle zwei Minuten lang stillsitzen, und das grelle Licht schmerzte in den Augen. Ach, da ist der arme Raffael!« Es wurde still im Raum, während der Kaufmann das Bild betrachtete. »Nun ja«, meinte er schließlich, »und was hat es mit deinem Fall zu tun?«

»Wann wurde das Bild gemacht?« fragte Pasquale.

»Zwischen zwei Gängen, würde ich meinen. Ich kann mich nicht genau erinnern. Doch, natürlich, kurz bevor Raffael starb. Worauf willst du hinaus, Junge?«

»Schaut Euch den Hintergrund an, Signor. Dort seht Ihr Dienstboten, die darauf warten, den Wein für den neuen Gang einzuschenken. Zum Glück hielten auch sie sich an die Anweisung und standen still. Einer wartet neben Raffaels Schulter. Ich kenne ihn. Er ist ein Diener Paolo Giustinianis. Dieser Mann hat versucht, mich auf der Piazza della Signoria einzufangen, und wollte später in Niccolò Machiavellis Zimmer eindringen, als ich dort war. Vielleicht erinnert Ihr Euch an ihn, Signor Taddei. Er hat rotes Haar und eine milchweiße Haut.«

»Selbst wenn du nachweisen kannst, daß du rechtmäßig an dieses Bild gekommen bist, haben wir nur dein Wort, daß dieser Diener das ist, was du behauptest«, warf Cardano ein.

Pasquale schaute über die Schulter und sah zu seiner Erleichterung den Großen Ingenieur neben Taddeis Diener hereintappen; Jacopo in seiner schimmernden Rüstung folgte kurz dahinter. »Mein Freund hier kann bezeugen, wie ich an dieses Bild kam. Ich glaube, Ihr kennt ihn, Signor.«

Signor Taddei folgte Pasquales Blick und sprang überrascht auf, das Schachbrett und die Elfenbeinfiguren fielen krachend zu Boden. Mit großem und offenbar ehrlich gemeintem Überschwang ergriff er den Arm des Großen Ingenieurs und führte ihn zu seinem eigenen Stuhl. Selbst Cardano schien von diesem Auftritt überwältigt, trat beiseite und beobachtete gespannt, wie Taddei dem Großen Ingenieur gegenüber Platz nahm und ihn mit Fragen zu bestürmen begann.

Der Große Ingenieur antwortete mit einem nervösen Lächeln und Kopfschütteln und deutete auf Jacopo, der für ihn sprechen sollte. Schließlich war er ein alter Mann, bei schlechter Gesundheit, erschöpft vom Bruch mit seinen einsiedlerischen Gewohnheiten und dem kurzen Fußmarsch zum Palazzo Taddei. Er saß zusammengesunken auf dem Stuhl, den Taddei für ihn geräumt hatte, lehnte den angebotenen Wein ab und bat statt dessen durch Jacopo um ein Glas Wasser. Seine Augen hinter den blauen Brillengläsern waren halb geschlossen.

Jacopo stand hinter dem Stuhl seines Herrn, sichtlich erheitert über die Wendung der Ereignisse, und sagte, sein Herr wäre in der Angelegenheit Paolo Giustiniani zu jeder ihm möglichen Hilfe bereit. »Der Mann hat etwas an sich genommen, das meinem Herrn gehört, ein kleines Gerät, das zurückgegeben werden muß.« Er beugte sich vor, lauschte dem, was der Große Ingenieur murmelte, und fügte hinzu: »Oder zerstört, sagt mein Herr. Jedenfalls darf es nicht den Spaniern in die Hände fallen.«

Pasquale erklärte rasch, daß ursprünglich Giulio Romano dieses Gerät gestohlen hatte, auf Befehl Giustinianis, der als Agent der Spanier fungierte. Daß die Savonarolisten, die Giustiniani nicht trauten, ihn, Pasquale, entführt hatten, weil sie das Gerät an sich bringen und ihren Herren übergeben wollten. Daß dieser Paolo Giustiniani nicht nur als Vermittler in der Sache mit dem gestohlenen Gerät aufgetreten, sondern auch der Anstifter des Mordes an Raffael war und die Leiche des Malers gestohlen haben mußte. »Das ist sicher auf Befehl der Spanier geschehen oder auch nur, um ein Lösegeld zu erpressen. Als Giustiniani erfuhr, daß ich das Gerät hatte, beschloß er, zwei Fliegen mit einer Klappe zu schlagen, und bot Raffaels Leiche im Tausch gegen mich und den armen Niccolò Machiavelli an, um so an das Gerät zu kommen. Statt dessen ergriffen uns die Savonarolisten, obwohl ich nicht behaupten kann, dafür dankbar zu sein.«

»Aber ist es nicht interessant, daß dieser junge Mann entkommen konnte und Signor Machiavelli nicht? Dafür fehlt immer noch jede Erklärung«, stichelte Cardano.

Jacopo entgegnete: »Ihr könnt ihm glauben. Mein Herr hält ihn für aufrichtig.«

Während Pasquale sprach, hatte der Große Ingenieur ein Stück Papier vom Boden aufgehoben und auf der Rückseite zu kritzeln begonnen. Schnell füllte sich das Blatt mit kleinen Diagrammen. Nun hielt er es hoch und sagte: »Mit meiner Hilfe ist es möglich, einen Überraschungsschlag gegen diesen sogenannten Magier zu führen. Da er nicht anders kann, als auf den Angriff zu reagieren, wird ihm keine Zeit bleiben, Raffaels Leiche zu beseitigen. Wichtiger noch, er wird keine Möglichkeit haben, sich an meinem armen fehlgeleiteten Salai zu rächen. Diesen Missetäter werde ich mir selbst vornehmen.«

»Wir wollen hoffen, daß niemand dabei zu Schaden kommt«, meinte Taddei, »doch zunächst muß ich wissen, wieviel das Unternehmen kosten soll. Ich bin zwar kein armer Mann, aber es würde mich trotzdem hart ankommen, in diesen plötzlich so angespannten Zeiten ein größeres Unternehmen auszurüsten. Würdet Ihr sagen, Euer Gerät sei es wert?«

»Es hat bereits zuviel gekostet«, murmelte der Große Ingenieur.

Jacopo warf ein: »Mein Herr meint, wir könnten zu einer Einigung kommen.«

Der Große Ingenieur verzog das Gesicht, sagte aber nichts.

Taddei wandte sich an Cardano. »Was denkst du, Girolamo? Läßt sich das machen?«

Cardano zuckte die Schulter. »Dazu müßte ich es sehen.«

Wütend und ungläubig rief Pasquale: »Ihr entscheidet die Dinge nach buchhalterischen Kriterien?«

»Immer friedlich, junger Mann«, wies ihn Taddei zurecht. »Schließlich bin ich Geschäftsmann. Vielleicht solltest du dich anderswo umsehen, wenn du auf unbedachte Handlungen aus bist, obwohl ich bezweifle, daß sich ein anderer deine wilde Geschichte anhören wird. Deswegen bist du ja auch zu mir gekommen, nicht wahr?«

»Ich kam zu Euch, weil Ihr an dem Versuch beteiligt wart, Raffaels Leiche zurückzuholen.«

Taddei warf Pasquale einen abschätzenden Blick zu, und Pasquale wurde rot. Schließlich war Kardinal Giulio de' Medici, der Vetter des Papstes, Zeuge gewesen, wie Pasquale als Lösegeld für Raffaels Leiche verfrachtet worden war, und Pasquale hatte keine Ahnung, was man Taddei dafür versprochen hatte oder welche Dienste er mit diesem Unterfangen zurückzahlen wollte. Danach zu fragen war unmöglich. Man sprach nicht über solche Dinge, weil es zu gefährlich war. Selbst Wissen hat seinen Wert und birgt daher Gefahren für den Wissenden, wie Pasquale am eigenen Leib erfahren hatte. Ohne es zu ahnen, war er im Besitz des Wissens gewesen, für das der arme Rosso und zwei von Raffaels Gehilfen hatten sterben müssen und das nun drohte, das Saatkorn für die Zerstörung von Florenz zu werden.

Taddei war im Grunde ein freundlicher Mann, allerdings auch brüsk und praktisch. Er sagte: »Macht und Reichtum von Florenz liegen im Handel begründet, wie Ihr ja wißt. Was mein eigenes bescheidenes Vermögen angeht, so stammt es aus unserem traditionsreichsten Unternehmenszweig, nämlich der Textilherstellung. Um gegen unsere ausländischen Konkurrenten bestehen zu können, haben wir Florentiner das Banksystem zu unserem eigenen Vorteil genützt und kaufen die Produktion englischer Schafherden zwei bis drei Jahre im voraus auf. Bevor also ein Lamm die ersten wackeligen Schritte auf englischem Boden tut, ist alle Wolle, die jemals auf seinem Rücken wachsen wird, bereits verkauft. Und doch könnte eben dieser Vorteil jetzt zu unserem Verderben werden, denn wir müssen die Wolle abnehmen und unsere Zahlungsversprechen einhalten, auch wenn wir momentan kein Tuch herstellen können. Die Savonarolisten wissen das und versuchen daher, die Arbeit der Manufakturen zu stören. Das ist ein Krieg, der in der Tat ebenso auf den Seiten der Buchhaltungskonten geführt wird wie auf dem Schlachtfeld; auf ersteren ist er bereits offen ausgebrochen, während die Armeen sich auf letzterem noch sammeln müssen. Ihr versteht also, Signor, daß selbst die kleinste Rolle, die ich in dieser Angelegenheit spielen kann, sorgfältig abgewogen werden muß, denn sollte ich den einen Teil des Krieges gewinnen, nur um den anderen zu verlieren, wäre alles zum Fenster hinausgeworfen.«

»Vielleicht möchte Signor Cardano meine Pläne für Euch in Augenschein nehmen und abwägen, Signor Taddei«, antwortete der Große Ingenieur. »Ich glaube, er wird sie für angemessen halten. Ich habe nicht den Wunsch, eine blutige Kampagne in Gang zu setzen und das zu verlieren, was mir am Herzen liegt, genausowenig, wie Ihr Euch für andere ruinieren wollt. Vor diesem Hintergrund habe ich eine Möglichkeit entwickelt, bei der die Aktionen weniger Männer durch den Einsatz gewisser Geräte und Apparaturen wie die Aktionen vieler wirken und Verwirrung und Panik in Herz und Geist des Feindes auslösen werden, während die Angreifer kaum ein Risiko eingehen. Ich habe mein Leben damit verbracht, die Erfahrungen jener Männer zu durchdenken, die behaupten, fähige Erfinder von Kriegsmaschinen zu sein, und habe schon vor langer Zeit erkannt, daß diese Maschinen sich kaum von den in den Manufakturen und anderswo benutzten unterscheiden. Daher kann man mit wenig Kosten und größter Schnelligkeit meine Geräte zum Einsatz bringen, und wenn Ihr meint, später dafür Verwendung zu haben, so gehören sie Euch.«

Das war eine lange Rede, die den alten Mann viel Kraft gekostet hatte. Er sackte auf seinem Stuhl zusammen, und es fiel Jacopo zu, den überschwenglichen Dank Taddeis entgegenzunehmen.

Cardano beugte sich eifrig über das Blatt mit den Plänen und begann fast augenblicklich, den Großen Ingenieur mit Fragen zu bestürmen, die dieser nur mit einem Lächeln oder Kopfschütteln beantwortete. Taddei rief nach Wein, legte Pasquale auf freundliche, wenn auch unwillkommene Art den Arm um die Schultern und führte ihn ein wenig von der Gruppe fort.

»Du mußt mir sagen, warum du es so eilig hast, junger Mann. Ich habe mich immer daran gehalten, daß eine Sache, die sich zu tun lohnt, gut getan werden soll, auch wenn es Geduld verlangt. Du bist so ungeduldig wie mein Astrologe, und ebenso jung; beides geht oft Hand in Hand.«

»Ich will meinen Freund Niccolò Machiavelli retten. Wenn er noch lebt, ist er in Giustinianis Gewalt. Er war auf der Fähre, als Giustinianis Männer die Savonarolisten angriffen, aber er war verwundet und konnte nicht fliehen. Je länger wir brauchen, desto geringer ist die Aussicht, daß er am Leben bleibt. Und wenn die Spanier erst das Gerät haben, kann Giustiniani weder mit Niccolò noch mit Raffaels Leiche etwas anfangen.«

»Er könnte immer noch versuchen, Lösegeld für sie zu bekommen.«

»Wahrscheinlich wird er sich eher den Spaniern anschließen, wenn es zum Krieg kommt. Außerdem, für die Leiche wärt Ihr bereit zu zahlen, aber wie ist das mit dem Leben eines Journalisten?«

»Du nimmst kein Blatt vor den Mund«, meinte Taddei, nicht ohne Bewunderung.

»Ich finde, das muß ich.«

»Dann will ich ebenso offen mit dir sein. Ich denke, du wirst eine führende Rolle in der Auseinandersetzung spielen.«

»Ich bin Maler, kein Soldat, Signor. Wenn etwas anderes in meiner Macht stünde ...«

Unerbittlich unterbrach ihn Taddei. »Du wirst vor dem Angriff in die Villa gehen. Wenn möglich, wirst du Raffaels Leiche, deinen Freund und Salai in Sicherheit bringen. Und vor allem wirst du versuchen, das Gerät zu retten. In dieser Reihenfolge. Ich war ein guter Freund Raffaels, und dafür zu sorgen, daß er ein anständiges Begräbnis erhält, ist Ehrensache für mich. Ich hoffe, du verstehst.«

»Aber wie soll ich das machen, wenn ich mich Giustiniani als Gefangener ausliefere?«

»Du bist ein einfallsreicher junger Mann. Wenn es mit deinem Mut so weit her ist wie mit deinem Gerede, wirst du einen Weg finden.«

»Ihr traut mir nicht, stimmt's, Signor?«

Taddei wischte dies mit einer Handbewegung fort. »Das ist keine Frage des Vertrauens.«

»Ich könnte hineingehen und Euren Angriff sofort verraten.«

»Dann würde ich wissen, daß ich dir nicht trauen kann. Ich vertraue dir genug, um der Meinung zu sein, daß du das nicht tun wirst. Und selbst wenn? Wir werden trotzdem angreifen, und sollte Giustiniani zuerst angreifen, so werden wir um so härter kämpfen. Und dabei keine Gefangenen machen – du verstehst mich, hoffe ich.«

»Vollkommen«, erwiderte Pasquale, und es lief ihm kalt den Rücken hinab. »Ich möchte Euch um einen Gefallen bitten. Falls ich überlebe, muß ich die Stadt verlassen. Hier wird es bei dem, was ich weiß, zu gefährlich für mich.«

»Nun, das stimmt«, gab Taddei zu. »Wohin willst du gehen?«

Pasquale sagte es ihm, und Taddei lachte. »Ich muß deinen Ehrgeiz bewundern. Heute nacht geht ein Schiff ab. Wenn du es rechtzeitig erreichst, wird eine Passage für dich gebucht sein.«

»Zwei Passagen.« Pasquale dachte an Pelashil.

»Du forderst einen hohen Preis.«

»Der Einsatz ist mein eigenes Leben. Sagt mir, Signor, glaubt Ihr, daß der Angriff gelingen wird?«

»Wenn es möglich ist, dann soll es geschehen.«

»Für den Großen Ingenieur ist alles möglich.«

»So sagt man.« Taddei drehte sich um und rief ungeduldig: »Was ist nun, Cardano, wird es funktionieren?«

Der schwarzgekleidete Astrologe kam auf sie zu. Er kniff sich in die narbige Wange und sagte mit gedämpfter Stimme: »Mir ist der Gebrauch gewisser Prinzipien nicht vollkommen geläufig . . .«

»Und wird es mich übermäßig viel kosten?«

»Der Leibdiener des Großen Ingenieurs sagt, daß wir die meisten Apparaturen aus den Werkstätten des Großen Turms nehmen können . . . nein, ich glaube nicht. Aber das Risiko, wenn auch nur ein Teil nicht funktioniert . . .«

»Sprich mit meinem Sekretär, gib mir eine genaue Zahl. Was das Funktionieren betrifft, da müssen wir uns auf unser Genie verlassen.« Taddei wandte sich dem Großen Ingenieur zu, doch der alte Mann war eingeschlafen, die blaulinsige Brille schief auf der Nase, im Schoß ein halbfertiges, idealisiertes Porträt des jungen Salai, das ihm aus der Hand geglitten war.

10 Bei Sonnenuntergang hatte es ein wenig geregnet, gerade genug, daß sich der Staub legte und der Boden weich wurde. Die Nacht war kalt und klar, und Pasquale fröstelte, während er im hohen, feuchten Gras lag und über die ausgefahrene Straße hinweg das Tor zu Giustinianis Villa beobachtete. Wenn das Wetter weiter so blieb, würde es heute nacht den ersten Frost geben. In den Weinbergen um Fiesole saßen die Bauern jetzt neben Kohlepfannen voll geteertem Reisig, um den Frost von den letzten Trauben des Herbstes fernzuhalten.

Pasquale zog an der Zigarette, die er in der hohlen Hand hielt, um die Glut zu verbergen. Es waren nur ein paar Tabakschnipsel und Marihuanasamen, in grobes Papier gerollt. Der Rauch schmeckte heiß in seinem trockenen Mund. Als die Glut seine Finger berührte, drückte er sie aus und ließ den Stummel zwischen die Grashalme fallen. Das könnte seine letzte gewesen sein – ein so morbider Gedanke, daß er lächeln mußte.

Die Gartenmauern um Giustinianis Villa schimmerten im Licht des abnehmenden Mondes. Als Pasquale das erste Mal mit Niccolò Machiavelli hier gewesen war, hatte der Mond rot über den Hügelkuppen des breiten Tales gestanden. Nun leuchtete er kalt und bläulich, weil die Manufakturen entlang des Arno geschlossen waren und kein Rauch aus ihren Schornsteinen aufstieg. Ein schlechtes Omen, dieser helle Mond. Angeführt von Girolamo Cardano, hatten Signor Taddeis Männer es beim Aufstieg durch die Olivenhaine in diesem Gemisch aus Mondlicht und Schatten nicht leicht gehabt. Jeder Schatten konnte ein Diener oder Soldat Giustinianis sein. Zwei Männer waren vorausgegangen, um den Weg zu sichern, bevor die anderen schwerbepackt folgten. Trotz der Vorsicht der Anführer war Pasquale bei jedem Zittern eines mondbeschienenen Schattens, jedem Rascheln einer Maus zusammengefahren. Er war kein mutiger Mann, nur töricht genug, das nicht zuzugeben. Pelashil hatte ihn einen Narren genannt, und jetzt glaubte er ihr, egal, wie sehr er sich auch vorher dagegen gewehrt hatte.

Er war am Nachmittag zu ihr gegangen, während Cardano mit einer Vollmacht, die Taddei dank seiner Beziehungen bekommen hatte, in den Werkstätten der neuen Universität Apparate requiriert hatte, von deren Vorhandensein nicht einmal die Kustoden wußten. Pasquale hatte Taddei sein Ehrenwort gegeben, daß er zurückkehren würde, und Taddei hatte dieses Versprechen gewürdigt, indem er ihn nur diskret verfolgen ließ, statt ihm eine Eskorte mitzugeben.

Pasquale war in der Schenke von den spöttischen Rufen und Pfiffen seiner Freunde begrüßt worden. Einer sagte, er meine, einen Geist zu sehen; ein anderer, daß ein Geist aber nicht so abgerissen aussehen würde; ein dritter, daß sie hier in der Tat einen berüchtigten Mann vor sich hätten, der per Vorladung zum Magistrat zitiert worden wäre. Ein vierter klemmte sich die *viola da gamba* zwischen die Schenkel und entlockte ihrem warmen hölzernen Frauenkörper unter behendem Bogeneinsatz eine klagende Melodie. Während seine Kameraden sich rhythmisch auf die Schenkel schlugen – diese Art lauten rhythmischen Schlagens, den Gesängen der Wilden aus der Neuen Welt entlehnt, war die neuste Mode in der Musik und verdrängte mit ihrer unverstellten Lebendigkeit die traditionellen Melodien –, sang der Violaspieler den ersten Vers eines beliebten Liebesliedes und verdrehte die Worte so, daß sie zu Pasquales Namen paßten; die anderen kamen vor lauter Lachen und begeistertem Applaus aus dem Takt.

Pasquale fühlte sich sofort zu Hause. Während er sich verändert hatte, war hier alles beim alten geblieben. Plötzlich spürte er, daß ihn mit diesen geckenhaften jungen Männern nichts mehr verband – mit ihrem kunstvoll gelockten oder durch Gummiarabicum aufschimmernd geglättetem Haar, ihren feinen sauberen Kleidern in sorgfältig aufeinander abgestimmten Schattierungen von Rosa und Gelb und Kornblumenblau, ihren mit Rosen- und Lavendelwasser parfümierten Händen, ihrer schleppenden Sprechweise und dem wissenden Lächeln, ihren nichtigen Intrigen und ihrer angeblichen Leidenschaft für prächtige Pferde (die sie sich nicht leisten konnten) und schöne Frauen (desgleichen). Die braunen Beinkleider und das schwarze Wams, die Pasquale im Hause des Signor Taddei erhalten hatte, waren nur praktisch und vom Schnitt her seit zehn Jahren aus der Mode. Er hatte keine Zeit gehabt, sein Haar richtig zu waschen, ganz zu schweigen davon, es in die üblichen, lang herabfallenden Locken zu legen, und hatte es statt dessen in ein Netz geschlungen wie ein Soldat. Er fühlte sich auf einmal wie ein Erwachsener unter einer Horde Buben. Sie drängten ihn, sich zu ihnen zu setzen, zu erzählen, wo er gewesen war, was er über den Mord an Raffael wußte, einen Becher Wein mit ihnen zu trinken.

»Was ist das für eine Vorladung?« wollte er wissen.

»Du warst ein unartiger Junge«, erwiderte der Musiker und legte Instrument und Bogen zur Seite. »Hat jemand eine Beschuldigung gegen dich in den *tamburo* geworfen?«

Gemeint war der berüchtigte Briefkasten am Palazzo della Signoria, in den anonyme Anschuldigungen zur Kenntnisnahme der Obrigkeit geworfen wurden.

»Hast du jemandes Tochter flachgelegt, Pasqualino?« rief ein anderer, und ein dritter meinte: »Wohl eher jemandes Sohn.«

Pasquale dachte an den Mönch. Er zuckte die Schultern und fragte nach Pelashil, und wieder lachten die Freunde lautstark. Der Landsknecht, der neben der Asche des gestrigen Feuers saß, schaute stirnrunzelnd herüber. Pasquale begegnete seinem Blick und schaute nervös weg.

»Wo ist Rosso?« fragte einer. »Komm, Pasquale, setz dich zu uns und erzähl uns deine Schandtaten.«

Pasquale errötete vor Entsetzen und Scham. Er konnte seinen Freunden nicht sagen, daß sein Meister tot war, sich umgebracht hatte. Statt dessen stieß er hervor, er müsse unbedingt Pelashil sehen, und weckte den Schweizer Wirt, der in einer Ecke vor sich hin döste, seinen riesigen Hund quer über den nackten Füßen. Der Mann fluchte schläfrig und sagte, sie sei hinten und spüle die Töpfe.

»Paß bloß auf«, setzte er hinzu, »und duck dich sofort, wenn du durch die Tür kommst.«

Pasquale merkte rasch, was der Schweizer damit gemeint hatte. Pelashil wusch Teller in einer Kumme. Heringe für das Mittagessen brieten auf einem Rost, der über die Kohlen im Ofen geschoben war, und erfüllten die Luft mit beißendem Rauch. Als Pasquale sie ansprach, drehte sie ihm den Rücken zu; als er beharrlich blieb, bespritzte sie ihn mit fettigem Abwaschwasser. Gekränkt machte er einen Satz rückwärts. Er wolle sich nur von ihr verabschieden, sagte er, für den unwahrscheinlichen Fall, daß er nicht zurückkäme.

»Das hast du ja nun getan. Also geh. Geh jetzt!« Sie war wütend, rieb sich mit rauhen, rotgeschürften Handgelenken die Augen, drehte sich weg und schüttelte ihn ab, als er sie herumdrehen wollte.

Er versuchte, es ins Komische zu ziehen. »Oh weh, dabei dachte ich, du magst mich. Und jetzt sehe ich, daß du mich nicht leiden kannst.«

»Ihr Männer. So mutig. So selbstlos. Das meint ihr und spielt eure törichten Spiele. Geh, laß dich töten, aber glaube nicht, daß ich um dich trauern werde. Sei ein Held und genieße dein Grab. Deine Freunde werden dir sicher einen schönen Grabstein spendieren.«

»Dieses Gerede über Gräber macht mich nervös. Ich bin nur gekommen, um dich um einen Gefallen zu bitten. Daß du dich um den Affen kümmerst, nur für den Fall. Du weißt ...«

»Der macht nicht mehr Mühe als der alte Mann und leistet mir besser Gesellschaft als du.«

»Ist er sauberer? Wärmer? Hör mal, ich werde nicht zulassen, daß du dein Bett mit so einem Ungeheuer teilst.«

Sie lächelte ganz kurz, ein weißes Blitzen in ihrem faltigen braunen Gesicht. »Du hältst dich für einen so feinen Herrn.«

»Bin ich das denn nicht?«

»Ich habe dir gesagt, was du sein könntest. Du bist ein Narr.«

»Pelashil, ich weiß nicht, ob ich ein Magus werden möchte. Noch vor ein paar Tagen wollte ich nichts anderes, als einen Engel so malen, wie ihn niemand zuvor gemalt hat.«

»Ich habe dir gezeigt, wie du das erreichen kannst.«

»Jetzt bin ich mir nicht mal mehr sicher, was ich gesehen habe.« Der vielfarbige Vogel, der Pelashil war und auch wieder nicht. Momente von Zeit wie funkelnde Perlen an einer Schnur, lebendig und leuchtend wie Sterne. Das Wesen, das er im Webmuster des Wandteppichs getroffen hatte.

»Du kannst vom Híkuri erst lernen, wenn du ein

Mara'akame bist. Davor sind deine Träume nur ... wie lebende Bilder, Schauspiele.«

»Unterhaltung?«

»Ja«, sagte Pelashil mit starrköpfiger Endgültigkeit.

»Es scheint ein langer Weg zu sein.«

»Hör zu. Wenn du das erste Mal Híkuri nimmst, schaust du ins Feuer und siehst das Spiel der Farben, die vielen Pfeile mit Federn voller Farbe.«

»Stimmt«, erinnerte sich Pasquale.

»Wenn ein Mara'akame ins Feuer schaut, was sieht er dort? Er sieht den Feuergott Tatewarí. Und er sieht die Sonne. Er hört Gebete zu Ehren Tatewarís, und die Gebete sind wie Musik. All das ist notwendig, um zu verstehen; das mußt du tun, um sehen zu können, was Tatewarí aus seinem Herzen zu uns strömen läßt. Den ersten Schritt dahin hast du schon gemacht. Und das willst du wegwerfen. Es gibt zwei Welten, die Welt der Dinge und die Welt der Namen aller Dinge, in der ihr Wesen liegt. Der Mara'akame steht zwischen den Welten. Außer meinem Herrn bist du der einzige in dieser großen und schrecklichen Stadt, der beginnt, das zu verstehen, und du wirfst dieses Verständnis weg für ein törichtes Unternehmen.«

»Töricht ist das Unternehmen wohl kaum. Wirklich.« Pasquale versuchte zu erklären, wohin er gehen würde, die Villa, die Apparate des Großen Ingenieurs. »Wenn er ganz Florenz retten kann, dann sicher auch mich.«

Er machte immer noch den Fehler, es ins Lächerliche zu ziehen.

»Ich werde meinem Herrn sagen, daß ein Krieg kommt«, meinte Pelashil. »Vielleicht sollten wir weiterreisen, also erwarte mich nicht mehr hier, wenn du zurückkommst.«

Pasquale versuchte, ihr von Signor Taddeis Versprechen zu erzählen, von der Reise, die er – war dies erst einmal vorüber – antreten würde, und daß sie mitkommen könne, aber sie wollte nicht zuhören, entwand sich seinen Umarmungsversuchen, klapperte mit den Tellern, als er weiterreden wollte, und antwortete auf keine seiner flehenden Bitten.

So war am Ende also nichts entschieden. Er hatte sich lieber zum Hinterausgang hinausgeschlichen, als wieder durch den Schankraum zu gehen und seinen Freunden zu begegnen. Und er war sich wie ein Achtjähriger vorgekommen.

Jetzt, in der Dunkelheit, im hohen Gras neben der Straße, prüfte Pasquale die Zeit auf dem mechanischen Zeitnehmer an seinem Handgelenk. Er war so dick wie drei aufeinandergelegte Dukaten und hatte nur einen Zeiger, der um ein Zifferblatt wanderte, auf dem die Viertel der Stunde markiert waren. Pasquales Finger sagten ihm, daß der Zeiger mehr als ein Viertel von der vollen Stunde entfernt war, zu der er plangemäß zum Tor gehen und sich den Wachen ergeben sollte. Cardano trug einen ebensolchen Zeitnehmer, und am Ende der nächsten Stunde würde er den Angriff befehlen, egal, ob Pasquale Erfolg gehabt hatte oder nicht.

Die gleichlaufenden Zeitnehmer waren nur die geringsten der Wunderdinge aus den Werkstätten des Großen Ingenieurs. Auch waren sie nicht sein einziges Geschenk. Als Pasquale mit eingekniffenem Schwanz zum Palazzo Taddei zurückkehrte, war der alte Mann aus seinem Schlummer erwacht und stocherte in einer Schüssel mit ölgetränkten, rosmaringewürzten Flavabohnen. Er hatte Seite um Seite mit Diagrammen gefüllt, auf der Suche nach einer Methode, wie Jacopo schulterzuckend erklärte, ein Quadrat aus einem

Kreis abzuleiten, so daß beide den gleichen Umfang hatten.

»In der Mathematik liegt Wahrheit«, sagte der Große Ingenieur milde. »Nur in der Mathematik.« Dann fügte er hinzu: »Ach, ich verschwende zuviel Zeit auf diese Probleme.«

Pasquale gewöhnte sich allmählich an die Stimmungsumschwünge des alten Mannes, seine Art, ein Thema anzuschneiden, nur um es im nächsten Augenblick fallenzulassen. Er bemerkte: »Der Grieche Pythagoras glaubte, Zahlen enthielten die reine Wahrheit. Als wären sie der Staub von Gottes Gewand.«

»Viele glauben das immer noch. Ich bekomme viele Briefe mit komplizierten Berechnungen, die angeblich nachweisen, wie alt das Universum ist oder wie groß, oder wie alle das Weltall regierenden Gesetze in eine einzige einfache Aussage zusammengefaßt werden können. Ist es nicht so, Jacopo?«

»Woher wißt Ihr das denn, Herr? Ich muß sie doch für Euch lesen, was oft äußerst ermüdend ist. Wie Pythagoras und seine Anhänger, und wie Alchimisten vom Schlage dieses Venezianers Giustiniani, glauben die Narren, die Euch schreiben, das Universum sei ein großes Rätsel, das sich lösen läßt, wenn man nur den richtigen Schlüssel findet. Und sie glauben außerdem, daß dieser hypothetische Schlüssel ihnen unbegrenzte Macht und überragendes Wissen verleiht. Sie bieten Euch die Hälfte des himmlischen Königreiches an, wenn Ihr ihnen helft, das Rätsel zu lösen, Herr.«

»Und doch«, erwiderte der Große Ingenieur, »muß ich oft daran denken, daß Pythagoras und seine Anhänger, die die Zahlen für das Wesen der Wirklichkeit hielten, zutiefst verwirrt waren durch die simple Beobachtung, daß die Seite eines Quadrats und die dazugehörende Diagonale kein noch so kleines gemeinsames Maß haben. Das heißt, ihr Verhältnis läßt sich nicht in rationalen, sondern nur in irrationalen Zahlen ausdrücken. Damit erwies sich seine bisherige, nur auf rationalen Zahlen basierende Sichtweise als unzulänglich. Darüber war er so entsetzt, daß er Hippasos, den Schüler, der diese Beobachtung gemacht hatte, rituell ertränken ließ. Armer Mann. Ich habe immer große Sympathie für ihn gehegt. Ich fürchte mich vor der irrationalen Sintflut, die in einem Tag die ganze Arbeit der Menschheit zerstören kann.«

Pasquale bat den alten Mann um Erlaubnis, hob eine der vollgekritzelten Seiten auf und betrachtete sie eingehend. »Diese abstrakten Formen sind beinahe dekorativ.«

»Oh, ich habe solche Formen aus meinen Kritzeleien oft für architektonische Entwürfe verwendet, vor allem für farbige Glasfenster.«

»Es tut mir leid, daß ich Euer Fenster zerstört habe. Ich hätte es gern als Ganzes gesehen.«

Der Große Ingenieur beugte sich vor, seine Augen glühten plötzlich vor Begeisterung. »Als du durch das Fenster gestürzt kamst! Das war der unglaublichste Anblick, den ich seit langer Zeit hatte. Ich bin zu lange im Turm gewesen, fern von der Welt ... aber die Welt ist ein verwirrender Ort, nicht gut geordnet. Ich brauche die Ordnung mehr und mehr, um zu denken. Das Seltsame an diesen mathematischen Phantasien ist nicht, daß sie etwas entstehen lassen, was wir als Schönheit begreifen, sondern daß man nicht voraussagen kann, welche Geometrie schön ist. Es gibt keine Gleichung für Schönheit; sie entsteht zufällig, so wie man einen Melodiefetzen über dem Lärmen der Menge erfaßt, bevor er wieder im allgemeinen Krach untergeht. Euklid stellte die Behauptung auf, die Geometrie sei eine solide Basis für die rationale Darlegung des Universums, doch selbst in Euklids Auslegungen finden sich einige Rätsel. Ich habe mich lange mit diesem oder jenem Problem herumgeschlagen ... vielleicht habe ich meine Zeit verschwendet. Vielleicht gibt es irrationale Bereiche in der Geometrie, die sich nicht von Euklids in den Sand gemalten Grundsätzen ableiten lassen. Aber wenn die absoluten Gewißheiten der Geometrie umgestürzt werden, dann auch all unsere Architektur und unsere künstlerischen Bestrebungen, unsere Navigation und die Fixierung der Sterne.«

Pasquale empfand eine schwindelnde Erregung – wenn die Welt nicht festgelegt war, dann besaß doch jeder Mensch die Freiheit, sein eigenes Schicksal zu bestimmen. Nichts konnte am anderen gemessen werden, alles war frei, nur sich selbst treu. Engel und Menschen. Die Welt der Dinge, und die Welt der Sinne. »Und doch hat Cristoforo Colombo die Neue Welt gefunden«, meinte er. Jacopo zuckte die Schulter. »Während er ein völlig anderes Ziel ansteuerte.«

»Aber andere folgten seiner Navigation. Zum Beispiel Piero di Cosimo.«

Der Große Ingenieur krümmte einen Finger, worauf Jacopo sich räusperte und mit einer gewissen Förmlichkeit sagte: »Mein Herr erinnert mich. Ich soll dir sagen, daß Taddei nicht zu trauen ist. Rechne nicht mit seiner Unterstützung, Pasquale.«

»Da ist etwas, um das ich dich bitten möchte, Jacopo«, gab Pasquale zurück. »Würdest du, wenn ich nachher gegangen bin, eine gewisse wichtige Person aufsuchen? Mich würde man niemals vorlassen, aber du bist der Leibdiener des Großen Ingenieurs und in diesen Kreisen gewiß gut bekannt.«

Jacopos Brust schwoll vor Bedeutsamkeit. »Wer ist diese Person?« wollte er wissen.

Pasquale sagte es ihm und gab ihm die Botschaft. Jacopos fröhlich blitzende Augen sagten ihm, daß sie überbracht werden würde.

Wehmütig meinte der Große Ingenieur: »Wenn ich jünger wäre, würde ich gern mit dir fahren.«

»Seid nicht töricht«, tadelte Jacopo. »In Eurer Jugend hätte man Euch nie erlaubt, auf eine so gefährliche Reise zu gehen, weil Ihr für die Stadt zu wertvoll wart.«

Nun wandte sich das Gespräch allmählich der Malerei zu. Und Pasquales Engel.

Der Große Ingenieur hörte aufmerksam zu, als Pasquale erklärte, wie er sich mit dem Problem herumgeschlagen hatte, etwas Neues zu malen, einen Engel, wie ihn noch niemand zuvor gesehen hatte, doch dann machte sich Schweigen breit. Pasquale glaubte, der alte Mann sei wieder eingeschlafen, aber plötzlich sagte er: »Engel schauen weder streng noch bekümmert, weißt du. So würde ein Mensch empfinden, aber keine Kreatur Gottes. Ein Engel würde ekstatisch sein, denn er verrichtet Gottes Werk, und außerdem könnte er in die Zukunft schauen. Dein Engel würde wissen, daß der Sündenfall den Menschen befreien wird, denn vor dem Fall war der Mensch perfekt auf den Willen Gottes eingestimmt, und seit dem Fall muß er immer aufs neue nach der Fähigkeit streben, die geheime und erhabene Musik erfassen zu können, welche die Sphären des Universums ordnet. Denn weil er gefallen ist, hat der Mensch die Chance bekommen, sich höher zu erheben als die Engel.«

»Wie hoch? Ihr meint doch gewiß nicht ...«

Der Große Ingenieur lächelte und legte den Finger an die Lippen. Inmitten seines seidigen weißen Bartes leuchteten sie rosenrot. Pasquale vermutete, daß sie gefärbt waren. Die Fingernägel des alten Mannes waren lang, aber recht sauber, und mit einer Substanz bemalt, die ihnen einen perlmuttartigen Glanz verliehen.

»Sprich es nicht aus. Schon der Gedanke allein wird dich hier in Schwierigkeiten bringen.«

»Signor Taddei ist ein enger Freund des Vatikan«, meinte Jacopo.

»Er würde sagen, Luzifer habe diese Art Stolz empfunden«, fügte der Große Ingenieur hinzu, »hätte rebelliert und wäre im gleichen Moment gestürzt worden. Aber Luzifer Lichtbringer war ein himmlisches Wesen, während uns Menschen nichts anderes bleibt, als höher und höher zu steigen. Dein Engel würde das erkennen und daher von Freude erfüllt sein.«

»Eine Art strenge Freude, will mir scheinen. Vielleicht bin ich dieser Aufgabe nicht gewachsen.«

»Daran zu zweifeln, daß du die Arbeit schaffen kannst, ist der erste Schritt. Wenn du weißt, was du nicht weißt, kannst du beginnen, dir das fehlende Wissen anzueignen. Bleibst du aber in unwissender Seligkeit befangen, lernst du nichts. Ich habe mich immer gefragt, ob Engel intelligente oder sogar vernunftbegabte Wesen sind, denn als vollkommene Diener des Willen Gottes müssen sie nichts wissen, da ihr Herr alles weiß.«

Wieder ging der Wächter am Tor vorbei, das fünfte Mal, seit Pasquale im Gestrüpp versteckt lag. Die Lichter der Villa waren hinter der Mauer nur undeutlich zu sehen, glimmten so kalt und fern wie der Mond.

Die Wissenschaft des Lichtes zu meistern, hatte der Große Ingenieur am Nachmittag erklärt, würde die Errungenschaft des Jahrhunderts sein. Das Aufzeichnen des Lichtes und die Erkenntnisse über seine Bewegung würden den bisherigen Zeitbegriff revolutionieren. Er ahnte eine Möglichkeit, den langsamen chemischen Prozeß, mit dem das Silber vom Jodsalz gelöst wurde, so zu beschleunigen, daß man jede Sekunde eine Belichtung machen und die Bewegungen von Mensch und Tier festhalten konnte. Solche am Auge vorbeigeführten Sequenzen ahmten Bewegung nach wie im wirklichen Leben. Jacopo warf voller Stolz ein, daß sein Herr diese Technik bereits dem Papst vorgeführt hätte, doch das sei nur ein einfacher Trick, wie Pasquale sehen würde. Eine der gegen Giustiniani eingesetzten Apparaturen funktionierte genau so.

»Ich hoffe, wir werden sie nicht brauchen«, meinte Pasquale. »Auf Taddeis Geheiß muß ich zunächst mit Giustiniani verhandeln.« Er überlegte einen Moment und wandte sich dann an den Großen Ingenieur. »Eure Diagramme, Meister, haben mich auf eine Idee gebracht, wie ich diese Aufgabe angehen könnte. Wenn Ihr mir einen Moment Eurer Zeit schenken könnt, gibt es vielleicht eine Möglichkeit, ernsthaft über das Leben meines Freundes und meine sichere Rückkehr zu verhandeln.«

Galoppierende Hufe, das Knarren des Geschirrs und das dumpfe Rumpeln von Wagenrädern waren plötzlich zu hören. Eine Kutsche schwankte den steilen Weg hinauf, gezogen von einem schaumbedeckten, kohlschwarzen Pferd. Das Tor flog krachend auf, und zwei Wachen kamen eilig heraus. In seinem Versteck lag Pasquale nur wenige *braccia* von dem einen entfernt und konnte sein weißes Gesicht unter der stählernen Sturmhaube sehen – ein massiger Mann mit kräftigem Schnauzbart, der über den dicklippigen Mund herunterhing, und Augen so blau wie die Mondberge. Ein

Landsknecht aus der Schweiz oder Deutschland, wie die Männer, die Taddei für dieses Unternehmen angeheuert hatte. Pasquale hatte kurz ein Bild vor Augen, wie die angeworbenen Soldaten beider Seiten ihre Waffen niederlegten und einander als Brüder begrüßten. Er war wirklich nicht zum Kampf geboren.

Die Kutsche hielt an. Der Pasquale am nächsten stehende Wächter griff in die Zügel des verschwitzten Pferdes, das den Kopf hängen ließ und schwer durch die Nüstern blies; er sprach in gutturalem Deutsch mit dem Kutscher. Der bleichgesichtige Kutscher lachte und nahm seinen weichen Hut ab; rote Locken fielen ihm ins Gesicht. In diesem Augenblick schien sich ein Eissplitter in Pasquales Brust zu bohren. Der Kutscher war Giustinianis Diener, der Mann, der den nichtsahnenden Giovanni Francesco in den Tod kutschiert hatte, der Mann, der Raffael das vergiftete Glas gereicht, Pasquale auf der Piazza della Signoria gejagt und den Pasquale am Fenster von Niccolòs Zimmer gesehen hatte.

Der Wächter winkte die Kutsche weiter. Als sie langsam unter dem Torbogen hindurchrollte, stand Pasquale auf und trat auf die Straße.

Der Wächter hob automatisch die Pistole, ließ sie dann aber ein wenig herabsinken, als er sah, daß Pasquale allein war. Sein Kamerad sagte in zögerndem Toskanisch: »Keine Besucher. Geh weg, sei ein braver Junge.«

»Ich muß Signor Giustiniani sprechen«, beharrte Pasquale.

Er wollte das Papier aus der Innenseite seines Wamses ziehen, worauf der erste Wächter die Pistole wieder hob. Der zweite trat zu Pasquale, schlug ihm die Hand weg und zog das Papier heraus.

»Für Signor Giustiniani«, wiederholte Pasquale.

»Wir nehmen es. Du gehst.«

Pasquale hatte nicht vorausgesehen, daß man ihn abweisen könnte – aber wieso sollten die Wachen ihn auch erkennen? »Ich fordere Bezahlung«, rief er und griff nach dem Papier.

Der zweite Wächter stieß ihn um. Pasquale purzelte in den weichen, aufgewühlten Matsch der Straße und empfand zum ersten Mal, seit er zur Villa aufgebrochen war, unbändige, weißglühende Wut. Er sprang auf und schnappte nach dem Papier, das der Wächter über seinem Kopf außer Reichweite schwenkte. Beide Wachen lachten über diesen groben deutschen Rabaukenscherz. Laß den Itaker hüpfen, hör nur, wie er kreischt. Wie schön ist es, ein guter, starker, dummer Deutscher zu sein!

»Ihr kriegt Ärger«, rief Pasquale atemlos und ganz ohne Furcht, »wenn Signor Giustiniani davon erfährt.«

Die Kutsche hatte auf dem weißen Kiespfad hinter dem Tor angehalten. Jetzt sprang der Kutscher ab und kam zu ihnen. Er erkannte Pasquale sofort und grinste breit. »Jetzt haben wir alle beisammen. Und gerade noch rechtzeitig. Morgen wären wir fort gewesen.«

»Dann habt Ihr also den spanischen Gesandten bei Euch.«

Der Rothaarige legte den Finger an die große Nase und blinzelte Pasquale zu. »Er sitzt in der Kutsche. Ich bewundere Euren Mut, Signor.«

Pasquale schnappte sich das Papier und hielt es wie einen Schild vor sich. »Euer Herr wird das hier sehen wollen. Salai hat Euch nicht alles gesagt.«

Der Rothaarige zuckte die Schultern. »Ich bin der falsche Adressat, mich wollt Ihr nicht überzeugen. Springt aufs Trittbrett, dann bringe ich Euch direkt zu meinem Herrn.« Er wandte sich um und befahl den Wachen: »Schließt das Tor. Heute nacht wird niemand mehr kommen.«

11

Wie in jener anderen Nacht waren alle Fenster der Villa hell erleuchtet. In jedem Raum brannten Wachskerzen in gläsernen Kronleuchtern, wie brennende Büsche unter den hohen Stuckdecken, umgeben von Friesen mit Putten und Cherubinen, die in ausgelassener Freigebigkeit ihre prallen Hinterteile zur Schau stellten. Als Pasquale, gefolgt von dem rothaarigen Diener und dem spanischen Gesandten, die Villa durch die großen, weit offen stehenden Doppeltüren betrat, hörte er von irgendwo das Lachen einer Frau. Das Echo ihres Lachens füllte die große Eingangshalle, in der unter einer hellblauen Decke weiße Marmorstatuen standen. Das Lachen wurde schriller, hysterischer und hörte dann abrupt auf, als sei eine Tür zugeschlagen worden.

Pasquale merkte, daß er den Atem angehalten hatte. Er sah zu dem rothaarigen Diener auf, der nur lächelte. »Bitte hier entlang, Signori.«

Viele der Räume, durch die der Diener Pasquale und den spanischen Gesandten führte – einen hoch aufgerichteten, wortkargen Mann in gewöhnlichen, rotschwarzen Beinkleidern und Wams und einem ledernen Überrock, dessen Gürtel von einer großen Silberschnalle gehalten wurde –, waren leer, in anderen standen nur wenig Möbel. In einem Raum saßen Soldaten vor einer ausladenden Feuerstelle beim Würfelspiel und waren so darin vertieft, daß sie kaum aufblickten, als die drei an ihnen vorbeikamen. Ein Vermögen an Büchern, hundert und mehr, war an der Wand eines anderen Raumes aufgestapelt.

Die Tür am anderen Ende dieses Raumes war geschlossen. An der Tür war ein etwas unpassender Türklopfer befestigt in Form einer Maske der Tragödie. Der rothaarige Diener berührte leicht und ehrfürchtig die Lippen der Maske, bevor er die Tür öffnete und seine beiden Schützlinge hineinführte.

Pasquale blieb stehen, erneut von Furcht erfüllt. Offenbar war die Furcht endlos.

Der Raum war der, in dem Giovanni Francesco ermordet worden war. Im Kamin stand der gleiche Rost, auf dem Holzklötze unter lautem Knacken loderten. Daneben stand der gleiche thronartige Stuhl, das dunkle Holz mit verschlungenen Schnitzereien und Goldblattverzierungen bedeckt. Und auf dem Stuhl saß wie zuvor der venezianische Magier Paolo Giustiniani.

Er trug einen eckigen schwarzen Hut, eine schwarze, mit Seidenfäden bestickte und beidseitig bis zur Taille geschlitzte Robe, unter der behaarte nackte Beine zu sehen waren. Seine Füße steckten in schwarzen Schnabelpantoffeln. Er saß den anderen beiden Personen im Raum zugewandt, so daß Pasquale sein mageres, hakennasiges Gesicht im Profil vor sich hatte, und sagte: »Wie Ihr seht, waren die ausgesandten Impulse erfolgreich. Nun können wir beginnen.«

Einer der beiden anderen Männer war Salai, der nur die Schultern zuckte. Der andere, der aufrecht und gelassen auf einem Stuhl saß, die gefesselten Hände vor sich im Schoß, war Niccolò Machiavelli. Er betrachtete Pasquale mit seinem leisen, ironischen Lächeln, und Pasquale lächelte zurück, das Herz voller Hoffnung.

»So sehen wir uns wieder«, sagte Niccolò, »obwohl ich hoffe, du wirst dies hier interessanter finden, Pasquale.«

»Hoffe nicht«, wies der Magier Pasquale an. Sein Toskanisch hatte einen starken venezianischen Akzent, mit scharfem *x* statt weichem *ch*. »Hier gibt es nichts zu hoffen, vor allem nicht für dich.«

Der rothaarige Diener schloß die Tür, lehnte sich

entspannt dagegen und lächelte Pasquale ohne Boshaftigkeit an.

Der spanische Gesandte begann mit schleppender, sonorer Stimme zu protestieren, er sei in ernsten Geschäften hier, und zwar Geschäften, für die bereits bezahlt worden war.

»Oh, gebt ihm doch, was er haben will, und laßt es gut sein«, rief Salai. Er steckte sich eine Zigarette zwischen die üppigen Lippen, beugte sich vor, um sie anzuzünden, und blies dann ungeduldig den Rauch aus. Noch immer trug er den roten Samtüberrock mit dem schmalen Schwert an der Seite. »All das langweilt mich«, fügte er hinzu.

»Ich bin nicht zu Eurer Unterhaltung hier«, entgegnete der spanische Gesandte mit beleidigter Würde.

Salai verbeugte sich spöttisch. »Vergebt mir, Signor. So wie Ihr gekleidet seid, nahm ich an, Ihr wärt zu einer Maskerade erschienen.«

»Still«, befahl Giustiniani. Er legte die Hände übereinander. Als er sie wieder öffnete, stand auf seiner Handfläche das kleine Fluggerät. »Es gehört Euch, Signor«, sagte er zu dem Gesandten; der rothaarige Diener trat vor und reichte ihm das Gerät mit einer Verbeugung.

»Nun wollen wir hören, was der Maler zu sagen hat«, meinte Giustiniani dann. Er hatte die Angewohnheit, beim Sprechen die eine Hand Aufmerksamkeit heischend hochzurecken. Pasquale war nicht davon beeindruckt. Als Anführer sollte ein Mann in der Lage sein, auch ohne solche Gesten Respekt zu fordern.

»Ihr wißt doch, was er sagen wird«, spottete Salai, »schließlich habt Ihr sein Herkommen bewirkt. Oder war die komische Sache mit dem Spiegel und dem verbrannten Haar nur Hokuspokus?«

»Das ist alles von höchster Ernsthaftigkeit, wie Ihr noch sehen werdet«, gab der Magier zurück. Er preßte die Hände in ironischer Gebetshaltung vor der Brust zusammen. »Laß hören, Junge. Du hast mir ein Geschenk gebracht. Zeige diesen Leuten, was es ist.«

Pasquale zog das verknitterte Papier hervor. »Hier, Magister. Dieses Blatt für das Leben von Niccolò Machiavelli. Die übrigen, wenn Ihr uns zusammen mit Raffaels Leiche freigebt.«

»Dann muß das Geschriebene allerdings sehr wichtig sein.«

»Salai hat Euch nicht die Wahrheit gesagt. Als er die Glasplatte verlor, entgingen ihm damit auch wichtige Informationen. Das Modell allein reicht nicht aus. Ihr braucht dazu noch diese Berechnungen, von denen ich die erste Hälfte mitgebracht habe. Die andere bekommt Ihr, wie gesagt, wenn Ihr mich, zusammen mit meinem Freund und der Leiche, freigebt.«

Der Magier nahm das Papier, warf einen Blick darauf und gab es Salai. »Ist das die Handschrift Eures Meisters?«

»Ja, das ist sie«, gab Salai zu.

Der Magier griff nach dem Papier und reichte es an den Gesandten weiter.

Salai platzte heraus: »Aber es existiert eine Menge Geschriebenes. Der alte Mann tut nichts anderes, als pausenlos zu kritzeln. Ein verdammtes dickes Buch nach dem anderen. Dies hier könnte alles mögliche sein.«

»Schaut, was unten steht«, sagte Pasquale ruhig. »Ihr werdet einen Spiegel brauchen, um es leicht lesen zu können.«

Der rothaarige Diener brachte einen herbei und gab ihn dem Gesandten, der die enggedrängte Spiegelschrift studierte. Da stand, wie Pasquale und Jacopo sich ausgedacht und geduldig dem alten Mann diktiert hatten: *Dies ist die Aufzeichnung der wahren Berechnungen, durch die ein Mann fliegen kann, wenn er eine vertikale Schraube benutzt, die ihn durch die Luft trägt. Ich, Leonardo, bezeuge dieses hiermit.*

Der Gesandte las es laut vor. Salai hustete eine Rauchwolke aus und protestierte: »Ein Trick! Jeder, der als Mechaniker ausgebildet ist, kann das Gerät nach dem Modell bauen. Sonst braucht man nichts! Kein Grund, mehr zu bezahlen, keine Verhandlung mit dieser *Kreatur*!«

»Seid still«, befahl der Magier. Seine Stimme hallte durch den Raum, und Pasquale spürte, wie sein Herz aussetzte, als wolle es diesem Befehl gehorchen.

Amüsiert warf Niccolò ein: »Ein interessantes Problem.« Seine Augen glitzerten, und er beugte sich auf seinem Stuhl vor, hellwach und wißbegierig wie ein Vogel. Die Kette, mit der seine eisernen Handfesseln verbunden waren, lag zusammengerollt auf seinem Schoß.

»Ich habe alles Geforderte geliefert«, beharrte Salai. »Von Papieren war nicht die Rede. Außerdem stammen sie vielleicht gar nicht von dem alten Mann.«

»Ihr sagtet, es wäre seine Handschrift«, hielt der Gesandte dagegen.

»Dann habe ich mich eben geirrt.«

»Ihr habt Eure Meinung geändert?« fragte der Gesandte. »Sie scheint in der Tat ein bequem formbares Instrument zu sein.«

Der Magier ergriff das Wort. »Das Dokument wurde von einem Mathematiker geschrieben. Jeder andere in Florenz würde das römische Dezimalsystem benutzen – es wird zur Buchführung benutzt«, erklärte er dem

Gesandten, »weil man durch Anwendung des Kommas die Zahlen nicht verfälschen kann. Daran könnt Ihr ersehen, wie sehr man sich in Florenz gegenseitig traut. Aber Mathematiker verwenden das vernünftigere indische System, das wesentlich flexibler ist. Wie hier.«

Zu Salai gewandt, sagte der Gesandte: »Ihr habt nichts von der Notwendigkeit irgendwelcher Papiere gesagt, Signor. Darum geht es hier.«

»Ja, genau«, lachte Niccolò Machiavelli. »Mitten ins Schwarze getroffen. Entweder vertraut Ihr dem Großen Ingenieur, oder Ihr müßt den Angaben seines Lustknaben Glauben schenken.«

Salai wollte sich auf Niccolò stürzen, aber der rothaarige Diener sprang vor und packte ihn am Handgelenk. Salai wehrte sich kurz gegen den Griff, dann riß er sich los und wandte sich ab.

»Laßt sie gehen«, meinte der Gesandte. »Wozu brauchen wir die beiden noch?«

»O nein«, widersprach der Magier, »ich brauche die Leiche als Altar, und es ist kein Zufall, daß genau diese Anzahl von Menschen hier zusammengekommen ist.« Er schwitzte – die Luft im Raum war schwer, wie mit einem ominösen, unausgesprochenen Wort befrachtet.

Pasquale dachte an das Bild, das er aus dem Feuer gerettet hatte, und es überlief ihn eiskalt.

Der Gesandte erklärte: »Die Leiche darf nicht zurückgegeben werden. Das war ebenfalls Teil der Vereinbarung.«

»Und ich werde sie einhalten«, bekräftigte der Magier. »Sobald die Zeremonie beendet ist, Signor, wird sie zerstört werden. Es sei denn, der, den ich rufen werde, nimmt sie mit. Und diesmal wird er kommen. Es ist der richtige Zeitpunkt, das spüre ich.«

Salai begann zu lachen, verstummte aber sofort wieder. Alle schauten den Magier an, auf dessen Gesicht Besessenheit und kranker Eifer standen.

Mit einem Gefühl, als würde er Luft treten – so mochte ein Engel empfinden, der niemals den Boden berühren konnte –, sagte Pasquale: »Alles oder nichts. Wenn Ihr uns ohne die Leiche freilaßt, werdet Ihr den Rest der Berechnungen nicht bekommen.«

»Das glaube ich nicht«, entgegnete der Magier. »Und warum sollten wir euch jetzt freilassen, wo uns Großes bevorsteht?«

Pasquale tastete heimlich nach dem Zeitmesser an seinem Handgelenk und stellte überrascht fest, daß noch keine halbe Stunde vergangen war, seit er die Wachen angesprochen hatte. Das hatte er früher getan als geplant, und bis zum Beginn des Angriffs war noch fast eine Stunde Zeit. Er versuchte, sich zu entspannen. Ihm blieb noch eine Menge Zeit, um mit dem Magier zu verhandeln. Selbst wenn er nur Niccolò retten konnte, war das schon ein Sieg. Raffael war bereits tot. Ihm konnte nichts Schlimmeres mehr passieren, denn das Schlimmste war bereits geschehen. Auch als Altar für eine schwarze Messe zu dienen war nicht so schlimm, wie tot zu sein.

Der spanische Gesandte sagte zu Salai: »Sollten zusätzliche Informationen nötig sein, Signor, könnt Ihr davon ausgehen, daß wir Euch nicht bezahlen werden. Unsere Vereinbarung war für das Ganze, oder gar nichts.«

Wütend sprang Salai auf. »Es wird funktionieren! Ich habe schon gesagt, daß Ihr nur das Modell braucht, nichts weiter. Der Junge versucht doch nur, Euch in die Irre zu führen. Vielleicht ist er ja auch mutig. Das will ich ihm zugestehen. Möglich, daß er sogar edle Motive hat. Aber aus welchem Grund auch immer, er versucht nur, Euch Sand in die Augen zu streuen. Tötet ihn, und die Sache ist erledigt. Nehmt das Papier mit, wenn Ihr wollt. Was kümmert es mich? Es ist wertlos, darauf gebe ich Euch mein Wort. Und selbst wenn nicht: Ich verspreche, Euch den Rest zu liefern, und wenn ich den alten Mann umbringen muß. Das schwöre ich.«

»Eine Ermordung wäre ein neuer Auftrag«, wehrte der spanische Gesandte ab. »Darüber kann ich nicht mit Euch verhandeln.«

»Wenn ich den Großen Ingenieur sterben lassen wollte«, warf der Magier ein, »könnte ich ihm einen unsichtbaren Geist schicken, der die Luft seiner Kammer schwärzt und ihn im Schlaf ersticken läßt.«

Der Gesandte zeigte offene Abscheu. »Davon will ich nichts hören.«

»Mit Hören allein wird es nicht getan sein«, höhnte Salai.

Würdevoll entgegnete der Spanier: »Ich weiß nur, Signor, daß Ihr viel versprochen und offenbar wenig eingehalten habt.«

Wieder mischte sich Niccolò ein. »Das ist wie bei dem Engel und dem Teufel und den zwei Türen. Kennt Ihr die Geschichte?« fragte er den Gesandten.

»Wir kennen sie alle. Seid still«, befahl der Magier.

»Aber ich kenne sie nicht«, meinte der Gesandte. »Wenn sie für diese Sache von Bedeutung ist, würde ich sie gern hören.«

Salai warf die Hände hoch und drehte ihnen den Rücken zu.

Lächelnd begann Niccolò: »Stellt Euch vor, Ihr wärt in einem Raum mit zwei Türen. Die eine führt in den Tod, die andere in die Freiheit. Aber nichts läßt erkennen, welche wohin führt. Mit Euch im Raum befinden sich ein Engel und ein Teufel, und Ihr könnt ihnen nur eine einzige Frage stellen. Der Teufel lügt natürlich immer, während der Engel die Wahrheit sagt. Ach ja, und die beiden sind selbstverständlich unsichtbar, so daß Ihr nicht wißt, welcher von beiden Euch geantwortet hat. Nun, was für eine Frage würde Ihr stellen, wenn Ihr mit dem Leben davonkommen wollt?«

»Genug der Rätsel«, rief der Magier. »Die Angelegenheit ist ganz einfach. Ihr«, er deutete auf den Gesandten, »werdet Signor Machiavelli mitnehmen, dazu die Aufzeichnungen, die dieser junge Maler uns freundlicherweise gebracht hat. Wenn sie wirklich von Wert sind, werde ich ohne Auftrag für die Beschaffung des Restes sorgen, als Gegengabe für Signor Machiavellis Freilassung. Stellen sich die Unterlagen als unwichtig heraus, könnt Ihr Euch seiner entledigen auf eine Euch genehme Art. Auf jeden Fall werdet Ihr uns die vereinbarte Summe zahlen, oder niemand wird dieses Haus gegen meinen Willen verlassen.«

»Das ändert nichts!« rief Pasquale. »Ihr müßt meinen Freund Niccolò Machiavelli freilassen und Raffaels Leiche zurückgeben.«

»Aber die Dinge *haben* sich geändert«, sagte der Magier. Obwohl er nicht lächelte, schien er sichtlich amüsiert. Er legte die Fingerspitzen seiner schmalen Hände aneinander und betrachtete die Nägel. »Geändert, weil du hier bist und aus freien Stücken zurückkommen wirst. Bring uns den Rest der Papiere, und dein Freund kann gehen. Falls nicht ...«

Der Gesandte unterbrach ihn. »Wenn Ihr mir zwei Eurer Männer gebt, Signor Giustiniani, will ich auf Euren Vorschlag eingehen. Das übersteigt meine Befugnisse nicht. Obwohl ich sagen muß, daß Admiral Cortés über die Verzögerung nicht erfreut sein wird.«

»Ich begrüße Eure Weitsicht, Signor.«

»Durch Weitsicht werden wir die Welt gewinnen«, erklärte der Gesandte. »Wer den Schlüssel zur Zukunft besitzt, hat die Macht, die Geschichte zu besiegen.«

Fröhlich widersprach Niccolò: »Ich würde sagen, wer diesen Schlüssel besitzt, wird bald von all jenen belagert werden, die ihn haben wollen.«

Der Magier befahl Niccolò zu schweigen. »Was Macht angeht«, sagte er zu dem Gesandten, »werdet Ihr nun sehen, welch unbedeutende Rolle weltliche Macht spielt. Ich habe Euch alle hier an diesem Tag des Saturns versammelt, damit Ihr mir assistiert. Zunächst müßt Ihr eingekleidet werden.«

Der Gesandte wandte sich zum Gehen. »Mit solchen Teufeleien will ich nichts zu tun haben.«

Der rothaarige Diener packte ihn, legte ihm den Arm um den Hals und hielt ihm ein Messer ans Auge, als er sich zu wehren versuchte. Der Magier nahm eine Kerze und bewegte sie langsam vor dem Gesicht des Gesandten hin und her, während er mit leiser, monotoner Stimme auf ihn einsprach. Als der Diener den Gesandten losließ, sah Pasquale Tränen in den starr geöffneten Augen des Mannes, der wie ein junger Baum im Wind zitterte.

»Hat sonst noch jemand Einwände?« fragte der Magier. Er richtete seinen Blick auf Pasquale, dann auf Niccolò.

»Immer mit der Ruhe, Pasquale«, warnte Niccolò.

»Was will er von uns?«

»Ich glaube, er wird einen Geist anrufen, wenn er kann. Er hat geprahlt, daß er in dieser Nacht große Macht gewinnen wird, und mir ist jetzt klar, daß er damit nicht die Spanier meint. Hast du Angst?«

»Keinen Geist«, verbesserte der Magier, »sondern einen Engel. Einen der sieben Erzengel.«

Salai kicherte. »Dies ist mein lieber Sohn, an welchem ich Wohlgefallen habe.«

»Nehmt Euch in acht«, sagte der Magier leise. »Die Sache ist ernst. Soviel ich höre, bist du an Engeln interessiert, Maler. Sag mir, würdest du gern einen sehen?«

Pasquale bemühte sich, ruhig zu bleiben. »Ich weiß noch nicht, ob mir meine Vorstellungskraft abhanden gekommen ist.«

»Glaubst du, daß es Engel gibt?«

Einen Moment lang war Pasquales Mund von dem bitteren, säuerlichen Geschmack des verschrumpelten Híkuriblöckchens erfüllt, das ihm Pelashil verabreicht hatte. »O ja. Ja.«

Der Magier lächelte. »Und wenn du einen Engel malen wolltest, würdest du dir doch nicht die Gelegenheit entgehen lassen, einen zu sehen, oder? Welcher andere Maler könnte das von sich behaupten?«

Pasquale mußte an die zerbrochene Tafel denken. »Es gab eine Zeit, da habe ich an nichts anderes gedacht. Aber die Zeiten haben sich geändert.«

»Sie werden sich wieder ändern«, meinte der Magier. »Du wirst mir gehorchen, Maler, und Ihr auch, Signor Machiavelli, oder ich bin gezwungen, auch euch unter meine Kontrolle zu bringen. Glaubt nicht, daß ich das nicht könnte.«

Der rothaarige Diener befreite Niccolò von seiner Kette und holte weiße Leinengewänder aus einer Truhe. Dazu reichte er ihnen Papierhüte, wie sie die Steinmetze trugen, um ihr Haar vor Staub und Splittern zu schützen. Unter seiner Anleitung streiften Pasquale und Niccolò die Gewänder über. Der Diener kleidete den spanischen Gesandten an, verschloß dann erneut die Fesseln an Niccolòs Handgelenken. Pasquale gehorchte mit trübem Eifer. Er fühlte sich in zwei Teile gespalten. Ein Teil wollte einen Engel sehen, der andere wußte, daß dies eine äußerst finstere Angelegenheit war und seine Seele in Gefahr brachte. Sich das Gesicht eines Engels vorzustellen war eine Sache, kurz davor zu sein, ihm tatsächlich ins Gesicht zu blicken, dagegen eine ganz andere.

»Nur Mut, Pasquale«, tröstete Niccolò.

»Kann er wirklich einen Engel herbeirufen?« flüsterte Pasquale.

»Er ist davon überzeugt. Aber wenn Menschen wie er über solche Kräfte verfügen würden, wieso regieren sie dann nicht die Welt?«

»Woher wissen wir, daß sie es nicht tun?«

»Im geheimen, meinst du.« Niccolò dachte darüber nach. »Kein Fürst kann im geheimen regieren, denn selbst wenn er kabbalistische Kräfte hätte, muß er zu einem gewissen Zeitpunkt seinen Willen kundtun, damit er ausgeführt wird. Nein, selbst ich glaube nicht, daß eine derart geheime Verschwörung möglich ist.«

»Es tut gut, wieder mit Euch zu reden, Niccolò.«

»Leider kann ich wenig Beruhigendes sagen. Ich fürchte um uns beide, Pasquale.«

»Nicht mehr als ich.« Pasquale dachte an die Apparaturen unter Cardanos Kommando. Er traute Cardano nicht.

Der Magier gürtete ein langes Schwert mit breiter Klinge und nahm die schwarze Kappe ab. Sein Haar war zur Tonsur geschnitten wie das eines Mönchs. »Nun, fangen wir an«, sagte er. »Keiner darf sprechen, außer ich befehle es ihm, selbst Ihr nicht, Signor Machiavelli, und keiner verläßt den ihm zugewiesenen Platz.«

Er führte sie in den angrenzenden Raum, auf dessen Marmorboden mit roter Kreide ein riesiges Muster aufgemalt war. Ein fünfzackiger Stern innerhalb eines Kreises, um den herum ein zweiter Kreis verlief. Kleinere Kreise waren in die fünf Spitzen des Sterns eingezeichnet, und in der Mitte lag ein quadratisches rotes Tuch, auf dessen einer Ecke ein gewöhnliches Kohlenbecken stand. Der Raum zwischen den beiden Kreisen war sorgfältig mit seltsamen alchimistischen Symbolen bemalt. Pasquale erkannte römische Buchstaben, vermischt mit griechischen und hebräischen, aber sie ergaben keine Worte oder Namen, die er kannte, außer dem astrologischen Zeichen für Saturn an der oberen Spitze des fünfzackigen Sterns. An jeder Sternzacke brannte eine dicke weiße Wachskerze, halb so groß wie ein Mann. Weitere Kerzen brannten an den Ecken einer Art Altar, der in einem der kleineren Kreise halbrechts im großen Pentagramm stand. Auf dem Altar ...

Entsetzt sog Pasquale die Luft ein. Er konnte nicht anders. Auf dem Altar lag die nackte Leiche Raffaels. Seine Haut war gewaschen und rasiert und mit roten und gelben Schriftzeichen bedeckt. Die Hände ruhten gefaltet auf der haarlosen Brust, und um die bläulichen Finger war ein umgedrehtes Kreuz geschlungen. Ein Tiegel bedeckte sein Geschlecht.

Der Magier sah Pasquale an, legte mit ironischem Lächeln den Finger an die Lippen, hielt dann einen kleinen Lederbeutel hoch, der um seinen Hals hing, murmelte ein paar Worte und küßte ihn. Es war ein satanischer Augenblick.

Betäubend lag der schwere Duft der Kerzen über dem Raum, dessen Vorhänge fest geschlossen waren. Der rothaarige Diener führte jeden Mann auf seinen Platz: Pasquale und Niccolò in die oberen Sternzacken, Salai und den hypnotisierten Gesandten in die unteren. Pasquale bekam von dem Diener eine Flasche mit

Branntwein in die Hand, Niccolò eine mit Kampfer. Auf Aufforderung sollten sie jeweils eine Handvoll davon in das Kohlenbecken schütten.

Derweil faltete der Magier das rote Tuch in der Mitte des Pentagramms zusammen, darunter kam ein mit der gleichen roten Kreide gemaltes, von Efeu umgebenes Dreieck zum Vorschein. Das zusammengefaltete Tuch drapierte er sich über die linke Schulter und stieß dann das Schwert in die im Becken angehäuften Kohlen. Sie entzündeten sich mit gedämpftem Knistern, und sofort stieg dichter, beißender weißer Rauch auf.

Der Diener nahm seinen Platz in der obersten Sternzacke ein, der Magier zog mit der Schwertspitze einen Kreis auf dem Boden und schloß so das Pentragramm.

»Keiner bewegt sich!« wiederholte er und stellte sich wieder neben das Kohlenbecken.

Allmählich füllte sich der Raum mit einem süßlichbeißenden Rauch, so dick wie der Nebel der Mechaniker. Pasquales Kopf fühlte sich seltsam leicht an. Seine Finger und Zehen kribbelten. Auf Befehl des Magiers goß er Branntwein auf die Kohlen, und Niccolò fügte Kampfer hinzu. Der Diener stellte einen Tiegel auf den Boden, aus dem blaue Flammen züngelten.

Auf Latein intonierte der Magier: »Höre mich, Uriel! Aus diesem Tal des Elends und dem Elend dieses Tals, von diesem Ort der Düsternis und der Düsternis dieses Ortes bis zum heiligen Berg Zion und den himmlischen Tabernakeln beschwöre ich dich durch die Autorität Gottes, des allmächtigen Vaters, durch die Kräfte des Himmels und der Sterne, durch die der Elemente, durch die der Steine und der Kräuter und in gleicher Weise durch die Kräfte der Schneestürme, des Donners und der Winde, die von dir geforderten Dinge in der Vollkommenheit auszuführen, aus der du kommst, ohne Arglist oder Falschheit oder Täuschung, durch den Befehl Gottes, Schöpfer der Engel und Herrscher aller Zeiten!

Im Namen Emmanuels, im Namen Tetragrammaton Jehovas, im Namen Adonais, König der Könige, zeige mir deine furchtbare Macht und gib mir von deiner unermeßlichen Größe. Dem weihe ich meinen Altar.«

Der Magier küßte das Schwert und stieß die Spitze in den Tiegel zu Füßen des Dieners. Sofort züngelten blaue Flammen an der Klinge empor. Das Schwert vor sich, durchquerte der Magier den Kreis und berührte mit der brennenden Spitze den Tiegel über Raffaels Geschlecht. Funken und Rauch stiegen auf, flogen immer höher, während der Magier mit gemessenen Schritten zu seinem Dreieck zurückging.

Der Rauch war nun so dicht, daß Pasquale die anderen nur noch als formlose Schatten sehen konnte. Die von Raffaels Leiche aufsteigenden Funken schienen flüchtige Gesichter in den Rauch zu malen, einige nahe, andere fern. Sie blickten sehnsüchtig und streng, fröhlich und ernst. Pasquale war so schwindlig vor Furcht und Qualm, daß der Magier ihn zweimal ansprechen mußte, bevor er sich besann und Branntwein auf die Kohlen goß.

Der Magier legte das Schwert, das nun nicht mehr brannte, über die Spitzen seiner Schuhe. »Ich befehle dir und beschwöre dich«, rezitierte er so feierlich wie ein Priester bei der Messe, »Uriel, großer Gebieter, durch die Kraft des Paktes, den ich mit dir geschlossen habe, und durch die Stärke der Armeen, über die du befiehlst, mein Werk zu vollenden. Ich rufe euch, Pamersiel, Anoyr, Madrisel, Ebrasothean, Abrugels, Itrasbiel, Nadres, Ormenu, Itules, Rablon, Hamorphiel, die ihr den zwölf Engeln der zwölf Stämme befehlt, denen

Könige und Regierungen untertan sind, aus dem Feuer durch die dreißig Wohnstätten zu den einundneunzig Teilen der Erde, erhebt euch, erhebt euch, erhebt euch!«

Zunächst geschah nichts. Dann erzitterte die ganze Villa unter drei rasch aufeinanderfolgenden, schweren Schlägen. Die Luft im Raum schien sich zu verdichten, als ob große Schwingen schlügen, und die Kerze vor Pasquale zitterte und flammte hell auf. Weißer Rauch wallte vor ihm auf, als wolle er sich zu einer Gestalt formen. Wilde Erwartungen durchschossen ihn, hell wie die Kerzenflamme. Dannn splitterte hinter den schweren Vorhängen klirrend das Glas aus den hohen Fenstern. Ein gewaltiger Windstoß füllte den Raum und löschte sämtliche Kerzen aus.

12 Sofort erkannte Pasquale, daß hier kein Engel hatte Gestalt annehmen wollen. Er war betrogen worden. Cardano hatte früher als vereinbart seinen Angriff begonnen. Jeden Moment erwartete Pasquale, weitere Raketeneinschläge zu hören. In strohgefüllten Kiepen hatten die Männer sechs Stück heraufgeschleppt, die bereits so stark erhitzt waren, daß das Wasser im Inneren zu Dampf geworden war und mit Macht nach einem Ausgang suchte. Um sie abzuschießen, brauchte man nur noch ein Ventil zu öffnen.

»Bleibt stehen«, rief der Magier, aber Salai stand schon am Vorhang und lugte hinaus. »Anscheinend hat jemand Euer Haus in Brand gesetzt«, verkündete er.

Der Diener kam zurück. Sorgsam schloß er die Tür hinter sich. Pasquale hatte ihn gar nicht hinausgehen sehen. Mörtelstaub hing in seinen roten Haaren. »Raketen«, berichtete er, »obwohl es keine Spur von Abschußgeräten gibt und niemand ihr Feuer gesehen hat. Die Männer sind völlig panisch. Ich muß mich um sie kümmern.«

Schon war er wieder verschwunden.

Der Magier, dessen Zeremonie so jählings unterbrochen und damit verpfuscht war, wischte sich Kalkstaub von der schwarzen Robe und schaute Pasquale durchdringend an. Die großen, wie durch Zauberei erneut aufflackernden Kerzen warfen seinen Schatten auf die gegenüberliegende Wand. Um seine Füße waberte der Rauch aus dem Kohlenbecken, breitete sich wie ein Meer über den Boden aus, aufgewühlt vom Wind, der durch die zerbrochenen Fenster hereinfuhr. Der Tiegel über Raffaels Geschlecht brannte immer noch. Funken stoben hoch und knisterten. Der Gesandte blinzelte verwirrt und starrte auf seine Hände, rieb und spreizte die Finger.

»Du bist der Judas!« rief der Magier und hob die Hand. Plötzlich hielt er einen Stab aus schwarzem Ebenholz.

»Jetzt bringe ich sie auf der Stelle um!« Salai wieselte zu Niccolò, zog sein Schwert und hielt es ihm an die Kehle. Niccolò stand ganz still, schaute den Magier gelassen und gleichmütig an, als wolle er ihn trotz seiner Fesseln und der Todesdrohung herausfordern.

»Haltet Euch zurück«, befahl der Magier, »bis wir die Stärke der angreifenden Truppen wissen. Kann sein, daß wir sie lebend brauchen, um zu verhandeln.«

Salai schüttelte so wütend den Kopf, daß seine Locken um sein fettes, cholerisches Gesicht flogen wie ein Busch im Sturm. »Nein!«

Ruckartig stieß der Arm des Magiers vor, und der Stab verwandelte sich in eine schwarze Schlange. Mit der gleichen Bewegung warf er die Schlange nach Salai. Voll wildem Entsetzen schlug Salai mit dem Schwert nach dem Reptil, traf daneben und rannte schreiend aus dem Raum.

Der Magier bückte sich, hob die zuckende Schlange auf und fuhr ihr mit dem Daumen über den Rücken. Sie wurde steif. Dann brachte er die Ärmel seiner Robe zusammen und hielt wieder den schwarzen Ebenholzstab in der Hand. Von draußen drang Lärm herein, wildes Trommeln und ohrenbetäubendes Schrillen von Pfeifen, wie von Männern mit Armen aus Eisen und Kehlen aus Messing. Die Trommelmaschine! Pasquale hatte ihre Blasebälge und Gegengewichte, Hebel und Uhrwerke gesehen.

Mit der verwirrten Hand eines Mannes, der plötzlich vom Schlaf erwacht, fragte der Gesandte: »Sind wir umzingelt?«

»Meine Männer werden uns mit meiner Hilfe freikämpfen«, erwiderte der Magier. »Ihr übernehmt diesen Gefangenen, Signor, und folgt mir.« Er beugte sich über Niccolò, griff nach dessen Handgelenken und führte sie zusammen. Niccolòs Kette fiel klirrend zu Boden. Statt dessen war er nun mit einer Vorrichtung gefesselt, die seine Daumen zusammenschloß.

Niccolò blieb gelassen. »Wer in einer Schlacht zuerst angreift, bleibt gewöhnlich Sieger.«

Der Magier versetzte ihm mit dem Handrücken einen gewaltigen Schlag, der in dem rauch- und staubgefüllten Raum widerhallte. »Ihr werdet mir gehorchen, wenn Ihr am Leben bleiben wollt«, sagte er im Plauderton.

Niccolò hob den Kopf und erwiderte Giustinianis starren Blick. Ein kleines Lächeln spielte um seine Lippen. »Es ist nie klug zuzugeben, daß man das Spiel verloren hat.«

Der Magier machte auf dem Absatz kehrt und packte Pasquale am Arm. »Komm«, zischte er, und zog Pasquale aus dem Raum, ohne auf den Gesandten und Niccolò zu warten.

Die Villa war voller Staub und Qualm. Der Magier zerrte Pasquale durch eine Reihe leerer Zimmer, an rennenden, mit Truhen und Bücherstapeln beladenen Söldnern vorbei. Ganz offensichtlich bereiteten sie den Rückzug vor. Die Hälfte der Eingangshalle stand in Flammen. Das Feuer fraß sich an den Wänden und den Rahmen der zerborstenen Fenster hinauf. Die Decke war eingestürzt, Balken und Schutt übersäten den Boden, und die meisten Statuen waren von ihren Sockeln gestürzt. Das Feuer erfüllte den Raum mit starker, trockener Hitze, brüllendem Krachen und einem durchdringenden, süßlichen Geruch – es war der Geruch griechischen Feuers, mit dem die hohlen Raketenköpfe gefüllt waren und das beim Aufschlag auslief und sich selbst entzündete.

Hitze versengte Pasquales Haut, als er dem Magier nach draußen folgte. Die Rufe der Söldner vermischten sich mit der Kakophonie der Trommelmaschine. Jenseits der Gartenmauer flackerten zahllose Lampen, und Schatten bewegten sich in ihrem Licht. Einige Söldner feuerten ungezielte Schüsse ab. Ihre Musketen klangen so schwach und harmlos wie im Feuer knackende Zweige. Und sie konnten auch keinen Schaden anrichten, denn die Schatten, auf die sie schossen, waren nichts anderes als das: Schatten, die vor dem hellen Licht so aussehen sollten wie eine anrückende Armee.

Zwei Männer hatten äußerste Mühe, das stampfende Pferd zu halten, das vor die Kutsche gespannt war. Ihre Silhouetten hoben sich gegen das grelle Licht ab, das über den Rasen strömte, das Licht der Reflektorlampe mit den rotierenden Blättern, die Taddeis Männer im Olivenhain aufgestellt hatten.

Als der Magier mit Pasquale die breiten Marmorstufen hinunter und auf die Kutsche zueilte, ertönten drei dumpfe Schläge hinter der Mauer und dem Torbogen. Pasquale zuckte zusammen, aber der Magier hielt ihn gewaltsam aufrecht, so daß er die drei weißen Rauchsäulen der im Bogen durch das Dunkel fliegenden, dampfgetriebenen Raketen sah. Eine schlug mit mißtönendem Klirren im Torbogen ein und hüllte ihn in orangefarbene Flammen. Die beiden anderen stiegen höher auf, und Pasquale erhaschte einen Blick auf ihre sich wie Fischleiber drehenden, fetten Körper, während sie herabfielen. Die eine explodierte harmlos zwischen den Bäumen, aber die andere durchschlug das Dach der Villa. Kurz darauf schoß ein Feuerball in die Luft. Das nun völlig wild gewordene Pferd bäumte sich auf und warf sich nach vorn. Es zerriß seine Zugriemen und galoppierte, einen der Männer mit sich schleifend, um die Ecke der Villa.

Auf der Straße zum Tor bewegte sich der Greif auf seinem Sockel. Vielleicht hatte ihn jemand in Bewegung gesetzt, oder der Mechanismus war vom Schock der Explosion ausgelöst worden. Mit rotglühenden Augen erhob sich der Vogel auf steifen Beinen und erzitterte dann in einer Art mechanischer Schüttellähmung. Dampf strömte aus seinen Gelenken, aus der Krause um seinen Hals. Sein Schnabel zuckte krampfhaft auf und zu, klapperte wie die Zähne eines Idioten. Ströme von Dampf stiegen aus verborgenen Ventilen auf, verdichteten sich zu einer großen Wolke, die von der Hitze der brennenden Villa und des Tores in den Himmel getrieben wurde. Die Lichter hinter der Gartenmauer brachen sich im Dunst, so daß die Szene nun wirkte wie ein dunstiger Sonnenaufgang in dunkelster Nacht.

Die Männer feuerten in die Richtung, aus der die dampfgetriebenen Raketen gekommen waren. Sie rannten im Schein der Lichter hin und her, warfen verwirrende, überlappende Schattenbilder auf den Rasen. Einige benutzten Musketen und Armbrüste; andere wirbelten Schleudern über den Kopf, aus denen Glaskugeln ins blendende Licht flogen. Aber Pasquale hatte vor dieser Taktik gewarnt, und Taddei hatte seine Söldner mit Kohlemasken ausgerüstet. Ein Stelzenmann stakte über den Rasen, wurde schneller und stürzte ins Gebüsch. Gleich darauf schlugen Flammen hoch, das Gebüsch schien regelrecht zu explodieren.

Giustiniani zog Pasquale an sich. Plötzlich hatte er ein Messer in der Hand, auf dessen gezackter Klinge rote Buchstaben gemalt waren. Der Magier sprach in Pasquales Ohr. Sein nach Nelken riechender Atem streifte

Pasquales Wange. »Wie viele Männer, und wo haben sie Position bezogen? Raus damit!«

»Nicht mehr als sieben, Magister.«

Die Messerspitze piekste in die weiche Haut unter Pasquales linkem Auge. Unwillkürlich zuckte er zusammen.

Der Magier packte Pasquale an den Haaren und zog ihm den Kopf so nach hinten, daß er in den schwarzen Himmel aufsah. »Du wirst mir die Wahrheit sagen, Maler, oder du verlierst erst das eine und dann das andere Auge.«

»Mindestens hundert! Sie haben das ganze Anwesen umstellt, Magister!«

»Sind sie von der Stadtmiliz?«

Die Messerspitze wich ein wenig zurück. »Nein, Magister. Sie gehören zur Privatarmee des Kaufmanns Taddei.«

»Ich kenne den Namen. Ein Freund Raffaels.«

»Er will die Leiche, Magister.«

Grimmig knurrte der Magier: »Statt dessen kann er deine haben.«

»Er kann Dämonen heraufbeschwören, das habt Ihr gesehen, Magister.«

»Meine Magie wird die seine schlagen.«

Die untersten Äste einer Zeder am Rande des vom Feuer erleuchteten Rasens begannen zu zittern. Der Magier wandte sich um, als ein Schatten aus den Ästen geflogen kam und quer über den Rasen auf sie zustürzte. Die Söldner rannten entsetzt auseinander, konnten aus Furcht, sich gegenseitig zu treffen, nicht auf die Erscheinung schießen.

Der Magier stieß Pasquale beiseite und legte die Arme über den Kopf. Nach einer kleinen, klirrenden Explosion vor seinen Füßen wallte plötzlich Gas auf –

gelb, beißend und erstickend. Pasquale warf sich zurück, als der Affe – es war Ferdinand – durch diese Wolke schoß. Er tanzte hin und her und hämmerte mit den Fäusten auf den Boden. In seinen Augen spiegelte sich der rötliche Feuerschein hinter dem Magier wider.

Der Magier trat einen Schritt vor und förderte mit einer fließenden Bewegung seinen Stab zutage. Pasquale schrie dem Affen eine Warnung zu. Im gleichen Moment warf der Magier. Die Schlange verbiß sich im Hals des Affen, der sich wieder und wieder überschlug und die sich windende Schlange an Kopf und Schwanz packte. Pasquale rannte auf den Affen zu, dem es gelungen war, der Schlange das Rückgrat zu brechen und sie von sich zu schleudern. Der Affe zappelte und wand sich in Krämpfen. Er bekam keine Luft, und Pasquale konnte nichts anderes tun, als die hornige Hand zu halten, während das Tier erstickte.

»So zerstöre ich alle Dämonen«, schrie der Magier. Dann rannte er los. Er packte einen vorbeieilenden Söldner, rief ihm etwas zu, stieß ihn vorwärts und griff sich den nächsten. Offensichtlich versuchte er, Ordnung in seine Verteidigungskräfte zu bringen, und rannte zwischen seinen zerstreuten Truppen hin und her; seine weißen Beine blitzten durch die Schlitze in seiner Robe hervor.

Pasquale schloß Ferdinand die Augen, als wäre der Affe ein Mensch gewesen, und wandte sich ab. Seine Augen füllten sich mit Tränen. Große Traurigkeit drohte ihn zu überwältigen, wenn er es zugelassen hätte. Dann kehrte Hoffnung zurück, zum zweitenmal in kürzester Zeit. Eine Gestalt kam aus der brennenden Villa, den einen Arm schützend vor das Gesicht gelegt. Der Mann stolperte die Stufen hinab und fiel auf die Knie. Freudig rannte Pasquale auf ihn zu. Es war Niccolò, rußverschmiert und versengt, aber ansonsten unverletzt.

Pasquale zog ihn auf die Füße, und gemeinsam torkelten sie ein Stück über den Rasen. Die Hitze hatte das Gras welk werden lassen. Der Mechanismus des Greifen hatte sich verklemmt. Halb geduckt stand er da, die eine Pfote erhoben. Aus dem leeren Schnabel kringelten sich kleine Rauchwölkchen. Pasquale und Niccolò suchten Schutz hinter seinem Sockel, und Niccolò erklärte mit einem Lächeln, der Gesandte habe es vorgezogen, sich um seine eigene Sicherheit zu kümmern.

»Schließlich hat er, was er wollte. Das Fluggerät und das Papier, das du mitgebracht hattest. Das war ein mutiges kleines Gaunerstück, Pasquale.«

»Ihr habt es also durchschaut!« Pasquale mußte brüllen, um sich über dem Trommellärm und den Schüssen verständlich zu machen.

»Salai war gezwungen, die Wahrheit zu sagen, und doch hat ihm niemand geglaubt. Welch hübsche Ironie.«

»Der Gesandte hat Euch laufenlassen?«

»Wollen mal sagen, ich bin ihm in dem ganzen Durcheinander entschlüpft.«

»Und Eure Fesseln haben sich aufgelöst.«

»O nein. Ich habe Signor Giustiniani die Schlüssel abgenommen, als er mich schlug. Als es so aussah, als würde er mich mit einem Taschenspielertrick von den Fesseln befreien, benutzte er natürlich einen Schlüssel. Ich entsann mich meiner eigenen Fähigkeiten auf diesem Gebiet und nahm ihm den Schlüssel ab, mit dem ich dann den Daumenriegel aufschloß.« Niccolò blickte sich um. »Ich denke, es ist an der Zeit, von hier zu verschwinden. Wie sieht der Plan aus?«

»Ich glaube, Taddei will uns umbringen. Der Angriff kam viel früher als vereinbart. Vielleicht sollten wir bleiben, wo wir sind.«

»Wie viele Männer sind dort draußen?«

»Sieben.«

»Mehr nicht?«

»Der Große Ingenieur hat gewisse Apparate zur Verfügung gestellt.«

»Dann haben wir von den Angreifern wenig zu befürchten.«

Pasquale sah eine Bewegung unter dem lichterloh brennenden Torbogen. »Seid Euch da nicht zu sicher«, warnte er.

Durch das Tor kam ein seltsames Gerät, an dessen Überzug Flammen hochzüngelten. Es war der nützliche Vetter von Taddeis edelsteingeschmückter Schildkröte: ein Ding von der Größe eines Jagdhundes mit einer nur wenige *braccia* hohen Kuppel aus Stahlplatten, das auf einem Dutzend Stummelbeinen dahermarschierte. Die Musketenschüsse der Söldner prallten sirrend von ihm ab. Dann blieb es stehen. Paarweise angeordnete, von Federn getriebene Schäfte schossen zu beiden Seiten aus ihm heraus und hoben es über dem Kiesweg an.

Pasquale zog Niccolò am Arm und bedeutete ihm, schleunigst wegzurennen. Kaum hatten sie die Ecke der Villa erreicht, als das Gerät auch schon explodierte und messerscharfe Metallscheiben über den Rasen wirbeln ließ. Verwundete und tote Söldner fielen übereinander, während ein zweites Gerät durch das brennende Tor marschierte, gegen die Überreste seines Kameraden prallte und vorzeitig losging. Der größte Teil der Explosion entlud sich deshalb in den Boden, und das Gerät verschwand in einem Hagel von Erdbrocken und Metallsplittern.

»Ich bin schon immer der Meinung gewesen, daß der Mensch erst dann den Zustand der Gnade erreicht, wenn seine schöpferischen Fähigkeiten so groß sind wie seine zerstörerischen!« rief Niccolò. Er wirkte in höchstem, ja, gefährlichem Maße erregt, hatte ein Glitzern in den schwarzen Augen, das nicht nur vom Feuerschein kam. »Mit einer Handvoll solcher Dinger könnte ein einziger Mann eine ganze Armee zerstören.«

»Wenn wir nicht aufpassen, werden wir selbst zerstört.«

»Es gibt einen Fluchtweg von hier, darauf kannst du dich verlassen.«

»Wir könnt Ihr so sicher sein?«

Niccolò grinste. »Ganz einfach, weil Giustiniani niemals in einem Haus wohnen würde, das nur über einen einzigen Ausgang verfügt. Schau, da! Los, Pasquale! Wir haben nur diese eine Chance.«

Der rothaarige Diener rannte in die entgegengesetzte Richtung, weg von den überlebenden Söldnern, die jetzt unter dem Befehl des Magiers über den Rasen ausschwärmten und auf das Schattenspiel der Truppen hinter der Gartenmauer zusteuerten. Der Magier zog gegen Dämonen in den Krieg, fiel schließlich auf sein eigenes System von Taschenspielertricks und Illusion herein – hatte er nicht eben einen Dämon bezwungen, der ihn angegriffen hatte? Er schwenkte seinen schwarzen Ebenholzstock, an dem blaue Flammen züngelten. Da erkannte Pasquale, daß die Schlange nichts anderes als ein Reptil gewesen war und nur durch einen Trick aus dem Ärmel hervorgeholt. Diese Erkenntnis brachte ihm allerdings wenig Trost. Die echte Schlange war genauso tödlich gewesen wie eine Zauberschlange – vielleicht sogar noch tödlicher.

Niccolò jagte hinter dem rothaarigen Diener her, und Pasquale riß sich zusammen und folgte ihnen. Sie kamen an dem mechanischen Greifen vorbei. Sein Kopf war von der Explosion der vielfüßigen Kanone abgerissen worden, und aus dem zackigen Halsstumpf stieg zischender Dampf auf. Pasquale bedeutete Niccolò, auf der einen Seite vorbeizulaufen, während er die andere nahm. Sie näherten sich dem Gejagten, der stehengeblieben war und heftig gegen den Sockel der Statue einer nackten Frau mit struppigem gehörntem Ziegenkopf trat.

Die Statue ruckte abrupt zurück. Der Diener drehte sich um und sah, daß Pasquale und Niccolò ihn fast erreicht hatten. Er zog eine Pistole, schien sich aber nicht entscheiden zu können, auf welchen der beiden Männer er schießen sollte. Dieses Zögern gab Pasquale genug Zeit, ihn anzuspringen und zu Boden zu werfen. Niccolò schnappte sich die Pistole und legte mit zitternden Händen auf den Diener an. »Gut gemacht, Pasquale«, keuchte er. »Siehst du, da haben wir unseren Fluchtweg.«

Der Sockel war hohl. Unter der zurückgeglittenen Statue führten Steinstufen in die Erde hinab.

Der Diener grinste zu Niccolò hoch. Blut rann ihm aus dem Mundwinkel, doch er kümmerte sich nicht darum. »Wenn Ihr mich mit der Pistole bedrohen wollt, müßt Ihr sie zunächst spannen«, sagte er.

Mit dem Daumen löste Niccolò den Messinghebel. Die Pistole mit Lunte und Trommel für mehrfaches Schießen war von der gleichen Bauart wie jene, die Niccolò bei ihrem ersten Ausflug zur Villa dabeigehabt hatte. Er befahl dem Diener, aufzustehen und zur Seite zu treten.

Der Mann verschränkte die Hände auf seinem roten

Haarschopf und blieb, wo er war. »Wenn Ihr mich töten wolltet, hättet Ihr das längst getan. Laßt mich Euch den Weg nach draußen zeigen. Er ist genauso trickreich wie der Weg hinein.«

Hitzig fuhr Niccolò ihn an: »Ich habe schon zuvor auf Menschen geschossen und nicht den Wunsch, dich zu töten, tue es aber, wenn ich muß.«

Pasquale fügte erklärend hinzu: »Er meint, du sollst uns hinausführen, obwohl ich nicht verstehe, wieso wir einem Mann trauen sollen, der drauf und dran ist, seinen Herrn zu verraten.«

»Hier ist nichts mehr zu holen, soviel ist sicher.« Eine verirrte Musketenkugel zischte über sie hinweg. Niccolò und Pasquale duckten sich, aber der Diener, der sich inzwischen aufgerappelt hatte, blieb stocksteif stehen, die Hände immer noch auf dem Kopf. »Im Gegenteil, nur noch was zu verlieren. Darf ich die Hände herunternehmen? Der unterirdische Gang ist nicht gerade einfach.«

Als die drei Männer die Stufen hinabgestiegen waren, ruckte die Statue knirschend wieder über die Öffnung. Blaue Flammen entzündeten sich in hier und da angebrachten Nischen. Der Tunnel war kaum halb so hoch wie Pasquale, trocken und mit Ziegeln ausgemauert. Der Diener ging gebückt voran und Pasquale als letzter, dazwischen der schwer atmende Niccolò.

Auf halbem Weg machte der Tunnel eine scharfe Biegung – eine Falle für mögliche Belagerer, die ihn entdeckt hatten und nutzen wollten, erklärte der Diener fröhlich. Sie mußten warten, während über ihnen gewaltiges Gepolter ertönte und Erde aus den Spalten zwischen den ohne Mörtel zusammengefügten Ziegeln auf sie herabrieselte.

»Das Ding hier würde eine feine Gruft abgeben«, bemerkte der Diener.

»Noch kann dir blühen, das auszuprobieren«, knurrte Niccolò.

Im Schein der blauen Flämmchen, kaum heller als Sternenlicht, konnte Pasquale das weiße Gesicht des Dieners über Niccolòs Schulter erkennen. Der Mann lächelte, schien sich wohl zu fühlen wie eine Ratte in ihrem Bau. »Wie lautet die Antwort auf das Rätsel vom Teufel und vom Engel?« wollte er wissen. »Ich habe hin und her überlegt, aber ich kann nicht darauf kommen. Macht dieser Folter ein Ende.«

Niccolò sagte plötzlich sehr würdevoll: »Das ist nur ein Nadelstich im Vergleich zu dem, was dein Herr mir den ganzen letzten Tag über angetan hat. Soll es dir ruhig den Kopf verwirren. Das ist mir zwar nur ein geringer Trost, aber immerhin mehr als erwartet.«

Der Diener lachte. »Ihr habt mich in Eurer Gewalt, könnt mich jederzeit erschießen. Das muß doch viel befriedigender sein. Und was das Euch Angetane betrifft, so habe ich nur Befehle ausgeführt; das wißt Ihr sehr wohl.«

Plötzlich, ohne groß darüber nachzudenken, wußte Pasquale die Antwort; so ging es ihm oft mit der Lösung von Rätseln. Er platzte heraus: »Man fragt, zu welcher Tür der jeweils andere Geist rät. Das ist die einzige Frage, die beide in gleicher Weise beantworten werden.«

Wieder lachte der Diener. »Ach so, der Teufel wird lügen und die Tür zur Verdammnis nennen, weil er weiß, daß der Engel den Fragenden in Sicherheit führen würde. Aber der Engel, der Engel ...«

»Es wundert mich nicht, daß du keine Ahnung von der Denkweise der Engel hast«, warf Niccolò ein, »obwohl dein Herr sich einbildete, einen Engel herbeirufen zu können.«

»Der Engel«, erklärte Pasquale, »wird ebenfalls auf die Tür in den Tod deuten, weil er weiß, daß der Teufel sie nennen würde. So geben beide die gleiche Antwort, und man kann entkommen, indem man die andere Tür nimmt. Tut mir leid, Niccolò, aber das ist mir eben erst klar geworden.«

Niccolò lächelte. »Horch«, meinte er dann.

»Ich höre nichts«, sagte Pasquale nach kurzem Lauschen.

»Genau. Der Kampf ist weitergezogen. Wir sollten auch weitergehen.«

Nach der scharfen Biegung wurde der Gang etwas höher. Er endete an einer weiteren Treppe, die oben mit einem quadratischen Steinblock verschlossen war.

Der Diener legte den Finger an die Lippen und blinzelte ihnen zu. »Mein ehemaliger Herr würde Euch erzählen, daß er durch Zauberformeln und dienstbare Dämonen den Weg frei machen kann. In Wahrheit funktioniert es durch simple Hydraulik, ich werde es Euch zeigen.«

Er wuchtete ein halbes Dutzend Ziegelsteine aus der Mauer, griff mit beiden Händen in die Lücke und drehte dort etwas mit einiger Anstrengung. Unter ihnen ertönte das Rauschen herabstürzenden Wassers, das aus einem Staubecken freigesetzt wurde. Der Block am Ende der Treppe bewegte sich knirschend zur Seite, und der Diener rannte, drei Stufen auf einmal nehmend, hinauf. Pasquale jagte ihm nach, weil er befürchtete, der Mann könne entkommen oder den Block wieder über den Ausgang schieben und sie so für immer gefangensetzen. Aber als er hinausgeklettert war, saß der Diener mit übergeschlagenen Beinen auf dem Stein im Heidekraut und wartete. Er wirkte ganz gelassen, als hätte er seine Gefangennahme und das Preisgeben des unterirdischen Ganges von Anfang an geplant.

Der Tunnelausgang war etwa einhundert *braccia* von der Straße entfernt, die an der Gartenmauer der Villa vorbeiführte. Innerhalb der Mauern tobte das Feuer, eine Woge orangefarbenen Lichts und roter Schatten. Die Villa brannte lichterloh, und auch die Bäume in ihrer Nähe hatten Feuer gefangen, sandten Schauer auf Schauer glühender Funken hoch in die schwarze Nacht. Über den zerstörten Torbogen züngelten immer noch blaue Flammen griechischen Feuers. Gedämpft durch den blendenden Feuerschein, überkreuzten sich am Nachthimmel die Strahlen der Scheinwerfer des Großen Ingenieurs auf der anderen Seite der brennenden Villa, und das Dröhnen der automatischen Trommelschläge wurde vom heißen Wind mal lauter, mal leiser herübergeweht, vermischt mit den schwächer werdenden Rufen der belagerten Söldner. Plötzlich erhob sich innerhalb der Mauern eine gewaltige rote Rauchwolke. Während sie höher stieg, nahm sie die Form eines tückischen Dämons an, wurde aber rasch vom Wind auseinandergerissen.

»Das dürfte sein letzter Trick gewesen sein«, bemerkte der Diener. »Lauft Ihr Herren ruhig los. Ich habe noch eine letzte Sache zu erledigen, und dazu hätte ich gern meine Pistole zurück.«

Grimmig knurrte Niccolò: »Ich würde dich ja gern gehen lassen, aber du bist ein Zeuge der Geschehnisse. Wir brauchen dich als Beweis für die üblen Machenschaften Giustinianis und den Verbleib von Raffaels Leiche. Davon hängt nach wie vor ein Krieg ab.«

Der rothaarige Diener erhob sich. »Nun, Signor, das reicht nicht, um mich aufzuhalten. Die Leiche ist Euer Problem, nicht meins. Und als Zeuge werde ich mich kaum zur Verfügung stellen. Ihr vergeßt, daß ich für Raffaels Tod verantwortlich bin. Ich habe nicht vor, Zeuge meines eigenen Todesurteils zu werden.«

»Um so mehr Grund, dich als Zeuge festzuhalten«, gab Niccolò zurück. »Du warst ein williger Komplize bei dieser Teufelei. Tod durch den Strang ist noch eine zu geringe Strafe. In unserer Stadt werden Hexen verbrannt, und wir werden auch dich verbrennen, wenn du nicht zur Mitarbeit bereit bist.«

»Einen Verbrennungsversuch habe ich bereits überlebt«, erklärte der Diener, »also müßt Ihr entschuldigen, daß ich das Schicksal nicht herausfordern und mich einer zweiten Runde stellen mag.«

Er trat vor und grinste nur noch breiter, als Niccolò die Pistole hob. Dann streckte er die Hand aus, und Niccolò knurrte und drückte ab. Nur ein trockenes Klicken war zu hören. Der Diener sprang auf ihn zu, wirbelte Niccolò herum und drehte ihm den Arm auf den Rücken, so daß er die Waffe fallen lassen mußte.

Pasquale gelang es, dem Diener einen Schlag auf den Kopf zu versetzen, der diesen ins Taumeln brachte, doch als er nachsetzte, traf ihn der Pistolenschaft mit voller Wucht an der Wange. Pasquale stolperte zurück, und der Diener sprang auf den flachen Stein, lud die Pistole und feuerte einen Schuß in die Luft ab.

Pasquale und Niccolò wechselten einen Blick. Warmes Blut lief über Pasquales Wange und tropfte ihm vom Kinn. Die Wunde begann zu schmerzen.

»Das Spiel ist unser Leben nicht wert, Niccolò. Laßt ihn gehen.«

Der Diener verbeugte sich spöttisch und zog dann eine kleine Pfeife von der Art heraus, wie sie die städtischen Schweinehirten benutzten, wenn sie ihre in den Kloaken wühlende Herde zusammenrufen. Er blies einen einzigen, durchdringenden Ton. Ein Mann trat hinter einer Baumgruppe über dem Olivenhain hervor, durch den Pasquale und Taddeis Männer zur Villa hinaufgestiegen waren. Er kam langsam auf sie zu, und bevor er noch den halben Weg zurückgelegt hatte, erkannte Pasquale in ihm den spanischen Gesandten.

»Das ist nahe genug, denke ich«, rief der Diener und hob die Pistole.

Pasquale sah das plötzliche Erstaunen auf dem Gesicht des Gesandten. Der Mann griff in seine Gürteltasche, und als er die Hand wieder hervorzog, gab der Diener drei rasch aufeinanderfolgende Schüsse auf ihn ab. Dem Gesandten knickten die Beine weg, und er setzte sich mit einem Plumps. Der Diener zielte sorgfältig und schoß erneut. Der Kopf des Gesandten zuckte zurück, er fiel um und ließ mit einer letzten Bewegung los, was er aus der Tasche gezogen hatte.

Es war das kleine Fluggerät. Pasquale konnte es deutlich erkennen, während es sich in die Nacht hinaufschraubte, bildete sich sogar ein, das Surren des sich abspulenden Gummibandes zu hören – aber das war unmöglich, denn die Trommeln, die Trommeln, die Trommeln dröhnten immer noch in der Ferne, das Feuer toste laut, und die Söldner des Magiers brüllten und schossen auf das Schattenspiel.

Der Diener rannte über die Heide, hüpfte und schnappte nach dem Gerät, das immer höher flatterte, plötzlich nicht mehr von seiner Luftschraube getragen, sondern vom Wind, der die Flammen anfachte. Es kurvte seitwärts immer höher. Einen Moment lang schien es, als könne es den brennenden Torbogen überfliegen, aber dann ließ der Wind plötzlich nach, das Fluggerät sackte herab und fing augenblicklich Feuer. Als brennender und so leichter gewordener Schnipsel stieg es wieder auf, eine Feder auf dem hoch über der Zerstörung wirbelnden Atem Gottes. Dann verlöschte es.

Der Diener hatte den Rand der Straße erreicht und starrte zu der Stelle hinauf, wo das Fluggerät verschwunden war, als könne es plötzlich wie ein Phönix aus der Asche wieder auftauchen. Als er sich zu Pasquale und Niccolò umwandte, ertönte ein trockens Knacken, der Diener taumelte und schlug lang hin.

Zunächst dachte Pasquale, der Mann sei gestolpert, aber als er nicht wieder aufstand, war klar, daß man ihn erschossen hatte. Er zerrte Niccolò am Ärmel und zog ihn in den fragwürdigen Schutz hoher Grasbüschel herunter. Eine Gestalt kam die Straße entlang auf den erschossenen Diener zu. Plötzlich begriff Pasquale, wer es sein mußte, denn niemand sonst hätte den Affen herbringen können. Er sprang auf, winkte und rief; Niccolò verfluchte ihn als närrisch und meinte, Taddei werde sie beide umbringen lassen.

Aber die Gestalt auf der Straße kam bereits auf sie zu. Pasquale rannte ihr entgegen. Es war eine Frau. Pelashil.

13 Pasquale, Pelashil und Niccolò Machiavelli kehrten auf langen Umwegen zum Fluß zurück. Sie mieden die Straße, weil Pelashil ihnen gesagt hatte, daß dort Männer auf jeden aus dem Inferno Entkommenen warteten – sie hatte beobachtet, wie sie einen dicken Mann in Rot, offensichtlich Salai, gezwungen hatten, eine Kutsche zu besteigen. Pasquale fragte, ob ein Priester dabeigewesen sei, oder einer, der eine Kutte trug, und Pelashil sagte: »Ja, und auch eine Kapuze, und ein großes Kreuz, hier.« Sie deutete auf eine Stelle zwischen ihren Brüsten.

»Wie ich mir schon dachte«, murmelte Pasquale. »Cardano gehört zu den Savonarolisten.«

»Dann ist Fra Perlata also entkommen«, meinte Niccolò. »In dem ganzen Durcheinander, nachdem die Fähre auf Grund gelaufen war und Giustinianis Männer an Bord kamen, war ich mir nicht sicher.«

Pasquale tupfte seine blutige Wange mit dem Ärmel ab. »Sowie sie herausfinden, daß Salai das Fluggerät nicht hat, werden sie nach uns suchen. Wir müssen verschwinden.«

Sie stolperten über die Heide, hinter sich die brennende Villa und vor sich den Turm der Kirche Santo Spirito, der die verstreuten Lichter der Stadt überragte. Pelashil hatte Pasquale untergehakt. Die lange Jagdbüchse, deren achteckiger Lauf ihren Kopf um einen vollen *braccio* überragte, hing über ihrer Schulter. Sie habe gewußt, daß er Hilfe brauche, sagte sie. Piero hatte es im Traum gesehen, und so war sie mit dem Affen losgezogen und wollte versuchen, irgendwie auf das Grundstück zu kommen. Ferdinand sollte dabei als Ablenkung dienen. Aber als der Affe die Lichter und das Feuer sah, dazu den schrecklichen Lärm hörte, war er nicht mehr zu halten gewesen und über die Mauer gesprungen.

»Er hat mich trotzdem gefunden«, sagte Pasquale und erzählte ihr, wie Ferdinand gestorben war.

Das sei aber noch nicht alles, erzählte Pelashil. Sie hätte eine Flugschrift mit Pasquales Bild gesehen, und Piero hatte ihr erklärt, was es damit auf sich habe. Offenbar wurde Pasquale wegen Mordes an seinem Meister Giovanni Batista Rosso gesucht. »Und das macht gar nichts«, lachte Pelashil fröhlich. »Nun mußt du endlich den richtigen Weg finden.«

Pasquale ging schweigend weiter. Er war wie betäubt. Es hört und hört nicht auf, war alles, was er denken konnte. Das hatte nichts mit Rittersagen und Heldengeschichten zu tun, in denen der edle Held Ungeheuer und Wüstlinge erschlug oder auszog, den Gral zu suchen, und nach vollbrachter Tat reich belohnt wurde: Die Hand einer schönen Frau, Anspruch auf Thron und Regentschaft, nachdem der Gral und mit ihm der Himmel gefunden waren.

»Dahinter steckt bestimmt Taddei«, meinte Niccolò. »Um vom eigentlichen Skandal abzulenken, hat er dir den unwesentlichsten Teil angehängt, Pasquale. Natürlich hat er nicht erwartet, daß du die Sache lebend überstehen und so zum unwillkommenen Zeugen in deinem eigenen Verfahren werden könntest.«

»Das denke ich auch«, sagte Pasquale schließlich. Er wandte sich an Pelashil. »Willst du nicht mitkommen? Ich habe schon zuvor versucht, dir zu erklären, daß es einen Weg geben könnte …«

»Ich habe bereits einen Herrn …«

»Nach all diesem? Du bist dein eigener Herr, oder deine eigene Herrin, wie es scheint. Pelashil, ich kann dich nach Hause bringen. Piero weiß kaum, daß du da bist. Er will allein sein. Er fürchtet sich, fürchtet sich vor allem und jedem. Donner, Menschenmengen, allem, was nicht in seinem Kopf ist. Er fürchtet sich ja sogar vor mir, obwohl ich sein Schüler sein möchte, wenn er mich nur ließe.«

»Hier habe ich ein Leben«, erwiderte Pelashil. »Piero nahm mich zu sich, als mein eigenes Volk mich verstieß. Ich kümmere mich um ihn. Er lehrt mich, ein Mara'akame zu werden. Ist das einfach genug für dich ausgedrückt?«

»Ich will dich ihm nicht wegnehmen. Ich frage nur, weil ich nicht glaube, daß du seine Sklavin bist.«

Verärgert ließ Pelashil seine Hand los. »Warum verstehen Männer so wenig? Ich bleibe bei ihm, weil ich es will. Niemand besitzt mich. Ich bin weder seine Sklavin noch seine Frau. Ich kümmere mich um ihn, weil ich es will. Ja, er fürchtet sich vor mir, fürchtet sich vor vielen Dingen, aber er ist ein großer und fähiger Mara'akame und ein besserer Maler, als du je sein wirst. Da hast du einen Grund, wenn du unbedingt einen brauchst.«

»Ich fürchte mich auch vor dir«, erklärte Pasquale.

»Gut!«

»Ich wußte nicht einmal, daß du schießen kannst.«

»Das hat mir der alte Mann beigebracht. In meinem Land, bevor ich hierher kam. Bevor er zurückkam in diese schreckliche Stadt.«

Pasquale merkte, daß er nicht mehr wissen wollte, ob sie je mit Piero geschlafen hatte. »Alles, woran mir in dieser Stadt lag, ist tot. Was soll mich hier noch halten? Rosso hatte doch recht. Wenn ich zugestimmt hätte, mit ihm nach Spanien zu gehen, wäre er noch am Leben, und viele andere auch.«

Während sie sich stritten, war Niccolò wohlweislich ein paar Schritte vorausgegangen, dann aber stehengeblieben. Als sie ihn einholten, sagte er: »Dein Wunsch kann sich immer noch erfüllen. Oder, genauer gesagt, er könnte sein, daß Spanien zu dir kommt.«

Sie hatten die Kuppe des Hügels erreicht. Von hier aus führte eine immer dichter bebaute Straße zu den Hafenanlagen hinunter. Zu beiden Seiten breitete sich die Stadt aus, und in allen Teilen der Stadt machten rote und grüne Lichter exakte Bewegungen.

»Was sagen sie?« drängte Pasquale.

»Wenn du dich etwas geduldest, kann ich es dir gleich sagen. Sie senden alle die gleiche unverschlüsselte Botschaft …«, murmelte Niccolò. Kurz darauf meinte er tonlos: »Es wird tatsächlich Krieg geben. Welche Komödie der Irrungen, was, Pasquale?«

»Also haben wir nichts ausgerichtet, nur das getan, was wir für richtig hielten.« Es schien ihm nicht unerwartet. Er fühlte sich völlig leer, empfand noch nicht einmal Enttäuschung.

Niccolò sagte freundlich: »Vielleicht haben wir doch etwas erreicht, obwohl wir es nie erfahren werden. Uns etwas anderes einzubilden wäre äußerst anmaßend. Nur Fürsten beeinflussen den Lauf der Geschichte, Pasquale, und du mußt schon entschuldigen, aber dafür halte ich keinen von uns.«

»Außer den Großen Ingenieur.«

»Er mag vielleicht einst ein Fürst gewesen sein. Selbst Fürsten haben ihre Glanzzeiten, und seine, fürchte ich, war schon vor langer Zeit, im Krieg gegen Rom. Damals haben seine Kriegsgeräte zum Sieg geführt, aber diesen Krieg muß ein anderer gewinnen.«

Pasquale sah, daß sich Lichter auf dem Fluß bewegten. Die große, hochseetüchtige *maona* sollte von ihrem Liegeplatz in den Fluß hinausgeschleppt werden. Ihre hellen Lichter überragten den Mastenwald der kleineren Schiffe, zusätzlich akzentuiert durch das kleine leuchtende Komma des schäumenden Kielwassers eines Schaufelradschleppers.

»Kommt«, rief er, »mir bleibt nur diese eine Möglichkeit«, und rannte los. Während er rannte, wurde ihm das Herz immer leichter. Es spielte keine Rolle, ob Jacopo seine Botschaft hatte überbringen können oder eine Antwort darauf erhalten hatte. Nur die Hoffnung, die wilde Jagd den Hügel hinab waren wichtig. Als er keuchend wie eine Heronmaschine unten ankam und Niccolò und Pelashil ihn eingeholt hatten, führte er sie zum Fluß hinunter, einen schlammigen Pfad entlang, der zwischen den hohen Speichern und Lagerhäusern hindurch zum Hafen führte.

Auf den schwimmenden Landungsstegen hatte sich eine große Menschenmenge versammelt. Das Schiff lag weiter draußen. Der Schlepper wendete es mühevoll in Richtung der Schleuse, durch die es den Hauptkanal erreichen würde. Während sich Pasquale durch die Menge drängte, sah er etwas Silbriges über den dichtgedrängten Köpfen aufblitzen. Es war der polierte Harnisch von Jacopo, dem Diener des Großen Ingenieurs, der auf dem Dach einer Kutsche stand und den Blick über die Menge schweifen ließ.

Als Pasquale mit Niccolò und Pelashil im Schlepptau die Kutsche erreichte, sprang Jacopo vom Dach und öffnete den Wagenschlag. »Sie wollte selbst mit dir sprechen«, sagte er lächelnd zu Pasquale.

»Und hoffentlich auch mit mir«, meinte Niccolò.

Drinnen wartete Lisa Giocondo. Ihr Gesicht schimmerte matt im Schein einer parfümierten Wachskerze – dem einzigen Licht in der Kutsche, deren Fenstervorhänge fest zugezogen waren. Pasquale und Niccolò setzten sich ihr gegenüber auf die plüschbezogene

Bank, doch Pelashil zögerte an der Tür, schüttelte den Kopf und wandte sich ab.

»Ihr wollt gewiß alles erfahren, was sich seit unserem letzten Treffen zugetragen hat«, begann Niccolò.

Lisa Giocondo verschränkte die langen Finger. Ihr schweres Moschusparfüm erfüllte den kleinen Kutschraum; wie beim ersten Mal trug sie einen Schleier, den sie vom Gesicht zurückgeschlagen hatte. »Es würde Euch zweifellos Freude machen, mir alles zu erzählen, Signor Machiavelli, aber dazu bleibt uns jetzt keine Zeit. Ich will nur wissen, ob mein Gatte in die Sache verwickelt war.«

»Für den Mord an Raffael ist der venezianische Magier Paolo Giustiniani verantwortlich«, sagte Pasquale. »Signor Taddei hat Beweise, daß ein Diener Giustinianis Raffael das Gift verabreicht hat. Er wird die Leiche des Dieners vor dem Tor zu Giustinianis Villa finden.«

Lisa Giocondo stieß einen erleichterten Seufzer aus. »Dann bin ich in Eurer Schuld.«

Niccolò lächelte auf seine leise, zurückhaltende Art. »Was das betrifft, so würde ich gern mit Eurem unschuldigen Gatten sprechen. Ich habe die Kriegserklärungen gesehen, die von allen Signaltürmen der Stadt gesendet wurden, und möchte wie früher meine Dienste zur Verfügung stellen.«

»Ich werde tun, was ich kann, aber Ihr müßt verstehen, daß ich wenig Einfluß auf meinen Gatten habe. Ihr müßt ihn schon selbst von Euren Fähigkeiten überzeugen.«

»Mit Vergnügen«, erklärte Niccolò eifrig.

Lisa Giocondo drückte Pasquale ein Dokument in die Hand. Zwei Plätze waren reserviert, wie versprochen. »Obwohl es mich eine große Summe gekostet hat. Dieses Schiff könnte das letzte vor Ausbruch des

Krieges sein. Habe ich draußen eine Frau gesehen – vielleicht deine Ehefrau?«

»Noch nicht.« Pasquale wurde rot. »Vielleicht nie. Sie hat hier noch Pflichten. Niccolò, falls Ihr nicht mitkommen wollt, muß ich mich jetzt verabschieden.«

»Um mich brauchst du dir keine Sorgen zu machen. Die Flugschriften werden alle schließen, aber die Signoria wird eine erfahrene Stimme brauchen, um die Bevölkerung zu beruhigen. Krieg ist auch eine Art zu leben, Pasquale. Es hat Krieg gegeben, es gibt Krieg, und es wird wieder Krieg geben, solange Staaten miteinander rivalisieren. Krieg ist nur eine andere Politik, oder vielleicht ihre reinste, denn er entspringt, voll gerüstet, dem grundlegenden Laster des Ehrgeizes. Alle Staaten wünschen sich Frieden, aber jeder Staat, der den Krieg ablehnt, wird sofort von seinen Nachbarn belagert werden. Daher fürchte ich ihn nicht, ebensowenig wie ich das Wetter fürchte.«

»Ich werde Euch vermissen, Niccolò. Ihr findet Trost in den seltsamsten Dingen.«

Niccolò legte einen Finger an die Nase. »Florenz ist zum Krieg bereit, und das ist der erste Schritt zum Sieg. Und im Gegensatz zu Spanien untersteht hier das Militär der Aufsicht der Bürger, das ist der zweite. Die Republik wird überleben und wird noch mächtiger werden.«

Lisa Giocondo lächelte bei diesen Worten, und Pasquale meinte: »Ihr schreibt schon Propagandareden, Niccolò. Sagt mir einfach auf Wiedersehen.«

Niccolò ergriff Pasquales Schultern, küßte ihn wie einen Bruder und warf ihm ein schnelles Lächeln zu. »Wir werden uns nicht wiedersehen, Pasquale, aber ich hoffe, daß ich von deinen Abenteuern hören werde. Geh jetzt. Du mußt das Schiff erreichen.«

Pelashil und Jacopo warteten draußen. Zu Jacopo gewandt, sagte Pasquale: »Dein Herr wird sich freuen zu hören, daß das Flugmodell zerstört ist.«

»Ich werde es ihm berichten. Und Salai?«

»Den haben die Savonarolisten geschnappt. Cardano, Taddeis Astrologe, ist einer von ihnen und hat den Angriff auf Giustiniani ausgenutzt. Nur durch einen glücklichen Zufall wurde das Modell zerstört, bevor es ihnen in die Hände fallen konnte.«

»Das wird meinem Herrn das Herz brechen, aber meiner Meinung nach ist es nur gut, daß er den kleinen Mistkerl los ist.« Jacopo blickte über Pasquales Schulter zu Pelashil. »Ist das die Frau, die du mitnehmen willst?«

Wieder wurde Pasquale rot. »Sie bleibt hier.«

»Daß deinen Überredungskünsten Grenzen gesetzt sind, erstaunt mich«, meinte Jacopo. »Mein Herr bat mich, dir dies zu geben. Du wirst Wein und Proviant für deine Überfahrt kaufen müssen. Das kannst du in Livorno tun, aber sie werden dich dort kräftig ausnehmen.«

Pasquale wog den kleinen Beutel mit Münzen in der Hand. »Ich wünschte, ich könnte mich persönlich bei deinem Herrn bedanken.«

»Der sitzt wohlbehalten in seinem Turm und denkt darüber nach, was er mit Salai machen soll. Er hat eine Schwäche für hübsche Gesichter, Pasquale. Ich bin froh, daß du nicht hier sein wirst und seine Überzeugung, du seist eine Art Engel, ausnutzen kannst. Hier entlang, schnell jetzt.«

»Aber das Schiff ...«

»Was willst du machen, etwa hinschwimmen? Signora Giocondo hat für teures Geld jemanden besorgt, der dich übersetzt. Ich will ja nicht fragen, welche Gunst damit erwidert wird, aber sie muß beträchtlich sein.«

Ein schmaler Landungssteg schaukelte auf dem Wasser hinter den Liegeplätzen der größeren Schiffe, bewacht von zwei Bewaffneten. Am einen Ende lag ein kleines Boot vertäut. Der Bootsbesitzer saß mit dem Rücken gegen den Poller gelehnt, der seinen Kopf überragte. Er war ein alte Mann mit faltigem Gesicht und Backenbart, eine weiße Klappe über dem einen, von buschigen Brauen halbverdeckten Auge. Gegen die vom Wasser aufsteigende Kälte hatte er eine Decke um sich geschlungen und rauchte eine Zigarette, die er zwischen zwei Fingern ausdrückte und hinter das Ohr klemmte, bevor er in sein Boot kletterte.

Ehe Pasquale ihm in seine lecke Nußschale folgte, wagte er es, Pelashil in die Arme zu schließen, die ihre Steifheit aufgab und die Umarmung erwiderte.

»Du weißt, daß ich aus dem Stamm der Wixarika komme«, flüsterte sie ihm ins Ohr. »Mein Volk lebt in den Bergen im Norden des Reiches der Mexika. Es ist schwer zu erreichen, denn es gibt dort viele Canyons und tiefe Schluchten, aber wenn du dem richtigen Pfad folgst, wirst du kleine Dörfer mit runden Häusern finden, von Maisfeldern umgeben und mit einem Kalihue in der Mitte, wo die Mara'akame tanzen.«

»Ich habe Piero wohl hundertmal davon erzählen hören, Pelashil.«

»Ja, und wieviel davon glaubst du?«

»Ich glaube das, was ich sehe.«

»Wir sagen, daß eines Tages alle so sein werden, wie wir es in Wirikuta sehen, dem Ort, wo wir das Híkuri sammeln. Die ersten Menschen werden zurückkommen, und die Sonne wird dunkler werden und der Mond heller, bis es keinen Unterschied mehr gibt. Alles wird eins sein. Bis dahin stehen wir zwischen der Welt der Sonne und den Träumen des Mondes. Vergiß das nicht, Pasquale.«

»Der Bootsmann kann nicht schneller rudern als das Schiff«, rief Jacopo. »Wenn du noch an Bord willst, wird es Zeit.«

Als das Boot ablegte und der alte Mann zu den Rudern griff, rief Pelashil über den immer breiter werdenden Spalt: »Schick dein erstes Bild, Pasquale, damit ich weiß, daß du am Leben bist! Piero wird nicht ewig leben!«

Und dann drehte sie sich um, Jacopo folgte, und Pasquale sah beide nicht mehr. Die *maona* glitt langsam in die Schleuse zum Hauptkanal, und Pasquale sah, daß sein Boot nicht das einzige war, das ihr hinterherfuhr. Sie hatte schon vor Stunden abgelegt, um die offene See zu erreichen, bevor die Spanier den Kanal blockierten. Viele hatten kein solches Dokument wie Pasquale, und er mußte seines hochhalten und immer wieder Lisa Giocondos Namen rufen, bis endlich ein Seil herabfiel und er an Bord klettern konnte.

Als Pasquale schließlich eine Koje zugewiesen wurde, war es Morgen, und das Schiff wurde bereits durch den breiten Kanal hinter Livorno gezogen, inmitten einer Flotille kleiner Boote, von denen aus Händler gute Geschäfte machten, frisches Obst, Kleidung, Spiegel, Glasperlen und anderen Tand (zum Handeln mit den Wilden), Waffen (die sofort beim Waffenmeister abgegeben werden mußten) und vieles mehr verkauften. Sein Schlafplatz war nicht mehr als eine mit Kreide markierte Fläche von zwei mal vier *braccia*, mit einem kleinen verschließbaren Kasten am Kopfende, in dem er die Utensilien verstauen konnte, die er bei den schwimmenden Händlern und dem Quartiermeister gekauft hatte, einem mißmutigen dicken Mann, der unten im dunklen Schiffsbauch residierte. Das Passagierdeck war in ein halbes Hundert solcher Schlafplätze unterteilt, aber niemand schlief. Mit den anderen lehnte Pasquale an der Reling der Promenade, die unterhalb der erhöhten Plattform lag, auf der der Kapitän und sein Steuermann standen. Pasquale war von seltsam gespannter Erwartung erfüllt, schaute seine Mitreisenden an und fragte sich, ob er unter ihnen während der langen Überfahrt in die Neue Welt Freunde finden, ob sich Feindschaften ergeben, Liebschaften entstehen würden.

Die Boote fielen zurück. Der Schaufelradschlepper warf die Leinen los und wurde langsamer, so daß das Schiff gleichauf mit ihm fuhr, dann fiel auch er zurück. Vor ihnen weitete sich der Horizont, wurde zur harten blauen Linie des Meeres unter einem klaren Himmel.

Unter dem Arm trug Pasquale ein mit Öltuch bedecktes Brett. Zwei Bänder hielten das Papier fest. Trotz all seiner Abenteuer waren sein Silberstift, sein kleines Messer und einige Blöcke Zeichenkohle nicht verlorengegangen. Papier und weitere Kohle waren für teures Geld beim Quartiermeister zu haben. Aber noch war er nicht soweit. Jetzt noch nicht. Bestimmt ließ sich Geld mit dem Porträtieren seiner Mitreisenden machen, doch das hatte Zeit. Noch war er erfüllt von den sich überstürzenden Bildern seiner Abenteuer. Da waren das brennende Tor und die sich im Feuersturm biegenden Bäume, die lodernde Brücke und das in leuchtenden Farben bemalte Fenster, das um ihn herum zerbarst, der verwirrte Blick des sterbenden Affen und Lisa Giocondos Lächeln, das schiefe weise Gesicht seines Freundes und Pelashils grimmige, stolze Unabhängigkeit ... Und aus all dem, obwohl er sich das noch nicht eingestehen wollte, entstanden allmählich die Umrisse von etwas, das übermenschlich und unmenschlich war, von etwas, das zwischen der Welt der Gedanken und der Welt der Dinge schwebte, zwischen Wort und Tat, und das vielleicht (denn wie sollte er sich je wieder einer Sache sicher sein?) das strenge, leuchtende, staunende Gesicht seines Engels war.

Leonardo da Vinci

Giorgio Vasari (1511 – 1574), der »Vater der Kunstgeschichte«, schreibt in der zweiten bereinigten Fassung der »Lebensläufe« 1568 über Leonardo da Vinci:

Dank dem Einfluß der Gestirne überschüttet die Natur die Sterblichen oft mit den reichsten Gaben; doch manchmal sehen wir in einem einzigen Menschen Schönheit und Talent und hohe Fähigkeiten in dermaßen verschwenderischer, schier übernatürlicher Fülle vereint, daß er auf jedem Gebiet, dem er sich zuwendet, Außerordentliches leistet und alle anderen weit übertrifft, so daß seine Werke nicht menschlicher Kunstfertigkeit, sondern einer unmittelbaren göttlichen Eingebung zu entspringen scheinen.

So war Leonardo da Vinci nicht nur mit bewundernswerter körperlicher Schönheit begnadet, sondern zeichnete sich auch in allem, was er tat, durch unvergleichliche Begabung aus. Die größten Schwierigkeiten löste er spielend, sobald er nur seinen Sinn darauf richtete. In ihm verband sich seltene Kraft mit erstaunlicher Gewandtheit, ein wahrhaft erhabener Geist mit gewaltigem Mut. Der Ruhm seines Namens erhöhte sich ständig, so daß er nicht nur von seinen Zeitgenossen, sondern weit mehr noch von der Nachwelt aufs höchste gepriesen wurde.

Leonardo, der Sohn von Ser Piero da Vinci, war tatsächlich ein wahres Wunder an Begabung. Auch in den gelehrten Wissenschaften und in der Literatur hätte er Großes geleistet, wären seine Interessen nicht allzu mannigfaltig und wechselhaft gewesen, wie er denn immer wieder etwas Neues zu lernen anfing, ohne es zu vollenden. Er machte in der Rechenkunst in wenigen Monaten erstaunliche Fortschritte und trug dem Meister, der ihn unterrichtete, ständig so wohlbegründete Zweifel und Einwendungen vor, daß er ihn oft in Verlegenheit setzte. Auch die Musik begann er zu studieren, entschloß sich aber bald, die Laute zupfen zu lernen, und da die Natur ihm einen ebenso erhabenen wie anmutsvollen Geist geschenkt hatte, improvisierte er zu seinem Spiel die herrlichsten Lieder. Doch so vielerlei Dinge er auch betrieb, vom Zeichnen und Modellieren ließ er niemals ab, da dies mehr als alles andere nach seinem Sinn war.

Ser Piero, der dies beobachtete und das große Talent seines Sohnes erkannte, nahm eines Tages einige seiner Zeichnungen und brachte sie Andrea del Verrocchio, mit dem er gut befreundet war, mit der dringenden Bitte, ihm zu sagen, ob Leonardo es in der Zeichenkunst zu etwas bringen könnte, falls er sich ihr widmete. Andrea staunte über die großartigen Anlagen des Knaben und riet Ser Piero, ihn in dieser Kunst ausbilden zu lassen. Da wurde vereinbart, daß Leonardo in die Werkstatt des Andrea eintreten sollte, was er über die Maßen gern tat; und er übte sich nicht nur in einer Kunstgattung, sondern in allen, die etwas mit dem Zeichnen zu tun haben. Dank seiner vielfältigen Begabung versuchte er sich nicht nur als Bildhauer, indem er schon in früher Jugend einige lachende weibliche Köpfe aus Ton formte, die später gegossen wurden, desgleichen ein paar Putten- oder Kinderköpfchen, die aus der Hand eines Meisters zu stammen scheinen, sondern er wurde zudem ein vortrefflicher Geometer und Architekt, so daß er viele Grundrisse und Pläne zu Gebäuden entwarf und trotz seiner Jugend als erster ein Projekt zur Kanalisierung des Arno zwischen Pisa und Florenz ausarbeitete. Er verfertigte auch Pläne für Mühlen, Walkwerke und andere Maschinerien, die durch Wasserkraft betrieben werden, doch da er sich die Malerei zum eigentlichen Beruf erwählt hatte, übte er sich vor allem im Zeichnen nach der Natur. Manchmal formte er Figuren aus Lehm, hüllte sie in weiche tongetränkte Lappen und bemühte sich dann mit großer Geduld, sie in Schwarz und Weiß auf die dünnste, schon gebrauchte Leinwand abzuzeichnen, wobei er nur mit der Spitze des Pinsels arbeitete und wahre Wunderwerke an Feinheit hervorbrachte. [...] Auch auf Papier zeichnete er mit vielem Fleiß und derart vortrefflich, daß ihn hierin kein anderer jemals an Zartheit erreichte; so besitze ich einen mit Silberstift abschattierten Kopf von unvergleichlicher Schönheit. Gott hatte seinem Geist so viel Anmut und eine gewaltige Ausdruckskraft verliehen, und er wußte dank seinem hohen Verstand und seinem treuen Gedächtnis seine Ideen so trefflich durch Zeichnungen darzustellen, daß er durch seine Argumente den stärksten Geist in Verwirrung zu bringen und zu besiegen vermochte.

Dazu entwarf er täglich neue Modelle und Zeichnungen, wie man mit Leichtigkeit Berge abtragen oder aber durchbohren könnte, um von einem ebenen Landstrich zum anderen zu gelangen, wie mit Hilfe von Hebeln, Winden und Schrauben große Lasten in die Höhe zu ziehen oder wegzuschleppen wären und auf welche Weise man Meereshäfen reinigen oder mittels Pumpen Wasser aus der Tiefe emporholen könnte. Mit solchen Phantasien und Denkaufgaben befaßte sich sein Gehirn ununterbrochen. Davon zeugen viele hier und dort verstreute Zeichnungen, von denen ich eine Menge gesehen habe.

Er verwandte seine Zeit sogar darauf, komplizierte Schnurgeflechte so abzubilden, daß man die kreisförmigen Figuren, die jeder Faden beschreibt, von einem Ende zum anderen verfolgen kann. Es existiert eine besonders kunstvolle und schöne Zeichnung dieser Art, in Kupfer gestochen, in deren Mitte man die Worte liest: »Leonardus Vinci Academia«. Unter seinen Modellen und Skizzen gab es einen Entwurf, mit dem er verschiedenen geistreichen Bürgern, die damals Florenz verwalteten, darzutun suchte, wie man die Kirche St. Giovanni heben und ihr Treppen unterschieben könne, ohne sie zu zerstören; und er wußte sie mit so einleuchtenden Argumenten zu überzeugen, daß allen die Sache durchaus möglich schien, obwohl jeder, sobald Leonardo fort war, von selbst die Undurchführbarkeit eines solchen Unterfangens erkannte.

Seine Unterhaltung war so angenehm, daß er alle Menschen anzog; und obwohl er praktisch nichts besaß und nur wenig arbeitete, hielt er sich doch immer Diener und Pferde, welch letztere er besonders liebte, wie er sich auch gern an allen anderen Tieren ergötzte und sie mit großer Liebe und Geduld abzurichten wußte. Wenn er irgendwo vorbeikam, wo man Vögel verkaufte, holte er sie oft mit eigener Hand aus dem Käfig, zahlte den geforderten Preis und ließ sie fliegen, um ihnen die Freiheit wiederzugeben. Wohin er nur seine Gedanken und seinen Sinn wandte, seine begnadete Natur verlieh allen seinen Handlungen und Werken eine so göttliche Vollkommenheit, daß ihm an raschem Erfassen, Lebhaftigkeit, Güte, Freundlichkeit und Geschick wohl niemals ein anderer Sterblicher gleichkam.

Man sieht, daß Leonardo, um die Kunst gründlich kennenzulernen, vielerlei anfing und nichts richtig beendete. Es dünkte ihn, die Hand könne der Vollkommenheit eines Werkes, wie er es im Geist erschaute, nichts mehr hinzufügen, um so mehr, als seine Phantasie so subtile und wundersame Dinge zu ersinnen pflegte, daß sie sich selbst mit den geschicktesten Händen niemals hätten ausführen lassen. Seine Interessen waren derart mannigfaltig, daß er seine philosophischen Betrachtungen auch auf die Naturerscheinungen richtete, die Eigenschaften der verschiedenen Pflanzen zu erforschen suchte und regelmäßig die Bewegung des Sternenhimmels sowie den Lauf der Sonne und des Mondes beobachtete.

Wie gesagt, hatte sein Vater Ser Piero ihn schon in der Kindheit zu Andrea del Verrocchio in die Lehre gegeben. Dieser arbeitete an einem Gemälde, das die Taufe Christi darstellte, und Leonardo malte darin einen Engel, der einige Gewänder hält. Obwohl er noch jung war, führte er diese Gestalt so vollkommen aus, daß sie viel schöner wurde als die Figuren seines Meisters, und Andrea ärgerte sich dermaßen darüber, daß ein Knabe ihn an Kunstfertigkeit übertraf, daß er von da an keinen Pinsel mehr anrühren wollte.

Leonardo erhielt den Auftrag, den Karton zu einem Türvorhang für den König von Portugal zu entwerfen, den Südenfall von Adam und Eva im irdischen Paradies, der in Flandern in Gold und Seide gewebt werden sollte. Er malte mit dem Pinsel, mit Bleiweiß in Hell und Dunkel abschattiert, eine Wiese mit einer unendlichen Vielfalt an Pflanzen und Kräutern und dazwischen einige Tiere, alles so lebenswahr und natürlich, daß das göttlichste Genie der Welt es ihm nicht hätte gleichtun können. Man sieht darauf auch den Feigenbaum, der, ganz abgesehen von den trefflichen Verkürzungen der Blätter und Zweige, mit solcher Liebe ausgeführt ist, daß einem bei dem bloßen Gedanken schwindelt, wieviel Geduld ein Mensch aufbringen kann. Daneben sind noch an einem Palmenbaum die runden Blattfächer mit bewundernswerter Kunst gearbeitet, wie es einzig Leonardo mit seinem Fleiß und Talent zustande bringen konnte. Der Vorhang wurde indessen niemals ausgeführt. Der Karton befindet sich heute in dem gesegneten Hause des ruhmreichen Ottaviano de' Medici zu Florenz, der das Kunstwerk kürzlich von einem Oheim Leonardos zum Geschenk erhielt.

Man erzählt, daß Piero da Vinci in seinem Landhaus einmal von einem ihm bekannten Bauern besucht wurde, der auf seinem kleinen Gut einen Feigenbaum gefällt und daraus einen Rundschild geschnitzt hatte. Nun bat er Ser Piero, diesen in Florenz schön bemalen zu lassen, und der willfahrte bereitwillig der Bitte, da er den Mann als einen sehr geschickten Vogelsteller und Fischer schätzte und sich bei diesen Übungen gern seiner Hilfe bediente. Er ließ den Schild nach Florenz bringen und ersuchte Leonardo, etwas darauf zu malen, ohne ihm zu sagen, für wen er bestimmt wäre. Leonardo nahm sich den Schild eines Tages vor, und da er sah, daß er ganz krumm und schief ausgeführt war, brannte er ihn im Feuer zurecht und übergab ihn einem Drechsler, so daß aus dem unbeholfenen, groben Machwerk schließlich ein feines, ebenmäßiges Gebilde entstand. Nachdem er ihn nach seiner Methode grundiert und vorbereitet hatte, begann er zu überlegen, was er wohl darauf malen könnte, damit es auf einen heranstürmenden Feind die gleiche furchterregende Wirkung ausübe wie ehemals das Haupt der Medusa. Zu diesem Zweck sammelte er in einem Zimmer, das niemand außer ihm je betrat, allerlei Eidechsen, Grillen, Schlangen, Heuschrecken, Nachtfalter, Fledermäuse und ähnliche abstoßende Kreaturen und stellte aus dem ganzen Haufen ein wahrhaft gräßliches Ungeheuer zusammen. Dieses malte er, wie es, aus Maul und Augen Gift und

Feuer speiend, aus einer dunklen Felsspalte hervortritt, derart wunderbar, daß es tatsächlich den schrecklichsten Eindruck machte; und er versenkte sich so in diese Arbeit, daß er den scheußlichen Gestank, den die verwesenden Geschöpfe im Zimmer verbreiteten, vor lauter Kunsteifer gar nicht spürte. Als schließlich das Werk beendet war, dem weder der Bauer noch sein Vater weiter nachgefragt hatten, ließ er diesem sagen, er könne den Schild bei Gelegenheit abholen lassen; was ihn beträfe, sei er damit fertig. Darum begab sich Ser Piero eines Morgens in die Wohnung seines Sohnes, um sich die Arbeit anzuschauen. Leonardo öffnete ihm auf sein Klopfen die Tür und bat ihn, einen Augenblick zu warten. Er eilte in das betreffende Zimmer, verdunkelte das Fenster so, daß es nur einen matten Lichtschimmer einließ, und rückte die Staffelei mit dem Schild darauf in die richtige Beleuchtung. Dann erst ließ er seinen Vater eintreten. Ser Piero erschrak jedoch im ersten Augenblick gewaltig, denn er erkannte in dem schrecklichen Untier, das ihm entgegenzustürmen schien, weder den Schild noch überhaupt eine Malerei. Leonardo hielt ihn, da er schon fliehen wollte, zurück und sagte: »Dieses Werk erfüllt den Zweck, zu dem es bestimmt ist. Nehmt es also und tragt es fort, denn es hat die erwartete Wirkung.« Dem Vater erschien dies alles überaus wunderlich. Er lobte zwar Leonardos seltsamen Einfall aufs höchste; doch dann kaufte er heimlich bei einem Händler einen anderen Schild, worauf ein von einem Pfeil durchbohrtes Herz gemalt war, und brachte diesen dem Bauern, der ihm dafür zeitlebens dankbar war. Später verkaufte er Leonardos Schild in aller Stille für hundert Dukaten an einen Florentiner Kaufmann, der ihn bald für dreihundert Dukaten an den Herzog von Mailand weiterverhandelte.

Hierauf malte Leonardo ein vorzügliches Bild der Madonna, das in den Besitz von Papst Clemens VII. gelangte. Unter anderem sieht man darauf eine mit Wasser gefüllte Karaffe mit einigen Blumen darin, alles von solch bewundernswerter Naturtreue, daß sogar die zarte Betauung der Blätter völlig lebenswahr abgebildet erscheint. [...] Dann kam Leonardo der Einfall, in Öl ein Medusenhaupt mit einem Kopfputz aus ineinander verschlungenen Schlangen darzustellen; es war die seltsamste und absonderlichste Erfindung, die man sich denken konnte, doch da dies Werk viel Zeit erforderte, ließ er es unvollendet stehen, wie es fast bei allen seinen Arbeiten geschah. Heute gehört es zu den herrlichen Kunstschätzen im Palast des Herzogs Cosimo, zusammen mit dem Brustbild eines Engels, der mit dem einen, zwischen Schulter und Ellbogen stark verkürzten Arm nach oben weist, während er mit dem anderen auf seine eigene Brust deutet. Es ist merkwürdig, wie das Genie Leonardos, im Bestreben, seinen Bildern möglichst viel Relief zu verleihen, den dunklen Tönen immer noch dunklere Schattierungen zu verleihen trachtete und sogar ein Schwarz darzustellen suchte, das schwärzer als die übrigen wäre, so daß dadurch die hellen Stellen noch leuchtender wirkten, bis er endlich zu den ganz dunklen Tinten gelangte, die gar kein Licht mehr enthalten und die Nacht eher wiederzugeben vermögen als den schwächsten Tagesschimmer. Dies alles aber tat er, um seinen Bildern die größte Körperhaftigkeit zu verleihen und damit die Malkunst zur höchsten Vollendung zu führen.

Es freute Leonardo ganz besonders, wenn er Menschen mit ungewöhnlichen Gesichtszügen oder sonderbaren Bart- und Haartrachten begegnete. Wenn ihm jemand gefiel, hätte er ihm einen ganzen Tag lang nachgehen können, und er prägte sich seine Eigenheiten so gut ein, daß er ihn, zu Hause angelangt, aus dem Gedächtnis zeichnete, als hätte er das Modell vor sich. Auf diese Art skizzierte er viele männliche und weibliche Köpfe. Ich selbst besitze in meiner oft zitierten Sammlung mehrere solche Federzeichnungen von seiner Hand, darunter ein Bildnis von Amerigo Vespucci, einen wunderschönen, mit Kohle abschattierten Greisenkopf, sowie eine Skizze von Scaramuccia, dem Hauptmann der fahrenden Leute, die später Giambullari dem Kanonikus von S. Lorenzo, Donato Valdambrini aus Arezzo, hinterließ. Er begann darauf, eine Anbetung der Heiligen Drei Könige zu malen, ein Bild, das viele schöne Einzelheiten sowie vorzüglich gelungene Köpfe enthält. Es hing im Hause von Amerigo Benci, gegenüber der Loge der Peruzzi, blieb aber wie auch andere Werke unvollendet.

Im Jahre 1494 starb der Herzog von Mailand, Giovan Galeazzo, und Lodovico Sforza wurde zu seinem Nachfolger gewählt. Dieser fand großes Gefallen am Lautenspiel, und Leonardo wurde ehrenvoll zu ihm berufen, um ihm vorzuspielen. Leonardo brachte sein Instrument mit, das er eigenhändig verfertigt hatte. Es bestand größtenteils aus Silber und besaß die Form eines Pferdeschädels – eine seltsame, ganz neue Erfindung, die bewirkte, daß der Ton voller und harmonischer klang. Dadurch übertraf Leonardo alle anderen Musiker, die zum Wettbewerb in Mailand zusammengeströmt waren, ganz abgesehen davon, daß zu jener Zeit niemand so gut wie er in Versen zu improvisieren verstand. Als der Herzog die wunderbaren Darbietungen Leonardos hörte, verliebte er sich geradezu in seine vielfachen Talente. So bewog er ihn auch, eine Altartafel mit der Geburt Christi zu malen, die er dann dem Kaiser zum Geschenk sandte.

In Mailand machte Leonardo außerdem für die Dominikanermönche in S. Maria delle Grazie ein Abendmahl, das zu einem seiner wunderbarsten Werke wurde. Die Köpfe der Apostel stattete er mit so viel Majestät und Schönheit aus, daß er schließlich das Haupt Christi unvollendet ließ, denn es schien ihm unmöglich, ihm jene überirdische Göttlichkeit zu verleihen, die das Bildnis des Heilands erfordert. Das somit als fertig geltende Werk wurde von den Mailändern wie von allen anderen von jeher aufs höchste geschätzt, da es Leonardo vorzüglich gelungen war, den Argwohn, der die Gemüter der Jünger ergriffen hat, deutlich zu machen. In allen Gesichtern liest man die bange Frage, wer wohl den Meister verraten habe, und jedes drückt auf seine Weise die tiefe Liebe zu Jesu aus, dazu Angst, Zorn und auch Betrübnis, da sie seine Rede nicht begreifen können. Das ist nicht weniger bewundernswert dargestellt als im Gegensatz dazu der Ausdruck von Trotz, Haß und Tücke, der sich in den Zügen des Judas spiegelt. Auch ist die geringste Einzelheit des Werkes mit unglaublichem Fleiß ausgearbeitet, so daß man noch im Tischtuch die Art des feinen Leinengewebes genau erkennt.

Man erzählt, daß der Prior des Klosters Leonardo auf die lästigste Art zur Eile antrieb. Es schien ihm ungehörig, den Künstler bisweilen halbe Tage lang in Betrachtung versunken zu sehen; so, wie er von den Tagelöhnern im Garten verlangte, daß sie ununterbrochen Harke und Schaufel handhabten, hätte er gewünscht, daß er keinen Augenblick den Pinsel aus der Hand legte. In seiner Unzufriedenheit ging er so weit, beim Herzog Klage zu führen, und setzte ihm derart zu, daß dieser sich gezwungen sah, Leonardo kommen zu lassen und ihn aufs liebenswürdigste zur Vollendung des

Werkes zu drängen, wobei er in feiner Art durchblicken ließ, daß nur die Zudringlichkeit des Priors ihn zu diesem Schritt bewog. Da Leonardo den scharfen und klugen Verstand des Fürsten kannte, beschloß er, sich ausführlich zu rechtfertigen, wozu er sich dem Prior gegenüber niemals herabgelassen hätte. Er setzte dem Herzog das Wesen der Kunst auseinander und machte ihm begreiflich, daß erhabene Geister bisweilen um so mehr schaffen, je weniger sie zu arbeiten scheinen, nämlich dann, wenn sie ihr Werk im Geist konzipieren und sich eine genaue Vorstellung davon machen, so daß hernach die Hände nur nachzubilden und auszuführen haben, was in der Idee bereits vollendet dasteht. Er bekannte auch, daß ihm noch zwei Köpfe fehlten; zum ersten der des Erlösers, den er auf Erden gar nicht suchen wolle; ja, er wage nicht einmal zu hoffen, in der Phantasie jene himmlische Grazie und Schönheit zu erschauen, welche der menschgewordenen Gottheit eigen sein müsse. Ähnlich gehe es ihm mit dem Kopf des Judas, denn wie er sich auch bemühe, scheine es ihm unmöglich, sich das Gesicht des Jüngers vorzustellen, welcher imstande gewesen sei, seinen Herrn, den Schöpfer der Welt, der ihm so viel Gutes getan, zu verraten; nach diesem Modell halte er zwar noch Ausschau, und wenn er schließlich kein besseres fände, könne er immer noch den Kopf des lästigen, zudringlichen Priors dazu verwenden.

Diese Rede brachte den Herzog sehr zum Lachen, und er gab Leonardo in allem recht. Deshalb mußte der arme Prior sich damit begnügen, die Tagelöhner im Garten anzutreiben, und er ließ Leonardo fortan in Ruhe. Dieser vollendete den Kopf des Judas so trefflich, daß er das wahrhaftige Abbild der Treulosigkeit und Verräterei zu sein scheint. Doch das Haupt Jesu blieb, wie gesagt, unvollendet.

Die Vollkommenheit dieses Gemäldes, das ebenso großartig komponiert wie mit unvergleichlicher Sorgfalt ausgeführt ist, erregte im König von Frankreich den Wunsch, es in sein Reich bringen zu lassen, und er trachtete mit allen Mitteln, Baumeister zu finden, die imstande wären, es mit Holz- oder Eisenbändern so fest zusammenzuhalten, daß man es unbeschädigt fortschaffen könnte. Sein Verlangen danach war derart heftig, daß er der allfälligen Kosten nicht achtete. Da es jedoch unmittelbar auf die Mauer gemalt war, mußte Seine Majestät verzichten, und das Bild blieb in Mailand.

Während Leonardo an dem Abendmahl arbeitete, malte er daneben auf der Stirnwand des Refektoriums, wo eine Passion Christi in der alten Manier dargestellt ist, den Herzog Lodovico mit Maximilian, seinem Erstgeborenen, und auf der anderen Seite die Herzogin Beatrice mit ihrem zweiten Sohn Francesco; beide nachmalige Herzöge von Mailand, die hier aufs trefflichste abgebildet sind. Noch ehe diese Arbeit beendet war, schlug Leonardo dem Herzog vor, als Erinnerung an den verstorbenen Vater ein Reiterstandbild von gewaltiger Größe zu errichten. Er verfertigte auch das Modell dazu, aber es war so groß angelegt, daß es niemals ausgeführt werden konnte. Es gab einige, die meinten (da ja die menschlichen Urteile verschieden sind und oftmals nur böswilliger Eifersucht entspringen), daß Leonardo es (wie andere Werke auch) absichtlich so begonnen hätte, um es nicht vollenden zu müssen, denn es schien von vornherein ausgeschlossen, eine Figur von derartiger Größe in einem Stück zu gießen; und man könnte wohl auch glauben, daß viele zu diesem Schluß gelangten, weil eben ein so großer Teil seiner Werke unvollendet blieb. Doch in Wirklichkeit darf man wohl annehmen, daß dieser überragende

Geist gerade durch die Großartigkeit seiner Ideen an ihrer Ausführung verhindert wurde, da er nach immer höherer Vollkommenheit und Vortrefflichkeit strebte, so daß, wie unser Dichter Petrarca sagt, das Werk »durch allzu heftiges Verlangen gehemmt« wurde. Diejenigen, die das von Leonardo geschaffene Tonmodell noch sahen, versichern, daß sie nie etwas Großartigeres und Schöneres erblickten. Es erhielt sich, bis die Franzosen unter ihrem König Ludwig in Mailand einzogen und es vollständig zertrümmerten. Auch ein kleines, höchst vollendetes Wachsmodell des Werkes sowie ein Buch mit Studien über die Anatomie der Pferde, das Leonardo im Verlauf dieser Arbeit gezeichnet hatte, sind verlorengegangen.

Mit noch größerem Fleiß studierte er die menschliche Anatomie, wobei er und Marcantonio della Torre einander gegenseitig halfen. Dieser Marcantonio, ein ausgezeichneter Gelehrter, der zu jener Zeit in Pavia Vorlesungen hielt, schrieb auch über diesen Gegenstand und war, wie ich sagen hörte, einer der ersten, der die Lehren des Galenus in der medizinischen Wissenschaft anwandte und wahres Licht in das Gebiet der Anatomie zu bringen suchte, das damals noch von der Nacht tiefster Unwissenheit verdunkelt war. Hierbei kamen ihm der Geist und die Hand Leonardos aufs beste zustatten. Dieser füllte ein ganzes Buch mit anatomischen Zeichnungen, die er mit Hilfe von Leichen, die er selbst sezierte, aufs sorgfältigste in Rötel und mit Federschraffierungen ausführte. Darin stellte er das gesamte Knochengerüst dar, verband damit der Ordnung nach sämtliche Nerven und zeichnete die Muskeln, von denen die einen an den Knochen festsitzen, die anderen sie untereinander verbinden und die dritten ihnen Beweglichkeit verleihen. Zu jedem Teil schrieb er die betreffenden Erklärungen, die aber schwer lesbar sind, da sie mit der linken Hand von rechts nach links geschrieben sind und nur mit Hilfe eines Spiegels entziffert werden können, so daß, wer darin keine Übung hat, nichts davon begreift.

Ein großer Teil dieser anatomischen Zeichnungen befindet sich im Besitz von Francesco da Melzo, einem mailändischen Edelmann, der zur Zeit Leonardos ein schöner Jüngling und dem Meister besonders lieb war, wie er heute ein schöner, liebenswürdiger Greis ist. Die genannten Blätter hält er zusammen mit dem Selbstbildnis Leonardos seligen Angedenkens so wert wie kostbare Reliquien. Beim Lesen dieser Abhandlungen scheint es unglaublich, daß jener hohe Geist über Muskeln, Nerven und Adern mit der größten Sachkenntnis und gleich trefflich wie über die Kunst zu reden verstand. Einige andere Schriften Leonardos, ebenfalls mit der linken Hand in Spiegelschrift, die sich mit den verschiedenen Methoden der Malerei und Zeichenkunst befassen, sind im Besitz eines mailändischen Malers, der mich erst kürzlich in Florenz besuchte. Damals hatte er die Absicht, die Schriften im Druck herauszugeben, und reiste zu diesem Zweck nach Rom. Ich weiß aber nicht, was daraus geworden ist.

Doch wir wollen zu Leonardo zurückkehren. Als zu jener Zeit der König von Frankreich nach Mailand kam, bat man den Künstler, etwas Ausgefallenes zu erfinden. Leonardo verfertigte einen Löwen, der jeweils einige Schritte tat und sich hierauf die Brust öffnete, in welcher man lauter Lilien erblickte. Damals nahm er den Mailänder Salai als Lehrling an, einen anmutigen, schönen Jüngling mit üppigen Locken, an denen Leonardo besonderes Gefallen fand. Diesen unterwies er in seiner Kunst. Mehrere Bilder, die in Mailand dem Salai zugeschrieben werden, sind von Leonardo überarbeitet.

Schließlich kehrte Leonardo nach Florenz zurück. Dort erfuhr er, daß die Servitenbrüder dem Filippino das Bild für den Hauptaltar der Nunziata in Auftrag gegeben hätten, und äußerte, so etwas hätte er auch gern gemacht. Als Filippino dies vernahm, trat er, liebenswürdig wie er war, zurück, und die Mönche übertrugen die Arbeit Leonardo. Sie nahmen ihn bei sich auf und gewährten ihm und seiner ganzen Familie den Lebensunterhalt, was er lange Zeit geschehen ließ, ohne sich ans Werk zu machen. Endlich entwarf er den Karton für ein Bild der Jungfrau mit der heiligen Anna und dem Christuskind, das nicht nur alle Künstler entzückte, sondern von aller Welt bewundert wurde. Als der Entwurf fertig war, sah man zwei Tage lang jung und alt, Männer und Frauen, wie zu einer großen Festlichkeit nach dem Zimmer pilgern, wo Leonardos Wunderwerk ausgestellt war. Das Antlitz der Madonna zeigte die ganze Einfalt und Schönheit, die der Mutter Gottes die höchste Anmut verleiht. Leonardo wollte in ihr die Bescheidenheit und Demut der Jungfrau darstellen, die glückstrahlend der Schönheit ihres Sohnes gewahr wird. Sie hält ihn zärtlich auf dem Schoß, während sie mit züchtig niedergeschlagenen Augen auf den kleinen heiligen Johannes blickt, der mit einem Lämmchen spielt, während die heilige Anna mit frohem Lächeln ihre irdische Nachkommenschaft anschaut, die zu einem himmlischen Geschlecht geworden ist – lauter Betrachtungen, die recht eigentlich dem Geist und dem Talent Leonardos entsprechen. Dieser Karton gelangte später nach Frankreich.

Leonardo malte auch das Bildnis der Ginevra, der Gattin von Amerigo Benci, ein sehr schönes Werk.

Den Auftrag für das Altarbild gab er den Mönchen zurück, die die Arbeit aufs neue dem Filippino anvertrauten; doch dieser wurde vom Tode ereilt, ehe er sie vollenden konnte. Hierauf unternahm es Leonardo, für Francesco del Giocondo das Bildnis seiner Gattin, der Mona Lisa, zu malen. Nachdem er vier Jahre lang daran gearbeitet hatte, ließ er es unvollendet. Es befindet sich heute im Besitz des Königs Franz von Frankreich in Fontainebleau. Wer sehen wollte, wie weit die Kunst überhaupt imstande ist, die Natur nachzuahmen, konnte es an diesem schönen Kopf erkennen, denn hier fanden sich die winzigsten Einzelheiten aufs sorgsamste nachgebildet. Die Augen zeigten den feuchten Glanz, den wir an Lebenden sehen, sowie ringsherum die zartvioletten Schatten und die Wimpern, wie sie nur der feinste Pinsel auszuführen vermag. Die Brauen, bei denen man deutlich erkennt, wie die einzelnen Haare den Poren entsprießen und, erst spärlich, dann immer voller werdend, die Wölbung des Knochens nachzeichnen, könnten nicht natürlicher sein, wie auch die Nase mit den zarten rosigen Pünktchen zu leben schien. Der Mund mit den feingeschwungenen Winkeln, wo das Rot der Lippen sich vom Fleischton der Wangen abhebt, könnte nicht gemalt, sondern aus Fleisch und Blut sein. Wenn man das Halsgrübchen aufmerksam betrachtete, glaubte man darin den Puls schlagen zu sehen. Kurz, man kann sagen, alles war so gemacht, daß auch der tüchtigste Künstler, sei er, wer er wolle, davor erblassen mußte. Mona Lisa war sehr schön, und Leonardo gebrauchte noch die Vorsicht, daß er beim Malen ständig jemanden in der Nähe hielt, der sie durch Gesang oder Lautenspiel oder lustige Geschichten erheiterte, um so den melancholischen Zug zu verbannen, der sich allzuoft auf dem Antlitz von Porträtierten zeigt. Auf diesem Angesicht aber spielte ein so liebliches Lächeln, daß es eher himmlischer als irdischer Natur zu sein schien, und das Bildnis wurde wegen seiner Lebenswahrheit als etwas ganz Wunderbares gepriesen.

Die herrlichen Werke des Künstlers hatten seinen Ruhm so verbreitet, daß jeder, der die Kunst liebte, ja die ganze Stadt, danach verlangte, er möge daselbst ein bleibendes Andenken hinterlassen; und man beschloß, ihm irgendein großartiges Werk zu übertragen, damit das Talent und die Anmut, die Leonardos Arbeiten kennzeichneten, der ganzen Gemeinde zur Zierde und Ehre gereichen möchten. Zu jener Zeit wurde gerade der große Ratssaal neu errichtet, bei dessen Bau Giuliano Sangallo, Simone Pollaiuolo mit dem Beinamen Cronaca, Michelangelo Buonarroti und Baccio d'Agnolo Pate gestanden hatten. Nun wurde der Bau mit großer Schnelligkeit beendet und durch öffentliches Dekret bestimmt, daß Leonardo ihn durch ein schönes Bild ausschmücken sollte. Piero Soderini, der damalige Gonfaloniere della Giustizia, erteilte ihm feierlich den Auftrag, den Leonardo in aller Form annahm. Er begann alsbald im sogenannten Papstsaal, einem Empfangsraum in S. Maria Novella, den Karton zu einem Gemälde, das die Geschichte von Niccolò Piccinino, dem Feldherrn des Herzogs Filippo von Mailand, zum Inhalt hatte.

Leonardo stellte eine Schar von Reitern dar, die um eine Fahne kämpfen, und dank der bewundernswerten Kunst, mit der er diese stürmische Szene komponierte, wurde das Bild zu einem herrlichen Meisterwerk. Wut, Zorn und Rachsucht treten nicht nur bei den Menschen, sondern auch bei den Rossen zutage, unter denen zwei mit verschlungenen Vorderbeinen einander mit den gefletschten Gebissen nicht minder wütend anfallen als die Reiter auf ihrem Rücken. Einer der Soldaten, der mit beiden Händen die Fahnenstange umklammert, sucht sie, während er sein Roß zur Flucht wendet, mit einer kraftvollen Bewegung der Schultern den Händen von vier Kämpfenden zu entreißen. Zwei davon halten sie mit der einen Hand fest, und mit der anderen schwingen sie ihre Schwerter, den Schaft abzuschlagen, während ein alter Krieger mit rotem Barett diesen mit einer Hand ergreift und, vor Wut schreiend, mit der anderen den Krummsäbel erhebt, um den beiden, die ihr Banner verteidigen, mit einem Schlag die Hände abzuhauen. Daneben sieht man auf dem Boden, zwischen den Pferdebeinen, zwei stark verkürzte Figuren in wütendem Handgemenge; der eine liegt auf der Erde, der andere hat sich auf ihn geworfen und setzt ihm mit gewaltiger Kraft den Dolch an die Kehle, während jener sich mit Armen und Beinen seines Lebens zu wehren sucht. Es läßt sich mit Worten nicht beschreiben, wie trefflich und mannigfaltig Leonardo Kleidung und Helmschmuck der Soldaten sowie das ganze Waffengepränge zeichnete und mit welch unglaublicher Meisterschaft er die Leiber und Köpfe der Pferde gestaltete, denn er wußte besser als jeder andere Meister die Kraft und Schönheit ihres Muskelspiels wiederzugeben. Es heißt, daß er sich zur Ausführung dieses Kartons ein überaus kunstvolles Gerüst verfertigt hatte, welches er durch Zusammen- und Auseinanderziehen beliebig höher oder niedriger machen konnte. Er wollte das Bild in Ölfarben auf die Wand malen, benützte aber zur Grundierung der Mauer eine zu grobe Mischung, die beim Malen nach kurzer Zeit durchschlug, und da er sah, daß die Arbeit bald verderben würde, gab er sie auf.

Leonardo war überaus großzügig, was sich in jeder

seiner Handlungen zeigte. Als er einst auf die Bank ging, um den Lohn abzuholen, den Piero Soderini ihm jeden Monat auszahlen ließ, wollte der Kassier ihm einige Tüten mit Kupfermünzen geben, er aber wies sie mit den Worten zurück: »Ich bin kein Pfennigmaler.« Da er nun sein Bild nicht vollendete, munkelte man, er hätte Piero Soderini betrogen. Als Leonardo das hörte, ging er alle seine Freunde um Geld an, bis er die empfangene Summe beisammen hatte, und brachte sie Soderini zurück, doch der nahm sie nicht an.

Als Papst Leo gewählt wurde, der sich viel mit philosophischen Fragen und vor allem mit der Alchimie befaßte, zog Leonardo mit dem Herzog Giuliano de' Medici nach Rom. Dort vergnügte er sich damit, aus einer Wachspaste ganz leichte, hohle Tiere zu formen; blies er hinein, so flogen sie durch die Luft, doch sobald der Antrieb nachließ, fielen sie zu Boden. Einer sonderbaren Eidechse, die der Winzer vom Belvedere gefunden hatte, machte er aus der abgezogenen Haut anderer Eidechsen Flügel und füllte diese mit einem Gemisch von Quecksilber, so daß sie bei jeder Bewegung der kleinen Bestie zitterten; auch machte er ihr Augen, Hörner und einen Bart und hielt sie in einer Schachtel, um seine Freunde durch ihren Anblick in Schrecken zu versetzen. Oft ließ er die Gedärme eines Hammels so fein ausputzen, daß sie in der hohlen Hand Platz gefunden hätten. Dann verband er die Öffnung des Darms mit einem Paar großen Blasebälgen, die er im Nebenzimmer aufgestellt hatte, und blies ihn auf, bis er die ganze, sehr große Stube völlig ausfüllte, so daß die Anwesenden sich in eine Ecke flüchten mußten; und indem er so demonstrierte, wie dieses Gebilde, das anfänglich einen kaum nennenswerten Raum eingenommen hatte, allmählich durchsichtiger werdend sich immer mehr ausbreitete, verglich er es mit dem menschlichen Genie. Dergleichen Tollheiten trieb er sehr viele, experimentierte auch mit Spiegeln und machte die sonderbarsten Versuche, um haltbare Ölfarben und Firnisse herzustellen. [...] Man erzählt, als Leonardo vom Papst den Auftrag für ein Bild erhielt, hätte er sich sogleich daran gemacht, Öle und Kräuter für den Firnis zu destillieren, so daß der Papst ausrief: »O weh, der wird nichts Rechtes zustande bringen! Er denkt ans Ende, bevor er noch mit der Arbeit begonnen hat.«

Zwischen Michelangelo Buonarroti und Leonardo herrschte große Feindseligkeit – und diese Rivalität war auch der Grund, weshalb Michelangelo Florenz verließ, übrigens mit der Einwilligung des Herzogs Giuliano, da der Papst ihn wegen der Fassade von S. Lorenzo nach Rom berufen hatte. Als Leonardo das erfuhr, zog er ebenfalls davon und begab sich nach Frankreich, wo der König, der bereits einige Werke von ihm besaß, ihm sehr gewogen war. Der König wünschte, Leonardo möge den Karton für das Bild der heiligen Anna in Farben ausführen, doch dieser hielt ihn nach seiner Gewohnheit mit Worten hin.

Mit der Zeit war Leonardo alt geworden und lag viele Monate krank darnieder. Da er sich dem Tode nahe fühlte, wandte er sich voller Eifer der katholischen Lehre zu und ließ sich in allen Punkten der heiligen christlichen Religion und eines rechten Lebenswandels unterweisen. Er legte voll tiefer Reue und unter vielen Tränen die Beichte ab, und obwohl er sich nicht mehr auf den Füßen halten konnte, wollte er in großer Frömmigkeit doch das allerheiligste Sakrament, auf die Arme seiner Freunde und Diener gestützt, nur außerhalb des Bettes in Empfang nehmen. Der König, der ihn oft liebevoll besuchte, kam bald darauf zu ihm. Aus Ehrerbietung setzte sich Leonardo im Bett auf und schilderte dem König sein Leiden mit allen üblen Zufällen; auch bekannte er, er hätte zeitlebens gegen Gott und die Menschen gefehlt, da er die Kunst nicht so betrieben habe, wie es seine Pflicht gewesen wäre. Darüber erfaßte ihn ein Krampf, der schon der Vorbote des Todes war. Der König sprang auf und hielt ihm in seiner Huld das Haupt, um ihm Erleichterung zu bringen. Da erkannte Leonardo in seinem erhabenen Gemüt, daß ihm keine größere Ehre widerfahren könne, als in den Armen des Königs den Geist aufzugeben, und so verschied er in seinem fünfundsiebzigsten Altersjahr.

Alle, die ihn gekannt, betrauerten Leonardos Tod über die Maßen, denn niemals hatte ein Künstler der Malerei mehr Ehre gemacht. Der Glanz seines schönen Angesichts vermochte jedes traurige Gemüt zu erheitern und seine Rede auch den Hartnäckigsten umzustimmen. Er war so stark, daß er jeder Gewalt standhalten und mit der Rechten einen Türklopfer oder ein Hufeisen zusammenbiegen konnte, als ob es Blei wäre. Großzügig und freigebig, wie er war, gewährte er jedem, ob arm oder reich, Obdach und Bewirtung, wenn jener nur Geist und Fähigkeiten bewies. Ein Werk von seiner Hand vermochte das ärmlichste, häßlichste Gemach zu einem glanzvollen Raum zu machen. So bedeutete seine Geburt für seine Vaterstadt Florenz ein ebenso großes Geschenk, wie sie durch seinen Tod einen unersetzlichen Verlust erlitt.

Was die Kunst betrifft, führte er in die Ölmalerei die dunklen Töne ein, die den neueren Malern gestatten, ihren Gestalten mehr Kraft und Relief zu geben; und sein Talent als Bildhauer bewies er durch drei Bronzefiguren über der nördlichen Tür von S. Giovanni, die von Giovan Francesco Rustici gegossen, aber nach Angabe des Leonardo entworfen sind und in Form und Ausführung das schönste moderne Gußwerk darstellen. Leonardo verdanken wir auch die Anatomie des Pferdes und die noch viel vollkommenere des menschlichen Körpers. Und obgleich er mehr durch Worte als durch Taten wirkte, wird doch um seiner vielen wunderbaren Fähigkeiten und Eigenschaften willen der Ruhm seines Namens niemals erlöschen. [. . .]

EIN PHANTASTISCHER ROMAN ÜBER DIE KRAFT DES LESENS

Ana ist Ehefrau, Hausfrau und Mutter. Ohne Anerkennung und ohne Herausforderung fristet sie ein tristes Dasein – bis sie eines Tages zu lesen beginnt. Ihre Lektüre führt sie in fremde Länder, Kulturen und Epochen. Die Welten, die ihr die Literatur, die »Herrin der Träume« öffnet, betritt der Leser durch sieben Romane im Roman, die ihn ins mittelalterliche Arabien, auf die Galapagosinseln oder auch in das New York unserer Tage führen.

Nach jedem ihrer märchenhaften Erlebnisse verändert sich Anas Leben und das ihrer Familie dramatisch. Sie kocht arabisch, extravagant, Junk-Food oder vegetarisch, sie lebt bescheiden oder auf großem Fuß, wird politisch oder zur Forscherin und entdeckt immer neue Seiten ihrer Persönlichkeit. Ein vielschichtiges literarisches Spiel um Träume, Bücher und die Macht der Literatur, der »Herrin der Träume«. Ein Schatz für wahre FreundInnen des Lesens.

Sara Sef

Die Herrin der Träume

Roman

350 Seiten

gebunden mit Schutzumschlag

38,– DM 297,– ÖS 39,80 SFr

ISBN 3-8218-0343-6